格尔木文学丛书
（第四辑）

迭代时光

盛明渊 著

青海人民出版社

图书在版编目（CIP）数据

迭代时光 / 盛明渊著. -- 西宁：青海人民出版社，
2023.10
（"昆仑圣殿"格尔木文学丛书 / 李明主编. 第四
辑）
ISBN 978-7-225-06602-8

Ⅰ. ①迭… Ⅱ. ①盛… Ⅲ. ①中篇小说 — 小说集 — 中
国—当代 Ⅳ. ①I247.5

中国国家版本馆 CIP 数据核字（2023）第181919 号

"昆仑圣殿"格尔木文学丛书·第四辑

李　明　主编

迭代时光

盛明渊　著

出 版 人　樊原成
出版发行　青海人民出版社有限责任公司
　　　　　西宁市五四西路 71 号　邮政编码 :810023　电话 :（0971）6143426（总编室）
发行热线　（0971）6143516／6137730
网　　址　http://www.qhrmcbs.com
印　　刷　青海德隆文化创意有限责任公司
经　　销　新华书店
开　　本　787mm×1092mm　1/16
印　　张　18.25
字　　数　250 千
版　　次　2023 年 10 月第 1 版　2023 年 10 月第 1 次印刷
书　　号　ISBN 978-7-225-06602-8
定　　价　86.00 元

《"昆仑圣殿"格尔木文学丛书(第四辑)》 编 委 会

主　编　李　明

本辑编辑　陈劲松

主办单位　格尔木市文学艺术界联合会

盛明渊

男，汉族，1967年7月出生，四川省隆昌市人。笔名之之。毕业于湖州师范学院数学专业，青海省格尔木市第五中学高级教师，曾任中学副校长，从事教育教学管理工作近二十年。青海省作协会员，格尔木市作协会员，现任格尔木市作协秘书长。出版《太阳色的苦菜花》和《韶葵谣》两部长篇小说。中短篇小说、散文和诗歌作品散见于《散文诗》《意林文汇》《天津诗人》《柴达木》《莽昆仑》《格尔木》《巴音河》等杂志，散文诗作品入选《中外当代诗歌散文精品集》(第二辑)。

总　序

　　癸卯初春，万物萌动，一切即将现出欣欣向荣之姿，而"昆仑圣殿"格尔木文学丛书第四辑书稿编竣，即将付梓出版，这些都是让人愉悦的事。

　　文化是一个民族、一个国家的根，而文学则是文化的重要组成部分。近年来，习近平总书记在多次重要讲话中都强调要积极推动文化建设和文艺繁荣发展。过去的几年中，在中央文艺工作座谈会、中国文联第十次全国代表大会、中国作家协会第十次全国代表大会以及青海省作家协会第八次代表大会精神指引下，格尔木市文学创作取得了优异的成绩，迎来了大发展、大跨越、大突破的黄金时期。无论从小说、诗歌、散文等文学作品的文体丰富度来看，还是从文学作品的数量与质量来看；无论从创作人员数量，还是文学创作队伍的人员结构来看，格尔木市的文学创作都呈现了崭新的样貌，都取得了优异的成绩。近几年来，我市作者的数百篇（首）小说、诗歌、散文作品发表于《诗刊》《十月》《星星》《花城》《作品》《光明日报》《中国青年报》等数十家国家级、省级刊物、报纸，获青海省政府文学艺术奖、青海省青年文学奖等省内外文学奖项数十个，入选中国作家协会重点作品扶持项目三次，有两部作品入选中宣部 2022 年主题出版物，市作家协会主席唐明以格尔木为创作背景，出版了儿童文学作品集 18 部……这些亮眼的文学创作成绩，积极、高效地向外界宣传了格尔木，成了一窥格尔木样貌的窗口，对提高格尔木市的文化品位、推动当地文化建设都有着积极的现实意义。

高原新城格尔木，建政时间虽不长，但因其独特的地理位置和昆仑文化影响，各民族文化相互交融，共生共长，各种优秀的文艺作品不断涌现。尤其是近年来，借"文化大发展大繁荣"的东风，格尔木的文化事业取得了显著成绩，格尔木市文联也紧紧围绕省、州、市委的工作大局，紧扣时代脉搏，积极投身社会实践，在育人才、出精品、铸品牌上下功夫，组织开展了一系列丰富多彩的文化活动，营造了浓厚的文艺创作氛围。

　　"昆仑圣殿"格尔木文学丛书第四辑共6本，体裁涵盖了小说、诗歌、散文、随笔、散文诗等文体，其中有盛明渊的中短篇小说集《迭代时光》、王嘉民的随笔集《槐影阁随笔》、杨莉的散文集《回家的路》、井国虎的诗歌集《错失的风物》、王瑾的诗歌集《水印集》、李宝花的散文诗集《盐的光芒》。丛书作者来自我市的各行各业，既有机关工作人员，也有已退休的教育工作者，还有企业工作者……他们虽从事着不同的职业，但都深沉地爱着这片土地和文学，都在用各自不同的视角和文笔表达着、抒发着自己对人生、对生活、对这片雄浑之地的爱恋，具有鲜明的地域特色。纵观这一辑的文学丛书，文字特点和艺术特征各异，王嘉民的作品洗练老道，井国虎的作品粗犷豪放，盛明渊的作品平实从容、娓娓道来，李宝花、杨莉、王瑾三位女性作者创作的文体不同，但都呈现出细腻娴静的特点。六位作者的文字或充满哲思，向生活的深处挖掘，探骊得珠，或注目于脚下这方雄奇的大地，以深情的歌喉赞美着这里绚丽的山川河岳。他们在文字中挥洒着哲思与情思，引人入胜，有助于更多人了解格尔木，走进格尔木，描画格尔木。

　　背依昆仑山，以柴达木盆地为主的海西地区，远古时期就有人类在此居住活动。这里不仅是矿产资源的"聚宝盆"，同时也是文化资源的"聚宝盆"。这里的昆仑神话、西王母神话以及柴达木开发历史等独一无二的历史文化矿藏吸引着许多专家学者的目光，也吸引着一批近代著名作家、诗人探寻的脚步，诗人昌耀、海子、李季等人就曾流连于这方热土。这里也走出了王宗仁、王泽群等一批在国内卓有影响力的著名作家，近年来，有越来越多的文学作品从这片神秘的土地走向全国，一批年轻的作家、诗人也走向了国内更广阔的文学大舞台。江山代有才人出，也衷心希望能有更多年轻的作者在这方高大陆上茁壮成长，以笔作舟楫，从这里走向全国，走向世界。

　　"昆仑圣殿"格尔木文学丛书的编辑出版得到了市委、市政府及相关部门的大力支持和帮助，在此，再次向关心和支持丛书出版的各位领导和有关部门致谢！向为本辑丛书奋力笔耕的作者及一直默默书写的众多文学爱好者一并表示崇高的敬意和深深的感谢！

格尔木市文学艺术界联合会主席　李　明

2023 年 2 月

迭代平淡、直白和单薄（自序）

这部中短篇小说集从创作时间看，十个作品自酝酿到呱呱坠地，加起来也不足一年时间。但这十个作品中的人物、情节和故事合起来却有着几十年的时间跨度。

创作期间，我犹如时间和空间感严重失衡的梭子，穿梭在三十多年的时光里，穿梭在自己或者别人的记忆空间里，啰啰嗦嗦、喋喋不休，没有跌宕起伏，没有百转千回，没有太多的悬疑，没有绝对的道路尽头，因而也没有忽然的柳暗花明。我只是把一些再寻常不过的景象和人物、情感和意识、痕迹和过往，用文字最平淡、直白、单薄的形式组织在一起。

在我之前的两个长篇里，平淡、直白、单薄的冗长赘述是一大缺憾。在此次创作中，我原本想在这方面力求改变。但这也不是一件容易做到的事，尤其对我这个在写作上缺乏深度学习、积累和悟性的后来者。

在《青春咏叹调》《眼睛里的庄园》《黑子的绿茵场》三个校园和青少年教育题材作品里，我讲述一些教育工作者和他们班上的孩子们，有他们的倦怠、困惑甚至绝望，也有他们的努力、"抗争"和自我救赎。其中，我也有意在各种教育合力中把原生家庭的教育功能剔出来，强调原生家庭保持或回归完整、和谐、温暖所能产生的力量，特别是对问题学生产生的安抚与拯救的力量。这些都只需要平淡、直白、单薄的讲述，这样反而更贴近生活。就像灯火阑珊之时，抑或晨光初照之下，我们能感受到一小格一小格宁静的时空方格的维度感，而不完全知道这些时空方格内在的情感交织与壮阔波澜，不完全甚至全然不知一段美好时光在其内是如何凝炼而成。正如一小段历史对于旁观者只是一个寻常的故事，而对于亲历者却是刻骨铭心的感伤。

在《立》《暖冬》和《规矩》三个地矿职工生活题材的作品里，我讲述20世纪80年代末到90年代初那个转型与改革时期，地矿系统及其职工家属面临的生活困难、思想斗争、艰难抉择和改革阵痛。尽管如此，当我穿梭到这段时空，当时的千辛万苦、惊心动魄、患得患失，以及人性的小恶都已不再，留下的只有人性的光辉，以及在那些阵痛中分娩的婴儿。现在，他们正在茁壮成长，正在开枝散叶，甚至果实累累。一切就那么发生，就那么过去，就那么以温暖现实的结局收场。进入或者跳出那段时空，我有时会哭，有时会笑。但我还是用平淡、直白、单薄的文字慢慢道来。就像是枕着文字最微小的光芒，荡漾在往事中，不惊醒那些哭的人，不惊醒那些笑的人，也不惊醒自己的梦乡。

在《未来城市的逻辑计算》中，我更像一个痴人，荒诞设计着人类的未来，但我没有跳出地球及地球之外的宇宙空间，也没有在各种文明博弈的棋盘上摆出有强大威胁力的劲敌，因而也可以像一个蹩脚的哲人那样平淡、直白、单薄地讲述一段人类永恒的乡愁。

在《玉化》《长嫂》和《深刻的假想》三个亲情题材的作品里，我也只是把考研、就业、分财产、借钱、工作和退休，包括时兴的房车自驾游等生活琐事用平淡、直白、单薄的文字抛出来细细品尝。特别是在《深刻的假想》中，我写的还是寻常夫妻的寻常事，并以他们的牵绊和情感寄托来思考或者揭示挂在寻常人嘴边的"今生与来世"。有的人读到这些文字，就好比是自己也刚刚做完了这么一件事，啰里啰嗦，大同小异，不足挂齿。而有的人读完这些文字，依旧看不明白纠结已久的某些个问题。这或许就是因为生活远比这段文字平淡、直白和单薄，而我们却将它复杂化了。

真的，就生活的本真而言，只有少数时候是跌宕的、激昂的，或者丰满的、沉甸的。大多时候都是这么平淡和直白，留给我们的记忆和思悟大多时候也很单薄。少数伟大或不平凡的人会在重要的时空节点书写人生的跌宕、激昂、丰满和壮阔。而更多的普通人都只是在平淡中感受平淡，于直白面前保持直白，用朴实的外在守住朴实的内心，进而让单薄的记忆或思悟也有机会行以致远。

创作期间，我多次想到"迭代"这个词。迭代，是重复反馈过程的活动，目的通常是为了逼近所需的、既定的目标或结果。对过程的每一次重复称为一次"迭代"，而每一次迭代得到的结果又会作为下一次迭代的初始值，但却是一个螺旋上升的过程。

当我用平淡、直白、单薄的文字穿梭三十多年的生活，就仿佛迭代时光，前一次的苦与乐、成功与失败都成为下一次的初始值，如此循环往复，困难虽接踵而至，但生活得以继续，文字得以继续，幸福得以继续。

平淡洗尽铅华，远方迭代我的远方。

目录 CONTENTS

青春咏叹调

1

　　站台上，苏小雅与母亲慕容彦侬拥抱道别，她下意识看着母亲身后长长的站台，希望那个人的身影会出现。慕容彦侬却说："你不让我告诉墨弦，所以他根本不知道你今天要走。"苏小雅松开母亲，转身上了开往西北的列车，去西部的 B 市。她去年年底已经坐飞机去 B 市两次，这回，她决定坐火车，好领略一下爸爸为她描述的沿途风景，那种从葱郁到荒芜、温暖到凛冽、温柔到野性的美。

　　B 市地处西部某省的中西部，高原戈壁气候，资源丰富，蕴含大量的有色金属矿产和石油天然气资源。苏小雅的妈妈慕容彦侬退休前曾在该市的一家医院工作，小雅的爸爸苏诗远曾在该市的石油勘探队工作，后来因公殉职，并在那里长眠。B 市对慕容彦侬和苏小雅来说都是个难以忘怀的伤心之地。

　　女儿苏小雅执意去 B 市教书，这一去，一年半载也不一定回得来，所以慕容彦侬专门从浙江 C 市坐高铁送站送到上海来，担忧和不舍之情笼罩在她的心头。列车启动，看着女儿在窗前挥手，不禁想起早年和丈夫探亲、上班，每每往返于 B 市和 C 市常唱的那首歌：

　　慕容彦侬和苏小雅的眼眶里充盈着热泪。

苏小雅是 C 市师范学院艺术院音乐系的学生，要等半年后的七月才毕业，但她此时已踏上就业路，先去 B 市当个临时教师，再等机会考正式编制。季墨弦与小雅同校，是她在音乐系的师兄，高两届。季墨弦算不上高材生，但比一般人有经济头脑。毕业后，短短一年多的时间，他先后在 C 市创办了两家艺术培训机构，现正着手筹备一家媒体制作与推送中心。小雅进入大四后到墨弦的培训机构打工，美其名曰勤工俭学，但根本不用为钱发愁，打工只是为了锻炼自己。由于小雅的才华，还有美貌和气质，墨弦对她甚有好感，宠溺有加，并在两个月后表达了对她的爱慕之情。小雅虽没答应，但也未曾明确拒绝。

墨弦以为小雅毕业以后会留在公司里一起和他打理生意，在浪漫的时光中收获爱情，琴瑟和鸣，恩爱生活。但出乎预料的是，大四上半学期快结束的时候，小雅说要去 B 市工作并开始付诸行动。

去年年底，小雅在学校请了两次假，每次近一个星期。季墨弦知道小雅温柔的外表下潜藏着倔强的气质，不喜欢别人过问自己的事情，所以没有多问。十二月底的一天晚上，墨弦送小雅回学校，她说开春去 B 市当音乐教师。墨弦不同意，但小雅态度坚决。彼此没有明确恋爱关系，他也没有资格阻止她的决定。倒是小雅开着玩笑说："季老板，有没有兴趣把这儿的产业交人打理或者转移到西部，陪我到高原闭关修炼艺功？"

墨弦一直在水乡生活，想象着西部高原环境的恶劣、艰难，表情严肃，不自觉表露出为难和拒绝之情。小雅看在眼里，轻蔑地说："不去就算了，我本来也打算一个人去。"

那晚，墨弦再次试探着问："能不能再冷静考虑一下，留下来和我一起打拼？"

小雅再次坚决地说："考虑好了，要去，一个人。"

"能不能给我点时间好好想想，真的舍不得你走。"

"不了，已经去 B 市联系好了，先经教育局临时聘用，再等机会考正式的。就那也很不容易，所以，我要珍惜。"

"对呀，你去那里只是干临时工，就更不值得了。"墨弦不想放弃，据理力争。

小雅倔强地说："现在谁都是先干临时工，再往好里考。那边隔个半年、一年就有一次机会，我会抓住的。再说，你现在也相当于抢抓机会的临时老板，离那些成功人士还差得远。"这话是有些说服力，但也让墨弦有些尴尬。

2

列车驶向西部，七号车厢有位漂亮姑娘，就是苏小雅。二十出头，光洁白皙的脸庞透着很受看的棱角，鼻梁有着匀称高挑的轮廓，仿佛给南方的温柔增添了几分倔强的质感。乌黑深邃的眼眸，翘长的睫毛，上下两条唇线清晰，没有涂口红，谈吐间却有着温暖亲和之气。秀发像瀑布倾泻至身后，在黑亮发色的映衬下，耳朵上白中泛蓝的耳钉，恰如依稀可见的暗蓝色夜空闪烁着两颗明亮的星星。奶白色的职装衬衣贴在丰满到恰如其分的身上，修长的脖颈露出来，更加白皙，项链是玫红色丝线串的单粒紫青色珍珠，更让人觉得朴素而高雅。

但此刻，苏小雅不知道执意去 B 市工作到底对不对，正处于极度矛盾之中，脸色因而有些冷峻，给人一种更加倔强的美感。

在一些偏远的西部地区，家长更加看重考试分数。因为分数在这里几乎是孩子们进入高一级学校继续学业、改变命运的唯一标准，音乐、美术、体育不受家长和学生的欢迎。因此，这些"小三门"的实际占比和作为都在被挤压，师范院校的艺术毕业生也随之减少，而毕业后愿意当老师的更少。但凡有点艺术功底和头脑，都踏上了经商创业的路。哪怕站舞台赶场子，或是做自媒体，都比当老师收入高、机会多、有出路，更何况是在西部。若不是上级连续多次在检查中发现 B 市"小三门"教师配备严重不足，质疑该市是否按照国家有关标准开足开齐所有课程，小雅也不会有这个先局聘再侍机进岗定编的机会。

二月底，从南方到西北的春运和学生返校高峰已过，一节卧铺车只有十来个人。从走廊望过去，苏小雅像画框中一支颔首的花朵。爸爸在 B 市长眠是她执意要去那工作的缘由之一。为此，妈妈慕容彦依说要不就把爸爸的坟迁回来，两个人在南方守着爸爸。苏小雅执意不肯，说爸爸为之奋斗一生，就让他在那片深爱的土地上安睡吧。

慕容彦依说，退休时你不让我卖掉那边的房子，原来是早有打算，那我也去那边陪你吧。

小雅却对妈妈说，爸爸早早就为你置办好这边的房子，一个北方汉子愿意在南方安家，心思你明白，就是因为你的身体不算好，也不太适合在西北生活，想让你早点退休回到老家休息。你就遂了爸爸的心愿，在这好好养着！

苏小雅记得当时妈妈也曾反问道："爸爸当时一定也希望他的宝贝闺女就在南方生活，主要是为了你，信不信？"

"当然信，但现在不同了，爸爸留在了那个地方，既然是他的宝贝闺女，更要去陪陪他。当然，我很现实，不可能在那呆一辈子。"小雅记得当时是这样劝服妈妈。

现在，小雅又在想，让自己孤独地面对多年解不开的心结，且不辞而别地对待墨弦，是不是有些强迫症。其实，跟着墨弦在老家一起把公司经营好，逐步发达后，钱也不少挣，还能收获一份爱情，也是蛮好的。但自己为什么拒绝呢？对了，拒绝并非仅仅因为爸爸，还有对墨弦隐约的厌恶感。

几个月前，他们去高档咖啡馆消费顺便作市场调研，之后，小雅去买单，墨弦却在旁边说，你那点钱只够买女儿家绣花的针头线脑，以后这种大笔开销都由我掏。当时墨弦是出于对她的关爱，舍不得她破费。但小雅仿佛看到一些商贾人家的霸道和铜臭气。

现在，苏小雅自言自语道："好吧，本姑娘当然要挖空心思找些理由拒绝你。不但看不惯你这铜臭味，更看不惯你这个艺术男的人生规划，接受了良好的艺术熏陶，却打着艺术的旗号啐着唾沫数钱。你就那样臭下去吧，本姑娘却要让艺术的高雅之气在高原焕发光彩。"

想到这，小雅觉得对妈妈和墨弦都不算过分，侧身，想想爸爸。

苏小雅的爸爸特别懂得生活，还有一定的音乐天赋，自学一手好吉他。但凡有好歌曲，听几遍就能把乐谱写出来，再配上和弦弹唱，给人特别愉悦的享受。她记得爸爸曾说，喜欢音乐还得感谢小时候的各位音乐老师，他们给了他良好

的艺术启蒙和乐理基础，并让他多了几分对美好生活的感悟。

也是爸爸让苏小雅也爱上了音乐，很小就让她坚持学习乐器。

当一名能够用艺术启迪孩子心灵的音乐老师，当然也算执意去西部的理由。苏小雅挺了挺胸脯，小声絮叨："季墨弦，我爸爸手中的吉他，缠绵时，洋洋兮若江河；高亢时，巍巍兮若昆仑，哪是你这个南方小男生比得了的。我骨子里有爸爸的基因，自立，你懂吗！"

小雅曾来过 B 市几次。初中毕业那年暑假，来了没有几天，就因高反被送回老家。高中毕业考取师院后，再次来 B 市挑战自己，情况好得多，就赖着去了爸爸的工区，那里海拔更高，更缺氧，更艰苦，所以只在工区呆了一个晚上。读大一那年夏季某天，B 市天气极差，大片天空被低压云层笼罩，爸爸驾车返回人队更换急需的物探设备，快要驶出最后一道山谷时被突如其来的球形闪电袭击，不幸因公殉职。所以，第三次是赶来参加爸爸的葬礼。

去年年底，小雅来 B 市联系工作，用打工挣的钱改造了让妈妈留着的房子，客厅里摆放着爸爸当年从朋友那为她淘来的一架旧钢琴。当时，爸爸想着等她毕业后在这里庆贺并举办一场家庭音乐会。房间里还挂着父亲生前用过的吉他，人已不在，琴弦尚好。她打算把客厅设计成个人艺术工作室，但时间仓促，只在钢琴对面的背景墙上贴了酷似五线谱的蓝色波浪条纹。

列车到达 B 市，拂晓的窗户闪着灯光，整个城市在寒冬睁开惺忪的眼睛，看着这个倔强的女孩儿，似曾相识。

苏小雅拎着沉重的旅行箱走进家门，手机响了，传来妈妈一连串的担心和焦虑："哎呀，闺女啊，到家了吧，我告诉你，那些碗筷炊具好久没有用过，都要重新清洗，还要用开水烫烫。被褥也要拿出去好好晒晒，还有，还有……"

"到了，刚刚到家。妈妈呀，我这边不用你操心，我都成人了！"小雅收起电话，在茶几前打开行李箱，摸出七块形态不同的石头摆上，每块石头都刻着五线谱和一个音符。

小雅泡上方便面，开始盘算。今天是一号，有两天的空余时间适应并安排好之后的生活。短信显示妈妈刚打过来 6000 元，再加上自己的积蓄，接下来的两个月就算没有及时领到工资，基本生活也不必担忧。该给工作室起个什么名呢？唉，要是爸爸在就好了，从小到大，不管什么疑难问题，一眨眼的功夫，爸爸就帮着解决了。想到这，她仿佛又听到了爸爸给她帮忙时常说的那句话："为什么叫小雅，就是要做一个高雅的公主，还要做一个勤思考、有办法的公主。再难的事也怕遇到动脑筋的人。"

好像受到启发，小雅拿笔写下："雅工作室"。然后掀开钢琴弹了一曲《妈妈的羊皮袄》，望着七块石头说："爸爸，这是弹给你听的，我和妈妈都很想念你，往后我不能天天想着你过日子，但要像你那样快乐地生活。"

3

开学第二天，沙老师在 B 市昆睿中学音体美教研组发号施令："哎，我说，正好你们三个都在，收拾一下办公室，刘老师对面办公桌上的电脑也调试好，要来个音乐老师。"

沙老师五十岁出头，声音洪亮，清瘦干练却长着络腮胡子，但那些胡子总是在配合着一张亲和的脸微笑。三年前他由副校长扶正，开始实现自己的抱负，倔强地狠抓小三门，结果升学考试课科目成绩略有滑坡。但就因为这么一点点滑坡，一些家长便不依不饶。迫于家长的压力，一年前，局里将他免职调来这里。但雁过留声，在一些好事家长眼里，狠抓小三门，带着师生又唱又跳的，不像校长更像社会老大，恰好姓沙，便送他外号"傻老大"。不过，很多了解他的人依旧佩服他的能力和人品，把傻字去掉，褒称他为"老大"。

音体美组的老师耿直、义气、无所畏惧。美术老师刘梅擦着对面的桌椅说："这几年，咱们组的人有出不进，现在，除了'老大'发配至此，又给补充一个，太阳真是从西边出来了。"

打球威猛，一贯往前冲的体育老师马烨被孩子们叫作"小马哥"，他调侃道："好钢用在刀刃上，有岗位空缺，要个人来给'小三门'却不给语数外，这可不是上面的风格啊。"

沙老师喝口茶看着众人说："啥叫好钢，啥叫刀刃，人这一辈子重要的不光是知识，不光是语数外政史地理化生，其实'小三门'更重。你们想想，当一个人走出学校踏上工作岗位，从这个起点看，周边的人有着大致相当的学历和专业水平，但在专业之外的修养和专长就差距大了。往小里说，假如大家工作都一样上心，有的人仅此而已，但有人还能用一技之长或艺术修养开拓人脉，或提升单位的文化品位，你说谁比谁强。再比如，一群人下班走出办公室，有人累得精疲力竭，对他人视若未见，有人却保持活力和优雅，仿佛冬日的阳光亦或是夏日的凉风送来，那周边的人是什么感觉。"

"小马哥"说："那叫气质，恰如雨天淑女执花伞，炎夏荷花映池塘。"

刘梅调侃说："哟，我们'小马哥'啥时候变斯文了。气质，这可是与生俱来的，像贵族的血统。"

沙老师站起来反驳："错，普通人也会培养出气质，但与少数精英通过钱来实现的方式不同。普通人的气质，真正靠的是咱们'小三门'，特别是基础教育阶段的'小三门'。美术老师把教学生画画的事干好，捎带着让他们把字练好。音乐老师把音乐教好，捎带着把舞蹈练练，这气质就有底子了。至于体育，别以为跟气质和品位无关。现在提倡终身学习，就是说除了基础教育阶段学到的知识外，其它之前学习的知识总会与之后的科技发展产生差距，甚至过时。但体育抓得好，能给孩子一个好身体，这可是一辈子都有用的。林黛玉貌美如花，举手投足温雅至极，但她的气质被病态给出卖了。"

体育老师李剑因为上体育课总在腋下夹根棍子，被学生戏称为"教官"，他假装拍马屁说：'老大'把我们'小三门'的价值讲得太透彻了，佩服，佩服。"

沙老师却意犹未尽地说："这是往小里说，我再给你们上升八个高度，讲一讲'两弹一星'元老、著名科学家钱学森钱老，当初，他受毛主席和周总理委托起草我国的核武器发展方案，到了思维受阻、无法继续的时候，他就让爱人朱玲给他弹奏钢琴曲，世界名曲，终于又打开思路……"

这时，教务处主任带着一位年轻姑娘走了进来。介绍和寒暄之后，他把苏小雅的工作交代给沙老师，然后离开了。

苏小雅担任八年级一个级部十个班的音乐课程，每周共十节课。感觉是每周的工作量不大，母亲的担心似乎有些多余。大家热情地招呼苏小雅落座，嘘寒问暖，礼节性了解关于她的一些可以打问的情况。

苏小雅像其他老师那样把课程表贴在桌子侧面的墙上，勾出所带年级的音乐课，发现明天上午第三节就有课，赶忙问沙老师，音乐课是在教室里上还是别的什么地方？有没有教材？

沙老师笑着说："有时候在教室，有时候在我们的琴房，但大多时候就在办公室。"回答让苏小雅一头雾水，正想问个究竟，沙老师又接着说："主任安排了，今天你不用上课，先让刘老师带你熟悉下琴房、音乐教室、器材室。有的舞蹈排练在这个大厅进行，所以舞蹈更衣室就在咱们这个教研组隔壁。"

苏小雅看着刘梅说："老师，那就麻烦你没课的时候带着我转转。"

谁知刘梅起身拿上挂在柜子上的钥匙说："随时可以带你去，我的课比较机动。"

我的课比较机动？苏小雅又是一头雾水。刘梅笑着说："体育老师一天要上四节课，风吹日晒，蹦蹦跳跳，有些辛苦。至于我们，累不着。"然后也不管苏小雅听没听懂，径直带着她上了实验楼的四楼。琴房、音乐教室、器材室、一架钢琴、几十架电子琴、一套架子鼓，还有投影和音响设备，可以说是应有尽有。

刘梅说："组长叫沙老师，只不过我们习惯叫他'老大'，也教音乐，很有才华，但一年、半年也用不了两回这些东西，确切地说一年、半年也没有几次机会用上这些东西。"

苏小雅疑惑地张大嘴巴，怎么会这样呢？

刘梅看看苏小雅解释说："体育毕竟在升学考试总分中占五十分，各位老师还能达成默契，保证体育课就上体育课，而音乐和美术几乎被边缘化，我们也长期被'生病请假了'。喔，先不给你说这些，要不了多久你自然会明白。"

下班前，老大交代同事们发扬音体美组的传统，友爱点，照顾好咱们小雅。这句话让苏小雅心里暖暖的。

生活打理妥当，工作已经衔接。中午，苏小雅简单地为自己做了点吃的，

却胃口不佳。就这么走上工作岗位了吗？成为人们寄以厚望因而要求也更加苛刻的教师，真的准备好了吗？能够胜任这一份工作吗？

一系列的问题，让只身一人来到高原的苏小雅既兴奋又忐忑。

4

果然，一切远没有苏小雅想象得那么美好，甚至开头就是乱麻一团，糟透了。

第一次音乐课是三班的，苏小雅专门找课代表交代，届时把同学们带到音乐教室。那个女孩眼睛躲闪，欲言又止。之后，苏小雅收到一个老师的短信说，平时这节课都是上数学，还让她好好休息。第二次课是七班的，她汲取教训提前到班上交代孩子们就在本班教室等着上音乐课，可当她费劲地搬着电子琴进班，孩子们全被生物老师带去做实验了。回到教研组，苏小雅把形同摆设的教材和教案往桌子上狠狠一丢。本以为会引起大家的关注，结果大家司空见惯，根本没给她倾诉或发牢骚的机会，就连"老大"也只对她笑了笑又低头接着写教案。

苏小雅这才感觉到，印象中"老大"和刘梅老师这几天好像也没去上过课。苏小雅对刘老师那天的一席话才有所感悟，但她不甘心，望着课表盘算起来。

下午第三节快下课时，小雅壮着胆子把五班的学生和数学老师堵在了班里，开门见山说："王老师，我想把每周的音乐课要回来上音乐，您看可以吗？"王老师吃惊地推推眼镜说："好啊，如果同学们也愿意的话。"

"好呀，好呀。""嗨，作业都写不完，还上哪门子音乐。""就她，能教我们个啥，唱儿歌吗？"教室里顿时炸开了锅。王老师让同学们安静，故作无奈地耸耸肩膀，示意小雅放弃。不料，小雅却对同学们说："明天咱们在音乐教室不见不散，往后，你们不上音乐课，或者我要求你们必须上音乐课，二选一，咱们看谁能说服谁。"说完，她又看着王老师问："老师，明天可以保证孩子们都到音乐室吗？"

"没问题呀，明天都按时去音乐室，听见没。"王老师说着话转身离开，还甩下一句："唉，毕竟是年轻人。"

第二天第四节课，五班同学齐刷刷来到音乐教室，一个男生抢先坐到一个女生的旁边。女生穿着打扮整洁规矩，长相好看，眼睛清澈明亮，面部表情略微严谨，有点高冷的范儿。她训斥那个男生："谢万书，谁让你换座位了。"

谢万书长相还不错，但属于并不突出的五官组合位置却极为合理的那种类型。他成绩原本稳居一班前十、全年级前三十，但这学期突然被编到五班。据说成绩严重下滑，把父母气得要死，感觉天都塌下来了。他可好，毫不在乎，还壮着胆子请求座位排在齐小雅旁边。当时，王老师用嘲笑、失望、愤怒的眼神看他，自然不理会他的要求。但王老师又对他寄予厚望，破天荒把班上排名倒十的他放讲台旁，相当于设置了 0 号位置。齐小雅对他的印象不太好，之前几次与自己尴尬相遇的人好像就是这家伙，总觉得他曾躲在远处打量自己，只是几次都没有把他抓住。

大家坐定，有的学生偷偷带着作业，有的学生嘻嘻哈哈，有的学无所谓，但大部分学生都带着挑衅的目光。苏小雅怕怕手："自我介绍一下，我叫苏小雅，我……"

同学们哄堂大笑，拍着手喊，"小雅，小雅。"里面还夹杂着起哄的声音："唱儿歌的齐小雅，唱老歌的苏小雅，全都老掉牙。"

苏小雅正打算高声呵止，却见刚才训斥男生的那名女生气呼呼地环顾四周，眼光扫过的地方立刻安静下来。

苏小雅这才意识到班上还有个小雅，她看看那个女生，对大家说："大家安静，咱们抓紧时间决定往后上不上音乐课，你们选个代表和我对话，看谁更在理。"

大家又喊起了"小雅，小雅，"还有同学示意要去与她商量。苏小雅点头同意。稍微扭捏、推托之后，那个女生，也就是齐小雅开始记录和商讨问题。

五分钟后，几个孩子回到座位带头喊，"小雅，小雅。"三遍后，呼声方停。那个女孩站起来说："老师，我叫齐小雅，我们有四个问题，一是你有什么本事？二是你能教给我们些什么？三是现在学习音乐能有多大意义？四是你知不知道我们的学习时间很紧张？"问完，又目光犀利地看着苏小雅说："老师，可以给您一点准备作答的时间。"

苏小雅心里乐了，一群小屁孩，短时间提不出更深刻或者更刁钻的问题。她干脆地说："我倒是不需要作答的时间，但我这也有几个问题，需要你们认真回答，所以，需要给你们准备作答的时间。"说着，她打开电子白板课件，循环播放《肖申克的救赎》《英雄儿女》两部电影的配音片段，以及《大海啊，故乡》的简谱和五线谱，字幕随之打出问题：一、聆听两段电影插曲你想到了什么？二、能单独唱谱的同学请举手。

问题出来，双方摆开阵势，苏小雅心中已有十万雄兵，孩子们却有些信心不足，但依旧装腔作势地绷着脸。

"好，我先来回答同学们的问题。"苏小雅说着坐到钢琴前弹奏《命运》，举手动作优雅，而落指刚劲有力。同学们刚刚受到音乐的震撼，她却起身敲起架子鼓，在干脆明快的鼓点中，《远走高飞》富有磁性的唱词把同学们被埋头苦学压抑的心情释放出来，随着歌声飘忽。之后，她又在电子琴上弹出《大海啊，故乡》优美的旋律。

一组音符划出休止。苏小雅起身自信地说："我对前两个问题的回答同学们还满意吧。这几天，我有三个班的音乐课都没上成，被别的老师用来讲题、考试了。所以，对于第四个问题，我想说，我知道同学们学习时间很紧张。但说句题外话，时间再紧张，难道就缺我这一节音乐课吗？至于第三个问题，等同学们回答了我的问题之后，我再作答，可以吗？"

八年级的孩子毕竟单纯，半数以上已经被苏小雅折服。至于她提出的问题，第一个片段有说不出的感觉，外文歌词更听不懂。第二个片段感觉似乎是在说教，不能上当。还好，毕竟有的同学报过兴趣班，有几个人能站起来唱谱，还有人弹了出来，齐小雅便是其中一个，而且弹奏基本准确。

苏小雅摇摇头说："两个问题，勉强答对半个，不要说我不满意，试问，你们自己满意吗？"然后，她走到讲台打开课件再次播放那些电影片段和插曲。先是女高音在肖申克监狱的上空回荡，字幕慢慢滚动："安迪趁监狱长外出，偷偷溜进他的办公室，找到一张唱片上面写着莫扎特，忽然想起好久没有听莫扎特了，便把唱片放进唱片机，并打开监狱的广播。整个下午令狱友们终身难忘……

瑞德回忆说，那个声音飞翔，比在这个灰暗地方任何角落的人梦想得都要高远，像一只美丽的小鸟飞进了我们这灰色的鸟笼，让这些围墙消失了。他还说，我不知道那两个意大利女人在唱些什么，也不想知道……"苏小雅旁白："尽管语言不通，但音乐以其通行的力量为你撬开禁锢，驱赶内心的灰暗，让你的思想自由飞扬，让你觉得未来可期。"

小雅注视着孩子们，很多孩子睁大眼睛，仿佛教室盘旋的女高音也放飞着他们的思绪，感觉变得美好。

苏小雅又再现《上甘岭》的电影插曲，字幕再次缓慢滚动："有段微信曾讲，某个学者去我国某所大学演讲，她问同学们最难忘的经典歌曲是什么，并努力引导，希望大家的回答是《外婆的澎湖湾》等校园歌曲，但此时，同学们一同起立唱起了《我的祖国》。"

苏小雅她又旁白道："我不知道这则微信消息是真是假，但这确实是一首难忘的、深情的好歌，传唱了几代人，让我们的爱国之心、家国情怀穿越世纪，历久弥新。真正的经典音乐才具备这种力量，也鼓舞着我们的力量。所以，只要我们学会用心去接受，很多音乐是不朽的。"

教室里，这样的音乐和旁白排斥了所有的杂音，但下课的铃声打破了宁静。苏小雅仍从容地在钢琴上弹完《大海啊，故乡》的前几个小节，才起身说："音乐是沟通的桥梁，是心灵的纽带，是梦想的承载，我渴望在每节音乐课与你们相见。"说完，来了个优美的谢幕动作，示意同学们下课。

走出教室时，两个小雅目光对视，齐小雅先是不服输，后又迅速躲闪。在集合离校的队列前，苏小雅挨个看着孩子们，目光最后落在齐小雅身上。女孩低头用脚搓着地小声说："好吧，暂时被你打败了。"却被旁边的谢万书高声翻译成：她说我们可以去上音乐课。结果被齐小雅翻了一眼，他赶忙补充说："括弧，我们老班同意的话。"

接下来的几天，八年级传开了，学校来了一个会敲架子鼓的女老师，人漂亮，话说得更漂亮。苏小雅不确定这到底是褒是贬，但她已经逐步达到目的，十个班都能来上音乐课。她为此也多少有些妥协，答应每节课给孩子们十五分钟的

自由时间，做其他与学习相关的事。

苏小雅在教研组提及齐小雅，说感觉这个孩子还不错。刘梅却说："这个孩子本来还可以，但被单亲家庭毁了一半，尤其她爹，一天就知道逼着孩子学习，别的什么都不让干，而她偏偏不具备太好的学习天分，比别人更用功，成绩却比别人差一截，充其量是个中等生，而且还把音乐、舞蹈的兴趣特长给荒废了。"

苏小雅说："但她在班上的威信很高啊。"

"小马哥"解释说："那是余威，毕竟早几年各方面都还不错，再说，漂亮的女生更能服人，或者更能得到人们的谅解，不是吗？"

"教官"补充说："其实也跟她身处单亲家庭有关，单亲家庭的女孩，有的会破罐子破摔，有的则因为谨慎保守而透着高冷的杀气。"

5

在门口值班的陈副校长迎着沙老师问："参加全市青少年艺术节的事安排得怎样？"

沙老师说："这事倒是安排了，但因为苏小雅主动请缨，节目和背景画都由她指导五班完成，所以我这心里还不踏实。本来想还用前两次获奖的保留曲目，但小雅不肯，想上新节目。你看，年轻人难得有这份勇气和闯劲，我不好拒绝啊。"

陈副校长想了想说："也是，年轻人总要有锻炼成长的机会，先让她弄。你随时关注，并做好启用保留曲目的应对方案，再叫刘梅老师悄悄设计背景画，以备替代，舞台设计今年轮到我们学校参与，那可是要拿给全市人民看的。"

苏小雅不知道陈副校长和沙老师的"密谋"。她在五班的音乐课上给每个同学发歌单，《我和我的祖国》，钢琴教唱两遍后说："大家在这个周内把歌曲唱熟，下周音乐课开始排练，我们这可是要代表学校参加艺术节比赛，大家要努力。"

下面哗然。"以前，这种活动不都是全校选人组团吗。""我们班这回算是中大奖了。""这歌好听不好唱呀。""学习都顾不过来呢，能不能换个班级。"包括齐小雅也表现出反感，想说点啥，但被苏小雅坚决的目光制止了。

一周后的音乐课上，苏小雅兴高采烈地拍拍手说："按计划，我们今天开始排练，时间紧，大家都配合点。来，先齐唱一遍，抽查一下安排的任务大家完成得怎样。"

歌声响起，高低、快慢、不齐。再看同学们，有的嘴型与声音完全对不上，有的调对词不对，还有几个在偷偷写作业。苏小雅知道，大家显然没把这事放心上。但时间紧迫，不能把关系搞僵了。她走过去把三个同学偷写的作业没收放在讲台上，再和颜悦色地一番动员，直到同学们勉强点头。她试着问："一名指挥，两名男女生领唱，一人钢琴伴奏，全交给你们可以吗？"

话音一落就冷场了。在苏小雅目光的逼视下，有个男生壮着胆子说："小雅可以弹……"说了前半句，后半句就被齐小雅凶巴巴的眼神秒杀，又是冷场。但苏小雅之前做了功课，对班上同学这方面的特长，以及有哪些同学参加过兴趣班都有所了解，便指定班长负责组织，团支部书记和学习委员担任领唱，谢万书指挥。末了，对齐小雅说："据说你的钢琴基础不错，伴奏就交给你。"

齐小雅冷冷地说："我可不行，几年都没摸过，忘完了，我们可以像别人那样用电脑配乐呀。"

苏小雅说："电脑配乐，实力就打折扣了，钢琴我可以教你捡回来，你要相信我。"

谢万书犹豫地说："老师，我可是个瞎指挥，成事不足败事有余，还是换人吧。"但他心里想的却是，小雅上我就上。

苏小雅很是期待地说："我知道你当过指挥，有底子，你这形象也不错，我教你几遍，个人勤加练习。"

看着齐小雅和谢万书被老师动员，团支部书记和学习委员心里虽然也在打退堂鼓，却欲言又止。

班长叫张鹏飞，因为多数成绩按照百分折算后都在94分左右，虽然倍加努力，但很难再有提高，所以同学们叫他"奔六"。此刻他似乎不买小雅的账，站起来气呼呼地说："还是那话，老师你知道我们有多忙吗？这事我组织不了，一

是没时间，二是大家对这事根本不上心，组织在一起也是滥竽充数。"这话一语中的，有较强的杀伤力。

不料，苏小雅对他说："你只管组织，我去和你们王老师说，到勤率和时间会有保证。"

班长不情愿地坐下，嘴里嘀咕："你去试试看，也太不了解我们老王了。"苏小雅被顶撞，很没面子，心里也有些窝火，但还是强压着教大家学唱参赛曲目。

下课后，班长气呼呼地率先冲出教室，七八个同学跟在后头起哄。齐小雅难为情地从牙缝挤出一句话："老师，别去找我们老班，还是换个班吧。"

面对学生这样的表现，怎么能不去找他们老班呢。苏小雅几乎是气冲冲地来到王老师办公室，说明来意，等着这个快五十岁的阿姨给她撑腰想办法。

王老师吊着脸足足瞪了苏小雅十几秒钟，没好气地说："我问你，为什么安排我们班？我们班的成绩全年级排名中下，你还嫌我们不够丢人吗？你还嫌我们时间多吗？跑我这要时间，数学课都给你排练节目，行不？敢要不？不要认为我们班好欺负。"一连串的话，一句高过一句，整个大办公室的人都听见了。

苏小雅出乎意料地被质问，也被吓住了，近乎结巴着说："对不起，我刚来学校，不太了解咱们班的情况，只是觉得……"

王老师打断小雅，像训斥学生那样说："你觉得，什么叫你觉得，我告诉你，不了解情况就回去了解清楚，想好了再来。"说着还向门口指了指。

苏小雅更是被训蒙了，站在那不知该怎么办，脸憋得通红。幸好教生物的那个大姐姐前来解围，一边阿姨长阿姨短地劝王老师冷静，一边带小雅离开办公室，还安慰她说，"王老师刀子嘴豆腐心，别往心里去。"但这时听到王老师还在生气地说："年轻人分不清主次，也太急功近利了吧。"

节目是学校的安排，也是音乐老师的工作所在，却被说成是急功近利，苏小雅心情沉重地回到音体美教研组，刘梅察觉到情况不对，便问："小雅，你这是怎么了？"

一句话引出小雅原本在眼眶里打转的泪水，她哽咽着道出原委。

"小马哥"生气地说："嘿，她那么强势，谁敢欺负她。"

沙老师瞪了"小马哥"一眼示意他打住，然后对小雅说："这也能理解，都是被考试和排名给压的，其实王老师人挺好，也很有责任心，我抽空找她说说，你别着急，更别往心里去。"

<h1 style="text-align:center">6</h1>

回到家，小雅觉得心口堵得慌，直接瘫倒在沙发上。学生的懒散、顶撞、起哄，王老师的表情和毫不留情的训斥，好多画面都在脑子里盘旋，身体软绵绵的大脑却异常兴奋，各种难受的感觉仿佛被关在大脑里，此刻，它们正在往外撞，让她头痛欲裂。

半夜，苏小雅突然爬起来跑进卧室，把衣柜里的衣服随意叠成一沓，打开行李箱放进去，却在合上箱盖时犹豫了。她从盖子的夹兜里拿出两张旧照片，其中一张照片是她高二那年爸爸在野外拍了带给她的。

坐回到沙发，苏小雅望着照片和茶几上的石头陷入回忆。

"小雅，你看这些山谷像什么？"

"爸爸，山谷就是山谷，还能像啥呀，莫非西北的山谷和我们这的山谷不一样？"

"那倒不是，但我觉得这些山谷像琴弦和五线谱，你听听，有什么声音。"

"爸爸，这荒秃秃的、死沉沉的，哪能听出什么声音呀。要是在我们这里，有泉水或溪流，牵强一点，或许有高山流水之音。"

"其实，泉水、溪流、山谷只是不一样的琴弦，我们西北的山谷虽然荒芜，也是琴弦，都要有人去拨动它，去做那上面跳动的小小音符。否则，它就会这么无声的寂寞的躺着，让狂风和残阳为它唱挽歌。你再仔细听，看着正在消融的雪去听，看着被风吹弯腰的草去听，有声音吗？"

经这么一说，苏小雅似乎真的听到了呜呜的风声，画面果然有着万般的悲凉，也有着羌笛般的委婉，或者号角般的豪壮。

爸爸接着说："野外勘测与钻探作业很艰辛但也很快乐，那时，我们就是天才的演奏家,深深浅浅、跌跌绊绊的脚步就是我们敲出的音符。每到艰苦的境地,我们就好比是在以贝多芬第五交响的节奏敲击蛮荒,而大地厚重,每次敲击都有舒缓的回音,与野花灿烂的寂寞,与牧羊人高亢的长音,与雄鹰突兀的嘶鸣,以及冰雪融化的声音和谐相融,身临其境的人都如痴如醉。"

"爸爸,我们这的山川河谷不也是被人弹响的琴弦和音符吗?"

"那倒也是,但江南的丝竹之音哪有西北的羌笛和马头琴豪迈,一个犹如月下的缠绵私语,一个是游荡在天边的天籁。一个是愠而不怒的黄酒,一个是想要撕裂你的马奶酒、青稞酒。不说孰优孰劣,至少我喜欢这片山川的朴实、粗犷与真诚。"

"爸爸喜欢我就喜欢,我想去感受一下。"

"等你大了,自己去。现在,爸爸给你看一样东西。"

"哦,是石头,上面还有五线谱和音符,是你刻的吗?"

"对,你看,这是第一块,在昆仑山下一条干涸的河沟里捡的,那个河沟向上通往一处世纪冰川,我们在河床地下发现了富矿。那时爸爸很高兴,一高兴就想起了我的宝贝闺女。我就在那捡了一块好看的石头,上面刻了中音的2,它在吉他的 G7 和弦、C 和弦中音色最明亮欢快,最像我漂亮爱笑的小雅。"

"爸爸,为什么音符是蓝色,而五线谱是红色的?"

"我这是有考量的。第一层含义,如果把生活比作大海,那么音乐就是海上的浪花,跳跃着,让生活有声有势,所以音符该有大海的蓝色。第二层含义就更深刻了,大海犹如我们人类的故乡,我们每个人都怀着热烈的乡愁在外奔波,每走一步都要想清楚我是谁,要到哪里去。所以,五线谱犹如我们寻找乡愁的一条条路,虽然坎坷、艰辛,但我们的心始终是炽热的。"

回想至此,小雅放下照片,拿起刻着音符2的石头,红色五线谱和蓝色音符的凿痕有着遒劲的触摸感,仿佛一股力量贯入手臂,直至内心深处。她回到卧室把衣服重新放回衣柜,洗漱睡觉。

第二天上午,沙老师、刘梅和小雅都没有课。但办公室只有苏小雅一人,注意力仍然在艺术节这件事上,只是精神欠佳,一筹莫展。毕竟是新来的小丫头,就算是准备好去碰一鼻子灰也需要极大的勇气。

快放学时沙老师和刘梅一起回到办公室，刘梅对苏小雅说："背景画就按你的想法让学生来设计，五班的蒲佳佳同学是个合适人选，去找她谈吧。"小雅听了，还没开口说谢谢，手机又响了，王老师在电话那头说："昨天我的态度不好，小丫头可别生我的气啊，这样，排练节目的事我在班上强调一下，但你要盯紧点，这帮熊孩子，干什么事都有点提不起来、拿不出手。"

一百八十度大转弯啊。苏小雅猜到"老大"和刘老师一个上午在忙啥，感激得都要流泪了。

7

齐小雅在自己的小屋里蹑手蹑脚翻箱倒柜，终于找出一张缩小版的钢琴键盘纸，照着老师专门为她准备的伴奏曲谱敲击着，手指尽可能地轻，不料还是被客厅里的爸爸听见，门被一股酒气推开。

"小雅，你在干什么？"

"我，我在练习老师给的乐谱，五一要参加艺术节活动。"

"参加那种活动有个屁用，我告诉你，给我把精力都用在学习上。"

"我，我在学呀。"

"在学，在学为什么成绩上不去？"

"我，我学习已经很尽力了，数学老师还说我有进步。"

"狗屁，从53到57也算是进步吗？大好的时间拿来练琴也算是学习尽力了？就算成绩有进步，那还能更好呀。更好你懂吗？当年我如果不是安于现状，如果能让自己变得更好更优秀，你妈妈就不会看不起我，就不会和我离婚。所以，你必须努力学出个好样来，将来才不会被人看不起。"

"我只是中间休息才……"

"嘿，你这个孩子还敢跟我犟嘴，我让你犟。"齐小雅爸爸将乐谱和键盘纸撕成两半往地上一丢，转身出去继续喝闷酒。

齐小雅委屈地写着作业，心里不停埋怨苏小雅。

其实，谢万书的父母此时也在针对苏小雅。

谢万书的爸爸突然推门问："万书，你怎么在玩手机，看的是啥东西？"

"看别人怎么指挥，五一有艺术节活动，我是指挥，但我不想像以往那样瞎指挥。"

"以往，你还好意思说以往，以往你的成绩在年级排第几，现在第几，还有工夫看人家当指挥，你就别凑那个热闹了，先把名次赶上去再说。"

谢万书顶撞说："音乐老师安排的任务总得完成吧。"心里却想着，齐小雅在台上伴奏，我在台上指挥，那多好。他也知道，担任钢琴伴奏，齐小雅虽不情愿，但也推不掉，所以一定会认真练习。所以，担任指挥他也必须上心。

谢万书的妈妈不知什么时候也走了进来，不屑一顾地说："又不是什么主课老师，没必要听她的。不行我给你们校长打个电话，问问他学生的主要任务是什么。"

万书的爹是某局局长，母亲是某公司老总，自认在很多地方和场合还是说得上话，所以二人说话一贯底气很足。现在，他们用这种语气威胁孩子，同时也在指责学校和老师。

"不行，你们如果给校长打电话，我就离家出走。"谢万书话一出口，父母就没声了。显然，这个被惯大的男孩在家更霸道，就好像他才是家长。

只有蒲佳佳的情况要好一些。十一点多，等她写完作业走出小屋，爸爸已经把尚未完成的画稿铺好，等着陪她继续着色。画稿上已经勾勒好布局和线条，蓝色的海洋，飞翔的海鸥，青春的笑脸，远去的风帆，镂空的主题文字，看上去有层次感。

妈妈递上一杯牛奶说："这几天，天天十二点多才睡觉，这还得熬几晚啊，到底能不能按时交稿啊。哎呀，你怎么摊上这么个苦差事。"

佳佳一边喝牛奶一边说："母亲大人请注意用词，不是苦差事，而是历练与发挥特长，你看，这画的构思怎么样，这里要填充欢快的蓝色，这些海鸥当然是洁白的，至于这些……"

不等佳佳说完，不懂绘画的妈妈敷衍说："嗯，好看，真好看。"

爸爸却若有所思地问："有没有觉得这个背景设计有些大众化，缺少点新颖的内涵或者个性，交上去别被打回来。"

爸爸的话给得意的佳佳泼了一瓢冷水，她收住笑容说："别呀，这可是本姑娘深更半夜呕心沥血创作的，打回来，那他们就另请高人吧，本姑娘懒得伺候。"

正所谓，家家有本难念的经，学校也有学校难念的经，学生夹在学校老师和家长之间，有本更难念的经。

8

三月下旬，周二中午，苏小雅心情不佳地往琴房走。刚刚看到妈妈发过来的微信照片，墨弦和两个年轻姑娘在店里挑婚纱，脸上满是高兴的神情。妈妈还问她是不是非要在 B 市工作，再不回来，墨弦就是别人的了。

小雅使性子回复妈妈微信："是别人的又怎么了？我根本就不喜欢他。"但她心里还是有一种莫名其妙的失落情绪。让她情绪更糟的是节目，以及五班这群提不起来的熊孩子。节目要提交组委会预审，所以上周五抽空组织孩子们录像，但孩子们没精打采，声音放不出来，动作也不整齐，录制的效果很不好，沙老师和刘梅老师勉强答应把节目拿去送审。所以，直到现在她都预感节目会被打回来。

苏小雅疾步来到琴房，果然孩子们没有意识到他们的错误，跟在身后慢慢腾腾、有说有笑，进了琴房半天安静不下来。

苏小雅突然歇斯底里地喊："都给我站好，闭嘴，来这干什么不知道吗？"

同学们这才按队列站好，一个站在后排的男生还不情愿地说，"那么凶干嘛？又不欠你的。"

苏小雅继续对着孩子们吼："不欠我的是吧？行，齐小雅你去伴奏，领唱和指挥都站到自己的位置上，大家把歌曲唱一遍，练了这么久，看看你们都有啥进展。"

果然，表演的效果跟上周五录制的差不多，几乎没有长进。

节目拿不出手是显而易见的，加上老师的责怪，多数同学态度端正了些，但还是有那么五六个摇头晃脑毫不在乎，更加勾起苏小雅的火气，首先冲到谢万书跟前，指着他说："最重要的是指挥，你知道吗？你看你指挥的节拍够吗？导向明确吗？真的要当一个瞎指挥吗？"

谢万书欲言又止，但看向苏小雅的目光毫不示弱。

苏小雅又冲到齐小雅跟前说："合唱的伴奏也很重要，这一点你是明白的，而且要注重细节，要把握好节奏，你哪一点做到了？跟进大豆似的，不知道多练习练习？"

这一回，谢万书不干了，他直接向前跨出两步说："老师你只知道批评别人，你知道我是在顶着家长的压力练习指挥吗？还有小雅，她有多不容易你知道吗？在学校，你和老王能给她多少时间练习？回到家，她那个酗酒的父亲只关注她的成绩，别的什么都不让做。对了，齐小雅，把你的键盘纸和曲谱拿出来给老师看看。"

因为委屈，齐小雅顺从地拿出用胶带粘补好的键盘纸和曲谱。苏小雅看了为之一愣，顿时有些后悔，但碍于自己的面子，仍然用责怪的眼光注视着大家。

谢万书接着说："你安排我们一个班单独完成艺术节的节目，其实就是一个错误，现在，家长和学校的重点都在学习和考试成绩上，有多少家长和老师会支持我们干这些事。你只是一个新来的老师，天塌下来会有大个子撑着，何苦把这个苦差事揽到你头上，也揽到我们头上？"

班长"奔六"接上话茬说："老师，听我爸说你还是个临时工，下一步需要考试转正，考不上迟早会卷铺盖卷走人，还不如多用点时间复习，我们也跟着轻松好过一点。干脆找学校换人另外安排节目，让我们回去学习吧！"

听班长这样一说，有几个同学起哄说："对，回去写作业去。"

苏小雅不加思索地说："不行，我看谁敢出去。"

但此时，第一节课的预备铃响了，一个班的同学鱼贯而出，还有人甩下一句话，"第一节上体育，玩去喽。"

苏小雅坐在地板上，孤独无助，一肚子的委屈还不知道找谁诉说，陈副校长就打电话让她过去。等她到办公室，陈副校长看看她说："节目排练是不是很不顺利，干脆放弃吧，学校换人另外安排节目还来得及，你刚来这，不适应这的气候，不该在工作上给你太大的压力。"

苏小雅不服输地问："为啥？"

陈副校长毫不避讳的说："有家长投诉你为了排练节目耽误学生的学习，占用了大量的学习时间，孩子晚上也休息不好。"

"可是，不管安排谁不都要排练吗，不都要占用一些时间吗？除非，我们学校不参加这次活动。"

"但是像你这样选人，一个班动静太大，家长的意见也比较集中。更为关键的是，沙老师打电话说学校报去预审的节目，人家很不满意，认为还差得太远，那个背景画也不满意，还需要重新设计，所以，这段时间你们做的都是无用功。"

"无用功，怎么会是无用功呢？节目不好，还可以抓紧练，背景画也可以再修改完善，反正我不同意换人换节目。"

"小雅老师，你怎么这么固执呢？这个节目我们完全有更为轻松的现成的替代品，为什么非要让孩子们花那么多工夫呢，得不偿失啊。就这样吧，这事你就不要管了，先回办公室去，我再另外安排人。"

苏小雅强忍着眼眶里的泪水说："有点不舒服，可以回家去吗？"

陈副校长和悦地说："不舒服呀，快回去休息吧！"

此时，关心的话语在苏小雅听来就是虚伪，她抹着眼泪跑出了校门，正好被上体育课的五班学生看到。

谢万书对齐小雅说："老师跑出去了，好像在哭。"

齐小雅责怪万书说："看到了，都怪你说话那么刻薄。"

谢万书不好意思地点头说："我本来是想忍的，但看她那样冤枉你，就没忍住，不过，班长说话更过分。"

两人都转头看着班长。"奔六"也一脸的愧疚，但嘴不饶人地说："看我干嘛，全班都有份。"

迭代时光

蒲佳佳挤过来说:"我的背景图应该也被打回来了,真想放弃,太难了。不过,小雅老师更难,和我表姐差不多大,表姐还在家里跟个公主似的被宠着,小雅老师却在我们这挑大梁受大罪,太委屈她了,得想想办法。"

奔六说:"为啥哭还不知道,明天再说,正好有音乐课。"

到了第二天上午,王老师对五班学生说下一节音乐课上数学。没说啥具体理由,白捡了一节课还一脸不高兴的样子。

下午,刘老师见苏小雅还没来上班,电话也无人接听,便对沙老师说:"老大,小雅还是联系不上。"

沙老师说:"还是个小丫头嘛,遇事想不通,使使性子,可以理解,兴许明天就没事了。"

刘梅担忧地说:"我看未必,小丫头倔强,什么事不会放得那么洒脱。对了,艺术节的事,陈校长决定让我们顶上去,这样把小雅灰溜溜地撇开,合适吗?"

沙老师说:"合不合适得看小雅,等明天她来再说。"

周五早上,苏小雅还是没来上班,电话还是无人接听。大家耐着性子捱过去半天,但下午两节课后还是不见人影。小马哥最沉不住气问:"刘梅,那天被王老师训斥,小雅是不是觉得心里堵得慌?"

刘梅点了点头,看着沙老师。

"小雅上高原才一个月,容易高反,你们可别吓我啊,快走,去给校长汇报。"沙老师一边说一边示意刘梅跟自己走,结果险些和推门进来的校长老彭撞个满怀。

"校长,我们小雅老师两天没来上班了,原因是……"

彭校长打断说:"我刚出差回来,情况只掌握个大概,别的先不说,先联系到人。"

李剑说:"该不是受不了委屈,一声不吭就回老家了吧。"

彭校长瞪他一眼说:"要真是那样就好了,但我们不能只在这想象,必须联系到她本人。"

刘梅赶忙说:"我去过小雅家,要不先带你们去她家里看看,其实,昨天下午放学我去敲过门，好像没有人，灯也不亮。"

彭校长果断安排说："那就走，老沙把车开上，刘梅再去叫两个学生。"刘梅犹豫地说："学生在上课呀。"

彭校长解释说，这种时候坚持上课没那么重要，解铃还需系铃人。

苏小雅上班以来，刘梅拿她当妹妹照顾，所以去过她家两回，也听她讲过关于爸爸的事情。现在，趁着往石油勘探小区赶的当口，刘梅简单介绍了所知道的情况，包括刻着音符的石头和令苏小雅难忘的对话、舞蹈。

9

离 B 市西南方近百公里有一处垭口，新旅游公路从垭口穿过，公路通往野牛沟和大峡谷，垭口侧峰高耸，陡坡举起平台，所以人们把这形象地叫牛角垭。

苏小雅站在侧峰上，听着呼呼贯耳的风声，想起了爸爸带她爬上来的情景。

"爸爸，我们这是在弹奏大地，每个脚印都是音符。"

"对，不过高原缺氧，你适合先用慢板。"

"没事，我长大了，没那么娇气。爸爸，告诉你，锻炼很重要，在那边，我每天坚持跑步。"

"好好感觉一下，呼吸顺畅吗？眼睛花不花？头晕不晕？"

"爸爸，放心，这些反应都没有。"

苏小雅记得那时，爸爸向她伸出大拇指，然后在地上分别画出两块踮脚可及的网格，都是横七竖三，再标上音符。然后问她："宝贝闺女，想不想跟爸爸来一曲部落版的歌伴舞《妈妈的羊皮袄》？"

"爸爸，这歌都老掉牙了，而且也没有服装和道具。"

"所以是部落版嘛，简单粗犷，你想一想该怎么配上和弦，然后用脚踩踏这边的这些网格。我一边唱歌一边在那边的网格里踩踏出简谱。像这样，咚咚咚咚，当当当当，保证好玩。"

新鲜、自在、奔放、投入。

小雅到现在都记得那次和爸爸一起舞蹈的感觉，她还提议交换角色跳第二遍，但爸爸不让，怕引发高反。于是，她挨着爸爸坐下来，在爸爸的肩上敲着和弦，爸爸反复唱最后一句："告诉我勇敢向前，告诉我勇敢向前。"

歌词又在耳边回响，把苏小雅拽回现实，她弯腰画网格，起身舞蹈歌唱，一曲终了接着一曲，直到喘不上气来。她捡起一块带点锈红的石头，回到路边等候出租车。

回到家，苏小雅蜷缩在沙发一角，直到斜阳西沉，一缕阳光斜射进来，给茶几上的石头披上金色，而那些音符像是在时光中舞蹈。她伸手拢一拢长发，拿出捡回来的石头走向卫生间。这时，门响了，还有呼唤她的声音以及杂乱急促的脚步声。犹豫片刻，她走过去开门。

"哎呀，小雅在家呀，太好了。"五个人随着刘梅的声音走进来。

苏小雅本想礼节性地向大家点点头，但潜意识执拗地驱使她继续走进卫生间，打开水龙头洗刷石头。刘梅打破僵局招呼大家落座，还大声问茶叶和杯子在哪，给大家倒点水喝。

谁知苏小雅毫不理睬，径直走到茶几前拿起一根钉子在石头上一下一下地刻。刘梅又想开口，被校长制止。客厅里一片安静，只有钉子划过石头的声音，但这种声音在此时格外刺耳，因为，那是两种硬质的物体在博弈。

突然，苏小雅的左手猛地哆嗦了一下，显然是被钉子划破了。沙老师赶忙从钱包里拿出一个创可贴交给刘梅。

小雅几次推开刘梅的手，但还是拗不过这位大姐姐给她包扎，便生气地坐下，掀开琴盖，用力胡乱敲击键盘，敲着，敲着，转为更加有力的音符，3331,2227……，血渐渐渗透出来，她全然不顾，反而觉得酣畅。

如此僵持也不是办法。彭校长起身说："小雅，我们回去了，你好好休息，周一就回来上班吧。"大家都站起来，准备跟着离开。

不料，琴声戛然而止。苏小雅带着哭腔说："你们也太过分了，我还没吃饭呢。"其实她本来是想责怪学校，不顾她的感受就否定了自己付出的全部努力，而现在连一句安慰的话都没有。但话到嘴边却改了口。她想，校长带这么多人来找她，已经够了。

众人喜出望外，刘梅马上说："好，想吃啥，姐姐留下来给你做。"

不料，苏小雅耍起了脾气，委屈地说："你们，你们全都留下来陪我。"这句话差点把校长和沙老师逗乐了，赶忙应允下来。

校长说："正好周末，沙老师你负责找班主任给两个孩子的家长请假，并保证晚上一定安全送孩子回家，刘梅去厨房看看都有啥可以做，做多做少都在家吃，我们小雅受委屈了，也想家了。"

小雅破涕为笑，拿杯子给大家沏茶。

得到家长的许可，齐小雅和蒲佳佳都很开心。校长和沙老师慢慢品着产自浙江的白茶聊天，偶尔去帮刘梅做饭打杂。苏小雅带着齐小雅练琴，蒲佳佳在旁边跟唱了一遍，目光转向小雅陆续设计完成的背景墙和刻着音符的石头，若有所思。

待齐小雅单独练习时，校长把苏小雅叫过去说："节目，你现在是怎么想的？"

小雅说："校长，我想换节目。"

沙老师疑惑地问："换节目，你同意了？你生了几天的气，跟自己较了几天的劲，结果选择了放弃？"

"不，你们别误会，我是说只换节目，但不换人，也不换成那个保留曲目。这是你们来找我的那一刻我才决定的。之前，我真的在犹豫该不该放弃。"

校长关切地问："剩下的时间不多，有把握吗？"

小雅坦诚相告："没把握，但多少有点想法。"

校长耐心地问："说说看。"

苏小雅说："其实我选的歌曲非常好，主题鲜明，积极向上，动听又鼓舞人。但是，我可能忽略了一个很现实的问题。我们的学生现在把心思和时间几乎全都用在了学习考试上，一天的生活节奏感太强，情绪过于压抑，久而久之，让他们唱饱含深情的歌，内心再激动也放不开嗓子，更不会运用感情。而且，他们从小学到中学估计都很少上音乐课，平时在家，也只

是跟着网络唱流行歌曲，缺乏正面引导和技巧训练，短时间内很难达到演出要求。所以，我打算换一首舒缓一些的，甚至是我和孩子们的自创。因为，我真的想让孩子们通过参加艺术节去体会音乐的魅力，而不是因表演而登台，为唱歌而唱歌。"

"自创，有想法了？"

小雅思索着说："想挖掘咱们昆睿的内涵，还想思考到底应该回归什么样的校园，才能让孩子们既成就学业又焕发朝气。感觉很难，好像八字都没一撇，但最迟周二必须把曲目定下来，周三音乐课才不至于浪费时间。"

彭校长想想说："你的分析我个人还是有几分赞同，其实，这次出差开会的内容与你说的现实也有关，只不过站得比我们高，问题看得比我们透，设计比我们全面科学，一句话，下一步会重视'小三门'，逐步纳入升学考试并加大分值。"

苏小雅问："那换节目，但继续由我来指导同学，包括修改背景图，您同意了？"

彭校长点点头："原则上是的，但真的得到自己的赞同，才会有必成的信心和毅力。"

苏小雅思索片刻，坚定地说："我知道了，我不放弃。"

琴声不知道什么时候停的，两个孩子都专注于三位老师的交谈。蒲佳佳悄悄对齐小雅说："你和班长把同学们好好组织起来，再别不在乎了，再不能让老师受委屈。"齐小雅点点头回应说："那自创歌曲，你得想办法帮帮老师，要尽全力。"

当天晚上十点多，王老师发现班长在本班家长微信群连续发了三条消息。

第一条确切说是简短的检讨书加动员令："各位同学，前期的排练我们做得很不好，包括我在内的一些同学甚至有些过分，在此向老师和同学们道歉。接下来该怎么办不用多说，艺术节不光是某一个人的事，也不光是站在台上表演一个节目并博得掌声。小雅加油，五班加油，让昆睿荣光焕发。"

第二条其实是一首老歌：让我们荡起双桨，小船儿推开波浪……

第三条是真情告白："尊敬的各位叔叔阿姨，还记得这首老歌和你们当年的校园生活吗，歌中的场景想一想都那么美好，但它离现在的我们是那么的遥远。人生毕竟有那么多有意义的事情和美好的东西，难道伴随我们青少年时代的只有学习和分数？"

家长们已经开始回应，有各种表示赞同的图标，也有少数几个问号，具体表示质疑还是引发了思考，不得而知。王老师犹豫再三，发了同意和点赞的图标。

谢万书的爸爸放下手机，推一推近视镜，看着儿子写的歌词自言自语："主题要志存高远，还要适合舒缓的演唱节奏，那有的字词还得改呀。"

谢万书开玩笑说："老爸，需不需要把你们局的秘书叫过来。"

爸爸瞪他一眼说："叫秘书来，还算我儿子的首创吗？"

谢万书不好意思地说："也不全是我的首创，这里头有同学们的感受，有老师们的想法。特别是小雅老师的故事，以及她的雅工作室，给了我们启发。"

第二天一早，苏小雅看见谢万书发过来一个笑脸和一句话："老师，您会谱曲吧。"

苏小雅想，你小子真是小看本尊了。但苏小雅还没来得及回信，谢万书又发来一段话，是取名《青春咏叹调》的歌词，落款昆睿中学。

江河源，水清清，睿园朗书生。雪满园，隔窗望，昆仑志高远。

晨钟早，整精神，心中梦想始于行。铃声完，星月升，师长教诲扬风帆。

少年啊，园中韶葵菁菁，台前桑梓不语，可曾定下攀登的目标，又把什么装进行囊？

少年啊，山川为谱路为弦，踏响音符伴青春。

这么好的歌词居然出自学生之手，完全打消了小雅坚持原创的顾虑，她飞身来到工作室开始作曲，一忙就是两天，几易其稿，落于休止。

周一，小雅迫不及待地把整理好的词曲交到沙老师手里："老大，本小姐和孩子们的拙作，看看行不行。"沙老师吃惊地看看小雅，看看手稿，拿把吉他试

唱。末了说："感觉很不错，也很新颖，神速啊，简直刮目相看。"

教官、小马哥和刘梅都走过来，七嘴八舌地议论："呵，还真的不错。""再看看这歌名，这词，既有我昆睿励志高远的文化底蕴，还充满对美好未来的向往。""是，是，主题鲜明，谁敢相信这是我们的原创。"

沙老师诙谐地说："词，我也没本事往更好里改，但容我和小雅把曲子再推敲推敲，之后，它就真的成为我们的原创了，这便宜捡大了。小雅，你看这的节拍再延长两个半拍，旋律是不是更舒缓，更符合唱词，还有这，音符改成这样，唱词是不是更圆润……"

早读时间，蒲佳佳也得到王老师允许来找刘梅老师修改新设计的背景画。在交流、商讨和修改之后，全新的背景画诞生了。画框的中区是学校，主体取自昆睿中学的睿搏楼，远焦是雪线分明的巍巍昆仑，国画的色调优美厚重。学校与一条弯曲的小径相连，小径两侧是丛生的草木，由近及远，草木中有特写的向日葵和豆蔻，也有带刺的荆棘。小径上依稀可见的车辙与足迹像五线谱，空中似乎有几个音符正在飘落，落在它们该有的位置上，懂音乐的人可以看出它们排列的节奏舒缓，给校园配上咏叹调。

沙老师拨通电话："彭校，能否请您移驾本教研组？"

"'老大'发话了，我敢不来吗。"

不一会，彭校长走了进来。小雅眼尖，看见陈副校长隔着门缝不好意思地张望，便微笑着招手请他进来。

小雅哼唱，沙老师弹出主旋律为小雅伴奏，一曲终了。两位校长点头表示赞赏。陈副校长自我解嘲说："词虽然有点稚嫩，但写得真好，我这个语文老师也有点自愧不如。小雅你可别怪我，这都是我把你们逼出来的。"

苏小雅玩笑着说："好吧，不怪你了。"

彭校长说："热烈祝贺咱们的原创诞生，但是，我们该怎么隆重地把它搬上舞台呢？"

沙老师说："我们合计过了，前面两段逐句独唱，后面两段合唱，全曲由五班齐小雅钢琴伴奏，独唱转合唱时，我们苏小雅单簧管推波助澜，紧接着，我和苏小雅用美声高音唱腔陪衬合唱，让主题和梦想飞翔。"

众人点头，仿佛听到了回荡的音乐，看到了飞扬的梦想。

10

曲目和背景画顺利通过二审，但节目排在倒数第三个，属于鸡肋的位置。苏小雅觉得美中不足，沙老师却说："舞台总监是我的学生，当年调皮捣蛋，若不是我给指条明路，仅靠他那点文化课成绩，上不了大学。到时，你按我说的去做，包你满意。"

季墨弦在演出之前看到了苏小雅带着孩子们彩排的视频。是苏小雅妈妈转给他的。他看了好几遍，才鼓起勇气联系小雅，不敢打电话，只好发微信。

"小雅，还好吗，其实一直都很想你！"

"虚伪，想我，那婚纱店和那两个女孩算怎么回事？"

"唉，你误会我了，那是我的客户要拍婚纱照。"

"哦，别紧张，我只是想看看你的人品，其实她们是谁与我无关。"

"小雅，我真的很想你，我打算去你那开公司，还打算推送你们的原创作品。"

"来不来开公司，你自己说了算，但不要因我而强求，我们只是普通校友。至于，推送作品，绝对不行。在整个挥汗劳作的季节，田间见不到你的身影，你就不该出现在秋天的晒场上。"

季墨弦无言以对，算是招到了拒绝。

遭到拒绝的还有谢万书。那是最后一次彩排后的休息时间，同学们在操场休息，他们离大家稍远，说着悄悄话。

齐小雅首先发问："谢万书，老实交代，退步正好退到我们班来，是怎么回事？"

"想和你在一起呗。"

"哪有那么巧，你就不怕分到别的班上去。"

"按成绩排名调整班级是老规矩，该考多少分我心里有数。不过差一点下降

过头了。"

"在一个班又能怎样，我们的任务是学习，知道吗？"

"知道，你放心，每次小考我都会考得很好。"

"大考呢？"

"大考，要看你的情况了。"

"知道吗，你这样想很可怕，也很无聊。"

"我不觉得无聊，不过，我不会打扰你，只是像空气一样在你身边存在可以吗。"

"不可以，我必须明确拒绝你，否则不可能安心学习，你还是回到该有的位置去吧。"

谢万书尴尬地挠头说，好吧。

转眼，艺术节演出如期举行。

倒数第四个节目眼看就要登台，齐小雅还没到来，王老师和整装待发的同学们十分焦急，目光望向苏小雅和沙老师。只见苏小雅老师一副淡定的样子，沙老师在跟舞台总监手舞足蹈地交涉。末了，总监无奈地向节目主持走去，沙老师则向苏小雅老师点了点头。苏小雅老师会意，摸出手机拨电话。

本来是安排大轴的最后一个节目变成倒数第二个，快要演出完毕，齐小雅穿一条洁白的长裙走到队列前头。这时恰好听到主持人说："最后一个节目可谓是千呼万唤始出来，它就是昆睿中学师生自己作词，自己作曲，自己导演的原创作品《青春咏叹调》，掌声有请。"

背景墙适时显示歌词，演出顺畅也在预料之中。台下由乱至静，观众在聆听，在飞扬，直至演员谢幕，报以热烈的掌声。掌声中，孩子们拥抱在一起，热泪盈眶。

沙老师刚刚走下舞台，总监带着肩扛摄像机的记者跑过来："老师，老师，救火啊，您快帮我说两句吧。"不容沙老师推辞，镜头已经对准他，记者问道："老师您好，最后这个节目据说是你们的原创，也是本次艺术节唯一一个原创作品，说实话，似乎没有前面的节目那么有节奏和激情，但却收获了如此热烈的掌声，对此，你能对观众朋友说点什么吗？"

沙老师不假思索地说："只要有梦想，终会有一条路通向成功，成长的路上，孩子们确实需要拼搏和冲刺，但不应该一直做一个苦行僧，我们应该还他们一副在生活的海洋里拨动慢板的双桨，且行且歌，且歌且行。"

眼睛里的庄园

1

因为抗击新型冠状病毒疫情，学校迟滞到3月底才开学。九二班的英语老师李彤彤还没回来，她假期回湖北老家探亲，不料赶上疫情爆发和蔓延，虽然疫情早已得到控制并正逐步好转，但现在还需在那居家隔离。

4月1号一大早，甘宏儒老师接到了给九二班代课的任务。学校明确表示，为不再影响毕业升学考试，他要一直把学生送毕业。甘老师中等个头，近五十的年龄，秃顶，面相和蔼可亲，穿着整齐但不讲究，是外语组唯一的男教师，因而，与那些靓丽的女老师比起来，比较突出的只有那双炯炯有神的眼睛。所以早些年的学生送他一个绰号"干瞪眼"，并相传沿用至今。

甘老师干事爽快利索，二话不说，从教务处出来直奔九二班，先熟悉一下情况。

语文老师前脚抽身去隔壁一班，甘老师后脚走进二班，同学们正在早读。他不做解释，吩咐大家把英语课本拿出来，在孩子们疑惑好奇的目光打探之下教读了新单词和几个基本句型，然后安排背诵。他开始背着手在教室打转，看似漫不经心，实则暗中把每一个学生估量了一遍，最后慢慢来到女生覃岚虞旁边，敲了敲桌子。

覃岚虞仍然趴在桌子上，只是睡眼惺忪地抬头看看甘老师，眼皮又耷拉下去。甘老师的第一感觉，这个女生与将跨入的花季不甚相称，仅仅那两秒不到的眼神充满浑浊、迷茫和忧郁。头发略显凌乱，衣着也不够干净，有一侧的裤缝自裤兜向下开线约莫几个厘米。再从课桌上随意摆放的书本文具可以看出她就没任何心思学习。

甘老师又敲了敲桌子俯下身说："孩子，来坐端正，打起精神背单词。"

女生再次抬头，碰到老师期待的目光，身子略微挺起，慢慢腾腾地收拾书本物品，足足两分钟才把书翻到后面的单词表，但落在书上的目光像不经意撒下去的沙子。

早读快下课了，甘老师敲敲讲桌用一口流利的美式英语进行自我介绍，Hello,every one! To introduce myself……

时间拿捏得刚好，介绍完转身出教室，听到下课铃声，也听到同学们的议论。

"知道不，他就是'干瞪眼'。"

"啥？'干瞪眼'就是他？刚才把咱们挨个瞪了一回，哎呀，吓死宝宝了。"

"但我听说他脾气挺好的，教学一绝，有 super man 的气势。"

"脾气好不好问覃岚虞呀，老师刚才敲了她的桌子。"

"还是算了吧。"

同学们的说辞甘老师不去理会，径直找班主任说："刘老师，学校安排我带咱们二班的英语，我已经去把早读上了。"

"嗯，我看见你进班了，感觉怎么样？"

"就一个早读，还说不上来。但是，有个女生在睡觉，叫醒了也打不起精神。"

"你说的应该是覃岚虞，本来还可以，至少学习态度没问题，但上学期下半截就不行了，成绩下降，一天到晚都没精打采的，各科老师都时不时说她。"

"啥情况导致这个女生发生如此大的转变？"

"我电话联系过家长，也叫他爸爸来过几次学校，但是效果不大。好像是家庭出了点问题，妈妈回老家了，爸爸一个人带她。所以，不好扭转。"

"哦，看来有难度，先上几天课再看吧。"

但是，一个星期过去了，覃岚虞在甘老师各种友善的提示下也没有任何好转。周五下午大课间，甘老师把覃岚虞叫到办公室谈话，其他老师也有一句没一句地帮忙开导，但她却保持沉默，忧郁的眼睛露出不易被人察觉的一丝光芒，属于那种暗含期许却又充满怀疑的闪亮，瞬间熄灭。

甘老师还是觉察到了这一丝光芒，为这个女孩揪心，轻言道："回去好好想想，希望下星期你会有好的改变。"

回家的路上，覃岚虞原本是在想甘老师的谈话，但又不自觉地转到那件烦心事上。真的烦，很烦，白天黑夜地烦，在烦中忐忑，又在烦中期待。

走进家门，也就是一安汽车修理厂的大院，爸爸覃战一边指使几个徒弟修车一边接电话，态度有些不耐烦："你说的事我还是不同意。"

电话那头说话的人情绪更激动："那就等我回来当面谈。"

"你们那地方，现在还处于防控疫情的重要时期，暂时也不可能让你出城，先把自己保护好吧你。"

"哎呦，谢谢你还会关心我，但这事我不想这么拖着。"

覃岚虞听着好像是妈妈冉红玉的声音，依然那么强势，说起话来冷嘲热讽。爸爸也是，说几句关心人的话都没个好调调。但覃岚虞现在顾不着埋怨父母二人说话的态度和语气，更让她在意的是他们谈论的主题，爸爸是不是不同意离婚？妈妈想回来再当面谈的是否也是离婚？如果他们再谈，妈妈那么强势，爸爸又总是让步迁就，是不是就离定了。

想到这，覃岚虞双手合十，心里嘀咕："感谢这该死的疫情，千万不要让他们见面，喔，不对，不能因为自己的自私连累大家，希望这该死的疫情早点结束，但是妈妈所在的小区，或者所在的那栋楼，更或者所在的那个单元最好再多管制一段时间，让他们有充足的时间冷静考虑。"

覃战干着活走形式地喊："虞儿，抓紧写作业，认真点，别一开头就掉队。"

覃岚虞嘴上应承一声，继续想，对，妈妈千万别回来，也给我一些时间好好想想，他们如果真要离了，到底跟谁生活呢，照理说女儿一般都是跟妈妈，但她对待成年人都那么强势，对我还不除了指使就是干预，而我，除了服从还是服从，肯定没好日子过。如果跟着爸爸，就要在这个又脏又乱的院子里呆着，到处脏兮兮，连刚洗的衣服似乎都一股机油味，而且，爸爸根本不注意女孩子那方面的事，与同学之间较劲的小心思就更没法交流了。

覃岚虞压着嗓子吼叫一声，烦死了。她在屋里转来转去，为了找个事情排解烦闷，顺手在书架上抽出妈妈喜欢看的那本书，起初是漫不经心，最后是返回第一页开始认真地读，第一节读完，有种强烈的倾诉感，找了个好看的新笔记本写起来，像摘抄又像日记，但略去了日期。

"而我呢，她恩准我，不必和他们坐在一起，她说很遗憾，不得不让我一个人待着……"

"父母双亡，寄人篱下。众人的嫌弃、冷漠和偏心像一口混沌的井水中的沉淀物，一起涌现在小女孩的心头。"

她该怎么孤独地长大？真为小女孩担心，当然，我也为自己担心。现在的我跟这个小女孩是不是有那么点相似之处呢，要不，为啥翻到第一页就被感动，就一边看一边为自己委屈呢。

事实上，我比小女孩好得多，父母都健在，他们其实是爱我的。只是，爸爸执意要留在这个破修理厂，妈妈赌气回了湖北老家办企业，还要闹离婚，一家人为什么不能好好在一起呢。

小女孩是根本没有爱，而我也许很快就会失去一个原本充满爱的家庭。可怜的小女孩，让我陪着你孤独地长大吧……

之后，她把书和笔记本藏在被褥下面，看着练习册和作业本发呆。

夜已深，覃战关上卧室的门，打开下午和红玉通话的手机录音，尽管她始终在谈离婚的事，尽管还是那样强势甚至冷漠，但声音依旧那么好听，干净、圆润、不急不缓，像冬日的阳光照在冰面上，温暖的力量让坚冰兀自消融。听着红玉这么好听的声音，即便在谈论离婚，他的心也快化了，不离婚这个决定，他不知道还能扛多久。

2

"来吧，最可爱的人，我允许你穿上大衣再抱着我，我们抱团取暖。"红玉这好听的声音把覃战的思绪拖回到十五年前那个美好的场景。

覃战接到一个女孩的求救电话。

"喂，是一安汽修吗，我需要救援，我只有朋友给的这一个应急电话。"

"你先不要急，请说明你的具体方位和基本情况，我尽快赶到。"

"我不知道具体方位，只知道我是过了不冻泉前往可可西里保护站，跑了好一会，驾车右转进入路边的一条便道，本打算拍几张照片就返回，结果越跑越远，而且一不小心车子底盘刮到石头了，再怎么也发动不了……"

覃战抢着问："从哪拐进去的，说具体点，还有车型和车牌号。"

"我记着拐弯前几分钟瞄了一眼导航，大概是 109 国道拉萨方向离索南达杰保护站约 100 公里吧。具体记不清，拐进来大概也有个二三十公里，我现在离开车子往国道走，但好像有好多车辙，每一条看着都不新鲜，不知道该走那一条。"

"你看能不能把位置发给我？"

"试过了，信号很不好，无法定位。好不容易才拨通这个电话。"

麦克风里有呼呼的风声，覃战担心地说："你那样天黑也走不到国道，而且会迷路的，快回到你的车上去，四个小时候后每隔几分钟按一次喇叭，三短三长。记住，外面很危险，马上回到车上去，关好门窗，对角线位置的车窗玻璃留个缝隙。"

"停车子的地方刚好没有信号，你快点，就我一个人，我好害怕……"电话那边的声音在颤抖。

覃战，近一米八的个头，国字脸，浓眉大眼，肩膀宽平，胸怀厚实，给人一种踏实可信的感觉。青藏线上的退伍汽车兵，不但有丰富的驾驶经验，还很熟悉天路及周边地带的环境、气候和生存技能。所以，复员这几年，开了一家汽修店并参与民间业余救援，也成功实施过救援，有时还是自己独立完成的。

挂断电话覃战驱车实施救援，在他看来，只要不深入可可西里腹地，只离开国道二三十公里也算不上什么艰巨的救援任务，一个人足矣。下午 4 点多到了 109 国道拉萨方向离索南达杰保护站近百公里处，放慢速度向前开了约莫十分钟，还好这段路程，右边的岔道只有两条，二选一，记下方位并拍照发给朋友，然后驱车进入莽原。

这里有段时间没下雨了，而且刮着风，干硬的路面上虽有车辙却看不出哪一条更新鲜，路也很不好走，看着里程表前行 30 公里不见人和车，于是掉头回到国道驶入另一个岔口。如果电话中的女孩把岔口的大致里程记得不错，这回应该可以看到她。他看着里程表行驶了近 30 公里没有发现目标，耐着性子又行驶了 10 公里，还拿着望远镜站在车顶上，仍未搜寻到目标。他又果断返回国道并拐入之前的岔口，风变大了，乌云开始压下来，天色也渐渐暗下来。他睁大眼睛四处搜寻还不时拨打对方的电话，一口气行驶 30 公里，几次站在车上四处瞭望，确定没有目标，便循着那些依稀可见的车辙继续向前开。头顶上一阵惊雷过后雨点打在车上噼啪作响，天边的太阳光线也几乎要消失殆尽，手机的信号几乎处于空格状态。他抱着侥幸心理继续向前开，使劲按响喇叭，然后仔细聆听，再往前开几公里，使劲按响喇叭，然后仔细聆听。不知道是第几次重复操作时好像在呼呼的风雨中隐约听到异样的回音，拿起望远镜爬到车顶四处张望，终于看到右后方二百米开外一处黑色的物体在最后一抹落日和雨线的交织中若隐若现，赶忙打开双闪奔过去。

冉红玉，中等健美的身材，脸上有着多数湘妹子的靓丽和泼辣。大学毕业后一直在市日报社做记者兼"社会纵横"栏目的责编，为了跟踪天路周边和可可西里环境保护的状况涉险跑到这种地方来。本来单位有个小伙子答应一起来，临时打了退堂鼓。她瞧不起那小子的怂样，自己较着劲就跑到这儿来。

还好，那小子给了一个应急电话。冉红玉当时还怪他闲操心，干啥事畏手畏脚，结果，真是个乌鸦嘴，真把电话用上了。当她听话地回到车上，就是漫长的等待，前几个钟头为了让自己保持镇定，翻看了刚才拍的照片，还透过车窗随手拍了为数不多的几只小动物，联想到大型肉食动物可能紧随其后，便打消了再到外面找信号打电话的念头。再后来，眼看着太阳落下，雨点敲击车窗，

黑暗和寒意从四周挤过来，却不见有人来，心里顿生恐惧，她拼命地按着喇叭，放声大哭，责怪自己太任性，不顾朋友的劝说只身闯入这无人区，甚至后悔当时为什么不直接拨打110。

间断性地吼着哭着，冉红玉猛然看到有闪烁的灯火正颠簸着向自己奔过来。她打开所有的车灯，冲出车外，站在大灯的光束里情不自禁张牙舞爪。待车辆靠近停下，看到一安汽修的字样，她瘫坐在地，委屈地对那个朝自己跑过来的人吼："你怎么才来啊？"

覃战迫不及待地问："你手机尾号是2513吗，是你呼叫救援吗？"看到女孩不住点头，他没好气地冲上去说："谁让你跑到车子外面来的，下这么大的雨，还坐在地上，快点回车上去。"一边说一边把女孩拉起来往自己的车上拽。与其说是拽还不如说是抱，因为女孩此刻没有一点力气，还在继续对着他吼："我都这样了，都快急死了，都快吓死了，你还这样凶我。"

覃战缓和语气说："我这不是怕找不到你嘛，事实上我是第二次回到这条路才找到你，这哪是大约二三十公里，足足五十多公里。还有，下大雨你看不见啊，衣服都湿了，在这种荒滩之上感冒了很要命，快把衣服换了。"一边说，一边从旅行包里翻出几件男人的单衣和一件皮大衣。

冉红玉这才感到浑身冰冷，外衣已经湿完，还好，内衣还没湿透，但已经有冰沁的潮气了。她拿着干衣服犹豫地看着眼前这个未曾谋面的男人，假装厉害地说："哎，你叫啥名字？就这样戳在我面前，叫我怎么换？"

覃战掏出两本证件递过去说："看清楚了，我是退伍军人，大可放心，去你车上摸黑换，我去挂牵引绳准备拖车。"

衣服换完，牵引绳也挂好，大体检查车况后，覃战收起伞钻进冉红玉的车子，递上面包和纸杯说："水还算温乎，先喝口暖暖，一会我在前面拖着走，你注意沿着我的车辙打好方向跟上，有问题就打喇叭。"说完，开门去自己车上。

有风有雨，能见度差，牵引绳左右摇摆，冉红玉很认真地把着方向跟在后面，却像一个体弱多病打着趔趄的人。换的单衣包括皮大衣都太宽松，呼扇呼扇地并不太保暖，手脚越来越冰，她试着再次开启空调，结果连它也失灵了。好几次都想打喇叭示意停车，但实在不好意思再麻烦前面那个退伍大兵。刚才，由于雨大，他在挂牵引绳时虽然打着伞，但羽绒衣的后背、双肩和裤脚都打湿了一些，看看裹在自己身上的皮大衣，心里有些担忧，不知道他冷不冷，还有没有大衣可换。

覃战估摸着来时那条不太像路的路往前开，眼珠子都快鼓出来了，还不时向后张望，他感觉到后车的方向跟自己不太同摆，拖着很费力也很费油，好长时间才走了不到十公里。这时，前面居然出现一条河，应该是雨水汇集临时涨水。他回想了一下，来时好像只走过几道浅浅的干河床，没有深河沟，估计眼前这条河能冲过去，但为了保险起见，还是下车快速捡起两块石头投向河中央，然后放心上车挂挡过河，过河时感到了更大的拖拽阻力，便加大油门保持匀加速打算一鼓作气把后车拖过来。却听到后车在打喇叭。他不做理会，索性再加一脚油硬着头皮往前走，等感觉到后车也过了河才停车下去查看。

"你打喇叭了，什么事？"

"我感觉底盘又被石头顶了，水也深，一时害怕了，想先停一下。"

"我的个姑奶奶，刚才你在河中央，停车，不被冲走也会陷进去，那就真的出不来了。而且，如果雨不停河水还会更大。"

"哦，知道了，现在不怕了。"冉红玉不好意思地哈气搓着手。

覃战跑回车上继续拖着走，还笑着对自己说，这个尾号2513讲话的声音倒是挺好听。想到说话的声音也想起女孩哈气搓手的样子，便挑地势略高的凹陷处停车。他招手对冉红玉说："看不清路，今晚不走了，你这太冷，到我车上来吧。当然，你不要怕，我是退伍军人，不是坏人。"

冉红玉想都没想就跟着上了车。换衣服前认真看了，知道他叫覃战，是真正退伍的兵哥，虽然还没好好说几句话，却已经莫名其妙对他产生了信任感和好感。

"我叫冉红玉，报社的，来这拍些东西，谢谢你，第二次回头来找到我。"

"谢啥呀，答应了，那就必须找到。不过，你这样也太任性，不，应该是太冒险。"

"那如果你第二次倒回来还是没有找到我，你会咋办？"

"我会先回到有信号的地方向专业救援队求助，然后再回到另一条路更纵深的地方继续找。不过，油可能很快就没有了。哎，说着我都害怕，当时应该直接叫上专业救援队一同来。"

冉红玉听得清清楚楚，心跳加速。应该叫上专业救援队一同来。说明这个兵哥因担心她的安危而后怕，却不为这次劳神费力可能落空的救援后悔，是个执着靠得住的人。这么想着，心里再次感觉暖暖的，但身体不听话，打着寒颤，禁不住把大衣裹紧，还是一副寒冷的样子，显然衣服太宽大，不贴身不保暖。

覃战把羽绒衣脱下来让冉红玉穿上，冉红玉也把大衣交换给覃战。过不多久，覃战发现冉红玉看上去更冷，应该是羽绒衣薄了短了，也不抗寒。他又把大衣脱下来拿给冉红玉。

"你把大衣套在羽绒衣外面。"

"那不行，衣服都让我穿了，会把你冻坏的。"

"你听我的，我有办法。"

"不会是开空调吧，这可不行，我们会尾气中毒的。"

"这个我当然知道，这不，不开空调，还要把车窗隙着缝。"覃战在后备箱里翻出一件脏兮兮的工装穿上说："看，我这还有存货，再加上平时注意锻炼，这身体能扛得住。"说着，在有限的空间里做着扩胸运动。他那宽厚的胸膛让冉红玉更加踏实，睡意袭来，不知不觉合上了眼睛。

一觉醒来，冉红玉发现自己侧卧着霸占了整个后排座椅，覃战双手抱肩缩在副驾位置上，寒冷让他根本无法熟睡。突然有些心疼这位兵哥，便不管不顾地说："最可爱的人，这寒冷你那样是扛不过去的，我允许你穿上大衣再把我裹上，我们抱团取暖。"

覃战一惊，难为情地看着冉红玉，足有十几秒钟才回答说："谢谢！不了，我就是再老实再没想法，也有乘人之危的嫌疑。"

"可是，穿那么点，会冻坏的。要不，把羽绒衣给你，我已经不冷了。"

"不用，你脱了羽绒衣又会冷的，不用管我，还有办法。"覃战说着把驾驶座位的座套卸下来当个马夹套在身上，找根带子扎紧，做了个怪相说："座套是冬夏两用的，厚实，我这可是加了一件棉背心，暖和，睡吧，做个好梦。"

看着覃战居然在这种时候还有定力和分寸，办法也挺多，冉红玉心里更生好感，莫名其妙的脸红心跳，美美地进入梦乡。

那之后的之后，他们成了夫妻。但现在，红玉要和他离婚，覃战哪里舍得。

3

英语课后半截，覃岚虞身体稍微坐端正。仅仅半节课，干瞪眼已经来敲过三次桌子提醒自己不要打瞌睡，再不坐端正打起点精神就太过分了。但老师讲些什么还是听不进去，刚才打瞌睡迷迷瞪瞪，老想着那本书中可怜的小女孩，随着往后阅读，她虽然已经脱离那个给了她刻骨阴影的篱下，但新去处给她的依旧是灾难和耻辱。因而，覃岚虞的思绪无法从那种沉重的感觉抽身出来，也不想停止那种让自己压抑、浑噩的想法。

想着，想着，覃岚虞悄悄拿出便签，凭着印象默写："肉体上的惩罚和心灵上的摧残算不了什么，女孩并没有在屈辱中沉沦……"这时，她发觉全班又安静下来，顿感不妙，一抬头撞上老师责怪失望的目光，还有同学们嘲笑的目光。

甘老师拿起便签瞟了一眼，撂下一句话："要不就打瞌睡，要不就在这瞎写，等着，下课再收拾你。"说完，拿着便签回到讲台准备继续讲课，却发现同学生们似乎对便签上的内容更感兴趣，又走到覃岚虞跟前把便签还给她说："尽管这个便签是个错误，但并不意味着别人就可以随意揭露它的内容，写了些啥我不多看，该怎么处理，你自己知道。"

同学们失去了一段笑料，还被"干瞪眼"绕着弯子说教，注意力重新回到学习上。

犯这样的错误，下课照例会被叫到办公室批评，同时受到其他老师的白眼。有时甚至当堂就会被老师训斥敲打。前两节课，都被老师敲打，还被罚站。上学期到现在，短短半年时间，这已经是覃岚虞的家常便饭，已经无所谓了。但是，这一次她并未被老师传唤，一整天都没有，反倒让她一整天都忐忑，心里老有个事，甚至觉得干瞪眼这一招阴险，想让她的心一直悬着。回家路上，她轻蔑地笑笑，"'干瞪眼'，你把这种小儿科的招数当个宝贝，我才不吃这一套。"

回到家，覃战还是应付差事说："虞儿，回屋去认真写作业。"

覃岚虞在屋里随便把作业划拉几下算是完事。她也没法认真完成作业，没有哪一节课认真听过，根本不知道一天下来都学了些啥，有些什么作业都懒得记。她从被褥底下拿出那本书，放在拉开的抽屉里看起来，看得很慢很仔细，因为她对号入座，在书中假想着自己的角色，联想自己的遭遇来可怜自己。

"虞儿，叫你吃饭都听不见，你在干啥？"听到爸爸敲门进来，覃岚虞赶忙关上抽屉。

"半天不回应，你到底在干啥，抽屉里有啥？"覃战说着话靠近，打算拉开抽屉。

"没干啥，我，我拿个东西，肚子有点疼。"

"哦，快来吃饭。"覃战转身离开。

覃岚虞撒这个谎都不用想，这个年龄的女孩常用，也对所有的男士适用。

晚上，覃岚虞关上门偷着看书，又把老师还给她的便签贴到笔记本上，在旁边摘抄加杜撰，写下一段话。

"这时，一阵微风吹开沉重的云朵，露出了月亮，月光泻进窗户清晰地照亮了我们两个人和那个走近的身影。"

肉体和心灵都遭受摧残，但女孩并没有在屈辱中沉沦，她勤学、抗争，肉体和灵魂都逐渐丰满起来。而我，境遇的确比她好得多，为什么不能像她那样独立，那样有追求，那样人格丰满起来……

写完，躺在床上仍然把自己假想成那个小女孩，却有意忽略了小女孩在那种近乎绝境中的刚强和进取，只是一味可怜自己，为自己叹息，久久不能入睡。

第二天早读，覃岚虞照例是因为作业在课代表和老师面前敷衍、撒谎，甚至挨骂、挨敲打。唯独甘老师，不打不骂，也不听她解释，用好几个课间十分钟当面指导她完成作业，然后对她说："昨天的事情先给你记着账，期末，也就是毕业一起算。以后，你的作业我当面批改、订正，你多用点心，上课打起精神认真听课，连每天讲了些啥该做些啥作业都不知道，我怎么改，怎么给你讲。"说完，看看她的反应又以一种命令的口气追问："这样安排行不行，每天自己主动拿着作业来找我，能做到不，能坚持不？"

"嗯，能。"覃岚虞小声回答，心里却在想，果然有后手，还不如简单地骂一顿敲两下来的痛快。行，照你说的来，反正我的作业是乱划的，看你嫌不嫌麻烦，看你能坚持多久。

连着几天，当覃岚虞拿着作业去办公室，甘老师都是先从头改到尾，再看着几乎全错的作业一题一题的讲，有时一道题还没讲完上课铃就响了，被撵去上课，上完课再来接着听，听不进去都不行，因为干瞪眼时不时要举一反三，答不上会被他那责怪又带着点藐视的眼光秒杀，还要听他重新讲。这样一来，订正完当天的作业要耗费很多个课间十分钟。覃岚虞心想，干瞪眼，我算是服了你了，拿软刀子割人，下课时间我相当于全被你拴在办公室了。

挨到周五，吃完晚饭已经快九点，覃岚虞来到汽修厂斜对面的超市，超市里面有套间供人居住。超市是张爷爷和黄奶奶两口子开的，一边开超市一边陪孙子张君尚读高中，已经高二马上高三了。她直接称呼张君尚为君尚哥哥，从小就这么叫。

"奶奶，我找君尚哥哥有点事，他在吗？"

"虞儿来了，他刚放学回来，去里屋找吧。"

见到人，覃岚虞直接开口说："君尚哥哥，求你个事。"

"岚虞，你找我有啥事，我可听说你这段时间的表现不够好啊。"

"又不在一个学校，我的事你怎么会知道，我就是为这事来求你，你能帮我辅导英语作业吗，每天，就一会会。"

"辅导作业，不就是帮你写作业吗，想得美。"

"哎呀，求你了，不然我每天都要被老师提溜到办公室。一个秃顶的老头，还掉了几颗牙，浑身的烟油子味道，很重的方言，听他讲作业那就一个上刑、煎熬，而且连上个厕所的时间都没有。"

"有那么夸张，那老师叫啥？"

"名字我还不知道，不过大家都叫他干瞪眼。"

张君尚考虑了一下笑着说："行吧，我每天可以帮你把作业里稍微难点的问题提示一下，但不会帮你直接写出答案，能懂多少就看你了。不过，我可是看在老甘的面子上才答应的，你个丫头片子，一张嘴够损的，把我们男神说成那样。"

"啊，你认识他呀，就他那样还是个男神，好吧，算我什么都没说。"

"还啰嗦什么，赶紧把作业拿出来吧，我的时间很金贵。"

接下来，甘老师发现覃岚虞的作业质量略有好转，但是对的恰恰是稍有难度的问题，而那些简单题错得反而不少。他不动声色，除了耐心帮她订正，还在班上适当表扬她，虽然就一句半句认可或者鼓励的话，但说话时会真诚地看着她。

再皮实的孩子也有自尊和荣誉感，哪怕得到老师点名式的表扬，瞌睡也会少些，听讲看黑板的时间也要多点。覃岚虞这点细微的变化，只有甘老师看到了。

到四月中旬，新课全部上完转入升学考试复习，其他老师和同学们才慢慢感觉到覃岚虞在英语科目上有了变化。她不但每天坚持到甘老师办公室面批作业，还会拿出个小纸条，让老师监督她背诵那上面罗列的短语和语法知识。等她离开办公室，在场的老师们就会议论，这个孩子这段时间表现不错，还是甘老师你有耐心。不过，这孩子似乎是独宠你一人，我们这些科目还是老样子。甘老师都会不好意思的说，这只是个个案，而且我起到的作用很小，应该还有什么其他原因。

其实，就连覃岚虞也搞不清什么原因改变了自己。干瞪眼那种不抛弃不放弃的黏糊劲头让她不得不学点英语，不学则无处可逃。君尚哥哥那么认真、阳光、亲切，而且是自己死乞白咧去求人家帮忙，不好意思不学。现在，她甚至每天都盼着去君尚哥哥那里，除了听那几道难题，还想方设法多呆一会，为此，她才央求君尚哥哥每天讲完题再给开列点需要背诵的基础知识。这样，她就可以在旁边静静地看着他。只是君尚哥哥每次都会很快列出纸条，然后就送她出来，交代她回去早点睡觉，看着她过了马路才转身回去。这么点关爱的举动，居然让她多了一点女孩子的小心思，一种羞羞的但又不知道为什么害羞的感觉会暂时占据她的心田，拨开笼罩在眼睛里的云雾。

补课回到家，背诵完那些烦人的知识点，那种羞羞的美好的感觉会渐渐散去，她就接着读那本小说，逐字逐句慢慢读，再假想，再对号入座，把自己关进书本里的庄园，心灵的窗户又会重新被云雾关闭，直到第二天，被甘老师诚恳期待的目光挑开一条缝隙，再被君尚哥哥完全推开。

4

覃岚虞拿着一摸的纸卷来找张君尚，只有 46 分，把班上的英语平均分拖后至少 1 分，却得到了干瞪眼的表扬。她也对自己这小小进步有点满意，若不是干瞪眼逼着她，君尚哥哥耐心地帮她，全班的平均分还得再拽下来一分半分，在年级非垫底不可。

"切，才考了 46 分，出去可别说认识我啊。"张君尚面带善意地调侃道。

"君尚哥哥，你可别看不起这点分，我从去年十月以来就没有上过 20。老师让我们自己先订正，但我呢，要求不高，你帮我把简单不该错的讲讲就行了，剩下的等'干瞪眼'骂着讲。"

君尚盯着岚虞说"你个小丫头，再把我们男神叫'干瞪眼'，这卷子我就不管了。"然后，拿着铅笔在卷子上勾勾划划。

覃岚虞坐在旁边，从侧面看着君尚干净白皙的脸庞、高挑的鼻梁。少女有些如痴如醉，心怦怦跳，脸上荡漾着红晕，眼睛变得透亮，把一轮明亮的月光洒在君尚脸上。

张君尚像老师一样敲敲桌子把覃岚虞的心思收回来，开始讲那些基础的、必会的错题。然后送覃岚虞出来说："你那样盯着我，我脸上写着字？"

"嗯，是有字。"覃岚虞不知道为啥会这样回答，自己都觉得羞羞的。

君尚假装在自己脸上抹两把，看看手掌说："有字，啥字？"

覃岚虞一边过马路一边说："啥字，自己回去拿个镜子看吧。"回到家，倒是她在镜子前站了很久，看着看着，脸上的红晕褪尽，眼中的一轮月光又被乌云遮住。想想君尚哥哥，人长得英俊，学习又好，而自己长相太一般了，学习还差，就这一身穿着都显得邋遢。强烈的自卑感让她有些想妈妈了。要是妈妈在，一定会把我收拾得利利索索、干干净净、漂漂亮亮，学习也不至于落到烂泥扶不上墙的地步。如果是那样，君尚哥哥也许会喜欢我的，至少，我敢向他表白。她看见爸爸还在加班修车，便过去要手机。

"爸，手机给我，查点资料。"

"查资料可以，但不许查答案，老师不让你们用手机。"

覃岚虞也不回答，拿着手机回到小屋，犹豫片刻，从不同角度给自己拍了几张照片，然后点开妈妈的微信。很久都没有联系过，更为关键的是一直记恨妈妈要跟爸爸离婚，所以，她倔强地省去妈妈这个称呼，生硬地发送了两个字："在吗？"但仿佛有说不完的话已经涌上心头，需要即刻倾诉。

不一会，那边回话："在呀，随时静候你老人家恩准我与你离婚。"

看到这样的回答，覃岚虞大失所望，生气地回了一句："一天到晚就知道说离婚，你就不知道虞儿很想你吗？"按下发送键，大滴的眼泪砸在屏幕上。

"你行了吧，别拿虞儿来做挡箭牌，若不是虞儿要在户口所在地考学，我才不会把她丢在你那里。"对方的回答还是那么冷冰冰的。

"那你就不能在这面陪着虞儿，非要一走了之？"

"不，我受够你了，多一天都受不了，而且，我发现我的事业在这边，公司起步很顺利，疫情过后会有大的发展，到时我会把虞儿安排好的。"

"可是，虞儿现在就需要你，而不是你所谓的到时候，再说，我真的舍不得离开你，能为我们留住这个家留住往日的欢乐和幸福吗？"覃岚虞知道爸爸的态度，她站在爸爸一边，索性假扮爸爸的口气试探。

"不可能。除非你能改变自己的秉性，放弃那个破修理厂。但到那时你又会干点啥呢。对了，我或许可以安排你在公司里当个保安或者司机。"

这样的回答，仿佛又让覃岚虞看到妈妈和爸爸争吵时那副冷嘲热讽、不屑一顾的样子。她流着眼泪回到："知道吗，我就是虞儿，你太狠心，太自私。"之后，她把刚拍的几张照片发了过去。

沉默片刻，对方打电话过来。覃岚虞不接听，把头埋在被子里无声哭泣。

"电话响了，也不告诉我。"覃战走过来接听电话，接着就是争吵……

很晚了，覃战来到虞儿房间，给和衣而卧的闺女盖上被子，在床边静坐了很久，边往外走边自言自语："微信聊天记录我都看了，可这是我们大人的事，你个孩子怎么管得了呀。我先把妈妈的微信拉黑了，不希望你受到她的影响，同时也给她一些时间，或许会想明白。"

听见爸爸关上卧室的门，覃岚虞一脚蹬掉被子，仰身躺着，感觉自己就是书中那个孤苦伶仃的小女孩，房间像那个最初的庄园，正从四周把黑暗向她压过来，让她感到寒冷，感到害怕。她坐起身打开灯，从被褥下拿出书看了不到两页，又拿出笔记本。

我渴望自己有红润的双唇，挺直的鼻梁和樱桃般的小嘴，我梦想自己长得修长、端庄、身材匀称。可是很不幸，我长得这么瘦小，这么苍白，五官并不端正，而且又很显眼。

好吧，我和你一样，有时会为自己没能长得漂亮些而惋惜。可是，你毕竟已经出落成为一个大姑娘了，在第二个庄园的努力学习弥补了你的缺憾，你的形象是丰满的。告诉你吧，我看了下一章的标题，不敢再看，因为，你会在第三个庄园里坠入爱河。

我希望你的境况越来越好，但那时，孤独的就只有我一个。下一步，一个让我恨又不能真正去恨的人还可能会让我失去更多的爱，我将更加孤独。

你将步入有爱的庄园，我将坠入无爱的庄园。告诉我，该怎么办？

覃岚虞收起书和笔记本，和衣而卧，闭上眼睛，沉重的眼睑像一纬灰暗的幕布，罩在滑向冰点的泪人身上。过了很久，她进入梦魇，先是受到了君尚哥哥的嘲笑："什么，你喜欢我，可是你知道吗，我喜欢的女孩长相要好，学习也要好。否则将来，一个读书，一个游荡，一个拼命工作，一个还是游荡，我们总不能隔着学校或者人生的一堵院墙度过最最浪漫的时光吧。"之后是与一个长

相模糊、体态修长的女子争辩，末了，那位女子训斥她："不错，我将坠入爱河。可是，我之前的苦难和挣扎岂是那本书中十几页文字能说明白的。孩子，可怕的不是那些苦难，也不是书中那些装着苦难的庄园，而是让苦难庄园不断长大的人心。该怎么办，你不好好问问自己，却来问我，真是太可笑了。哈哈，哈哈……"

覃岚虞从梦中惊醒，一股脑爬起来，嘲笑声仿佛还依稀可闻，有些冷冰冰的，像妈妈的口吻，也有些坚定，像那个在逆境和孤独中丰满起来的女孩。

她又拿出笔记本，写道："好吧，我接受你的训斥，我要像你那样丰满起来。"

但是一个深深迷失在梦里的人，一句话也是一样，写在纸上只需要一时的情感冲动，而付诸于行动却需要前所未有的自制力和持之以恒的毅力。这对覃岚虞这样一个娇弱的、懒散惯了的女孩子来说，就更难做到。一连几天，每次背着书包回家她都暗下决心，回去要认真完成各科作业。可是整个晚上她除了想那些无厘头的心事，就是偷看那本小说，确切说是用那里面令人伤心、失落、沮丧的寥寥数语把自己埋起来，埋在一座灰暗的庄园里，希望自己不要走出来。一旦走出来，孤独和可怜就不存在了，爸爸就会以为虞儿有没有妈妈都会健康快乐地成长，妈妈也不会在今后的某一天为自己的自私与冷漠而后悔莫及。每次背着书包出门的时候她也告诫自己，去学校要认真听讲、努力学习。可是坐在教室里，首先要为自己头天晚上荒废时光付出代价，要罚站，要挨敲打，甚至还要在老师的责骂和一些同学的嘲笑之下蹲在地上补作业，身心疲惫，那点想要好好学习的决心早已荡然无存。

覃岚虞只有在甘老师的课堂可以放心地坐着上课，用他的话说："不管哪个老师让你罚站，也不管让你罚站多久，我的课上都不允许有同学站着上课，我的课堂我做主，当然，你也必须理解我的一片苦心，要真正配得上屁股下面的那个位置。"可是，坐在后面听不了几分钟，她的注意力就会被其他同学吸引。看那几个女生，不但学习好，人也长得漂亮，比那个将要坠入爱河的女主角还幸运，一下课就有男生在她们身边转，给糖的给糖，递饮料的递饮料，没话搭话献殷勤。再看另外那几个女生，有的学习好却长相一般，有些甚至学习和长相都一般，但她们为什么那么自信，跟老师和同学们说话总是娇滴滴的。还有那几个男生，长相英俊，学习好，身上背着多少女生羡慕加爱慕的眼睛。对了，君尚哥哥在学校一定也是这样，一定会有女生追求他，那么，我呢，我凭哪点去喜欢他……

很多时候，覃岚虞就在课堂上这么想着，恨着，恨自己不争气，恨自己不好好学习。可是，越这么想，越是着急加心烦，越是静不下心来好好学习。为了平复自己的心情，她会偷偷作画，铅笔素描。有时会被老师发现，被没收并成为笑料。有时不被发现或者说是因为时间紧被老师故意忽略，犯不着为她浪费宝贵的复习时间。

这天上午，英语课上了不到十分钟，覃岚虞的眼睛又在那些个男生、女生身上打转，脑子里像复习功课一样把那些令自己生恨、着急的想法过了一遍。以至于，老师让同学们分组讨论问题都不知道。

问题是根据阅读材料共同完成一篇小作文。前面的两个男生转过来，一个说："女士优先，你先说。"

覃岚虞蒙蒙地问道："说什么？"

另一个男生挑衅地说："算了，问她，她也不知道，还是我们自己商量吧。"说着，两个人转过身去不再理会她。

"哼，不就比我多考了三五分吗，牛个啥。"覃岚虞自我解嘲地说着，拿出卡纸开始画画，依旧是铅笔素描。几分钟过后，同学们讨论完成，开始回答问题，她的庄园也基本落成，该把自己放在什么位置呢？正当她望着卡纸上的庄园发愣，一只大手收走了她的画作。

甘老师责问她："我让你们讨论作文，你在干啥？"

覃岚虞狡辩道："我，学习学累了，随手画了几笔，休息一下。"

"是吗，你觉得这是理由吗，我不得不请你站着上课。"说完，甘老师走上讲台接着上课，没讲两句又对全班同学说："孩子们，就在这个教室，就在去年毕业离校的那一天，一个同学对我说，老师，如果再给我三个月的时间，我一定考上高中。说话的那个孩子哭了，我也哭了，因为，世上没有后悔药啊，等到毕业的那一天才后悔，谁还能专门给你三个月，不要说三个月，就算是三个

星期、三天都不可能。所以，今天的事，希望同学们都好好想想。当然，我需要跟覃岚虞同学面谈，下课到办公室来。You make me disappointed."

下课后，覃岚虞跟着甘老师来到办公室。甘老师瞪着她问："知道disappointed 是啥意思不？"

"知道，是失望的意思。"

"知道，你也知道我对你很失望？我看你根本不知道什么叫失望。"

覃岚虞无言以对。甘老师看看卡纸，往桌子上一拍说："你在我的英语课上画画，是为啥，你该不该这样做？"

"我，学习学累……"不等她说完，甘老师又拍着桌子说："你少给我说什么学习学累了，你学了吗，没有，一点都没有，就你这样都敢说学习学累了，那其他同学岂不是早都累死了。"

班主任刘老师过来看看，转身拿了几张同样的卡纸递给甘老师说："我这也有几张，是我和其他老师没收的。就连你的课上也开始画画了，简直太不应该，枉你那么有耐心地辅导她学习，太不值得了。"

甘老师一张一张翻看卡纸上的画，大同小异，色调灰暗，有建筑、有围栏、有花草，城市不像城市，农村不像农村。每一张都有一个人，周围是大片的留白，把那个人衬托得十分孤独。他开口问："那么，咱们先来说说这些画，你是就那么随手一画，还是迫切地想表达什么意思，以至于你分不清主次、分不清场合？"

几个老师走过来看看，有人随口说，这都是些什么乱七八糟的，简直就是幼稚，什么意思都表达不了。也有人说，叫我看，这孩子的心思很重啊。

眼泪在覃岚虞的眼眶里打转，但她避不开口。她不可能让别人挤进她的庄园，不可能让别人感觉到自己的孤独和可怜，更不想有人把她从孤独和可怜幕布后拽出来。

甘老师有所察觉，和蔼地说："犯了错误，老师就必须批评你。包括你这几天的作业，质量很差，每天让我抽查背诵的小纸条也不见了，总之，此前，你进了一小步，现在，退了一大步。这一点你必须意识到并加以改正。只要你能够改正，我的付出，不，应该是我们所有的付出都是值得的。画先放我这，你自己回去想清楚了，如果想要，改天来拿。"

回到教室，有的同学对覃岚虞那种屡教不改的态度依旧不屑一顾。但可能是因为甘老师语重心长的说教，有几个同学关心地走过来劝她再不要浪费时间，认真复习迎考。其中就包括长相好学习好的陆素丹，抓着她的手说："你老是改不了那些坏毛病，得挨老师多少骂呀。还不如争点气，强迫自己认真听讲认真复习。当然，我说话不绕弯子，以你的基础和现在所剩不多的时间，考上高中估计很难，但也不是完全不可能。只要你努力，至少不会成为甘老师说的那个后悔太迟的同学。想想吧，怎样给我们的毕业时光划上一个没有太多遗憾的句号。毕业那天，让我们可以坦然地说，不论成败，我已为之拼尽全力。"

覃岚虞默默听着，有些感动，更有些忐忑。强迫自己认真听讲、认真复习，真的太难。

5

覃战更忙了，除了带着徒弟打理修车行的生意，还时不时要出去给返城后自我居家隔离的人采买生活用品，并送货上门。这个抗疫志愿者的角色，源于几天前的一则微信。

"覃师傅，能麻烦你帮忙采买点东西吗，我们一家都在居家自我隔离。"

"其实，我主要是提供户外运动和车辆救援抢险服务。"

"这个我当然知道，但现在我家的情况比车辆抢险还窘迫。而且，你有车，要方便些。"

"好吧，都要些什么东西，大致数量，个别东西一般要到哪里可以买到，都发过来，我争取尽快帮你解决。"

自那之后，覃战每天都会收到居家隔离人员请求帮助的信息，而且越来越多，有的是周边的居民，有的相距稍远。简单常见的日用品就在对面的超市采购，其它一些特殊的用品就开着车去找。时间紧的时候，连工装都顾不着换，加上忙得冒汗，单从形象上来说很是不佳。

这不，覃战戴好口罩，戴上一次性卫生手套，拎着东西下车来到某高档小区的门口，还没等他开口，门卫就说："还是一号楼的业主小璐让你帮忙买的吧？"

他这已经是第四次来给小璐送东西了，因为疫情，小区是不让外人进的，前两次来，他都要给小区的门卫和疫情防控人员说明情况，说明自己是志愿者服务，是给小区一号楼的业主送生活用品。几次下来，小区门卫和疫情防控人员已经很熟悉了，今天还没等他开口，就说出了他服务的对象。

覃战点了点头，把装东西的塑料袋口系好，等安保人员喷洒酒精消毒后，转身离开。

背后，安保人员正在议论："嗨，咱们小区的业主这素质是不是有点……有点……有点差呀？特殊时期，生活用品可以省着点用，或者可以先考虑好计划好，一次让人家多买点，何必要这样子，隔一两天就让人家送一次东西，而送的东西又不多，这都快变成私家定制了。"

"也是人家承诺了志愿服务，否则，烦都烦死了。"

"换做是我，我可没这么好的脾气，我可懒得侍候。"

覃战摇头笑了笑，上车继续给其他有需求的顾客送货，上午还要跑七八家呢。当然，这个小璐也是，每隔一两天就需要送一次东西，而微信发过来的购买清单上东西又不多，如果多列点，一次就可以买齐送完，她也省事我也省事，那多好啊。

可是，不知道小璐为什么没想到这样做，难怪连小区的安保人员都看不惯了。

覃战还注意到，小璐后面这几次叫他购买的东西，每一回都有一样女性用品，第一次是口红，第二次是沐浴露，而今天直接就是日用和夜用的卫生巾。去买这些东西就让他尴尬了，他平时几乎没有买过这些东西，对女性用品的好坏和分类根本不熟悉。而小璐每次只是说个大概名称，剩下的都交由他去考虑，这就更尴尬了，他一个大男人，老在女性用品商店或者柜台前转悠。换作别的客户，提出这样的志愿服务要求，覃战估计也会不耐烦的。但这个人是小璐，他就火不起来。

　　小璐真名叫鲁佳璐，之前和丈夫潘佑邦一起做旅游加导游服务，他们所服务的人群都属于那种一对一、一对多的优质客户。丈夫潘佑邦负责开车，对这一片区域各种旅游景点、线路，甚至是邻省热门的旅游景点、线路了如指掌，驾驶技术也好，还会烹饪、烧烤，特别适合那些有着野外探险需求的小群体客户、家庭客户。小璐负责讲解，她人长得漂亮，说话声音甜美，知识丰富，对这片区域各个景点的特色和独到之处也了如指掌，讲解得有声有色，而且能够把本土的人文、历史、风土人情，特别是人们都为之好奇的昆仑文化渊源、道教渊源、神话传说等融合进去，上到史料《周天子》的一些记载和猜想，下到关于一眼泉水的各种神话传说、历史传闻，讲得有根有据，津津乐道，很受游客的欢迎。

　　因为经常接待有野外探险需求的游客，所以他们的汽车包括游客的汽车常常出现这样那样的问题，甚至还需要救援，所以，他们和覃战的关系非常不错，两个男人也性格相投，称兄道弟。

　　不幸的是，一年前，小璐的丈夫潘佑邦检查出了癌症，而且没有给他太多的医治时间，短短三个月就去世了。这对小璐的打击非常大，将近一年一直深居简出。覃战也有多半年没有见过小璐。因为疫情的原因，现在越来越多的人通过微信要求他帮助采买生活用品，这些人大多都会具体注明自己的姓名和工作单位。但一周前，他收到了一个相对含糊的志愿服务请求，上面只写了需要采买的东西和送货住址。这也无关紧要，只要有确切的住址就可以了。覃战也没有多想，就按照要求采购好东西送过去。到了小区门口，说什么也不让进，只好联系这个客户到门口亲自取货，这时他才发现是小璐。

　　那一次，隔着一米的防控间隔和两副口罩，他和小璐有过简短的交谈，

　　"战哥，你好！"

　　"哦，是小璐呀，搬到这来了，还好吧？"

　　"还行吧！"

　　"好久都没见你了，一直都在这吗？"

　　"去年几乎没到哪去，门都少出。只是年底回了趟佑邦的老家，去看婆婆。这不，回来需要居家隔离，所以要麻烦你。"

"这有啥麻烦的，以后有啥需要哪怕一点小事，你尽管发微信过来。"

"对了，嫂子回来了吗？嫂子和你是不是要……"

"哦，她在湖北老家，疫情没完全结束，一时回不来。"

那一次简短的交谈，覃战没有让小璐把话问完，他估计小璐是想问红玉是不是要和他离婚。现在，想想小璐那日唐突的问话，还有小璐在这段时间频繁让他帮忙采买东西，每次还会有一样女性用品，觉得是有点怪怪的。旋即又自嘲道，老覃啊老覃，你可想多了啊。

覃战并不知道，此时小璐正在阳台上望着他的背影，满怀深情的样子。

小璐是个性情中人，一年前丈夫去世，对她的打击非常大，她几乎是每日足不出户，以泪洗面，翻看着各种照片，在各种照片和视频中回忆着和丈夫一起艰苦创业、恩爱生活的点点滴滴。这使得她憔悴下来，身体状况也每况日下。年底，由于思念丈夫，她去看了婆婆。婆婆看到她那憔悴的样子，便让她留下来过年，正好帮她调养身体。婆婆还是个很开明的人，尤其是看到小璐整日沉浸在丈夫去世的痛苦中无法自拔，变成这般模样，就像心疼自己的闺女那样对她说："你对邦儿的这一份深情令我们感动，但是你这副憔悴的样子，更让我们心疼，相信邦儿知道了也会心疼的，所以你如果还认我这个婆婆，还把我当妈妈的话，你回去后就换个活法，好好找一个爱你的人，开始新的幸福的生活吧。"

告别婆婆的那天，婆婆再一次叮嘱她找一个称心如意的人一起过日子，婆婆说："这个门永远为你敞开，但下次带着爱你的人一起回来，你也别把我当婆婆，就当是你妈妈，我把你当亲闺女。"但小璐当时在心中还是很抵触。

回到这里，由于婆婆又打电话劝过她几回，渐渐地，她也想通了，决定找个爱她的人换个活法。就在这时，作为志愿者为居家隔离者提供服务的覃战，也就是她和丈夫常常挂在嘴边的战哥进入了她的视线，而且，在回去看婆婆之前就从驴友处听到，战哥的爱人红玉姐打算和他离婚，虽然战哥不肯，但红玉姐已经撇下他和女儿回到内地，他们分居很久了。小璐不觉心动，战哥的人品是值得信赖的。所以，她就利用这段时间为自己创造与战哥接触的机会，每一次少买点东西，叫战哥多跑两趟，而且，每一次都故意加上一样女性用品。她希望战哥明白，如果一个女人只是像普通人那样需要他的帮助，只是想和他保持一种普通的互助关系，或者是普通的朋友关系，是不会频频把自己的私密物品交由他来办的。

当然，鲁佳璐也知道自己的这个想法、这种作法很荒唐。红玉姐与战哥分手的态度虽然坚决，但战哥也许依然爱着她，心中装不下第二个女人。果然，见到战哥的时候，她本想从战哥那多了解点他们之间的情感状况，谁知道话还没说完就被战哥打断了。

那天，她拎着东西回到楼上，一度想着及早打住，断了这个念头。但转念一想，我本一个小女子，一个性情中人，既然想拥有新的生活，那就从战哥开始吧，即便不能拥有战哥，但在开始新生活的起点上，拥有这样一份初恋的单相思，也是美好的。

6

冉红玉站在窗前朝小区门口望，她在搜寻那辆熟悉的白色二手奥迪车。公司的小李昨天微信告诉她，今天 12 点左右会在小区门口向她问好。另一个同事还给她发来几张照片，每张照片上，小李都身穿志愿者服务的马甲，戴着厚厚的口罩，要不就是拎着东西从他的那个二手车上出来，要不就是拎着东西往后备箱里放。

小李父母离异，因为是个女孩，她跟着母亲生活，可是很不幸，母亲在她十岁那年也去世了，小李又跟着外婆一起长大，好在外婆曾是一名中学教师，把小李培养成了一名优秀的大学生，去年，她被红玉聘用，与她一起经历了公司从无到有，从弱到强的全过程，成了红玉公司的骨干。但更不幸的是，在这场疫情中，外婆受到感染，加之有严重的基础病，在医护人员的全力救治和精心呵护下也未能挽留性命。

小李成了真正的孤儿。红玉得知消息，打电话安慰她时，电话那头的她是那么的悲痛和孤独。没想到，小李这么快就从悲痛中走了出来，而且当了一名

为抗疫而奔波的志愿者。

临近 12 点的时候，小区门口果然出现一辆白色小轿车，因为离得远，红玉只能从颜色和外形估计是小李。车上下来两个身着志愿者马甲的年轻人，从后备厢里往外搬东西，好像是蔬菜和水。

小李下车后，朝着红玉姐住的那栋楼挥了挥手，弯腰搬东西。搬完东西，抬起头来看到那栋楼的高层好像有人正打推开窗户向她招手，便从车里拿出笔记本写上字，撕下来放入装快餐盒饭的袋子里，请求小区安保人员送给九号楼一单元 16 层的冉女士。

小李这样做自有她的目的。她知道，公司的冉总，也就是他们这些员工喜欢的红玉姐正和老公处于感情危机之中。年前，红玉姐把她当作知心闺蜜谈过此事，那时，她还站在红玉姐这一边，认为既然红玉姐和姐夫的生活和情趣都不太相投，离了也好。

但经历着这场疫情，特别是外婆离世，她在悲痛之中想了很多事情，也想明白了很多事情，包括红玉姐的情感问题。恰好今天的志愿服务活动有一些东西就是送往红玉姐住的这个小区，她就提前与红玉姐作了约定，想通过一种积极的问候方式，让红玉姐再次认真理智地处理她与姐夫的感情。她之前的想法是小区门口向红玉姐招招手，微笑着向她致以问候。把盒饭送给红玉姐是她临时打定的主意，她想让红玉姐明白，当他们在为别人服务的时候，别人也在为他们服务，这个社会就是这样充满了爱才有希望，才能战胜困难。她也相信，一个人心中有爱，更能够也更容易战胜自己的偏执和狭隘。纸条上的两行字更是她灵机一动想出来的。

等安保人员把盒饭交到红玉手中，看到了小李留给她的字条，上面只有两句话。

第一句："除了生死，其他都是小事。"

第二句："只有心中有爱，才是幸福的。"

这两句话并不新鲜，此前，是人们常常挂在嘴边或者写在微信里的"心灵鸡汤"，说这些话的人，读这些话的人，其实都有些麻木了。但经历这场疫情，冉红玉的心灵真的被这两句话震动。她再次向窗外望去，又来了一波志愿服务人员，他们正从一辆小货车上往下卸货，估计有水，有粮食，有蔬菜，有小区居民需要的一切。由于隔得远，那些人的面部表情和穿着都看不太清楚。但此时，电视上也在播放团结抗疫的特别节目，屏幕上，很多志愿者裹着厚厚的保暖服，保暖服外面围着一条脏兮兮的围裙，围裙外面又穿着一件印有志愿者标志的服装，有的人不修边幅、胡子拉碴。看到这些镜头，她想起了覃战，估计他的形象一定和这些人很像。

但此刻，她没有鄙视覃战和这些人的意思。相反，她对这些人充满了感激和尊敬。她终于明白，有些人之所以形象狼狈，是因为他们能力有限但心中始终有爱，他们为生活拼尽了气力，就像一只胳膊上的肌肉，越是用力，越是扭曲。

冉红玉拿出手机，在通讯录里翻了很久，终于翻到了汽修厂对面超市黄阿姨的电话号码。

"黄姨，我是红玉，我想问问覃战和虞儿最近的情况，他们好吗？"

"哦，覃战不和你讲吗？"

"不瞒您说，因为总闹别扭，覃战把我给拉黑了，我给他打电话他也不接。所以，我只能向你打听，不知道他们还好吗？"

"原来是这样啊。让我怎么说呢，他们也还好吧，日子过得倒也安稳，正常。覃战这段时间的确有些辛苦，除了汽修店的活，每天还要给好些个居家隔离的人采买生活必需品送去。至于虞儿，嗯，情况比以往要差一些，尤其是学习不理想，但这一点你也不用太担心，君尚在帮助她，不过只有英语。但生活上就不好说了，女孩子没有妈妈在身边，还是可怜。"

"那黄姨，我可不可以加一下您的微信，您拍几张他们的照片给我，我想看一看。"

"你的微信号我有啊，拍照片没问题，覃战正好在外头装货呢，我一会儿就偷偷拍两张给你。虞儿现在在上学，等她回来以后，我找机会拍了发给你。"

"嗯嗯，那谢谢您了。"

不一会儿，红玉收到了黄姨发过来的两张照片，覃战看上去憔悴多了，头发凌乱,胡子八叉,穿着与电视里的那些志愿者有几分相像。呃,鬓角好像还长出了白发。红玉赶忙放大图片仔细看,确定罩战的鬓角确实长出了白发。她无力的瘫坐在沙发上,闭上眼睛叹息道:"唉,这还不到 40 岁,怎么就长白头发了,你是怎么照顾自己的呀!"

晚上九点多,又收到两张虞儿的图片,其中一张,虞儿圈腿侧坐在黄阿姨身边,黄阿姨在为女儿缝补裤子。对,就是那个地方,上一次虞儿发自拍照,她就看见了虞儿裤兜那地方的裤缝开线应该有好几个厘米。

图片是黄姨让丈夫偷偷拍了发给红玉的,此刻他们婆孙俩正在聊天:"虞儿,想妈妈吗?"

"不想。"

"为什么不想呢?"

"他不要我和爸爸了。"

"不能这样说,妈妈不会不要你的。这样说吧,如果妈妈想你,你想她吗?"

"不想,因为她不会想我,她如果想我,为啥不回来呀?"

"傻孩子,因为这个疫情,好多人不都是想走走不了,想回回不来嘛。听奶奶的,耐心等待,妈妈会回来的。"

这时,君尚从里屋走出来说:"虞儿,还不抓紧过来,给你讲完题,我还有好多题要做呢。"说着话,发现奶奶正在给虞儿缝补裤子,自己的外衣搭在虞儿的腿上,不知不觉的脸一下子就红了,转身就往里屋走。

君尚这个举动,这个反应,奶奶和虞儿都看见了,虞儿的脸也红了。

黄奶奶小声开玩笑说:"虞儿是不是喜欢上我们君尚了?"

虞儿赶忙说:"没有,奶奶,我还小呢。"

黄奶奶点点头说:"这就对啦,你们现在都还是孩子,不想别的,就一心扑在学习上,好好学习,奶奶才放心,虞儿的妈妈也才放心。"

虞儿点头说:"嗯,知道,谢谢奶奶。"但她没说实话,或者说她还不知道对君尚哥哥那种懵懂的感觉算不算爱。

虞儿走后,老张头两口子在超市里头悄悄嘀咕:"你说君尚会不会受虞儿的影响？我怎么觉得虞儿喜欢上我们君尚了呢？"

老张头说："不会吧，一个小丫头片子懂这些？"

"但我觉得像，说句不好意思的话，她看君尚的眼神，就跟你当年看我的眼神一样。"

"呦呦呦，还我当年看你的眼神，我咋不知道啊？"

"你，你就在那贫嘴吧，我懒得理你，反正，我觉得这样下去，虞儿会影响到君尚的学习。"

"啊，如果真像你说的该怎么办啊，我们把超市关了，换个地方。"

"那也太直接了吧？而且，超市关了，我们的收入可就差远了。"

"但如果不让虞儿来，又不好说，而且，妈妈不在跟前，覃战又整天大大咧咧的，这孩子已经够可怜的了。"

"是啊，怎么做都不合适。但愿我的想法是多余的，我也就今天这么一看，这么一想，之前也没这感觉。"

"我也觉得你有点小题大做。"

7

二模的成绩出来了，覃岚虞的总分进步不大，但英语成绩已经接近七十了，这点进步归功于多个方面的原因，甘老师的批评和同学们的劝说，使她在英语课上的表现要好一些。君尚的帮助给了这个孩子一份懵懂的力量，而那本书中的主人翁，正在向美好的爱情迈进，向往爱情或者渴望被爱仿佛也给了这个孩子一份力量。

这样的成绩给了这个孩子信心，她此刻正想着晚上去找君尚哥哥订正错题的时候，是不是可以向他表白？是直接对他说我喜欢你，还是先试探试探呢？

那天黄奶奶问她是不是喜欢君尚哥哥，她撒谎了。其实她早就喜欢君尚哥哥了，只不过觉得君尚哥哥太优秀了，自己有些自卑。她也知道自己这点小心思如果让大人知道了，一定会训斥她，会阻挠她，那她就没法跟君尚哥哥在一

起了。所以她在黄奶奶面前很从容地撒了个谎。现在，英语成绩的进步给了她信心，明知这点成绩与君尚哥哥的优秀相比还差得远，但她还是急切地想向他表白，也不需要他点头说同意或者摇头说不同意，只要能让她说出来，她心里就踏实，就高兴。

吃完晚饭，覃岚虞学着妈妈的样子，将自己打扮了一番，迫不及待地跑去找张君尚。在超市门口碰到黄奶奶，奶奶夸她说今天打扮的漂亮。她搪塞说参加了劳动，蓬头垢面，所以洗了个脸。

敲两下门，覃岚虞满怀喜悦地走进书房，却看见一个大姐姐坐在君尚哥哥的旁边，两个人正在讨论问题。她的心凉了半截，非常失望的表情马上就挂在了脸上。她拖一把椅子放在君尚的另一侧，正打算坐下。君尚却让她先坐在床边自己订正，等他们讨论完最后两道题，再帮她订正试卷。

虞儿更是气鼓鼓的，但既然君尚哥哥这样说了，只好照办。

虞儿坐在床边，望着卷子发呆。她还不时瞥一眼那个女同学，看见君尚哥哥给她讲题那么专注，那么轻言细语的样子，心里更是气鼓鼓的。她没等多久，直接站起来走到那位女生的旁边，把她靠近君尚的胳膊往旁边拽了拽，说道："你们，你们还有多少题啊？我不等了，我的作业也还多着呢。"说完，转身就走。到门口，黄奶奶说："哟，虞儿，今天的作业这么少啊，哥哥给你讲明白了没有？"

虞儿使性子说："今天少，明天还更少呢，明天不会有作业，我也不用来了。"

回到家，虞儿坐在书桌前，很认真地订正英语试卷。她这是在跟君尚哥哥赌气，也跟自己赌气，她对自己说："瞧你那没出息的样，去问两道题，还要打扮打扮，这下好了，牙都快酸掉了。"她订正完英语试卷后没心思写别的作业，又拿出那本小说，但不想往下看，因为她预感女主人翁在下面的章节会生活得更幸福，更甜蜜。她往前回看女主人翁受到挫折的那些章节，好像要用女主人翁那种受挫的章节、受挫的感觉来平衡自己此刻的失落。往回看了没多一会儿，她又拿出那本日记写道：

你的失落比我的失落要深刻，但你的结局比我的结局要幸福得多，要完美得多，这份美好来自于百转千回，来自不放弃。所以，我不气馁，明天还要找机会向他大胆表白。

之后，她在画纸上作画，画纸左上角依旧是一座模糊的庄园，右下角依旧是一个孤独的背影，庄园四周是素描的灰暗底色，孤独的背影四周也是灰暗的底色，画面其他区域的留白一片光明的样子，更加彰显庄园的灰暗和背影的孤独。

第二天第三节下课，虞儿装着肚子疼的样子，去找班主任老师请假，然后拿着班主任开的假条出了学校的门。但是登记完后她又悄悄地把假条揣进兜里。她匆忙来到君尚的学校门口。不一会儿，放学了，她在人群中搜索君尚的影子，还好，君尚哥哥是个高个子，又长得帅气，很容易在人群中找到。但她矮小的个头淹没在高中生人群里，没有被君尚看到。于是她就跟在君尚的后头，打算等着人少了再上去跟他打招呼，向他表白。但是，昨天的那个姐姐不知从哪钻了出来，径直和君尚并肩走在一起，有说有笑，那一头长发在风的吹动下，都快拂到君尚的脸上了，让人觉得有些亲密。

虞儿越看越生气，索性冲上前去把姐姐往旁边拽了拽，说："姐姐，你家在哪住啊？你什么时候能和君尚哥哥分开？就放学回个家，有必要走那么近吗。"

不料那位姐姐毫不示弱地说："哟，小丫头片子还吃上醋了，我就和你君尚哥哥走的近，你管得着吗？"

这话直接把覃岚虞气得无言以对。还好，君尚帮她圆场说："这还是个小孩子，啥都不懂，你就不要故意气她了。"

覃岚虞听君尚哥哥说她还是个小孩子，呵呵，她更接受不了，心想："人家把我当小孩子，旁边还有一个大姐姐，还表白什么呀，人家怎么会接受一个小孩子的表白呢？过家家吗？"

这么想着，覃岚虞转身朝反方向走，听见君尚哥哥在后面喊："你往哪走，不回家吃饭啦？"她不做理睬。

整个下午，覃岚虞都没精打采的，那个长相好看学习也好的女同学又走过来关心地说："你没事吧，上课要坚持认真听讲，好不容易取得一点进步，千万不要退回去了。"

她回答说："嗯，嗯，我知道，我没事。"

但直到她回到家，包括整个晚上，她都没有心思学习，连英语都不学了，更没有到君尚哥哥那里去。等到夜深了，听到父亲好像也洗漱完毕回房休息，她又拿出那本小说来。该看哪个章节呢？这回我算是彻底跌进了低谷，站在冰点上，还有哪个章节比我悲惨呢？就看她得知无法与心爱的人结婚，然后离家出走的章节吧！让她陪着我一起难过。

看着，看着，覃岚虞甚至掉起了眼泪。

突然，背后传来爸爸的声音："你这是看的什么书？难怪你深更半夜不睡觉，我还以为在学习呢。"

藏已经来不及了，书已经被父亲抢了过去。

覃战看看书皮说："你这小小的年纪，看这种书，对你有什么好处吗？"一边说着一边动手把书撕烂，有一页一页撕下来的，也有一沓一沓撕下来的，散落一地。

覃岚虞不敢反抗，就那样看着父亲。谁知父亲还不解恨，还要打她。只是，高高举起的手，没有重重落下来。代替他的怒气和失望的是重重的甩门声。

8

覃战正驱车赶十公里外的一个村子，村子里有几户留守老人，家里快要断炊了，而且已经好久没有采购肉食了。接到请求，覃战按照他们的需求把东西采购好送过去。快到村子的时候，接到班主任张老师打来的电话，让他到学校去一趟，听班主任的语气，应该不是什么容易解决的问题，否则不会请家长，尤其是在当前的疫情防控情况下。他匆忙赶到村子，把东西交到村口值守的安保和疫情防控人员手中，人家很吃惊，说村子也有人负责帮助村民采买必要的生活物品，他们怎么还麻烦你专门跑一趟。

"那是，说明我这志愿者的名头还不小，高兴，大家有啥需求，我还来。"覃战调侃一句，调头就往回赶，结果跑出几公里爆胎了，前不着村后不着店，只能耐着性自己换轮胎。

当覃战赶到学校，班主任却问他孩子到家了没有？一下把他问蒙了。班主任张老师让他想想，给谁打电话可以确定孩子回没回家？他便打电话问徒弟，得到答复是没有。

班主任一边说等等再问一下，一边说明叫他来的缘由。

"是这样子的，她今天上课犯了很多错误，首先是除了英语以外的各科作业都没有做，然后，在早读和第一节课睡觉，被老师批评后，是不睡觉了，又偷着画画，很投入，连老师站在她跟前她都不知道，老师生气，把画给撕了，她还跟人家老师急。"

覃战既生气又不好意思的说："这孩子，咋变成这样了，对不起老师啊，是我疏于管教，对不起。"

班主任接着说："为了批评教育她，老师让她站着听课，但仍然心不在焉。所以，第二节，我让她在教室后面一边站着听课一边等你，并打电话请你来把她带回去批评教育，等她真正意识到错误，能够下决心改正错误，再回班继续学习。结果等了你半天都不来，第三节就让她在办公室一边写检查一边等你，但等我们上课回来没见到这孩子，打电话问门卫，说孩子拿着昨天的假条蒙混过关，出去了，当时的理由是肚子疼，女孩子嘛，说肚子疼，门卫师傅也不好多问。"

听班主任老师说完，覃战说："要不，这样吧，我先回家去，等孩子回来，我得好好教训教训，让她知道错也能改正错误，我再把她送回学校，快升学考试了，耽搁不起啊！"

班主任和几个在场的老师都点头说："对对对，那你就抓紧回去看看吧！孩子如果在家，你也不要大动肝火啊，该教育的教育，该说的说到，然后，下午就让她回来上课吧，快毕业了，确实不敢耽搁。"别看班主任老师这话说得轻描淡写，心里已经悬着了，包括办公室其他几个老师心里都为这个孩子担忧，生怕她擅自跑出去再做出什么傻事。所以，班主任口气都变了，原本是要让孩子在家里呆几天，让家长多教育教育，以示郑重，现在都改成及时回校上课。这既是源自班主任、任课教师的工作经验，也源于他们的职业敏感性与恐慌。

覃战当然听不出来，他向各位老师道别后气哼哼地走出学校，开车回家，满脑子都是怎么教训教训这个孩子，心想，昨天晚上的旧账和今天上午的新账一起算。

但此刻，覃岚虞正绝望地坐在一栋废旧楼房的楼顶。

早晨，她因为所犯的一连串错误被老师批评，又在办公室等爸爸接她回去闭门思过。昨天晚上刚被爸爸训斥，今天又犯这么多错误。可想而知，爸爸来了以后会发生什么可怕的后果，再跟着爸爸回去又会持续产生什么后果。

当时，覃岚虞越想越可怕，突然想到逃避，她背着书包轻轻下楼，快到一楼又折返回来找被没收的小说和那些画稿。从班主任老师的办公桌到语文老师的，再到数学老师的，最后看见那本撕烂的书就摊在英语老师的办公桌上，赶忙把书合上塞进书包往楼下跑，还好，一路都没有碰见老师，快到校门的时候，她想起昨天的假条还在兜里，便捂着肚子蒙混过关。因为昨天就请过假，门口的安保人员没有细看，还关心地说："这孩子身体真差，又不舒服啊，快回去休息吧！"

出了学校，覃岚虞漫无目的的走着。到哪去呢，想了一想，来到离家不远处的一栋旧楼。因为拆迁，周围的房子都拆平了，只有这栋楼不知什么原因只拆了一半，剩下这一半有楼梯可以直接通向楼顶，从底层到楼顶都一片狼籍。偶然的机会，她曾跟着几个逃课学生来过这里，了解情况，便直奔楼顶。

覃岚虞来到楼顶，找了一处向阳的墙角呆坐下来，不知过了多久，站起来扶着楼顶的半截围墙往楼下地面看了看，好高啊，不禁两腿发软，又一屁股坐下来。想起老师责怪的面孔，想起父亲昨晚上举起的手，再想象一下今天如果父亲及时赶到会是什么结果，回到家又会是什么没完没了的责罚。她不由得害怕起来，感觉自己已经走到了绝路，没有勇气面对老师和父亲，她又站起来扶着围墙看了看地面，还是害怕，还是双腿发软，又靠着墙坐下来把头埋在膝盖上，无助地哭起来。

"妈妈，你知道吗，你的虞儿现在是个坏孩子，昨天犯错误，今天又犯了很多错误，老师肯定不会原谅我，再不让我回学校上课呢。回家，爸爸也不会原谅我，昨天他撕了我的书，要打我却没舍得打，但加上今天的错误，他一定不会原谅我，一定会打我，我好害怕。黄奶奶，你说我该怎么办啊？爸爸不管我，妈妈不要我，君尚哥哥也有他喜欢的姐姐，我连向他表白的机会都没有。还有那个简爱小姐……那么多的问题需要面对，你能告诉我该怎么办吗？"

这么哭一阵子，歇斯底里地吼一阵子，覃岚虞似乎下定决心。她擦了擦眼泪，一只腿跨过围墙，又收了回来。但这回不是害怕，也不是腿软，而是突然有一个想法，就算要跳下去也得先把自己收拾漂亮，心情不漂亮，至少样子要漂亮。她又重新坐下来打开书包找藏在文具袋里的小镜子。

那天，班上那个学习好还长得漂亮的女同学友善、诚恳地劝她认真听课，好好备考。她听了很感激，也很自卑。心想，自己的学习是没救了，如果模样能好看点也是个安慰。但好不好看，自己说了不算。之前，她就含蓄地问过君尚哥哥，她好看吗？君尚哥哥诚恳地说，根本不该这样问，因为她其实也挺好看，但不是那种晃一眼就觉得好看的类型，要认真看。自那之后，她就经常在镜子里仔细看自己，真的觉得自己其实也还好看。为此，她还在笔袋里藏了一面小镜子。

笔袋在书包的最底下，首先要把离开学校时随手塞进书包的那本小说取出来。这时，小说撕烂的书页飘落，啪嗒一声，一个不太大的文件袋跟着这些书页掉在地。应该不是自己的，那又是谁的？她很好奇，捡起来看，里面竟然是她画的画，有被父亲撕烂又被她重新粘好的，有在此之前被其他老师没收的，还有上午刚刚被语文老师撕烂的两张画，只不过这两张画已经被粘好了，而且，画拼凑得天衣无缝，边上的胶带也剪得整整齐齐，和画纸的边缘完全吻合。再看看文件袋，上面还写了几行字：

In ten years,

it will be a beautiful memory.

And the future is promising!

应该是甘老师写的，字迹看着就像，难怪东西在他的桌子上找不到。

看着这几行英文，覃岚虞的眼泪止不住地往下掉。她感觉自己就处于荒原之上，眼泪掉在地上，或者掉在自己身上，噗嗤，噗嗤，声音都清晰可辨。同时，她又觉得自己是站在荒原的一棵大树之下，她还有一片庇护所。她再次把头埋在膝盖上，嚎啕大哭。

直到声音沙哑，覃岚虞猛然抬起头，利索地擦干脸上的泪，把那些画工工整整地叠起来，重新装回到文件袋里，再把文件袋放回书包，把小说也装回书包。

覃岚虞背上书包，起身下楼回家。老远就看见父亲在汽修厂门口张望，不由得心里一紧，但转念一想，挨打就挨打吧，自己犯了错误，就得自己承受。谁知父亲笑着迎上来问："闺女，哪不舒服啊？这么久才走回来。爸爸这就做饭，早点吃完了休息，老师让你认真反省错误，下午按时去上课。嗯，不过你犯了错误，晚上爸爸要跟你好好谈谈。"

覃岚虞鼻子一酸，差点哭了出来，赶忙钻进自己的小屋。

其实，覃战已经发现女儿眼皮红肿，明显哭过，哭得很厉害。心想，多亏班主任老师提醒，否则指不定会把闺女逼出什么大事来。他拨通班主任老师的电话说："孩子刚进家门，应该是哭过一场，身上有灰，也许经过了一番思想斗争，好在没干什么傻事儿。还是你们有经验，谢谢，真的感谢，我下午就让孩子按时去上课。"

班主任张老师挂断电话，又给办公室其他几个老师说，"没事了，孩子回家了，估计是有惊无险。所以，咱们这次真得汲取教训，特别是我。"

正说着话，甘老师走了进来，看着大家表情严肃，便问这是咋了。班主任张老师说："还不是为覃岚虞的事嘛，这孩子不吭不哈的自己跑了，好在现在回家了，可把我们吓坏了。"

甘老师说："哦，我还真想提醒大家一下，做孩子的思想工作不能急，孩子毕竟是孩子，没有我们成人这样的思维能力和承受能力。一个孩子犯错误，大家都把嘴放在她的身上，大家都给她压力，她这是受不了的。正因为这样，你们大家批评她的时候，我没有吭声。开个笑不起来的玩笑，我怕成为压死骆驼的最后一根稻草。"

9

第二天一大早，早读还没开始，覃岚虞就来到甘老师的办公室。她昨天上午擅自出走后到底在想些什么、经历了什么、干了什么事，她的爸爸和相关的老师都在猜测，猜测结果都令人感到后怕。但孩子平安回家了，猜测成了悬念，甚至让人侥幸认为孩子是真的肚子疼才擅自离校回家。

只有甘老师仍心存怀疑。所以他昨天下午一直在等覃岚虞，希望这个孩子会主动与他沟通，这样就可以从谈话中捕捉信息验证自己的怀疑，如果信息不能验证他的怀疑，那是再好不过了。但如果捕捉的信息可以或基本可以支持他的怀疑，那就真的要引以为戒，不光是他自己，还要委婉、善意提醒各相关教师都引以为戒。

可是，昨天下午覃岚虞没有来找他，让他觉得自己的担心是多余的。

现在，这孩子来了，而且是一大早。

"孩子，是找我吗？"

"嗯，我……"覃岚虞有些支支吾吾。

"是不是真有啥事想给老师讲？"

"昨天上午的事，我，我想……"

"坐吧，既然来找老师，就应该相信老师，就不要有顾虑。"

听了甘老师的话，覃岚虞鼓起勇气抬起头说："我是来感谢您的，若不是发现了那个文件袋和那些被您粘贴好的画，我可能已经不在这个世上了。"说着话，眼泪流了出来，这是委屈的泪水，也是愧疚的泪水，更是感激的泪水。

毕竟是孩子，说话真的是直来直去。这反倒让甘老师觉得太突然，他一边给孩子递纸巾一边飞快地转动大脑。

"真的！那老师要为你点赞，真诚地、感激地为你点赞，因为你在最艰难、最绝望的时刻战胜了你自己。"

"嗯，嗯，但是，是您帮我战胜了自己，谢谢您！"

"孩子，你不用谢我。你应该谢谢你自己，比如，如果没有你画的这些画，这些让你在平时屡屡受到家长和老师责骂的画，就没有那个文件袋。"

"若不是您不放弃我的学习，恐怕，我拿到文件袋，也看不懂您写在上面的句子。"

"那以后老师对你再严一些，你能接受不，我指的不光是在学习上。"

"能。"

"那就好，咱们把昨天翻篇，说说毕业，说说中考，说说将来。"

"嗯，嗯，剩下的时间不多，我基础很差，想考上高中已经来不及了。但您放心，英语我会跟着您好好学，争取进步。"这样回答时，覃岚虞的目光又暗淡下来，仿佛把自己关在一道幕后，看不到人生舞台上的光芒，或者说没有信心去寻找人生舞台上的光芒。

看到这样的目光，甘老师意识到，对于一个孩子，不能奢求她在历经一次人生的生死抉择就把所有的问题想明白，把所有的错误行为、消极态度都纠正过来，蜕变成为一个积极、健康、向上的完人。对于眼前这个孩子，还有更细致、更柔和的工作要做，还得想办法，不能急于求成。他开口说："嗯，先做到这一点也很不错。其他的，可以再想办法。不论来不来得及考高中，我们都要努力，现在的各种媒体都在用一个热词，未来可期，请坚信这一点。"

覃岚虞点了点头，但还是不自信，至少她的目光是这样的。

甘老师说："可不可以把小说和这些画借给老师用下，当然，我会妥善保管。"

岚虞顺从地把东西交到老师手里，回班学习。

周五放学，甘老师事前征得覃岚虞爸爸的同意，安排她在学校阅览室与他的学生何淼见面。这个何淼虽然是甘老师的学生，但年纪也不小了，应该比覃岚虞的妈妈还要大那么一点，是中国作协的会员，大作家，也是本地文学杂志社的主编。覃岚虞第一感觉就是，这位阿姨文静、大方、漂亮，一双大大的眼睛在超薄的淡蓝色镜片配合下，闪烁着睿智的光芒，还有胸前的玫红色围脖，打着好看的结，使她身上散发出知识女性独有的魅力。

"孩子，这也是我的学生，你们好好聊聊。别拘束，就当是自己的妈妈，或者妈妈的好朋友，好闺蜜。"说完，甘老师退了出来。

里面在短暂的沉默后，有了说话声。

"你就是覃岚虞，虞儿，对吧。"

"嗯，阿姨好！"

"你好，阿姨叫何淼，在文学社做编辑，别的就先不介绍了吧？"

"不用，阿姨，路上甘老师说了，你是他的学生，是个大作家。"

"怎么，你不信？"

"大作家，我信，是甘老师的学生，我不信。"

"是不是觉得甘老师怎么会有这么大的学生，告诉你吧，我的确是他的学生，如假包换，他还有比我大得多的学生，那些学生比你们甘老师小不了几岁。"

"哇，那比我爸爸妈妈大得多。"

"还有你更不信的，甘老师带班主任时，班上曾经有个女生，各科成绩都差。尤其是数学，不是她学不会，而是她不想学。上课经常走神或者偷偷看小说，经常受到老师的批评。她有很好的运动基础，速度很快，但她还几次三番拒绝参加校运会的班级接力赛，怕跑起来有损女孩子的形象，特别是她在某个男孩子心目中的形象。高中毕业参加高考，她落榜了。"

"那她完了。我们好多老师都对我们说，考不上高中这辈子基本就没指望了，更何况高考，真正决定人的命运。"

"是，那个年代，就业和学习机会远没现在这么多，高考落榜，照理说真的是前途渺茫。但也不全是，关键还是看自己。你猜那个女生后来怎样了？"

"阿姨你既然这样问，那我猜她后来成了大作家、文学刊物主编，也就是您，对吗？"

何淼向覃岚虞竖起大拇指说："嗯，冰雪聪明的女孩。那个女生就是我，一个在第一次高考落榜后迷途知返，重新复习再次参加高考的人。一个很认真思考自己的未来，并为之努力的人。一个被老师们批评，也被老师包容呵护的人。知道吗，你的老师，当年我的班主任老甘同志，在我的毕业留言册上填的是一

首词，似乎在那时候就预示着我将来会走上文学创作之路。"

"甘老师这么厉害！"覃岚虞佩服地点头。

"是的。不说这些了，咱们直入主题，说说你吧。"

"好。"覃岚虞有些疑惑地回答。

何淼认真的看着覃岚虞问："跟阿姨说，那天是不是差点作出令父母、师长和同学痛心疾首的傻事？"

覃岚虞犹豫了一下，不好意思地点头。

"阿姨要为你在关键时刻的理智选择点赞，但我想问，是什么原因让你重返理智，回到了亲人身边？"

覃岚虞抬起头搜寻，然后指着书和文件袋说："就那些东西，还有那上面的英文。In ten years,it will be a beautiful memory.And The future is promising!"

"嗯，你的外语很不错。也就是说，主要是外力，是外来因素在关键时刻唤醒了你？"

"应该是吧。"

"阿姨问个不该问的问题，以后你还会想到做这种傻事吗？"

女孩犹豫良久，不确定的摇头。

何淼接着说："所以，阿姨想说，因为机缘巧合，此次事件主要是靠外力化解的，虽然对你有很深的触动，但还没有转化为你内心的自觉、理智和自律。爸爸妈妈、老师和阿姨，包括你身边所有人都希望你今后任何时候都不再有那种可怕的、错误的念头，要做一个积极、阳光、永不放弃的人，这就是我们今天在一起的主要目的。"

"阿姨，我知道错了，以后应该不会那样做了。"

"很好！但不是应该不会，而是一定不会，阿姨相信你！"何淼一边点头一边拿起小说和画稿说："是不是喜欢这本小说？"

"说不上，开始读时，只是觉得女主角可怜，她的遭遇吸引了我。"

"那，后来呢。"

"后来，我觉得，有些时候，我和她的境况有点像。再后来，我觉得我还不如她。"

"为什么？"

"因为，她后来找回了爱情，生活得很自信，生活得很幸福。而我，我……"

"而你，觉得自己的状况一直没有改变，包括心目中那个男孩对你的态度，是吗？"

"嗯。"回答完，覃岚虞地下了头

何淼和气地说："真行啊，这本书你都快算得上深度阅读了，读出效果也读出情感了。但是，孩子，书中的主人翁在成长，当她长大成人，追求并收获爱情是必然的。而你呢，对那个男孩子的爱恋，其实只是青春期的懵懂。如果让它平静地、自然地走过花季，一切感觉都将是美好的。但如果我们想要打破这种自然和平静，就会给自己和他人带来烦恼甚至伤害。阿姨在高中时几次三番拒绝参加校运会接力赛，怕跑起来有损女孩子的形象，特别是自己在某个男孩子心目中的形象。那也是阿姨青春期的懵懂，阿姨现在的家庭很幸福和睦，但我的爱人并不是当初的那个男孩。当然，阿姨说的这些你现在还不完全能懂，但真的很有道理，值得你深思。正所谓当局者迷旁观者清嘛。"

阿姨说话如此直接又如此真诚，让覃岚虞有些害羞，脸颊泛红。但她听得很认真。

何淼适时转移话题说："孩子，抬起头，咱们再来说说这些画，都是你一边读这本书一边画，对吧？"

"嗯。"覃岚虞虽然抬起头来，但目光呆滞、压抑。

"老师猜测，这些画也大多数是你心情不好时画的，对吗？"

"嗯。"

"所以，在这些画中的每一座庄园都是黑暗的，庄园周边也是黑暗的，画中的人影就是你自己，留白就是为了倾述你的孤独和无助。阿姨讲的这些，有没有那么一点说中你的心思？"

"我不知道，我不知道…"覃岚虞哽咽着说。

何淼坐过去，用围巾给女孩擦眼泪，还把女孩搂进怀里说："孩子，知道吗，不管是在这本书里，还是在我们的生活中，甚至我们的一生，都有两座庄园，一座是灰暗的，一座是明亮的。简爱通过自己的努力从灰暗的庄园突围，最终跨入明亮的庄园。而你，只看到了一座灰暗的庄园，深深地陷入其中，不能自拔。"

覃岚虞仰起头看了何淼一眼，又把头埋下来说："那座明亮的庄园，我，没有。"她的目光像一束闪烁旋即熄灭的火苗。

何淼伸手抚摸着覃岚虞的头发说："傻孩子，你也有，只要你能跳出心里那座灰暗的庄园，就会看到一座明亮的庄园，相信老师说的。每天多想想那些令人开心的事，即便自己认为没有多少开心的事，但我们可以试着把必须要做的事情做得开心一些。这样我们就有了目标，有了积极乐观的态度，就会抵进一座明亮的庄园。"

覃岚虞犹豫地点点头，又把头埋进何淼的怀里，感受这久违的母爱般的温暖。

10

经过几天的观察，覃战感觉虞儿没啥特别的反应。但因为那天的事情，他心中的顾虑一直没有消除，也意识到自己对女儿的关心不够，而且，作为一个男人，自己似乎只能保证女儿的温饱，女儿还是要有妈妈细致的关爱和呵护才行。

那天中午，覃战手头的活少，趁着等女儿放学回家的工夫，他本打算给红玉打电话，劝她回到女儿身边来，但害怕红玉一接通电话就和他争吵，就谈离婚的事，只好作罢。况且，自己在微信里把她给删除了。

又一天中午，覃战又担心起女儿来，也很想红玉，便点开手机里保存的红玉的照片，一张一张地看，在回忆中高兴地笑，痴情地笑。直到女儿进屋，才收起来叫女儿洗手吃饭。今天的饭是外卖小哥送来的，双份，说是一个接受过他的志愿服务的客户为他点的。他本来想拒收，但看着外卖小哥为难的样子，只好勉强收下。

等女儿坐到餐厅，挑了一份爱吃的尖椒牛肉，剩下一份萝卜红烧肉就是他的了。他问女儿好不好吃，虞儿一边点头一边吃得津津有味。而他就不用说了，萝卜红烧肉就是他的最爱，三下两下，饭菜就要见底。这时小璐发来一条语音，点开，小璐甜甜地问："战哥，今天的饭菜还可口吧，那份尖椒牛肉，虞儿还喜欢吧。"

原来外卖是小璐点的，覃战赶忙关闭语音看女儿的反应，生怕引起女儿的误会。可是，已经晚了，女儿生气地把尖椒牛肉推到他面前，把剩下的萝卜拉过去，吃了一口，又连筷子都甩在桌子上，眼光斜视着他说："谁稀罕。"

"别生气，把饭吃完，吃饱。爸爸不知道是小璐阿姨点的，如果知道，指定不会收的。"覃战一边解释一边用语音给小璐说："谢谢你为我们点餐，不过，女儿怕辣，我怕油腻，都没吃多少，以后你再别给我们点外卖了。对了，我给你发了60元钱的红包当饭钱，你可一定要收啊。"

覃战放下电话，继续看女儿的反应，自己这么干净利索地表明立场，女儿该满意吧。

虞儿却起身离开，嘴里嘟囔道："别装了，马上就该同意我妈跟你离婚了吧。"

覃战被呛得说不出话来。女儿这样的举动也让他下定决心，联系红玉，说服她回到女儿身边来。但他决定先重新请求加红玉的微信，试探一下她的态度。上次，把她给删除，是因为自己冲动，怪她影响女儿的情绪和学习，更是因为不想跟她在离婚这件事上争吵，想给红玉一段时间冷静思考，或许她会回心转意。本来嘛，他们之间又不存在影响感情的实质问题。

覃战是个干脆人，说干就干，马上把添加红玉的微信请求发出去，然后忐忐忑忑，焦急等待。这当口，小璐发来微信："我记得你和虞儿喜欢吃什么菜，你却说不喜欢，战哥，你嫌弃我。"

"小璐，你别误会，我怎么会嫌弃你呀。你的心思我也能猜到几分，但是，我一直爱着红玉，我不会离婚的，也不会接受第二个女人的爱。"

"好吧，谢谢战哥的坦诚相告。"

覃战回了一句客套话，继续等红玉回复，心里更加忐忑。

而另一边，冉红玉已经望着窗外站了很久。经历这场疫情，特别是小李前来问候时送的盒饭和纸条，终于让她把自己和覃战的感情问题想明白了。不错，人活一世，除了生死，都是小事。更重要的是，心中有爱，才会幸福，家人幸福，自己幸福。再加上黄阿姨发来的照片，看了更让她牵挂，恨不得快点飞回到丈夫和女儿身边。

但是，这片区域的疫情管控限制还没有完全解除。同时，好不容易创建的公司还要等疫情好转后安排妥当，不能简单把它给关了。疫情结束后，人们需要复工复产，提振信心。必须把公司安排妥当，在疫情之后，给小李他们这些员工一份坚实的依靠。

正想着这些问题，红玉收到了覃战添加微信的请求。但她没有马上接受请求。冷战了那么久，又因为争吵被他删除。现在，真不确定他这个请求是想和自己言归于好，还是拗不过自己，同意离婚了。更或许，有了新的感情追求，决定放弃这段抓不住的情缘。

胡思乱想一番，红玉还是答应了覃战的请求。她心里明白，猜来猜去，终究要面对，如果是覃战放弃了，她就全力挽回，毕竟是自己太固执太小气，把他逼到绝望的境地。但这个聪慧的女人在不确定对方态度的情况下，巧妙地回复了"战哥"两个字，和一个笑脸。

对方，也就是她的战哥马上回了一个笑脸，还有一枝火红的玫瑰。

红玉用激动得发抖的手指敲出几个字："还好吧，想你和虞儿了！"

紧接着，红玉接到覃战视频通话的请求，迅疾点开来。

"红玉，红玉，能联络到你，我，我太高兴了，你还好吧！"

"嗯，战哥，我还好，就是想你们了，真的很想！"

"我们也很想你，你等着，我叫虞儿过来。虞儿，虞儿，快，妈妈的视频通话。"

"妈妈，妈…啊…哇……"

"虞儿，我的乖女儿，别哭……呜……，虞儿，战哥，你们等着我，疫情管控解除，我会第一时间回到你们身边，大家都别哭……"

11

5月24号下午，全体九年级的学生来到风雨操场召开中考动员大会。各班整齐列队，前后左右间隔一米，带着口罩席地而坐。因为抗击新冠疫情，中考的时间往后推至7月中旬，所以学校每年都要举行的中考百日动员大会也推迟到现在，掐指一算，离考试已不足六十天，动员大会也把百日二字去掉。学校领导在主席台就坐，部分学生家长坐在对应班级学生的后边。疫情需要防控，但他们也不想错过这样隆重的时刻，他们要陪着孩子吹响决定人生的第一次大考的冲锋号。

学校领导讲话、任课教师代表讲话、学生代表讲话、复习迎考心得交流，等等，逐一进行，每个人的讲话或语重心长，或让人热血沸腾，都赢得阵阵掌声。这些掌声也使得覃岚虞更加紧张，因为，马上就该她上场了。但她不是去为大家分享复习迎考的经验，而是代表全力以赴尚有希望的学困生作表态发言。这是老甘同志为她争取到的，而且是先争取到了才告诉她。她当初的第一感觉就是赶鸭子上架，而且丢人现眼。

现在，她不那么想了，她又紧张又急切地等着上台去说出她心里的话。

她一遍又一遍地回顾着她的讲稿提纲，直到听见自己的名字，走上去坐在发言席上。

学校还是第一次安排学困生作表态发言，掌声不够热烈，女孩很尴尬，脸都憋红了，才鼓起勇气举着一本破旧的书和一张在复印店放大了的图画开口讲话。

"大家好，我是二班的覃岚虞，在座的很多人都认识我，因为我是差生，曾经是，现在是，以后可能不是，请注意，我说的是可能，以后可能不是。"

"我其实不知道该给你们说些什么，所以，我把这两样东西带上来给大家看，这张画里面是一座庄园，是我从这本书中想象着画的，而这本书的名字是《简爱》。这学期，我从妈妈的书柜里把它取出来，悄悄地看完了，应该是看了好多遍，晚上在小屋里偷着看，白天在课堂上偷着看，被爸爸发现过，被老师发现过，

它因此伤痕累累。"

台下一阵哄笑，家长们也哗然，连主管副校长都有点坐不住了，眼睛瞪着甘老师，一副责怪、后悔、兴师问罪的样子。但女孩全然不顾，继续往下讲。

"你们知道吗，给你们看这两样东西，是想和你们分享一位漂亮女作家说的话，她说每个人的心灵深处都有两座庄园，一座是灰暗的、阴冷的、孤独的，它近在咫尺，甚至就在你的眼睛里，它接纳你的孤独、自私、懒惰、消极、逃避、懦弱，还有谎言、任性、偏激、不理智等等，总之是你一切不美好的东西。当你拥有的不美好的东西越多，这座庄园就越大，你也就陷得越深，也就拥有更多的不美好，如此循环往复。"

台下安静了许多，台上的领导也变得更专注。女孩也有所察觉，挺起胸膛，继续。

"她说我们每个人还有一座明亮的、温暖的庄园。你越是积极、健康、快乐，它越温暖。你的目标越是远大，它越明亮。那灰暗阴冷的庄园也将因此变得渺小，直至离你而去。"

女孩满怀信心地深呼吸："所以，我们要打破第一座庄园，向着第二座庄园奔跑。"

校长带头鼓掌，引得全场掌声雷动。女孩激动地站起来鞠了个躬，接着讲。

"为此，我要感谢我的爸爸，他第一个撕烂了这本书，是第一个想要为我打破灰暗、阴冷庄园的人。我要谢谢我的班主任和各位任课老师，他们一次又一次撕烂这本书，撕烂我画在纸上也深深刻入心灵的灰暗、阴冷、孤独的庄园，他们不让我在里面越陷越深。"

"In ten years,it will be a beautiful memory.And The future is promising!"

"在这里我要特别感谢甘老师，是他把这些撕烂的庄园粘贴好放在文件袋里，写上这几句英文还给我，给了我一座方向标，让我在近乎绝望的时候及时调整方向，迷途知返。也为我十年后、二十年后，以及之后的漫长人生留下一份深刻的回忆。相信,那时,坐在内心温暖明亮的庄园里看着这些被打破的庄园，感觉真的是美好的。"

女孩再鞠个躬，接着说，

"我还要感谢各位领导和在座的各位同学，在向着明亮、温暖的庄园奔跑的路上，你们没有抛弃我，你们张开双臂，给了我一同奔跑的力量。"

大家以为女孩的讲话结束了，掌声再次响起，经久不息。不料女孩提高嗓门说："我还有话说，爸爸，请你把我下面想说的话录下来，发给妈妈。"

全场恢复平静。

"最后，我想感谢我的妈妈，她就要从武汉踏上回来的列车，向着中考冲刺的这几十天，有她的陪伴，我很幸福，我将全力以赴。未来可期，未来可期！"

动员会现场再次掌声雷动，在场的学生和家长都起身高呼：全力以赴，未来可期！全力以赴，未来可期！

黑子的绿茵场

1

我们身边，或多或少都有人叫黑子，一般都是某人的绰号，而且与此人的外貌和肤色相关联。只要听说某人绰号叫黑子，未见其人，脑海里就有了他的主体模样，即皮肤不同程度的黑，并把他的职业与野外作业、场地运动或是某种风吹日晒的劳作相联系。

张力宏的绰号也叫黑子，但他是八十年代毕业的师范生，本科学历，物理老师。这个人五官长相秀气，说话儒雅，就是皮肤比一般人要黑。长相随他母亲，肤色随他父亲。一米八几的个头也随他父亲。只是，父亲喜欢篮球，而他酷爱足球运动，晒得更黑。

黑子结识足球运动是 1979 年在青海省西部的一个小县城上初一的时候。黑子要感谢他的班主任魏老师。当时黑子所在的班级是年级的所谓重点班，照理应该是以学习为主，甚至是只管学习不问其他事才对。但黑子的班主任魏老师虽然是一位女老师，却十分开明，早在那个时候就有着超前的素质教育理念，不仅在学习上对黑子他们要求很严，也主张在各种各样的活动中培养他们的体格和兴趣特长，充分锻炼他们的能力。

那时的县城中学还是一排排平房，每到冬季都要在教室的前后两头生起煤炉取暖，取暖用的煤砖都是学校于秋季开学后不久专门雇人打的。而黑子他们这个班的同学在初一新生报到后不久便被魏老师动员起来，自己动手打煤砖。此前，魏老师专门找学校领导软拖硬磨，终于让校领导答应黑子他们班一个采暖期所需的煤砖都由孩子们自己来打，学校按照等额等价把雇小工的钱划给黑子他们班。煤砖打完了，黑子他们班得到了自己动手挣来的第一笔收入。之后，魏老师又动员大家利用课余时间四处捡拾牙膏皮、废铜烂铁和骨头等一切可以卖钱的东西。每隔一段时间，班干部就把牙膏皮、废铜烂铁卖到废品收购站，把骨头卖给化肥厂。就这样，黑子他们班逐步积累到足够的钱，买回了属于班级私有的篮球、排球、足球和乒乓球拍，之后还买回水泥，并用黑子他们捡来的碎砖头在教室后面砌了一个基本标准的乒乓球台。

就这样，黑子他们这个所谓的重点班不但成绩保持领先，其他各种文体活动也开展得有声有色。众多的球类运动中，黑子和一些同学很快就对足球有了浓厚兴趣，虽然只会一堆人追着足球瞎踢，但黑子踢得很认真，玩得很开心。有时甚至是把作业抛在脑后，直踢到学校几乎没有什么人了，这才恋恋不舍地回教室收拾书包准备回家。可是，黑子一走进教室就会看见魏老师还端坐在讲台前，黑板上没有完成当天数学作业的一排名字中还有自己，只好老老实实拿出作业本来写作业。当然，随便写写是混不过去的，魏老师要当面批改，错题多了还要打手板，甚至要被禁止踢足球两天。所以为了足球，黑子必须认真学习、认真完成作业，必须保持班级在全年级的学习优势。说白了就是保持第一。如果是第二，那就不行。

看到黑子他们对足球如此痴迷，体育老师也利用体育课给他们讲足球。当时的体育老师姓李，是高中毕业后直接留校工作的"农村娃"，没有上过大学也没读过中专，更没有练过足球。为了教黑子他们，李老师在与足球有关的广播、报纸和杂志上没少下工夫。但是由于那个时候的物质和文化生活条件十分有限，李老师能教给黑子们的也很有限。所以，黑子他们基本上就是在场地上按照自己的意愿一阵瞎踢，按照自己的想法乱当裁判，有时也为一个球的判罚是否准

确争得面红耳赤。

直到上初三的时候，那是十月中旬的一个星期六下午，学校年轻教师与高中年级的同学们联合组队，正正规规的打了一场足球比赛，比赛的对手是本县郊区农场中学的教师和学生联队。比赛异常激烈，不但让黑子这个盼望自己学校能够赢球的学生感到揪心，也让黑子这个其实根本不懂足球的孩子感到耳目一新、大开眼界。因为，黑子看到对手中有一名留着小风头的后卫只是迎着足球把头往前一顶，便把黑子他们校队开出去的大脚球、高挑球轻松的弹回到对方的半场，动作干净利落，潇洒霸气。黑子还看见对手中有人迎着飞过来的足球把胸脯一挺，那个足球非但没有把他给砸趴下或者反弹出去，反而像被衣服给粘住了一样，乖乖落在了他的脚上。黑子想，哇，原来足球还可以这样踢啊，真是太离奇太刺激了。

比赛过去二三十年后，黑子已经记不起那场球的胜负了，唯一印象深刻就是后来才知道的头顶球和胸部停球。黑子决定尽快学会头顶球和胸部停球。

那次比赛后，李老师也发现了黑子他们的好奇，经过一番学习和准备，在一个星期后开始教黑子他们学习头顶球和胸部停球，当然李老师也是现学现卖。在李老师讲解和示范后，第一个胸部停球是黑子他们班的体育课代表尝试完成的，当他学着李老师有模有样的迎着飞过来的足球把胸脯一挺一缩的时候，不听话的足球却重重地砸在他的肚子上，于是，他痛苦地抱着肚子在球场边看完了那一节体育课。尽管那样，黑子也没有害怕，还是争先恐后的迎着足球把胸脯挺起来，学会胸部停球就好像是黑子的一个梦想，就好像是一名勇士必备的壮举。跟李老师学头顶球，黑子也没含糊过。两项本领使黑子成为班级比赛的主力后卫。

初中毕业后，黑子所在班有几个同学考上了中专，有几个同学没能考上高中，也有其他班的同学考进了黑子他们这个新的所谓重点班。不久，魏老师也随在铁道师工作的丈夫专业安置去了内地。但黑子他们这个班依旧保持着学习上的优势和对各种文体活动的浓厚兴趣，特别是足球。黑子他们已经不像原来那样乱踢了，黑子带动更多人学会了头顶球和胸部停球，还有了相对固定的位置和打法。

黑子上高一时就敢赢高二的学长们，黑子上高二就开始约校外的所谓联队打比赛。而这对于面临高考的他们来说是让家长们极其反感的。家长们也曾动用武力来干涉他们踢球打比赛。黑子也不例外，起初，父亲骑自行车来把黑子从球场上押解回家，并好言相劝。但黑子就是舍不得足球，舍不得那最后几脚的最后几脚的最后几脚。后来，父亲不来接了，踢到天黑才回家的黑子常常会挨骂挨打，被打疼的时候，黑子就暗下决心明天再不去踢球了。可是第二天背着书包路过球场，看着那些踢球的同学心里就痒痒，再加上那些同学的怂恿鼓动，黑子忍不住对自己说踢一会儿就赶快回家，可是一进到场子里哪还停得下来，还不是踢到几乎看不见足球才心里七上八下地往家赶。再后来，父母也不接、也不打、也不骂，吃饭也不等。黑子回家后蹑手蹑脚地把热在炉子上的饭抓紧吃了，再识趣地把碗洗了，抓紧时间学习。其实，黑子开始学习之后是最最危险的，因为这个时候母亲往往会偷偷看黑子是在学习还是在打瞌睡。如果在学习，第二天的球自然是可以冒险接着踢，但如果是在打瞌睡，少不了要挨打挨骂，第二天放学再要去踢球，心情就忐忑恐慌到了极致。不踢，不要说脚痒，就连心里都痒。但如果继续踢，毕竟刚挨过打、挨过骂，这样做孩子，也太不懂事太不体谅父母了吧。所以，唯一的办法就是在踢完球后拿出一样的热情和精力对待学习。

后来，只要一想起上中学踢足球的一幕幕场景，黑子就对他们那个年代的孩子们的意志和勇气感到佩服，对他们当年那些孩子并没有因为足球而放弃学习感到庆幸。也更加感谢那个时候的学校、班主任、体育老师和家长，他们懂得黑子这些少年的心思，在他们的理解、帮助和支持下，黑子他们在有限的条件下获取着知识，也锻炼着健康的兴趣、爱好和体魄。

2

1984年，高中毕业后，黑子顺利考上了江南的一所高等师范专科学校，用

当时人们的话说就是跨进了大学的门槛，端上了铁饭碗。黑子和另外 34 名来自青海的同学同时被这所院校录取并编排成一个班。

9 月上旬，省教育厅派出一名老师专程送黑子他们去学校。当他们这 35 个穿着长衣长裤戴着帽子围着围巾的男生、女生下车亮相在学校餐厅前，与当地那些穿着短袖衣服和漂亮裙子，皮肤白皙细嫩的南方孩子一比，他们变成了一道异样的风景。而本就比本省同学还要黑一点的他，更是南方孩子眼中的黑子。人们用好奇的眼光打量黑子他们，也大方地向黑子他们伸出友好之手，借给他们饭盒并为他们打来饭菜，之后又帮他们搬卸行李，收拾宿舍。他们对周边的同学说："这就是青海来的同学，是青海班的。"从此，大学的同学都把黑子他们称作青海班的，而几乎不提黑子们在数学系的班级编号。

报道注册的第二天恰好是星期天，还没有正式开班，学校安排黑子他们自行活动。黑子他们宿舍的六个同学一同在大学校园里好奇地转悠，听到院墙外似乎有人在踢足球，感觉还踢得很热闹。黑子和另外 3 个同学忍不住翻上院墙观看。

展现在黑子眼前的是一个长满青草的足球场，他们这些从青海来的孩子啥时候见过这样的场地啊，这就是广播和电视里说的绿茵场啊。一个同学说："在这个场地上踢球美，摔上几跤也不会疼。"他这句话更把黑子他们的瘾头给勾起来，但谁都没有带头去踢，黑子就那么羡慕的看着球场上的人。

这时，球场上有人喊："青海班的，过来一起踢。"黑子他们几个都感到纳闷，那么远也看得见我们是青海班的，但对于这个邀请，黑子他们正求之不得，就跳下院墙加入到比赛中去。黑子被临时分做后卫，这原本也是黑子在高中经常担当的角色，倒也得心应手。但是对方有一名前锋屡屡突破他的防线，好像他们这些青海来的人好欺负。于是，黑子在那个人的又一次进攻中瞅准机会把球放过去，在他的屁股上狠狠踢了一脚，还假装不好意思地看着他。那个人也没有生气，只是对黑子友好地笑笑继续踢球。小阴谋得逞，黑子暗自高兴。

那次踢球也是黑子第一次站在真正的绿茵场上。殊不知，那也是整个城市唯一一个长满绿茵的正规足球场，是全市足球爱好者像战士一样拼力争夺的一片足球高地。

报到的第一个周一，黑子端坐在教室里参加开班典礼，当系主任一一介绍黑子他们的任课教师和班级辅导员时，黑子一眼就认出那个昨天才被自己踢了一脚的人居然就是本班的辅导员，这让黑子感到有些不安。黑子早就了解过，在大学，班主任其实是不怎么直接管班、管学生的，而辅导员则几乎管着班级和学生的一切，什么学习了、生活了，什么表现了、评语了，等等吧。这么重要的人物竟然被自己不知天高地厚地踢了一脚，而且仅仅是为了足球，为了黑子的防线被突破后内心有些阴暗的发泄。黑子想，天啊，一旦被这位老师认出来，就等着被穿小鞋吧。正当黑子这么提心吊胆的想着，系主任恰好让黑子他们每个人进行自我介绍，这真是怕什么来什么。

轮到黑子了，等他紧张地做完自我介绍。辅导员何远老师看着黑子笑着说："我们已经认识了，一起踢过足球，我主攻，你防守，对吧！"

黑子很不好意思地点点头坐下，心想，四个人参与踢球，就记住我了，估计不是因为我黑，而是因为我踢的那一脚，看来接下来的三年很难熬，就等着挨收拾吧。

事实上，在接下来的学习生活中，不仅仅是黑子，包括他们班的其他七八个男同学跟何远老师的关系都不一般，何老师除了在学习上帮助黑子他们，还与他们成了很要好的球友。黑子他们经常与何老师在足球场上奔跑和拼搏，有时是一起御敌的同伙，有时是互不相让的对手。何老师也从未给黑子穿过什么小鞋。怕招到何老师报复的担心完全是多余的，是黑子以小人之心度君子之腹。从这件事上，黑子学习到足球爱好者应当具备的一种品质，大度。

黑子他们在绿茵场上争夺输赢，更要在何老师和体育老师老耿到来之前与外班、外系、外校的人争夺这片绿茵球场。整个城市就这么一个长满绿茵的正规足球场，远远不能满足全市足球爱好者的需求，一个大场被分成两个小场，11人制的比赛变成7人制的比赛，依旧需要提前占场子，需要与人协商，需要轮流排队，否则就只能在场边眼巴巴看着别人踢球。

之所以要在何老师和老耿到来之前夺下场子，是因为等两位老师到来后再

争夺球场，一些所谓下三滥的办法就不允许使用，场地自然也就不好夺。事实上，两位老师也希望黑子他们能提前占上或夺下球场，这样他们来了既可以踢球又不用与人动粗，不失高等学府人民教师的修养和形象。

有时，黑子他们会仰仗西北人所谓的"野蛮人"的招牌装傻玩横、以强欺弱，把本在场子里踢球的人清理或逐步挤压出去，然后开始比赛。但这种情形主要发生在黑子他们与本校一些班级的争夺中。一旦是外面来的球队，特别是来自一些企业的球队，这些招数就不太起作用。黑子他们要么服软，要么就态度强硬，大家抱成团不惜与他们打成一片。

在绿茵场的争夺战中，最为激烈也是最为危险的一次好像是与该市一家钢厂或者是水泥厂的职工之间的争夺。那是一个周六下午，黑子他们和对方球员几乎同时来到球场，各自占据一个球门，一边踢球热身一边等队友到齐后开始比赛，当然也一边等着对方识趣地退出场地。时间一分一分过去，双方人员都早已到齐，而双方都丝毫没有退出去的意思。只好派人进行协商，最好的办法就是双方各组一队，两队一起打比赛。可是黑子他们提前就约好了对手，自然不想让约好的对手有被抛弃的感觉。而对方则是趁着厂里难得的调休机会，凑好了两个队，从郊区开车专门来打比赛，光路上就跑了个把钟头，当然也不想放弃。

由于双方互不相让，协商非但没有结果，反而导致大家言辞激烈，骂人爆粗口，再后来就变成你推我搡、肢体接触。对方的人都围拢过来，把黑子他们十几个人逼得步步后退，显然黑子他们已经处于劣势，对方见状更是嚣张，他们中的几个人指着黑子他们的一个队友理论，不但出言不逊，还有点跃跃欲试想要动手的架势。黑子他们当然也就撸胳膊挽袖子，与之对抗。

气氛一下子紧张起来，一场混战即将展开，而一旦打起来，面对人数众多的企业年轻职工，黑子他们是招架不住的。就在这个时候，黑子迅速从旁边正在施工建设的篮球馆工地拽出一根腊木杆，横握木棍挡在队友前面怒视对手说："你们谁敢再往前走、敢动手，我就打断他的腿。"话音刚落，对面两个轻工就甩着胳膊带头冲了上来。来不及想，黑子抡起木棍朝其中一个人的胳膊一棍打过去，只听到一声惨叫，那个人就捂着胳膊在地上打起滚来。对方的人都被这一棍给吓懵了，不由自主的停了下来。这时，黑子扔掉木棍喊了一声："大家快跑。"队友们就趁着对方一愣神的功夫跑回了学校。黑子一边跑一边对大家说："不要回咱们班，去别的班。"他则一口气多跑了两层楼躲到了一个外语班中。他上气不接下气地对教室里的同学说："惹了点麻烦，来你们班躲躲。"外语班大多都是女同学，她们中的一些人会意地围过来挡住黑子，假装学习。不一会，几个青工也跑上楼来搜寻，并在外语教室门口看了看说："没有，都是女生。"其实，他们只要走进教室仔细看看，黑子就会被发现的，因为他有着多数"青海班"男生的肤色，而且更黑，在几位皮肤细嫩白皙的女生中是很明显的。

显然，去别的班的做法是对的，对方也知道黑子他们大多都是"青海班"的，他们回过神后就一起气势汹汹地追到青海班。好在黑子他们没有回本班。而且，大概是怀着对大学、对知识的敬畏，这些青工没有真正展开大范围的搜查。也就避免了与他们的二次冲突，否则，黑子他们，特别是黑子的下场一定很惨。

争夺绿茵场，这是黑子的一次记忆最为深刻的经历。事后学校对黑子他们进行了极为严厉地批评，若不是考虑到他们这些学生属于青海省交到学院委培的"青海班"，是一个整体，黑子和一些队友估计就会背上严重处分，甚至被降级或者被开除回家。黑子也进行了认真反思，也认识到自己的做法确实太过自私，太过野蛮。要知道，自己一方几乎可以天天在那个绿茵场上踢球，而那些厂矿的青工和足球爱好者可是要费许多的周折，隔一两个月才能挤出时间凑在一起，来这种很带劲的场地上好好踢上一场。

在那之后，黑子在学习的空余时间依然围着学院旁边的绿茵场展开各种争夺战，包括争夺场地，也包括如愿以偿的在场子里与对手争夺输赢。但黑子有了一个争夺场地的底线就是：不示弱、不动粗、更不动手。不动粗更不动手或许是因为那次深刻的教训，或许是因大家都是足球爱好者，都是为足球而拼搏的英雄，自古以来都是英雄惜英雄。不示弱则是源于黑子看到足球和绿茵场时的冲动，源于足球让黑子练就的坚定、勇敢、迎难而上的性格。

3

遵守底线使黑子有了更多的足球朋友，对中国足球有了更多的了解和期望。何远老师和老耿一直在关注着黑子他们对足球的这份热情，有两位队友被选拔进了校队，开始了较为科学的训练。黑子和另外两个同学则跟着系队训练，还参加了很多关于足球裁判、足球技术方面的讲座。

一天，进校队的两位同学回来说数学系将有一场比赛，是 11 人制，踢正规的大场，而且，某国脚的亲弟弟就在其中，他与该国脚打小一起踢球，水平自然很高。两位同学也为黑子争取到了上场比赛的机会。这让黑子异常激动。这位国脚可是国内鼎鼎大名的球星，虽不能与他同场竞技，但能与同他打小一起踢球的亲弟弟踢上一场，也是不可多得的机会。当然，是否是该国脚的亲弟弟，黑子他们在当时倒也没有办法详细了解，除非当场问人家，那就不礼貌了。

比赛那天，黑子确确实实看到了高水平足球运动员的风采，那个国脚的亲弟弟是如何带球突破、如何与队友配合、如何找点打门进球的，娴熟的技巧，灵巧的动作，干净利落的脚法无不让黑子折服。

可是，黑子在与队友们为绿茵场展开争夺，为球星欢呼，为足球狂热的同时，他也开始了对中国足球未来的思考和担忧。诸如国足在小组出线权的最后争夺战中战败等消息开始刺痛黑子和队友们的心。黑子他们在看完比赛后把原本打算庆祝胜利的鞭炮扔进了宿舍楼的洗衣池，造成下水道堵塞。黑子更过分，气愤和失望地把热水瓶从宿舍的窗子丢了下去，险些伤到从下面经过的清洁工。黑子他们看着何远老师和老耿，何远老师和老耿看着黑子他们，这些七尺男儿眼中不止一次含着心酸的眼泪。

但即便是含着眼泪，何远老师和老耿还是对黑子他们鲁莽、泄愤、不负责任的行为进行严厉批评。要让黑子他们明白，足球竞技的残酷，明白在足球竞技的残酷现实中必须遵守的道德和人文精神。听着两位老师的训斥，黑子的每一滴眼泪都热得滚烫，都有着说不出的滋味。

当然，不管什么时候流泪，不管流多少泪，也不管流泪是什么滋味，黑子的足球还要继续，黑子的争夺还要继续。每天，一位十分严厉的教练都在球场上训练一个只有四五岁的孩子，是练习守门。这个时候，黑子和队友只是老老实实在球场外倒倒脚、传传球，尽量不去影响他们训练。黑子他们甚至并排站在旁边看那个孩子训练。足球重重地打在那个孩子身上，或者那个孩子在扑球时重重地摔在地上，以及那个孩子因动作不到位而受到教练的责罚，黑子他们也陪着孩子挨骂甚至陪着流泪。黑子敬畏那个教练，也希望那个孩子每次训练能够有好的表现，仿佛那就是中国足球的希望。黑子也坚信，通过教练和孩子的努力，将来不需要争夺，必然会有一个长满绿茵、长满斗志、长满期待的足球场被他们踩在脚下。

岁月、往事、足球，就这么在黑子的奔跑中书写、沉淀。

4

真正沉淀在黑子的往事中的还有一份足球的伤痛。这种伤痛是肉体的撕咬，也是心灵期盼每每落空的孤寂。

肉体的伤痛在大学时就已经以疤痕、急诊手术的形式出现。黑子他们的守门员老廖就曾在一次扑救中把右胳膊甩脱臼了，黑子他们几个人小心端着那保留着托球姿势的胳膊把他送到人民医院急诊。接诊的大夫让黑子他们几个把门关上在外面等着，接着，听到里面传来一声惨叫，正当黑子他们吓得面面相觑的时候，老廖晃动着胳膊笑嘻嘻的走出来，一边走一边钦佩地对大夫说："太狠了，太突然了，几下就整好了，太神奇了。"大夫对他说："这段时间可要注意，再脱臼就可能会形成习惯性脱臼，这辈子有你疼的。"在回学校的路上，老廖很不情愿地说"注意，注意个啥，哦，足球不玩了，我这球门不守了。"他那一声惨叫还痛在黑子的心里，他却同时选择了伤痛和继续。

1987年，黑子大学毕业，但足球的伤痛和期盼还在继续。

起先，黑子被分到青海省西部的某个企业子弟学校任教，黑子结识了同批分来也很喜欢足球的一个藏族小伙子扎西。课间十分，他们二人带着一群孩子

踢着足球满校园的跑。校长不知道怎么回事，以为这么多人在追一只老鼠。看到黑子他们是在踢足球，就把黑子他们两个叫到办公室认真的说："这么多人混在一起瞎踢，能踢出个什么名堂，不如你们给学校的孩子们组建一个男子足球队，如果排球也能来两下子，再给女生组建一个排球队怎么样。"

被校长叫，黑子他们原本以为会受到批评，现在，听了校长的话当然喜出望外，一口应允下来。一个星期后，统一的男生足球队队服、女生排球队队服，黑子和扎西的教练服由专人从省城采购到位，两个球队也组建起来，开始按照黑子他们的计划进行训练。早上，黑子带着孩子们进行两到四公里的长跑，下午活动时间黑子他们逼着男孩子借助杠铃进行肢体力量的训练，逼着女孩子做仰卧起坐，之后教他们进行足球和排球的动作训练。黑子和扎西为物色一个好的守门员苗子，几次登门拜访家长说服家长让孩子参加球队，终于如愿以偿。黑子按照他在师专足球场边跟那个教练学来的动作教他守门，扎西老师则负责给黑子他们喂球，地滚的、凌空的、反弹的，球打在黑子他们身上，或接在黑子他们手里，让黑子他们在迎接挑战的快感中感受着身体的淤青和疼痛。但黑子想让孩子们知道，疼痛是做好任何一件事所必须承受的。

那时，那所子弟学校没有正规的足球场，黑子和扎西就带着孩子们利用课余时间把教师办公室后边的一个空旷场地收拾出来当足球场。因为学校旁边的综合楼正在建设，场地之前用来打过盖楼用的水泥预制板，布满凝固了的碎石和水泥渣料，如果不清理，在那上面摔一跤会给大家造成很大的创伤。

一个星期天的上午，黑子和扎西带着队员把最后一点稍大一些的渣料清理完后，大家迫不及待地开展了一场足球比赛。比赛踢了不到 10 分钟，黑子迎着飞过来的足球开了一个大脚抽射，结果足球重重打在对面一位同学的膝盖上并反弹回来，又重重打在黑子的双眼上，黑子顿时觉得眼前一片漆黑，什么都看不见了，耳朵也嗡嗡作响。大家扶黑子到场边坐下，他们则继续踢球。黑子不停的眨着眼睛，泪水不住的流，但眼前还是一片漆黑，还是什么都看不见。黑子开始为自己的眼睛担心。眼睛很痛，所以黑子也不敢用手去揉眼睛，只是不停地擦流出来的泪。大约过了好几分钟，黑子转头向四周望，突然看见一个很小的红点，问大家那边是不是有太阳，大家说是。再后来，那个小红点慢慢变大变亮，黑子看见了太阳、天空和云彩。眼睛虽然还是有些痛，但黑子知道他的眼睛没事了。

事后，黑子向父亲的一位喜爱体育运动的朋友提及此事，那位叔叔担心地说："亏得你没有用手去揉眼睛，在那种情况下揉眼睛很可能会造成视网膜脱落或者破裂，要是那样，学校周边几百公里又没有大的好点的医院，估计你的眼睛就保不住了。"叔叔的话让黑子倒吸一口冷气，感到了后怕。

1988年，父亲把黑子调回县城的一所地质子弟学校任教。黑子和两个差不多大的男老师也天天带着一群孩子满院子踢足球。有一次，黑子开大脚把足球踢出了校园的围墙，他和一位姓马的老师翻墙出去找寻。学校当时的所在是大队家属院的一半，据说是原来马步芳统治时期留下来的一个城堡，围墙很高，黑子不慎从围墙上摔了下去，造成手腕扭伤，走起路来还有几根肋条也隐隐作痛，两个多星期没有踢球。别人踢球，黑子就坐在办公室前的花台上看，忍痛和他们享受足球带来的快乐。

黑子也带着大队的一些年轻人，以及学校踢得好点的大孩子同县上的各个球队打比赛，也包括县城中学也就是他的母校的师生联队。彼时的县城中学足球队已今非昔比，水平很高，对抗性也很强，双方免不了有这样那样的损伤，也会为了比赛输赢或者某个球的判罚争执。

黑子还同大队的一些足球爱好者聚在一起看国足的比赛，每次抱着希望看球，在上半场甚至是前80分钟带着胜利的喜悦为国足队员欢呼雀跃，继而在最后的几分钟内眼睁睁看着国足丢球、输球。就这样，黑子在国足遭遇的一次次"黑色三分钟""黑色七分钟"之后认真计算国足出线的理论值，并在国足最终的失败和绝望中伤心落泪，甚至痛心疾首。

这种痛是远比肉体的撕咬剧烈的伤痛，是黑子内心期盼每每落空的孤寂和触及灵魂深处的伤痛。他甚至觉得自己读师范选错了专业，应该选择足球，这样，他就可以物色一些好的足球小苗子，并给他们科学专业的训练，兴许会给国家的足球事业做出贡献。

5

1991 年 1 月，黑子又调到更向西的某个县级市的某所子弟学校任教，也把自己在绿茵场上的梦想与伤痛带到这里。这里有许多水平更高的足球队，但是足球场地却一样是西北所特有的那种落后简陋的水平。最好的要数黑子们学校的标准化足球场，但所谓标准也仅仅是指球场的大小和平整程度。场地上一样是泥土和沙砾，一跤摔下去，常把手掌、胳膊肘、膝盖、大腿外则等处磨出血丝、蹭掉皮。

黑子喜欢倒地铲球的习惯更让他旧的伤疤未好又添新的伤疤。记不清有多少次踢完球之后，黑子回到家中打来一盆开水化些食盐来擦洗伤口，一边擦洗伤口一边疼得咧着嘴吸着冷气。洗干净伤口之后再拿缝衣服的针咬着牙挑去扎进皮肉里不容易洗掉的小石子。爱人回回都是先站在一旁看着、气着、骂着，然后又心痛地蹲下身来轻手轻脚的为黑子细心挑出石子，涂上紫药水。

还有一次，黑子在做完阑尾手术半个月后终于忍不住了，拖着有些虚弱的身体上场踢球，中途，他跳起来顶球，对方一名球员也跳起来顶球，但起跳比他慢半拍，所以在他落下来时那人正好向上顶，顶在黑子的喉结上，就好比一招锁喉功夫，让黑子眼前一黑瘫坐在地，过了好几秒一口气才喘上来。接下来的时间总觉得脚下软软的，像是踩在一团棉花上。当晚，喉咙发炎，疼了一个多礼拜，讲课时很难受，吃饭更是难以下咽。

黑子就这么在疼痛中坚守着心中的那一片绿茵场，追求着、坚持着对足球的梦想，也包括一次次对国足比赛的希望和失望。女足的骄人成绩让黑子无比自豪，男足冲出亚洲走向世界赛场的那一晚，黑子和球友们深更半夜走上街头，喝酒、唱歌、宣泄，让自己的眼泪尽情的流淌。

在那个西部的西部小城，市里举办过几届"振兴杯"业余足球赛，黑子也有幸参加过两届，虽然有时也要在一旁坐冷板凳，但不论是在场上踢比赛还是在场边等着替换，黑子都和队友们团结一致、全力以赴，最后，黑子他们球队获得了冠军，而且是连着两届的冠军，这也是黑子极为普通的足球生涯中最为辉煌的战绩。

时光来到90年代末，某年秋季，爱人送刚刚出生不足两个月的孩子回老家，黑子像是获得了大解放，在一个星期天踢了三场足球赛，队友中有好几个人和黑子是一个单位的同事，也是"振兴杯"的冠军队员。三场比赛，三场不同的结局。第一场比赛，黑子他们是痛快淋漓的大比分胜利。第二场比赛，黑子他们在双方都大举进攻进球颇多的情况下仍然大比分输球。第三场则是双方在超强的对抗中握手言和。那天的三场比赛也从一个侧面反映了当时全国各地的足球运动状况，不但有着广泛的群众基础和众多足球爱好者，民间的整体水平也相对较高。一天踢三场球可见黑子当时对足球的痴迷，浑身流淌着足球的热血，浑身迸发着足球的驱动力。

之后的几年，黑子悲哀的发现，非但中国的足球运动进步缓慢，即便取得一点成绩也往往昙花一现，就连喜欢踢足球的人群也在不断缩减，足球场上很难见到一拨又一拨人在踢球打比赛了。人们也不再等场子、挤场子，甚至抢场子了，人们很少在足球场上挥洒汗水和激情。

黑子有些恐慌。他知道，青少年学生对足球的喜欢甚至是狂热，以及大批喜欢足球并真正在练足球、踢足球的青少年人群的存在，才是我们国家足球运动长足发展的肥沃土壤，才是足球运动长足发展的不竭动力。一个泱泱大国，却没有或者不能够在更加厚实的群众基础和更加广大的范围内选拔足球人才，其结局自然不会很好。而且，黑子始终认为，足球带给青少年学生的不仅仅是比赛和输赢，更重要的是，足球能够锻炼他们顽强的意志、永不言败的勇气和团结合作的集体精神，而现在的青少年在这方面确实是比较欠缺的。黑子的这种想法不知站不站得住脚，但这种忧虑确实已经成为黑子关于足球的一种隐痛。面对心中的那片绿茵场，黑子恐慌了、迷茫了。

2006年六月中旬，黑子是一个从六个平行班中把学困生、差下生抽出来组成的新毕业班的物理老师兼班主任，这样组班的目的是便于更有针对性的强化这些学生的学习基础，同时也想利用黑子曾临时主管教学的特殊身份对这些学生起到管理加震慑的作用，好让他们把心收回来，把信心树起来，把学习提上去。

　　黑子带了他们整整一年，刚开始的两个月，黑子和他的学生基本上都无法过多关注学习，而是把大量的时间和精力放在重整班风、学风上。除了一次次与家长沟通了解情况，一回回把学生留下来批评教育、谈心交心，不厌其烦地补习基础知识外，黑子更多的时候是在周末为几个因父母上夜班顾及不到而常常夜不归宿的学生担惊受怕，为几个早上背着书包出家门却没有来上学的学生四处找寻，为处理很多不认真听讲、不完成作业、不尊重老师、不团结同学的事情忙碌。但是后来，由于黑子和搭班老师的耐心、爱心和执着，黑子和孩子们终于一起度过了艰难的磨合期、调整期，一切朝着正常稳定的态势发展。但没多久毕业临近，除七八个学习十分刻苦的同学进步神速且中考有望，大多数同学由于欠下的基础债太多，加上学习上缺乏持之以恒的毅力，考入高中的希望不大。

　　有几个知道学了但也为时过晚的学生心情沉重地对黑子说："老师，如果再给我们两个月的时间，我们也不一定会输。"回味这些学生掏心窝子的后悔话，看看这个以耗费大量时间为代价收拾出来的班级，想想这些孩子们走出校门以后的出路，黑子觉得除了学习，还要教给他们一点东西，那就是：正视自己的长处，勇敢面对现实和未来。

　　为了实现这一目的，黑子开始引导学生踢足球，并在毕业前夕举行了他们班和年级联队的对抗赛，黑子也作为这个班级的一分子加入到比赛中，并踢完了全场90分钟，比赛结果是黑子他们班大比分获胜。赛后，黑子对孩子们说："将来走出校门要面对现实，我们虽然有很多不如别人的地方，但也有很多方面其实不比别人差，甚至比别人强得多，找准了路，像个硬汉一样向前冲。"

　　那是黑子最后一次正规踢球打比赛，为的是安抚孩子们在成长历程中的一丝伤痛，激起他们面对未来的勇气。

　　之后，教师的教学压力越来越重，孩子们的升学压力越来越重，踢球的人更是寥寥无几。黑子就只能在电视里看别人踢球、比赛，跟绿茵场上的运动员生气，跟绿茵场外的解说员较劲，还跟那些国际比赛的顶级裁判较真。

　　当然，整日坐在办公桌前或者窝在沙发上，缺少运动，他也开始和大肚腩及腰椎间盘突出症较劲。

6

2010 年往后的数年，即便是许多地处西北的中、小学校，一样有着塑胶跑道围绕的四季常绿的人工草坪足球场，昔日的泥土沙砾场地越来越少，直至不见踪影。但是，没有多少家长愿意让自己的孩子走上艰苦、劳累甚至危险的绿茵场。也没有多少校长能够看到一些功利教育的弊端，能够切实顶住升学、排名、平均分等考试压力，真正给孩子们一点在绿茵场驰骋、磨练、拼搏的时间和机会，进而真的让比原来好得多的现代化场地上有着比原来多得多的孩子在锻炼、在更健康成长。

每每看到空旷的现代化足球场，黑子就莫名其妙地忧虑、惋惜。

2015 年三月份，黑子在单位看到了一份关于"足球进校园"的文件。四月初，一位要好的朋友到北京去开关于"足球进校园"的会议。五月，足球进校园活动在全市初中生"动力杯"篮球赛的闭幕式上正式启动。七月，全地区 2015 年青少年足球赛圆满结束。黑子的心和脚都开始痒痒。

黑子从《足球报》得到消息，中国足球改革领导小组正式成立，国务院领导任组长。此前，国家领导也就中国足球运动作出讲话和指示。而根据《中国足球改革总体方案》，国家发展足球运动的中期目标之一是"实现青少年足球人口大幅增加"。

且不去考虑是什么原因让发展足球运动牵动着国家领导人的心，近乎上升到国家的顶层设计。至少，这一系列的动作又勾起了黑子对中国足球的期望，勾起了黑子想以自己微薄的力量为发展足球事业做点事的冲动。毕竟，黑子和许许多多的足球爱好者一样，在中国足球运动的发展中虽然显得很普通甚至很卑微，但他们也像一个硬汉那样为足球受过伤、出过汗、流过血，也为中国足球的未来盼过、笑过、喊过、哭过。

适逢学校响应上级号召，组织训练足球队。黑子想，就从学校的足球队做起吧。

黑子主动请缨，当了学校足球队的一名助理教练。教练就不当了，学校有足球专业的毕业生，而且年富力强，精力充沛。但因为黑子早几年在该市足球圈子里的知名度，从组队、制定训练计划，到按期训练，教练都与他商量，并分给他一部分训练任务。

或许是心理作用，黑子觉得大肚腩消下去了，那几块腹肌若隐若现，连腰椎间盘突出症似乎也好了。他在训练学生时常挂在嘴边的话就是："按照动作要领动起来，动起来就啥毛病都没了，懒得动，啥毛病都会来找你。"

一天，下午放学后那点宝贵的训练时间到了，但是教练和另一个助理教练出去开会还没回来。黑子也没多想，就正常组织队员训练。再次回顾、示范最近这段时间练习的带球过人要领后，他让孩子们分成三个小组练习，自己则穿梭在各组进行个别指导。正当他感觉自己忙出了充实感的时候，其中一个小组两名队员练习时撞在了一起，一个人的额头撞掉了另一个人的一颗门牙。

十四岁的少年，掉了一颗门牙，问题十分严重，麻烦事接踵而至。

家长到学校讨说法，并提出赔偿。

学校以训练未采取必要的防护措施为由责令黑子在教师会上做检讨，在家长面前做检讨。

黑子还承担部分责任，按照 40% 的分担比例赔付家长一万多元。

黑子的助理教练自然被及时撤销。

有好事者幸灾乐祸，说他能不够，结果却是跟自己的钱过不去。

尽管如此，黑子在学校还是挺直腰杆，回家才瘫倒在床上，彻底被运气打倒了，被人言打倒了，被自己钟爱的足球打倒了，也被心中的那片绿茵场抛弃了。确切地说，黑子是在开出一记大脚之后，被心中那片绿茵场反弹回来的力量，甚至是微弱力量打倒了。

此时，黑子还能站得住的只有讲台。

几个月过去，训练事件似乎已经像风一样刮过。一天，黑子需要讲的习题太多，要了一节体育课上物理，结果被市局督导部门常规检查逮个正着。其实，很多老师都这样做，但被抓住的好像只有黑子。

做检讨、通报批评、取消校级和市级评优评先资格、年终考核不记优秀。

麻烦事又接踵而至，但制度就是制度，错了就是错了，黑子无话可说。这回，黑子真的被什么打倒了。半年后，黑子提前病退，病退理由是抑郁症。

黑子离开了学校，离开了这座城市。接下来的几年，陆续有人来学校打问黑子的情况和踪迹。也有人不断带来关于黑子踪迹的说法。有人说，黑子其实并没有得抑郁症，现在外地一个体育场看门，没事就坐在凳子上一边打瞌睡一边看孩子们踢足球。有人说，黑子病情加重，整日都由家人看护，不敢离开。还有人说，黑子喜欢上了自驾游，哪里有花开往哪里跑，哪里有重要的足球赛事，就在哪里等着。

关于黑子的踪迹，还有更多的传说。有的听了让人心痛，有的听了让人欣喜，有的让人听了感到麻木。但痛也好，乐也好，麻木也好，牵挂也好，不论黑子的脚步在岁月的增长中变得多么酸软无力，多么捉摸不定，也不论黑子的足球往事还连带着多少其它的悲喜，但请你一定相信，在黑子的内心深处依旧抱着无法磨灭的希望。

黑子在自己的心里执着一片绿茵场，也在很多人的心里开拓了一片亮丽的绿茵场。在那里，微风吹过，掌声响起。

暖 冬

1

同其他拥有三四百人的地质单位来说，这个坐落在昆仑山脚下的小城市却有着一个很大的地质队，它拥有一千多人。

到 1995 年秋季，这么大的地质队已经过了几年的苦日子了，但艰难还在继续。巍巍昆仑的常年积雪在述说着白发的老地质队员开拓的故事，人们真的会忘记他过去的辉煌。若不是那正在被火热开发的盐湖首先由这个地质队发现，人们会真的会忘记这个大队的卓越功绩。

可不管过去曾有多少人在那几近探险的工作中献出了生命，也不管它曾有过多少贡献、多少发现，对于现在这个必须逐步由计划项目向市场项目转型的改革年代来说，它毕竟是个不能创造更大利润的花钱单位。当地质勘探经费一开始压缩，这个队便迈着甚至比当初创业更为艰难的脚步，计划性任务逐年减少，职工相对富裕，机构设置也相对富裕，加上住房、资金等一大堆问题，它显得那么的臃肿、累赘，改革的步子不得不加快。而不断压缩上岗人员数目便成为大队长期而艰难的工作。当前，不断裁减人员，其实也成为地质勘探部门自上而下的一项重要工作，虽然有千般难、万般舍不得，但势在必行。不少的政策文件出炉，文件的每一个条条框框的适用、推行都会引起人员的大变动。于是下岗或者编余的人拖家带口地离开大队，停薪留职的人拖家带口地离开大队，提前退休或内部退养的人也拖家带口离开大队。这对一个急需"减肥"的大队来说，实为一件难以接受却又不得已而为之的事。

可是，这一来，走了的不仅仅是职工，更多的是他们的子女，是大队子弟学校的学生。有些下岗、编余人员即便没有离开大队，也要全家行动起来，靠打小工、做点小本生意来补充生计，大人没黑没夜地忙碌，孩子也跟着忙活，学习受到严重影响。更有甚者，有的下岗、编余职工因为生计或者挣钱的需要，做生意觉得人手不够，便让子女退学帮忙。这一切使大队子弟学校的生源数量急剧下降，学校的班次也不断减少。就在几年前，学校还因为要容纳1400多学生而喋喋叫苦。现在可好，生源已经不足700人，一种潜在的危机，正在慢慢逼近这所学校。首当其冲的是师资富裕，也就是将会有老师面临下岗、编余的局面。毕竟，学校人数下降，教学班次减少，生源不足，意味着上面下达的教学经费将大幅减少，而在校教师又过多，这不是个小问题。

人无远虑必有近忧，该怎么办呢？闫校长已经为此事担忧一段时间了，也开始考虑届时如何减少学校因裁减人员受到的震动，特别是如何减少教师裁员。

又是一个星期一，每到周一都要举行升旗仪式，但仅仅是在升旗的这个时刻，闫校长可以暂时放下这个问题。可升完旗后，还未坐到办公椅上，这个问题又开始在脑子里打转，但一时还真是没有什么好办法。闫校长点上一支烟，猛吸了几口，面对着那面挂满锦旗的荣誉墙开始发呆，一动不动。

这是他多年养成的习惯，每当碰到难办的事情，他便这样站着。在这个时候，看着他那矮小的背影和站姿，你会误以为他是一个做错了事情，被老师罚站、面壁思过的学生。可你要是从正面看他，50多岁的年纪，一头花白的头发，一张饱经风霜的脸和爬满皱纹的额头，下面是一双炯炯有神的眼睛，那双眼睛好像能看透你的心事，足见他的精明和威严。

这位精明、威严的校长，每次"面壁思过"之后，遇到的难题就会迎刃而解。可是，这回，闫校长不只是一次，一个钟头，一个上午，甚至是整天都这么面

壁思过，但直到今天，仍然没有想到什么解决问题的好办法。而且，他有时也认为自己是杞人忧天，毕竟，大队还没有下通知让他裁员。

烟头被一个一个地扔在地上，屋子里烟雾缭绕。但除了在这个狭小空间里舒卷的烟雾，仿佛其他的一切都是静止的，包括照进窗户的光线，不但静止，而且黯然，常常让闫校长忘记了时间感。

不知是什么时候了，一阵铃声打断了闫校长的思绪，他本能地朝着电话走去，拿起来却听不出什么动静，这才发现，其实是下课的铃声响了。

"哎呀，烟真大"，小马老师走进来，递给闫校长一张空白的听课记录单说："下节课是我的公开课，您老人家可不可以去听一听？我这还指望得到您的批评指教呢。"

闫校长略想了一下，看着小马老师说："我的确想去，并给你听出些问题来。可我现在确实有事，下次吧。"

听校长这么说，小马有些失望地点了点头走出去。闫校长看着小马老师走出去，有点后悔。其实，再忙，也不缺一节课的时间，去听一节课又怎么了呢，而且小马老师的课应该去听一听，这个小伙子上的课还是有点听头，不但有经验，而且有风度，学生很喜欢他的课。这样的人更要加以锤炼，不能把这么好的材料给浪费了。况且，就这么把自己关在办公室，再多关个一两节课，也根本解决不了问题。

"老闫啊老闫，现在只是风满楼，你却如淋暴雨，咋就这么沉不住气呢。"他自我解嘲地唠叨着。

小马老师本来是教物理的，可半年前由于人员变动，学校一时缺少英语老师，学校本着试一试的想法找他谈话，希望他把空缺的英语课接上。没想到他稍事犹豫了一下，紧接着就应承了下来。闫校长和教务主任老祁都感到意外，准备的一大堆说辞都免了。

之后，小马老师很快用行动证明，他不但能上好物理课，而且也能上好英语课，连学生学习英语的兴趣也得到了提高。

闫校长慢慢地才知道，小马老师本来是对教英语也没有多大把握，但他这人讲信用，既然答应下来就要好好干，更何况是教书，拿不下来就意味着误人子弟。于是，他把晚上很多的业余时间都用在了钻研英语教学和教材上面，还经常把对象当做学生来试讲，然后一同查找不足，加以改正。从这能看出小马老师很要强，也正因为如此，小马老师才主动邀请校长去听他的课，希望得到校长的指点。因为，校长不但是听课评课的行家，而且在评课的时候从来不留情面，有一说一有二说二，表扬的话很少，提出批评的方面和商榷的问题倒是不少，一般人是接受不了的，但想要进步的人，离不开这种鞭策。

又一阵铃声响起，这次闫校长听得很清楚，是电话响了，他拿过来听，原来是找余老师的，便转身出门去叫人。一边走一边想，显然不是什么太熟悉的人，否则，直接打到教务处，老余就在那，还用得着我下一楼去传话吗？推开教务处的门，老余不在，一问才知道他今天早晨又进了医院，说是心脏病又犯了，而且有些严重。闫校长急忙骑上自行车赶往医院。本来，需要自己操劳的事儿很多，哪个教师不舒服或家中有事,叫校工会的老师去看看就行了。可是老余病了，自己一定得亲自去看。

老余在学校里可是元老级的人物，前些年他讲的课还是很有影响的，也就这将近两年没有再担任什么具体的教学任务。主要是学校考虑到他的身体状况大不如从前，让他在教务处干点轻活。老余这个人有点小气，这样一来，反倒让他认为自己成了学校打杂的人，甚至成了学校的累赘。所以，他的心情总是不快，每次见到闫校长总觉得难为情。其实，闫校长和学校的任何一个老师都不会这样想，大家都知道，老余人虽然小气，又有点爱打小报告，但他可是学校的有功之臣，从几个人开始筹建学校至今，学校取得大大小小的成绩和荣誉，好些都离不开老余老师的付出，特别是学校在全市或者全局统考中取得的突出成绩，老余可谓是功不可没。

走进病房，一眼便看到老余躺在病床上，脸色苍白，似乎还在昏睡。他的爱人本来守在身边，刚刚被高三补习的女儿余瑶替换走。余瑶看到闫校长进来，便起身让座，并轻声呼唤父亲。闫校长打了个手势，阻止了她。

简单询问情况后，闫校长只是看着老余，并没有同余瑶过多交谈，而余瑶

也因为父亲的病情严重而愁眉苦脸，没心思和校长讲话。房里显得很安静，所有对病人的关心和担忧在这沉默中展现，而病人与疾病的斗争也在这样的沉静中进行着。老余的心脏一直不太好，这三年中也曾犯过几次，但这次似乎比前几次严重。闫校长的一双眼睛一直未离开老余那张脸和那一头跟自己一样花白的头发，就这么坐着，看着，约莫十分钟，见一时也没有什么需要自己帮忙的，便起身打算回去。就在这时，他发现老余的眼角有眼泪滴落。

闫校长眉头稍微皱了一下，又坐下来，并大声说："老余，从我进这病房到现在，你是不是一直都在装睡。你这是何苦呢？怎么不睁开眼睛？怎么不跟我说话？你是不是又感到内疚了？认为吃闲饭了，认为生病请假拖累了学校。你呀，叫我怎么说你好呢？难道这么多年来你什么都没做吗？你呀，应该知道，每一个子儿每一分钱都是你应得的，绝不是施舍。如果需要施舍，我看应该施舍你一些自信。再别那么胡思乱想，好好养病，早点把病治好比啥都强。"闫校长一口气说了许多，每一句话都是他的真实想法。

老余仍然闭着眼睛，但明显是叫闫校长说中了，他的眼皮跳了几下，眼角的泪又滴到枕头上。他伸出左手擦拭眼泪，半眯着眼睛问："老闫，学校有困难，对吗？是不是又要裁员？"然后，不等闫校长回答，又自言自语道："看你这些天愁眉苦脸的样，你不回答我也想得到，老闫，有裁员指标和方案吗？"

闫校长没有正面回答，拍拍余老师的肩膀，起身离开，还莫名其妙的留下一句话："你这身体啊，谁又能说不是工作给拖累的呢？"

2

45分钟的公开课已经接近尾声，教室后面坐了很多听课老师，大多是小马老师主动请来的。小马老师站在讲台上，配合着幽默、风趣而又生动的语言，把一篇英文短文讲给学生，接着便让学生相互讲述课文的主要内容，要求学生尽量用英语，实在不会才说中文。教室里顿时显得有些乱，很明显，有几个平时就调皮捣蛋的学生趁机搞起小动作，甚至毫无克制地做怪相或者轰轰大笑。

各位听课的老师对这一现象显示出了不同的表情。而小马老师却并不在乎，放任他的学生去做，自己只在讲台上迈着闲散的步子等着下课铃声。

下课后，薛老师嗲着女性的嗓音说："我认为这堂课不能说是很成功，甚至不能说是成功，主要是最后几分钟，对了，我记了一下，共有三分十二秒，秩序很乱，可以说是这节课很大的败笔，直接导致了这节课的失败。你看嘛，有的学生哈哈大笑，有的学生做怪相做小动作，甚至还有学生做与学习无关的事，如果这种课也算成功，那谁都能把课上好。"

当老师，薛老师其实是个半吊子，高中文凭，虽然是正式工，但一直在大队资料室干简单打杂的工作。后来，资料室不需要那么多人，而学校近年又没有分配科班出身的老师填补空缺，便让她进学校当了老师，一边教书一边锻炼。而她本人，也表现得十分好学，不放过任何学习机会，就比如今天这一节英语课。整节课，除了最后这两三分钟，她其实基本上是在听天书，但就是这几分钟却让她仿佛看到有一篇大文章可作。所以，一出教室门，她便这样说。

一位男老师说："你这个人搞点别的可能更优秀，比如说情报工作，连几分几秒都注意到了。是不是就这几分钟你听的比较明白呀。"说这话的是一位语文老师，姓霍，同样是高中毕业，但特别好学，顺利读完电大取得了本科文凭，语文和英语的功底都提起来了，能够很好地胜任教学。鉴于薛老师的爱人在大队也算是身居要职，一般人是不会这样讲话呛她的。但霍老师不太吃这套，据说，在省局也有个不大不小的后台撑着，而且，正在联系调往较为稳定的地方机关单位，八字的两撇都快写全了，说点公道话或是讽刺挖苦的话，有底气。

另一位老师则更为平和地说："仁者见仁智者见智，我看最后那几分钟正体现了伟大领袖毛主席的一句话，团结紧张，严肃活泼。你们注意到没有，学生们在那几分钟虽然过于放松，甚至是放肆，但多数同学都是以小马老师讲的短文为话题。如果学生没有掌握，他还笑得出来吗？而且，笑声的背后彰显着学生的品行，为我们后面做学生的思想工作提供了观察和发现的契机。"

看到又一个老师赞同小马老师最后几分钟的安排。薛老师自我解嘲地说道："做学生的思想工作，那不是班主任的事吗？每周的班会课是干什么的？再说，

他们每月有好几百块钱的班主任费，能白拿吗？"

看见没，薛老师便是这样的人，把钱看得很重，特别是那些自己没有的钱，在她眼中都会成为巨款。她这样说，又引起了一个班主任老师的不满："哎，话可不能这么说，要知道当老师就得教书育人，特别是育人，更重要，是每个老师的责任。而那几块班主任费，我们根本不想要，谁愿意当班主任我马上让出来。"

小马老师放缓脚步，谦虚地听着大家在走廊上的短评。等众人散去，才回到二楼办公室。他虽然改教英语，但隶属关系还在理化组，索性还在理化组办公。鲁老师也一同回来，趁着没有别的人，便对小马说："英语我也听不大懂，但教学的效果和教学环节我还是能看明白，所以，薛老师讲的话你别在意，我认为这节课很成功，包括最后那几分钟的效果。一节课的纪律几乎都很好，留下最后那几分钟有目的放松一下，而且有的放矢，还是可取。"

鲁老师是全市有名的教学权威，课上得好，题做得快，据说每年高考结束的第二天，他就能把相关科目高考难题的多种解法整理出来，寄给报社，不出一个星期一准见报。他取得如此成就的作法，先是广泛听课学习，不论主课副课，包括音乐美术，全都去听，以取众家之长。而后是苦心钻研，拔高自己的理论高度。

虽然跨学科，一般能让鲁老师说可以的课，那便是真的可以。显然，各位老师的短评，鲁老师也听到了，才对小马讲这番话。

得到鲁老师的认可，小马老师心里踏实了许多。但他还是诚恳地对鲁老师说："人家既然主要针对最后那几分钟的安排提出了看法和意见，那我以后还是得注意控制。但只怕一控制把学生和课堂给控制死了，那可就累人了，老师死板，学生就更死板，学生要是把一门课程学死了，好成绩估计就泡汤了。"

小马老师一边自我反思，一边看着鲁老师。而鲁老师不置可否，一边注视着窗台上的一盆冬青，一边抽烟，抽了半支烟后转身说："小马老师，有个问题你应该是看到了，目前咱们学校的生源严重不足，给学校造成的人员危机在发酵，一旦让它大爆发，必然会导致许多老师下岗、编余，这就会影响到老师及其家庭的生计，那可就真的让人笑不起来了。我们是不是该想个办法扭转当前局势，最大程度地阻止危机发生呢。"

　　小马老师想想说："鲁老师，这一点我也注意到了。按说，咱又不是校长，不必为此事操心，只管干好自己的工作就是。不过，不想不行呀，生源越来越少，生源质量越来越差，学校的名声就越来越差，想安心教书，干好本职工作都很难，不但教不出成绩，甚至会教着教着就没书可教了。所以，尽管我知道这很大程度上是受到当前地勘单位从计划项目向市场项目转型的影响，是形势所迫，但也不排除我们自身的主观因素过于消极、被动。"

　　见小马老师很认真，鲁老师接着问："那你好好说说，生源不足的主要原因究竟在哪？"于是，小马老师越发认真地谈了起来："这原因其实有两个方面，即表面上的和实质上的，解决问题当然要抓住问题的实质，当然要看事物的本质，才能把握住辩证规律。这表面原因是由于很多职工下岗、编余、提前退休或下海经商，造成了学生大面积流动或者失学。但我认为这种影响对每个学校都可能存在，并不能算是我们学校面临困境最主要的原因。实质上的原因是近年来我校的教学质量下降，不但吸引不了外来生源，连本队子弟也被好学校挖了墙角，这才是主要原因。试想一下，虽然职工退休等情况无法留住我们的学生，可教学质量高，就能吸引到外校的优质生源进来，不但可以补充流失的生源，还可以提升影响力，形成外校优质生源一批一批，一届一届来我校就读的良性循环，比如，前几年，一千多人，教室不够，教师不够，好好教书，谁都不会下岗、编余。"

　　小马老师的分析，尤其是最后这一点，对常年担任毕业班班主任的鲁老师来说当然深有体会。这几年，距离毕业升学考试还有几个月或者一个学期，初三、高三的很多尖子生就会转到别的学校去，目的是换个好的学习环境，最后再拼一把。一批好学生转走，外校的人才升学考试受益，教学质量的牌子打得更响亮。而本校一场惨败，质量连年走下坡路，差名声也随之扩散。但凡有点办法的职工，特别是尖子生及家长，就更不想留在子弟校耽误孩子的前程了。

　　优质生源流失导致校风及学风也越来越不好，这一点，闫校长早有察觉。他通知教务处，尽量不要给转出的学生开转学证。结果，不但挨了不少职工家长的骂，还根本解决不了问题。外校更干脆，只要是尖子生，背着书包去报道

就行了，什么转学证可以不要，什么学生档案可以暂缓迁移，甚至连学费都可以减半或者全免，更是推波助澜，将这所子弟学校推入更深的恶性循环。

刚才，鲁老师之所以要问这样一个问题，不过是想看看小马老师会不会也关心学校面临的生源流失和质量滑坡问题，会不会和他一起去为此事想办法。现在，小马老师如此分析，也在鲁老师的预料之中。鲁老师一扫往日那种因纠结此事而黯然的神色，用激动而显得有些高亢的声音说："关键就是要解决这个生源流失和质量滑坡问题，但是光靠卡转学手续是不行的，有没有信心同我一起为此进行一番努力？"

靠两个人想要改变这个恶性循环，谈何容易，不说能否成功，一旦被人知道了，还会说他们吃饱了撑得慌，说他们想当校长，光那些风言风语就够受的了，所以这件事情要谨慎。因而，小马老师犹豫了片刻，再看了看鲁老师认真而又期盼的表情，才点头答应下来。

小马老师问："怎么，您有好办法吗？"

鲁老师说："除了我们能想到别人就能想到的简单办法，暂时倒没有啥好办法。但可以从两点入手做一种尝试，也许可以从中找准问题的关键和破解之道。"

于是，鲁老师把他想了好久才定下来的尝试性行动计划向小马老师细细道来。其实，几天前他就物色好了小马老师这个人选，并在寻找与他探讨的机会。今天，正好借着大家评课的话题适时跟进，谈话一直都有种诱导性倾向，现在终于达到目的。

阳光透过窗户随意地照着两个人的脸，一老一少。老的慈祥，略显疲倦。小的坚定，略显稚嫩。就像窗台上那盆冬青，老的是枝杈，年轻的是叶芽，可不论是枝杈还是叶芽，都同样顽强地生长着，并努力把葱茏的景象扩散到周边，传递给看到它的人。

3

如果是一家之长，家中的大事当然是责无旁贷，须极为操心，就连那些油盐酱醋、鸡毛蒜皮的小事也要认真对待，更何况是一校之长呢。眼看着校园花池中繁花凋零，树叶也披上几分秋尽的枯萎之色，纷纷落叶似乎在告诉人们，冬季就要来临，闫校长多了一件烦心事。

闫校长坐在总务办公室，听总务主任给大队主管领导打电话要钱维修暖气设备和管道。眼看着外面的气温就越来越低了，届时保持正常供暖可是件大事儿。但暖气不及时维修，到时候用起来可是麻烦不断。闫校长和学校的老师都记得去年冬天。或者在一夜间，或者是正在上课的时候，水流就会带着热腾腾的蒸汽从管道、暖气片爆出来。这时候，要上课，要扫水，不论是学生的还是老师，甚至是校长和指导员，一双双脚都泡在带着碱性的水中，扫啊。可扫出去的水很快在楼梯和楼门口结一层可怕的冰，指不定会把哪位学生、老师给摔着。

冻病了的，摔伤了的，吃药的，打针的，住院的。痛啊！很多人的心都在痛，家长心疼孩子，校长心疼老师，而老师更心疼孩子宝贵的学习时间。今年早就合计着提前把水暖设备维修一下，可是如此重要的事情，却在上报计划之后没了音讯。

此时，闫校长急切地盼着电话里痛快说一声，给。可看着总务主任那难看的脸色，就知道，又没戏。他走过去抢过电话说："老姚啊，我是老闫，算我和所有的老师、所有的孩子求你了，这笔维修费说什么也得拨给我们呀，越早越好，如果大队实在困难，先给一部分行不行啊？我先赊账找人把活干了，解决入冬的后顾之忧。"

电话那头的人语气平和地说："一部分也没有，现在整个大队的资金都很紧张啊。这样吧，你们再打个报告交上来，我请示领导，再研究一下。"

再打个打报告交上去，再研究一下？听着对方那平和的语气，闫校长却很想骂娘，但这种人是得罪不起的。他好声好气的说："报告不是早交上去了吗？"

"我已看了，那个报告不完整，能否再详细点，尽量压缩维修费用的额度。"对方仍然是平和的语气。

闫校长拿着电话愣了半天，直到对方出现忙音才挂断。他叫总务主任再认真算算账，能让老师们义务出工的钱首先去掉，尽量少花钱，再写个报告抓紧

交上去。

总务主任开着玩笑说："是不是计划上要加上一条，上面把钱拨给我们，我们再把钱……"不等他说完，会计打断说："你说的也就是人家所强调的研究研究吧？研究这档子事儿，咱老校长早就明白，但就是不会这么做。"

最后一句，会计专门拖长语调。闫校长也听得很清楚，对此不予理睬。但他心里想，是得想点别的办法要钱。化学上要促使一次不容易发生的反应，往往要使用催化剂。要某人为某事做出积极反应，需要什么催化剂呢？

从总务处出来，闫校长随意在楼内楼外转了一大圈，关了几个忘关的灯，拧紧一个滴水的水龙头。面对当前的种种困难，靠这么点小事省下来的钱太无济于事。但他也是从艰难的创业年代走过来的老地质人，勤俭已经根植于心，哪怕几分几厘钱也不能浪费。做这点小事，大有开不了源就更要节流的意思。闫校长的心情好了些，这也许就是人们常说的平衡吧！

人在艰难的时候，要学会自我平衡。但闫校长再怎么自我平衡，也有几块石头压在心上，连舒口气的想法都不敢有。暖气维修费这块石头虽然近在咫尺，但还不算最大，也没压在他老闫的心脏的正当中。而那块最大的石头虽然尚未完全现形，但已经有几分寒气逼人了。

从大气候来看，现在的教育发展后劲很足，到处都要花钱，办学经费紧张的情况日趋严重。而他这个子弟学校，随着大队的改革与经营转型，生源减少、优质生源流失、教学质量滑坡等问题的出现，办学经费更紧张，而教职工却相对富余。教师没有课上，怎么办？大队按照核定人员划拨工资，多出来的人怎么办？裁减人员是迟早的事，如何才能多保留几个教师岗位多留几个人呢？等等问题，这几天一直在闫校长脑子里打转。

闫校长回到办公室，"面壁思过"。

对于尽可能少裁减人员这个问题，要说这么久都想不出办法，那也太小看闫校长了，其实他与鲁老师、小马老师正在实施的尝试性行动计划有些不谋而合。只是，他知道那样去解决当前面临的问题，或许根本没有足够的时间，就算有成功的可能，也只怕是未到成功之时危机早已大爆发。所以，这几日来他想的是如何另谋良策，他还在想，如果没有良策，届时在人员裁减时自己能否顶住压力，力求公正公平。

想到另谋良策，尽快提高质量、恢复往日的声誉是必须的。只要能再把教学质量提起来，能再把办学的声誉提起来，就可以同市属学校、社会学校抢生源，抢赞助。他认为应该再与校务会成员强调一下这两件事。他也想到鲁老师和小马老师，至少该听听鲁老师的想法。

闫校长站起身来，打算去找鲁老师。如果他此时去找了鲁老师，也许会知道那个尝试性行动方案，他回到家也许就可以睡个好觉。但还没走出办公室，桌子上的电话就响了。因为想了几天的问题，今天要开始行动了，所以闫校长感到轻松，去接电话的步子和手势都潇洒起来："我是校长，什么事，电话传达大队会议精神，好吧，你说吧，我听着呢。"

电话那头传来劳人科长的声音："从省地勘局到各个地勘大队都经费吃紧，我们大队需要继续压缩调整在岗人员数，你们学校必须在月底前拿出个裁员 8 人的名单。这是因为，队上又按照在校学生数额和班次数核算了一遍，按现在的规模，至少还要裁减八个人的在岗名额，这个数是合理的，现在就抓紧考虑这件事吧。"

生活中就常常会有这样的事。比如，越怕什么就来什么；再比如，忽然让你的心情和表情来一个 180 度急转弯，犹如历经冰火两重天。这样的事，发生在别人身上，即便是被你看到，你也未必有多大反应，也不会有什么太长久太难受的滋味。但这件事如果实实在在发生在你身上，所有的神经都会在第一时间把你的失落与狼狈传递到大脑，却让你说不出是什么滋味。拿着电话的闫校长现在便是如此，急于同鲁老师他们寻求破解之道的兴奋劲还像火苗一样在眸子里燃烧，面部表情却如同冬日的湖面。

对方稍事停顿，强调说："大队会议精神我算是向你传达了，文件后面会印发的。你看，有困难没，能照办不？对了，队长的原话是，能不能办到，你直接给个话。但原则是，尽量照办。"

闫校长的脑子转得飞快，既然是大队会议精神，而且将行文下发，不照办行吗？可照办，有8人不久就会下岗，一个月只发基础工资的百分之四十当作基本生活费，算下来也就不足一百元钱，但这些人或是上有老下有小，或是要成家娶妻，一个月几十元钱怎么能够呢？对了，让他们下海，现在不提倡下海吗？可这么小个城市，人口又不多，没有多大的经营和消费市场，交通也很不便利，这样的海怎么能下得去呢？下到这样的海里头，能扑腾出什么安稳日子呢？再说，都是多年从事教学的人，从来没有想到要改行、要下海，能行吗？就算行，那也得有好几年折腾，个人甚至是家庭都要脱一层皮。

一个将军，希望没有战争，这样，他的士兵就不用上战场，就可以保住性命。可他是一名校长啊，他不希望他的老师没有讲台，没有学生。这些时日，他不就是为了避免这种可怕的潜在危机而冥思苦想吗？可这场危机，却在他正准备全力化解或者争取缓冲的时候突然爆发。裁减人员，而且一减就是八个人。八个人的裁员指标是一阵激励的号角，让他的老师去勇于竞争，还是一张断生死去留的赌牌，让灵魂本该纯洁的老师明争暗斗，甚至不择手段。

闫校长闭上眼睛，把刚打算点上的烟搓碎，放了一撮烟叶子在嘴里嚼着，苦啊，又苦又涩。一整天，闫校长心里的感受比嚼烟叶子更苦更涩，哎呀，当这个校长好难啊。他还不知道，有一个人此时很想分担他的苦涩。

闫校长的老伴今天提前下班回来了，因为今天发了工资，单位虽然是大集体企业，但这几年的效益还不错，工资也还说得过去。留下150元钱，这也是一家四口人的最低生活标准。然后，她用其余的钱买了两瓶说得过去的粮食白酒和一条时兴又说得过去的过滤嘴香烟。这些天，老闫饭吃得少，睡觉也睡不好，烟抽得过多，家里的顶梁柱这样下去怎么行呢？她知道老伴在考虑和顾虑些什么，于是，她决定花点钱帮着把那件说大不大、说好办却又迟迟办不了的事情解决了。她想，只要能把买来的东西送出去，也许事情就能够得到解决，她的老伴儿，就能够稍微吃个饱饭睡个安稳觉。

闫校长下班回家的时间向来较晚，趁着他还没回来，她爱人拎着东西进了那位主管科长的家门。这件事情不能让闫校长知道，否则又会同她讲原则，讲大道理。更何况她这是花自家的钱办公家的事。送完东西回到家，她自己就有些后悔了，更不要说心里那个心疼劲儿。她连骂了自己好几个傻子。末了，又自我宽慰，只要能办成事，让老伴儿松口气，也值得，但以后再不能干这种傻事了。

4

祁主任坐在桌前叹着气，手上的笔漫无目标地在老余和理化组的人员名单上胡乱画圈儿。前天去医院看老余，回来的路上碰着闫校长，一见面，闫校长就告诉他，大队要求学校裁减八名老师，并要他这个主管教学的主任尽快拿出这八个人的初步名单。打那之后，他就没有好日子过，总算是从其他教研组把六个人的压减任务咬牙定下来，还剩最后两个指标，就落在包括鲁老师、小马老师和老余在内的理化组。

也许叫祁主任到那些开放、发达的城市转一圈，呼吸点那里的空气，听听那的人的新观念新想法，回来后，他便会有办法有勇气把最后两个裁减人员的指标完成了。可祁主任这个典型的西北人，除了探亲，几乎没有迈出过省城。这几天来，他像是在偷偷摸摸做一件出卖朋友的事，但最后这两个指标，他思前想后，划来划去，就是难于决断。

学校这么一裁减人员，老余是不能再在教务上干了。除了他这个主任，教务上的人手也要由原来的三人压到一人，那么如果留下老余，原来三个人的工作压在他一个身上，身体肯定是吃不消的。但如果不把老余留在教务，只能按其老本行归到理化组。这样，理化组一共六个人，要减下来两个。但他也明白，按能力该减下来的人可能反而裁减不下来，身体状况比别人更不适合留下来的，自己也真的不忍心把他列入裁员名单，虽然仅仅是个初步名单。

这个人，就是老余。

祁主任斜靠在椅子上，揉着鼻梁，往事又上心头。

三年前那个下午，早已经放学了，学生也几乎走完了。他发现理化组的门没有锁，走进去看见老余还在忙着改作业。他叫老余收拾一下，一同回家，作业明天再说。可老余却让他等几分钟，把最后几个本子改完一起走。但未等本

子改完，一个女生大声喊着跑进来："不好了，吓死人了，有几个社会上的小混混把我们学校的一个女生围住了，好像还动手动脚的。"

祁主任听了急忙随着那个女孩子朝学校后操场一角跑，那里的栏杆被人破坏了一个能挤过人的豁口。祁主任跑过去果然看见几个不三不四的小伙子围住一个女生，听他们的意思是想约这个女生去跳舞、看录像。仔细一看，其中挑头的小伙就是去年被学校开除的原高一学生，这个学生经常在校外打架，上课不认真听讲还经常扰乱课堂，旷课迟到是家常便饭，屡教不改，只好依照学校的规章制度将其开除。

此时，这个挑头的小伙一手拽着女生的衣领，一手拿把半大的菜刀在女生眼前比划着，女生吓得脸色煞白，眼看就要应承下来。

祁主任想，这伙人能看什么好录像，能跳什么规矩的舞呢，如果这个女生跟着他们走，后果可能会很严重。于是，他冲上前去喊道："放开她，我的学生不能跟你们走。"

挑头的男孩儿扭头看见是祁主任，便挑衅说："她能不能跟我们走，你说了算，还是我说了算？"说完，又拿着刀子在女孩面前比划了几下，继续说："就算我说了不算，可我手里是啥，我手里这个东西说了能算不？我被你们开除了，还没找你们算账，又来管闲事，我劝你还是走远点，否则我跟你旧账新账一起算。"

祁主任听了有些害怕，有些犹豫。可看到女孩被拽着的领口，看到仍然晃悠的刀子，看到女孩求救的目光，他向前一步说："这是我们学校的学生，我是他的老师，我不管自己的学生谁来管呢？我说了不算谁说了算？我告诉你啊，你现在其实已经违法了，更不要说这是个女生，你赶紧收手走人，我就当这件事没有发生，否则，你个浑小子一定会蹲大狱的。"他一边说话一边硬着头皮想要夺下那小子手里的菜刀。

"哎呀，还真有不怕剁的人，我今天就叫你见见红。"那小子叫嚣着真的一刀劈了下来。祁主任本就是硬着头皮抱着那小子不敢动真格的想法挺上去的，没想到菜刀真的砍向自己，吓得不知道怎么办，连下意识的躲避或保护动作都没有做出来。

就在这时，祁主任被一股力量推到一旁，一声惨叫同时传来。他回过神来，看见老余的一只手臂血流如注。是老余在推开他的同时，用胳膊挡住了劈向他的菜刀。老余的右手肌肉组织就这样落下残疾，抓握能力很差，摆动方向也别别扭扭，以至于改用左手写字做事。

每次回想起此事，祁主任就很感激老余。那次，老余住院治疗时，他曾责怪老余不该冒险。老余不加思索地回答说："你祁主任可以用自己的生命去换一个女生的安全，我用一只手臂去换你的安全，又何尝不值呢？"这样的回答让祁主任更加敬佩老余。

可是，此刻，祁主任却要把一个救过他，让他感激加敬佩的人裁减下来，他说什么也做不到。他决定把这个无法取舍的问题交回给老闫，让这个一校之长来决定剩下的两个裁员人选。

闫校长把目光停在理化组的人员名单上，想了想问："叫老余重回理化组能行不？他有心脏病，又差不多少一只手，怎么上课呢？而且，问题的关键不是理化组缺人，他不回理化组，人员也富裕呀。"

"可不是嘛，回到理化组也就是换个组参与人员裁减。留下来的优势不大。"祁主任回答完闫校长的疑虑，又接着说："他可是相当对得起咱们这个学校，也是学校的元老，又有病，家境又不好，被裁减下来，一个月不足百元的工资，怎么够一家五口开销呢？"

闫校长说："这个情况我也想到了，可不把他裁减下来，再裁减理化组其他人，谁会服气？"

两人都没了话说，僵持在那里。过了很久，闫校长说："不是有变通的新政策吗？老余可以打个擦边球，提前退休。"

祁主任的脸稍微松弛了一下，又紧绷着说："就算是提前退休，但那也不叫正常退休，一个月也要少拿个百分之四十，在老余家里，这可不是个小数目，也是很要命的。"

祁主任就是这样的人，干什么事都想得很周到，因而就会在某些时候显得拖泥带水、瞻前顾后。他自言自语道："不过，让老余提前退休，目前也是最好

的主意了，就不知道他愿不愿意。"

闫校长说："我可以去找老余谈谈，这也许还相对好办。我看，另一个裁减指标就薛老师吧，那才是块难啃的硬骨头，你先去找她谈谈。在这一点我们两个应该是心照不宣！鲁老师、小马老师和另外两个老师可要保住，这样，在裁减人员的过程中才算得上是优化组合，才算得上是公平公正。"

说完，闫校长起身再去医院找老余。祁主任要说什么却又没说。他看着窗外，一座常年积雪的山和山前的一朵白云。云总是在忙于奔走，山永远在静静的沉思。闫校长应该是山，却不得不像云一样的奔忙于大大小小的琐事，可有的时候，奔忙不一定会有收获，反而会疏忽一些至关重要的问题。

5

鲁老师这几天总是这样子，上完课改完作业就往外跑，别人不知道他在干什么？但小马老师知道这是在为那个尝试性行动计划奔走，几天来，难得和他见上一面，见面也只是三言两语。

这不，小马拿着一沓卷子上楼，在二楼碰上鲁老师，鲁老师说："我接着干我的，这两天就可以出结果，你也抓紧点。"小马点点头说："没敢耽误。"鲁老师一边下楼一边甩下两个字："很好！"

小马老师能从这寥寥数语中看到希望。

但小马老师也有些担心，鲁老师身体也不算好，人虽未到五十，年龄上还算不上老教师，可他在业务上下的功夫太多，又自己搞着研究写着论文，太过劳累，人明显见老，身体状况更像个五六十岁的老人。但小马也从中懂得，要做好一件事，就要全力以赴，就要付出些代价。有这样一个全市颇有威望的老师带着自己一起干，他信心十足，唯独就是担心鲁老师这样劳累下去，身体吃不消。他也知道，事情没有结束，鲁老师不可能停下来休息，担心也没有用，只有把分给自己的事做好，不要让鲁老师失望。

几天来，本着这样的想法，小马老师也是上完课改完作业就忙得不可开交，重新分析师生及学校的现状，结合统计学知识设计各种民意测试卷，逐次印出来发到各班。刚才收回的是最后一份。

走进办公室，小马老师开始着手统计此次民意测验的结果，刚开了个头，一个老师走进来说楼下有他的电话，是一个女孩子打来的。小马老师只好放下手中的活去接电话，也才意识到，因为心里有事而且太忙，这几天见到对象话少了，没那么高兴了，可能也让人家担心了。否则，有什么话可以下班见面再说。

薛老师下课走进办公室，放下教具来到洗脸架边，看到脸盆中的水是脏的，便自言自语道这些人真懒，水这么脏也不知道换一换。其实，这个把自己当个官太太的人应该扪心自问，打开学到现在，打过一次洗手水吗？打扫过办公室的卫生吗。

就连现在，虽然觉得脸盆里的水脏了，责怪别人没有把水换干净，但她也没有去换，只是将就着在她认为的脏水里把手指头涮了涮。她的办公桌正好在小马老师对面，发现小马桌子上的那一摊名义测试卷，感兴趣的拿起来看，一张夹带的便条滑落，上面写的内容引起他的注意和兴趣："师生间的情感是彼此的。就像小马老师喜欢我，我也喜欢小马老师。"薛老师抿嘴一笑，好像又发现了什么新大陆，又找到了一篇文章可做，便朝门外走去。出了门正好碰上祁主任来找她。

来到教务处，祁主任直接了断地说："你可能已经知道，上面要我们裁减人员，就是说，下一步我们有八个老师会下岗或被编余。闫校长让我与你沟通一下，看看你如果不教书了，回大队还有什么办法或者找到什么工作？"

祁主任知道薛老师这个人不好相处，说的话虽然能把意思完全表达到，但有些含糊，说话时也没有正视她，同时还把闫校长抬了出来。

薛老师也没有马上回答，先找张凳子坐下来，想了想，似笑非笑的说："这么说，学校是想把我给裁减下来了。"

"还不一定，现在只是同你聊聊，了解一下情况，看看你有没有更好的门路。"

薛老师还是先顿了顿，然后反问道："门道。出路。不会让别人去想吗？为什么非要找我呢？"

祁主任作为学校的一个老主任，做事虽然谨小慎微，尽量不得罪人。但也知道自己的能力不差，就算得罪个把人，此次裁员也轮不到他，于是不卑不亢地解释道："是这样子的，我们是一个组一个组的过，理化组的事当然要找你这个理化组的人了。再说，这裁减人员是大事，总要客观考虑个人的能力吧。"祁主人故意把最后一句话的语气加重，想让薛师明白，如果这裁减人员非要采取竞争的方式，她可不是小鲁老师、小马老师的对手，甚至不是全组老师的对手，这也是想让她面对现实，知难而退。

但出乎主任意料，薛老师并未知难而退，她说："能力，你说我工作能力不如别人吗？那你说说我这么多年来哪一节课上砸了，哪点东西讲错了。再说了，我再不好，也不至于同异性学生纠缠不清，这种人你们不去找，却来把我当重点，简直是笑话。"

听薛老师这么说，祁主任吃了一惊，马上问："你说我们学校有老师和异性学生纠缠不清，有这样的事吗？这个人是谁？"

薛老师怪声怪气地说："我一不是校长，二不是主任，也不抓思想政治工作，哎呀，说那么多干啥。让人知道了，还说我这个人一天婆婆妈妈，到处惹是生非，打别人的小报告。不过呢，你若不信，这个东西你可以看看，你再到我们组去看看更好。"说完，趁着祁主任拿不定主意在那发愣的时候溜了出来。其实，薛老师从那张小纸片也不能确定小马老师到底有没有那回事。把此事抬出来，也是转移注意力与缓兵之计双管齐下，自己才有机会先撤出来，回去同她那位当官的老公共商对策，现在她成功了。而且，她倒是希望小马老师真的出那么个事，就别想在学校呆，她也能少一个真正有实力的竞争对手。

溜出来，正好看到小马老师往校外走，便赶上去同小马走在一起，面部表情亲和，有说有笑。但没有提到祁主任找她商量裁减人员的事情，更不可能说她在祁主任那告了状，或者败坏了他的名声。

这世界本就是一个变体，而地球上的万事万物都随着这个变体的变化而变化，可不论万事万物如何变化，有一种人却不会变，她永远都在想着自己，凡事只要对自己有利，不管采用明的、暗的各种手段都是合理的。这些人更为高明之处在于，她甚至不用什么兵器，只是看似无意却有意的三言两语便达到了损人利己的目的。事后，他们一样和受害者若无其事地说话、往来，甚至表现得很友好，而受害者也想不到他已被身边的这个人所伤害。

6

余老师的病，只是略有好转，还不能下床，但可以多说几句话。女儿余瑶一下课就来到病房替换妈妈，家里还有一个妹妹一个小弟要吃饭要人管。老余伸手摸摸女儿的头发，想说什么又忍了忍，好几次才鼓起勇气说："闺女，上半年没考上大学，你不想继续考了，可我非要你参加补习，明年继续参加高考，知道为什么吗？"

女儿不假思索地回答："当然是为我好了，希望我能考个大学哪怕是中专，读出来就有稳定的工作和收入，就能迎来不一样的人生。"

老余先点了点头，又试探着问："如果我现在叫你做一个决定，一个对你不一定有利的决定，你会答应吗？会恨我吗？"

"看您说啥呢，女儿能恨自己的爸爸吗？如果一个父亲真让女儿做不利于自己的决定，那一定有很大的苦衷啊。爸，到底有啥事，您别绕弯子了。"

听女儿这么回答，老余为难地说："你退学吧，别去补习了，在家帮妈妈做事，抽空自己复习，准备明年的高考。"

女儿听了父亲的话，几乎带着哭腔反问父亲："什么，退学？不，我不退学。当初，我不想继续上学，你非要让我上。而现在我想要好好学习，为高考全力以赴，你为什又让我退学，这是为什么呀？"

老余叹了口气说："我想叫你帮着妈妈做点小本生意，实在不行就去卖菜，一个月多少有点收入贴补家用吧！"

说话时，老余抬头望着天花板，并努力睁着眼睛，生怕一眨眼，眼泪就会掉出来。女儿又反问道："钱不是基本够用吗？为什么叫我去做小生意呢？当然，现在我和妈妈凭了一身力气，也许可以挣几个钱贴补家用，可以后呢，以后国

家发达了，市场规模和需求提升了，就不是靠着一点力气做生意了，而是靠知识，靠高新的技术，那时候我怎么办呢？"

老余无奈地说："这几天，闫校长来看我的时候，总是显得忧心忡忡，我估计学校又要裁减人员，如果把我这种老病号、残疾人留下，而把其他正常人裁减掉，这个理到哪都说不通啊。所以，爸爸我要不下岗，要不就提前退休，收入都会差一大截，根本无法维持咱们一家五口人的正常生活，除非我们一家人勒紧腰带，吃糠咽菜。所以，必须要有新的收入来源，但如果光让你母亲去操劳，去做点小生意挣钱贴补家用，她也吃不消，其实她的身体也不行啊！"

老余仍然不敢眨眼，做父亲的不能在女儿面前落泪，特别是遇到难处时，应该让女儿看到自己的坚强，这样才可以激发她向困难挑战的信心。女儿也没有再说什么，她知道父亲这样决定也是不得已，父亲本来应该躺在床上安心养病，现在却面临如此艰难的选择，要为家里的生计操心。作为长女，她心中难过极了，却装出轻松的样子向父亲点点头，但一不小心，泪水却从眼角滑落，恰好落在父亲受伤残疾的手臂上。

也许，眼睛真的是心灵的窗户。老余闭上双眼，不让女儿看到自己内心的痛苦和煎熬。

此刻，病房外也有一个人正在经历这样的痛苦和煎熬。这个人便是闫校长。昨天他没有来看老余，因为，昨天下午祁主任找薛老师谈话失败，使他的减员方案首先搁浅，他的心情糟透了。加上来医院就是为了劝老余提前退休，真的很难开口。所以，拖到今天才来看老余，但在门口恰好听到了这父女俩的谈话。

闫校长没有进病房，转身走出医院推上车子往家里走，步履蹒跚，却希望回家的路再长一点，不收拾好自己的表情就回到家里，爱人会更加为自己担忧。他一边走一边责怪自己，没有早点行动，没能扭转本可预见的局面。他还回想着老余父女两个在病房里的谈话，特别是听见一个十七八岁的女孩子，面对未来有那么理性思考，却不得不放弃通过学习和高考实现理想的机会。他有了一种冲动的感觉，很强烈地想把老余留下来，想保住余瑶的学业。

　　这么想着走着，难着，苦着，到家天都黑了。放好车子进屋，还没来得及洗把脸，便听孩子在跟谁打招呼，仔细听，应该是薛老师的丈夫。

　　闫校长马上把人迎进来，倒茶，递烟，很是客气了一番，心想，学校的暖气维修费看来是有戏了，但怕是拿着会烫手啊。当然，他已经知道老伴做的事儿，只是他并没有责怪老伴。肯定，此人前来也不是因为老伴送的那点东西起了作用。

　　闫校长试探着问："我们学校的暖气维修费有门儿了？"

　　来人却答非所问："我听说学校要减员，好像减员名单里还有我们家薛老师，是不是再研究一下呀？"他说完，看看闫校长不回答，又说："维修费我已想了各种办法，可能可以先给个三四千，不过也还要研究一下，如果一切顺利，这几天可以定下来，并拨付到学校。"果然被闫校长猜中，自己现在面临一手交易，如果在裁减人员名单上把薛老师抹掉，别说三四千，就算是五千元的维修经费也能到手。闫校长心想此人真是个滑头，不愧是在管理层打滚的老油条。但他表面却客气地说："那还麻烦你在领导面前帮我们多诉诉苦、多说说好话，争取早点把维修费拨给我们，至于减员方案，我们也会再商量。"

　　听了闫校长的话，来人知道目的基本达成，寒暄几句，起身告辞。

　　闫校长则像泄气的皮球一样，没精打采的斜靠在沙发上，儿子叫他吃饭也不听，爱人叫他休息也不听。一天之内，由于余老师的耿直和善良直击他的恻隐之心，也由于魏科长近乎威逼利诱的手腕，原定的人员压减方案中的两个人都要落空。特别是魏科长，简直就是赤裸裸的交易，交易的一方用公家的利益来换取私人的利益，交易的另一方为了公家的利益而不得不让步于私人利益，还搭上了自家利益。如此一来，他更为老伴前几天所做的那件事情感到可惜，花了自家的钱，却没有办成公家的事儿。

　　在沙发上沉闷了不知多久，闫校长有了一个万般无奈的决定，就是安排祁主任明天召集理化组人员开会，摊牌，个人写出去留的意向和理由，然后以静制动。这不知道是他多年练习太极拳悟出的禅理，还是因为无法摆脱世俗与人情而采取的推卸手法？

7

鲁老师进这个学校出那个学校，忙活了好一阵子，基本上把市里的所有中学都跑遍了，昨天晚上他把收集到的资料做了进一步的整理，忙到很晚才休息。今天早晨上感到很疲倦，有点赖床，离上班时间还有二十几分钟，才强撑着爬起来，匆忙洗漱，连饭也没来得及吃就去上课。上完课把作业批改完毕，打算出门，才觉得这几日有些隐隐作痛的头更晕了，像要炸开似的，面前好像还有什么东西不停的晃动，肚子也咕咕叫个不停。可他今天打算再到市郊的两所中学走一走，对几个不太确定的信息做进一步调查分析。他倒杯水一饮而尽，倒也没有那么饿了，就转身出门。走几步，又回来在小马的桌子上留了个条子，约好晚上在自己家里见面。鲁老师认为，他们两个到了联合分析与商讨的时候了，也不知分给小马的任务完成得怎样。又转念一想，这个年轻人轻易不承诺什么事情，但答应了的事，一定会尽心尽力。否则，他也不会找小马一起做这件事。

走出教学楼时发现老师们三三两两的在议论些什么，鲁老师心头一紧，不会是那个潜在的危机真的爆发了吧？如果真是那样，他和小马这些天不就白忙活了。他甚至没有走近那些人，而是避开他们走，怕听到那些令人消极失落而又万般无奈的消息，怕坏消息会影响他把要做的事情做到最后。

人们并不是在议论减员的事儿，这事由于尚未有可行的方案，校长交代祁主任先不要漏了风声。薛老师因为自己首当其冲，正在暗中运作，也一反常态把嘴捂得很严。鲁老师刚才大可不必那么紧张，相反，他如果停下来听一听，就会知道人们在议论小马，议论他与异性学生纠缠不清。对于一名人民教师，这种事情往往会是致命的。

小马正在教务办公室，校长和祁主任可以说是正在审问他。

祁主任首先发问："小马，你知道吗？现在外面都传开了，说你和一个女学生纠缠不清，你这是怎么搞的，别忘了，你作为一名教师的身份。"

"什么，我和一个女学生纠缠不清，这是谁说的？我当然知道自己是一个高尚的人民教师。而且，我是一个有对象的人，我们感情很好，我怎么可能那样做呢？"

闫校长看着小马丈二和尚摸不着头脑的样子，心想，这小子肯定没有那回事。但祁主任似乎更加谨慎，把一张小纸条递给小马说："那这个小纸条怎么解释，上面写的内容又如何解释。"

小马老师接过纸条看看，恍然大悟说："尊敬的校长，尊敬的祁大主任，你们也不看看，这是一项民意调查里提出的问题，就是如何重新建立师生之间的感情，正所谓亲其师而信其道，是朴实的爱、是见得人的大爱。而且，仅凭这几句话就说我和女生纠缠不清，也太牵强附会了吧？我想知道，是谁这么龌龊，这么直白恶意地诽谤我？"

祁主任有些不好意思，为自己找台阶说："你觉得是朴实的爱，是大爱，但这么娟秀的字写出这样的话，难免引起别人的误会。你说是吧？"

小马老师听了哈哈大笑，又反问道："二位大人，如果有人说我搞同性恋，你们会信吗？"

一听说同性恋几个字，两位领导马上摇头，表示不信。

小马老师说："那就好说啦，这个条子是我班上的一个小男生写的，班上每个学生都对这个问题做了回答。只不过，这个男生字写得娟秀，甚至连名字都有点像女孩子。唉，你别看他名字像女生，字也写得娟秀，却是个踢足球的料，我们是足球队的球友。"

经小马老师这么一解释，闫校长同祁主任都放下心来，相对一笑，让他回去，该干啥干啥。小马转身往外走，到了门口又回过身说："此时，你们是不是在想，我为什么不问是谁在造谣？其实，我已经猜到了这个人，不是一类人，所以这回就不和她计较。但是，得麻烦二位领导想想，如何恢复我的名誉。"

等小马走出办公室，闫校长说："这小子真行，连我们现在想啥都猜到了，而且对此表现得如此大度。对了，祁主任，这个条子是谁给你的，这次裁减人员就是个机会，这样的人，可不能留在学校。"

祁主任苦笑说："此人就是薛老师，有后台，不留也得留。"他还把那天与薛老师谈话的情形重新细说了一遍。闫校长也把同魏科长谈话的结果简单说了

一下。两个人都明白，如果不继续把薛老师留在学校。5000块钱的维修费就别想拿到，冬天，全校师生都不会好过。

于是，祁主任也赞同闫校长以静制动的想法。祁主任知道，这以静制动的作法说穿了就是和稀泥，但也许不失为上策。试想一下，如果采取讲课、考评等方式来解决这个问题，表面上看是公平竞争，可又有多少外部的因素干扰着这场竞争的公平性啊？

事不宜迟，两人决定明天就开会，祁主任便上楼去通知理化组的老师。进门，只有薛老师在，就让她转告其他人。回到办公室，闫校长还在犹豫地度着步子，他问："听说鲁老师这段时间老往外跑，想找他很难，而且小马老师偏偏又在这个时候被人议论，虽说已经撇清了，但一定会给别人留下说辞，你不为这两个最该留下来的人担心吗？"

祁主任回答说："当然担心呀，你说这个小马老师，搞那么个民意测验干啥，又不是学校安排的。还有鲁老师，一贯认真守纪，却在这个时候老往外跑，连本组出了事都不知道，可谓是大意呀。"

祁主任一番话更让闫校长生气，脸色不好看。祁主任本还有点事同他商量，话到嘴边又咽了回去。这时，一个老师进来对校长说，你办公室的电话老在响，我就替你接了，是医院打来的，说咱们鲁老师晕倒在郊外，被好心人送进了医院。

闫校长马上出门骑上车子往医院跑，祁主任紧随其后。他们虽然不知道鲁老师这段时间为何总往外跑，还晕倒在郊外，但他可是学校的骨干教师，台柱子，是全市教育口都少有的人才，他要有个什么闪失，损失和影响可就大啦！

到了医院，护士说刚才已经给鲁老师进行常规检查，没什么病，只是太过劳累，建议住院调养。但他不愿意住院，自己回去了。听说鲁老师没啥大事儿，二人都松了一口气，一起上楼去看老余。

他们认为，鲁老师此刻会在家里好好休息。

可是此时，鲁老师却在家中与小马谈得火热。小马老师破例点上一支烟陪着鲁老师抽，屋里烟雾缭绕，很多的材料摊在茶具上，有鲁老师这几天从外校搜集整理的，也有小马在本校搜集整理的，这些材料整合在一起，可以进行横向与纵向的对比，也可以进行主观与客观的对比。已经聊了好一阵子，尝试性行动方案已初见雏形。小马老师试着劝鲁老师躺一会再继续，毕竟下午因为太劳累才晕倒过，鲁老师不听劝。这也在小马老师的预料中，否则，下午听说鲁老师晕倒的事，他也不可能仍然按照约定来鲁老师家，还不忘拿上所有的资料。果然，一见面，鲁老师就没闲着，也没让他闲着。

鲁老师的爱人也听说了他晕倒在郊外的事，放下手中的活赶回来，但她拗不过鲁老师，无法把他按在床上休息，只好不时进来看看，添个茶递个水果，开窗通通风，嘴里心疼地嘀咕着。见时候不早，便热情邀请小马老师留下来吃饭。没多久，饭菜的香气在满屋的烟味儿中弥散开来。这样的家庭气氛让鲁老师很满足，很享受。小马老师也为之感动，他想，也许人生便是这种牢骚与关爱、烟火味儿与饭菜香的对抗和融合，这种对抗和融合同时也在平凡中反映着事业与家庭、生活与爱情的和谐以及高尚。

8

说是给理化组开会，也不过用了放学后十分钟不到的时间，而且除去校长、主任和住院的老余，就只有包括鲁老师，小马老师，薛老师在内的五个人。祁主任把压减人员的事情说了一下，明确说本组要裁减两个人，没想到五个人的反应都出奇的平静。闫校长便接着说："是否被减员是件大事，所以我想请大家先回去好好想想，你是否还愿意留下来教书，你是否还有更好的出路，或者说，一旦把你给裁减下来，你将作何打算，周一，按照你的想法交一份简单的申请或说明材料。"

祁主任及时插话说："当然，如果你希望继续留下来，有个问题不能回避，就是要知道自己的水平，最起码要综合考量一下，如果竞争，自己会比谁强，强在哪些方面。"这一番话，大有要让这几个人以课堂为战场，真枪实弹比一场的意思。

闫校长再次强调说："下星期一都把申请或材料交给祁主任，我们学校再根

据你们的个人意见，结合学校的工作需要，研究决定被裁减的人选。"

五个人仍然没有说什么，祁主任便让大家回去。

五个人便转身往外走，无声，沉重。

会就这么散了，闫校长和祁主任心情比开会时还更糟，他们没有料到五个人会这么平静，看上去没有啥反应。而且，开不开这个裁员的会，结果估计也一样。如果不把薛老师留下来，别说眼下的暖气费，就连以后用钱都困难了。如果不把老余留下来，今后数年良心都会受到煎熬，而不把老鲁、小马等老师留下来，对学校又是很大的损失，而且，会让所有勤奋、认真、有水平、有能力的老师寒心。

薛老师怕小马老师兴师问罪，借口去看办公室的门是否落锁，避开了。鲁老师和小马两人一同往外走，走了一段，小马终于忍不住先开口说："鲁老师，你不觉得很奇怪吗？"

"哦，有什么奇怪的？"鲁老师其实也感到奇怪，但他想听听小马的看法，所以故作镇静。

"在您面前我就直说吧，我认为，在我们组，我们两个比其他人要强，尤其是你，比我们都强一大截，五个人裁减两个留下三个，照理说我们两个留下来应该是没问题的。但学校没有这样定，而是让我们每个人都回去考虑好，并且写申请。这又何必呢，谁不想继续留下来呀，还不如用公开课的方式来择优或末位淘汰。"

鲁老师若有所思地说："比公开课的方式来决定去留，我认为不妥。"不等小马开口问为什么，鲁老师就接着说："你想啊，长期坚持专心备课，认真上课，有的人是做不到的，但让他精心准备一节课来决定自己的利益，决定自己的去留，他会上不好吗。不会，这样一来，好与坏之间只是一个相对的概念，去留是很难评判的，加上一些外来因素干扰，只怕我们反而要输给人家了。"

小马点了点头，补了一句："我很有可能会输给人家，但您绝对不会。"

鲁老师说："你还不太了解我们的校长，他平时做事干净利索，公正公平，这回大不一样，是真的遇到难处啦！但如果首先是薛老师被留下来，我还真的是想不通。"

　　这就是鲁老师更真实的一面，他这个人虽年近 50，但除了工作就是工作，除了做学问还是做学问，对于涉及社会上复杂关系的问题，一直都不擅长。小马人虽然年轻，却同每一个 80 年代毕业的大学生一样，对所谓的关系学多少有点了解，他试探说："会不会同学校的财政有关？要知道她那一位，相当于半个财神爷啊。"

　　小马一下道破了其中的玄机，鲁老师没有再说什么。两人默默的向前走，到了要分开的时候，鲁老师开口说："小马啊，如果我们分析的不错，那么我们两个中可能至少有一个会被裁减下来，看来我们都要好好想想，好有个思想准备。"

　　小马想了想，点了点头问："那我们那个方案还没完，还继续吗？"

　　鲁老师毫不犹豫地说："继续，当然要继续。哪怕我们两个都将被裁减掉，未公布最终结果前，我们就不放弃。更何况我们当初做这个尝试性计划的本意并不是首先保全自己，而是希望所做的努力会帮助学校走出困境。啥叫困境，难道仅仅是此次裁员吗？裁员之后呢，会不会有再一次裁员？我们这么作，就是想把一半决定权紧紧握在学校自己的手里。"

　　分开后，小马决定到对象那去，因为他不知道为什么又想起了鲁老师爱人做的饭菜，更让他感到孤单，无助，前途未卜，需要倾诉和安慰。

9

　　周天下午，学校除了鲁老师和小马，其他人都没有来。他们两个人的教学任务都不轻，一天有干不完的活，想不来加班都不行。不过他们二人都没有说话，各干各的，特别是鲁老师，他甚至在小马进来时都没有抬头看一眼，也没有发现小马换上了一身足球衣。屋里很静，仿佛屋里有生命的只有那盆冬青。他们二人这几天都在外面忙，没给它浇水，根部的叶子有不少已经发黄，可尖儿上的叶子依然是那样的翠绿，显得那样的顽强，这也正是鲁老师喜欢冬青的原因。

　　阳光渐渐西斜，小马忙完自己的活，一声不吭地走了出去，手中拿着一个足球，出门时回头看了一眼鲁老师，发现他不知什么时候也忙完了手头的活，此时正望着那盆冬青沉思。

天边的最后一抹红云就要在山头落尽，小马的对象在门口焦急地等着他，可还不见小马出来，便进到学校去找他。

小马和对象的感情很好，虽说不上经历过什么生生死死的考验，但也经历了一阵相隔千里的分离和思念。所以他们现在很珍惜在一起的缘分。

中午去见她时，小马心情很不好，除了叫她把足球服找出来，并说下午要到学校加班，再没有多说什么，饭也只吃了一点。因此整个下午她都感到不安，想打个电话问问，又怕周末没人传话，电话里也说不清楚，只好等着晚饭的时候问个究竟，可是饭都等凉了，也不见小马回来。她胡乱猜测着，甚至有些生气，不就是踢场足球吗？饭也不吃了，话也不多了，过分看重胜负得失，还是真正的球迷吗？

可惜，她猜错了。小马热爱足球运动且在球场上很有风度，不把胜败看得那么重要。此时，他似乎在与自己打比赛，自己决定自己的胜负。他一个人用力把足球随意踢飞，又飞快地追上去，再踢飞，再追上去，如此发泄着心中的怨气，连对象啥时候站在了场边都不知道。

小马的对象看见他已经脸色发紫，还不肯停下来，便跑上去硬把他拽下来。

回到对象的宿舍，小马吃了很多饭，并朝对象笑了笑。对象却直截了当地说："讲吧，心里装着什么烦心的事儿，我看你今天笑得比哭还难看，不如说出来，我也许能帮你的忙。"

小马也不想隐瞒，便把学校压减人员的事说了出来。

"这么说，你有被压减下来的可能了？"

小马只是简单的回答了一个字，"对"。

对象又问："不是还有人不如你吗？为什么不裁减他们呢？"

小马唉声叹气道："唉！你还没明白吗？如果真的靠实力，我觉得留下两三个人就应该有我，可是事情不一定会这样照着我们的思路去发展，那些有背景有靠山的人就不必说了，再比如那个老教师，他干了一辈子，身体也拖垮了，还为了保护学生险些搭上自己的性命，又拖家带口，一个人挣钱五个人花，我能把他挤下来吗？难道要让他在奉献了青春，奉献了自己的一只手臂之后，再奉献上一家人生活的希望吗？"小马说的有些激动也有些无奈。

对象也无言以对，同小马相处了这么久，知道小马心肠好。而当前地勘系统转型的大背景下，很多老地质职工几乎在西北干了一辈子，到头来还要面临下岗、编余的窘迫，一家人的生活都过得紧巴巴的。她的父亲和哥哥也是地质队员，父亲提前病退回了老家，哥哥在一年前被编余回到老家，靠做点零散生意来贴补家用。而小马的父亲也在野外地质工作中殉职。正因为这样，小马在毕业后执意回到这个大队。可他的父亲又怎么会想到，儿子像他一样依恋着这片土地，但这片土地却已没有能力接纳他的儿子。想到这里，她不禁潸然泪下。

小马看到对象哭，心情反而平和了许多，走过去用衣袖拭去她脸上的泪水说："我看，只有主动申请被裁减！"

"可是，被减员下来，你干什么呢？毕竟，我们要组建家庭，要有我们的孩子，好多地方都要用钱。"对象顺从地点点头，又担忧地问。

"我下海，现在不是有很多人下海吗？我也可以去广东或者其他改革开放的城市走一走，到那些地方去，也许会学会做生意，也许会重上讲台。说实话，我还是认为当教师是高尚的职业。"

"不，我不让你离开我。"

"我也不想离开你。但我总得有份工作吧，总得想法挣点钱吧，总得为成家做准备吧。"

小马的对象伤感地说："反正不让你离开我。我看过一篇小说，曾经有个人为了让未婚妻将来过得好些，就出海做了水手，想着出海可以挣很多钱，可他走后很久没回来，他的未婚妻只好嫁给了别人。"

"我相信你不会那样做。当然，你如果那样做了，我也不会怪你，相反我会为你高兴的。因为，我如果被减员下来，就根本没有能力让你幸福，至少在三五年内给不了你幸福，还会让你在同事面前抬不起头，他们中的一些人本身

就看不起教师。"

听小马这样说，对象气坏了，跺着脚说："你还不了解我吗？我当然不会那样做。可你知道故事的结局吗？水手永远都没有回来，他曾经的女朋友在她与别的水手的孩子长大成人后，跳海了。"

小马的手在颤抖，一个男子汉的手在颤抖，他抱住对象，含泪吻着。现在的恋人，亲吻是常事，可这次他是那么的动情，好像才读懂他的恋人。随后，小马又用力推开对象，陷入沉思。如果自己真的被减员下来，该怎么办呢？不出去打工，便要让一个女人背着人们嘲笑、鄙视的目光来养活自己。出去打工，却又难舍难分、前途未卜。小马仿佛一下子变成了一个柔弱的人，依偎在恋人那仿佛变得宽大结实的胸前。他哭了，有泪，却没有声音，整个房间里的空气仿佛一首低度全拍没有旋律的歌。

10

一支低度全拍而没有旋律的歌适合在夜晚吟唱。长夜里。鲁老师也同样做出了主动申请被裁员的选择。她的选择使爱人无法入睡。

"老伴，还记得我刚进校时，这所学校的模样吗？"鲁老师似乎在回忆往事，脱口问道。

老伴不假思索便说："怎能不记得呢？那时一共三排土坯房子，一排给你们当宿舍兼办公室，两排当教室。"说完，看鲁老师还在回忆，又接着讲："说也快啊，不知不觉二十年过去了，教学楼都盖起来好几年了。"

鲁老师接着话说："提起盖楼，我还记得那时除了上课，还义务劳动，经常都是很晚才回来，你还记得不？"

老伴说："那更忘不了，有一次义务劳动，楼上掉下来一个石子，把你的头上打了一个指头大的口子，流了好多血。"

鲁老师伸手摸摸后脑上一个指甲盖大小的疤痕说："幸好是砸着我，要是砸在旁边那台测量仪器上，损失就大了，好几千块钱呢？"

　　鲁老师的爱人责怪道："只知道那几千块钱一台的测绘仪器，你有没有想过，那个石头再正一点或再大一点，将给我们这个家庭带来多大的不幸。"由于生气，她说完转过身去，不再理会，却暗自抹着眼泪。

　　鲁老师察觉到老伴在哭，不知道如何安慰，只问了一句："你这咋还哭上了呢？"

　　老伴心有不甘地说："想想这二十年，也真不容易啊，为之付出了所有的心血。培养出那么多的学生，连上清华的都有，现在可好，人家不要你了，真替你感到不值啊，对了，你真的打算申请减员吗？"

　　"嗯。"

　　"不是还有四个人吗？你不是大家公认的第一吗？难道真的能减到你头上来？"

　　鲁老师犹豫了一下说："按说我不申请减员，他们是不会把我减掉的，而且就算我申请，他们也许还是不会同意，可我留下来，别的人，特别是小马，也许就会被减下来。那可是个好小伙，但却没有什么背景或靠山。"

　　"叫我说，论你们组的业务水平，你第一，小马第二，他也不会被减下来。但如果真要把他减下来，也是没有办法的事，都到这种紧要关头了，谁还不为自己的利益和前途着想啊？"

　　"学校科班出身的年轻人本就不多，像小马这样有一定基础和经验的就更少了，把他这种人减下来，我都替他感到可惜啊。再说了，过个三五年，我们这一批老家伙退了，又没有多少能干的年轻人顶上，青黄不接，这个学校就更没有出头之日了。"

　　其实，鲁老师的老伴虽然是一位女同志，在大队也是一个业务尖子，知书达理，为人豁达，周围的人个个都服她。她看着鲁老师那样为难，女性的柔情和爱心很自然地显露出来，伸手理了理鲁老师花白的头发说："嗯，好吧，你申请减员也好，就在家休息，我的工资咱们一家人生活完全不愁，你也没那么累那么忙，可以一心搞研究写论文，也许很快就有高水平的论文问世。"

　　鲁老师问："这一下岗或编余，我一个月只有几十元钱，家中四口人可都靠

你了，算算能行不？够用不？"

老伴回应道："刚才不是给你说了吗？有我的工资就够了。不过，你要把烟戒了，实在戒不了，只有抽点便宜点的烟，你能办到吗？"

此时，鲁老师正靠在床头上，拿出一只烟准备点上，听老伴这么说，只好在鼻子前闻了闻，放回烟盒。

过了一会，估计老伴睡了，鲁老师便悄声下床。却听到老伴问又干啥去，只好一边走进书房一边说："搞的那个方案还有点需要修改。"老伴甩过来一句似关心又似埋怨的话："马上要出学校了，还为学校忙到深更半夜，身体还要不要了？"

11

一天之中，早晨的风景是最美好的，若不是秋阳已渐渐失去往日的温暖，今天的早晨当会更美。又是星期一，校园的花池中，树在风中摇曳，但却无法躲避各种冲击和袭扰。枯萎的树叶在风的拖拽下无声息地结束了又一季生命，飘然落地。但在那一片树木中，有一棵，树枝上竟然还挂着三五片翠绿翠绿的叶子，在一片萧瑟的秋色中是那样的鲜艳。风做了冬日先行的使者，绝不会放过这阻碍冬日来临的生命。它忽南忽北，或疾或缓，从四面八方向着这三五片绿色奔袭而至。这便是一场斗争，一场生命不屈的抗争。

可惜，闫校长并没有发现这一切，他此刻没有想要看风景，也想不到有一种风景正成为生命的赞歌。他正在目视着他的学生和老师们升国旗。国歌响起来，孩子们举手敬礼，更多的人面对着冉冉升起的国旗，脸上显得格外的严肃。

升旗完毕，闫校长在教师队列中搜寻，只看到了薛老师朝教学楼上走，鲁老师和小马老师不见踪影。闫校长皱了下眉头，显然是因没有见到鲁老师和小马老师而感到不悦。

前两节课，闫校长一直在等理化组老师交申请的情况，特别是鲁老师和小马老师。虽然不知道他们两个人会交上什么样的申请，虽然对自己以静制动的招数心中没底，但他还是希望能在今天一天之中把人员裁减的初步名单定下来，把几天来一直困扰在心头的担子卸掉，不管是否会让良心受到谴责，也不管是否会得罪什么人。

两节课后，闫校长拿起电话问祁主任有没有收到大家提交的申请。祁主任却说，您还是出来看看吧！

闫校长走出教学楼，看见一些学生正不作声地看着校门口，鲁老师和小马老师一前一后，正朝校外走。他没有细想，只是觉得这两个人真行，这个节骨眼还往外跑，也不怕别人以此说事，或者把留下来的机会给抢了。他生着气往教务办公室走，却注意到向外张望的那些学生几乎都是鲁老师和小马老师的学生，这些学生的脸上有一种难舍的神情。

他带着疑惑走进教务处，祁主任已经在等他了，并递给他三份申请和厚厚一沓材料，但没有说话。

闫校长急切地看着第一份申请，是老余写在稿纸上的短短几句话：

校领导，我因年迈体弱，从事学校工作已力不从心，年龄也基本符合提前退休条件，因此申请提前退休，还望批准，谢谢！

申请虽短，却在申请后附有一张条子，上面写着：

这些天在医院养病，闲着无事，也想到了学校将面临的情况，我不愿让你们为难，也不想你为我这个有病之人挤走其他有用之才，所以我还是请你们批准并上报我提前退休的报告。另外，这几日我也有几个关于我校对外吸纳生源，对外征收的设想，仅供参考，希望能对学校有所帮助。

第一份申请让他感动，再看第二份，是鲁老师的申请：

校领导，由于多年担任毕业班教学和班主任工作，我感到很疲倦，有些体力不支，已无法胜任学校的教学工作，因此主动申请减员，也好在家中调养身体。下面是由我和小马这几日在大量调查基础上做的一个尝试性行动方案，还望能对提高我校的教学质量，稳定、增加我校的生源有所帮助。

第三份申请则是小马老师写的，确切说不像申请，而是一首小诗：

已不能让我在你的乐园种植希望

我便不用年轻的双肩担负你曾经的期待

爱与不爱都需要去想

恨与不恨，却只有忘却

我只有远走，如一个依恋的水手

挥泪告别他的战舰

数日来压在心头的难事，在这三份申请面前迎刃而解，甚至没有争辩、争吵，也没有来得及以静制动。祁主任问闫校长是什么感觉，闫校长不作回答，走到窗前往校门口看，已经不见鲁老师和小马老师的背影，躺在病床上的老余似乎高高大大地站了起来。闫校长这时候又感到有一种新的危机潜在，不知道会在什么时候爆发，但已经有寒意笼罩他周身。他回到自己的办公室，点上一支烟，又开始面对挂满锦旗的墙壁思过，但小马的那几行诗在眼前晃动，直到晚上。

爱与不爱都需要去想

恨与不恨，却只有忘却

闫校长一支接着一支地抽烟，茶几上放着鲁老师和小马老师整理的资料，不得不说，两个老师这几天没事就往外跑，见不到人影地忙，还是忙出了名堂。从这份资料来看，其中，学校关于扩充生源，增加收入，尽量保存教师人数和利益的一些行动设想，还是很有效，很可行，但就需要给学校和这些面临裁员的老师时间。

因为看了这些材料，闫校长更感到纠结，这两个老师下了这么多的功夫，努力想帮助学校提高教学质量，提高声誉，扩充生源，增加收入，进而尽可能多地保住教师们的工作和饭碗，结果为了照顾到其他老师的困难，自己主动提交了申请，要求把自己裁减掉。这种大义、这种情怀、这种无私，真是让他这个做校长的都感到惭愧。如果具有这种品质的老师被裁减掉了，对他本人和这个学校来说，不仅仅是一种损失，更是一种耻辱啊！

思来想去，闫校长决定明天亲自去找大队党委书记和队长，斡旋此事，看看能不能有转机，在此之前，他也想过去找队长和书记，但是总觉得自己说话没有底气，还显得自己没有觉悟，没有大局意识，不能服从上级领导的工作安排。

但是现在不同了，现在手里有了这份材料，他完全有底气去找队长和书记讨价还价，因为他相信这些材料放在任何一个领导面前，他们都会被感动，都会动恻隐和惜才之心。

这样想着，闫校长更加激动了，若不是已经过了十点，他恨不得马上去书记或者队长家。

第二天一上班，闫校长就拿着资料去了书记办公室，书记大体看了一下材料，又把队长叫过来。队长看完资料看着书记说："这个材料大体一看还是很不错，但提出的设想是否客观、可行，还需要仔细研读，书记，要不先让老闫回去，容我们好好商量一下？"

书记说："正有此意。"

于是，队长让闫校长先回学校，还说："老闫啊老闫，我看你这回是跟我们较上劲、耍起心眼了，把这两个人主动申请裁减的报告也拿来给我们看，是想将我们的军，还是往我们眼里揉沙子，你信不信，我现在就可以签字同意裁减他们二人，你信不信，信不信！"

闫校长笑着解释："别，两位领导别误会，我知道您二位向来惜才，拿这些来给二位领导看，主要是想说这两个人不光是业务好，而是德才兼备，更值得挽留。"

队长也笑着说："告诉你啊，这两个老师也太不像话，资料往你那一放就走啦，这算是自己把自己开除了还是咋回事？你回去告诉他们，在大队没有下结论之前必须正常上班，否则按旷工处理。他们不是救世主，也不是天王老子，或者叫花子，得守规矩。"

闫校长回到学校，之后就是焦急的等待，一边等待，一边揣摩两位领导会不会做出调整？直到下班，也没等来期待的那个电话。

晚上，闫校长照例是一支一支的抽着烟，并对老伴说："这事，咋这么久都没有动静，我看是悬啊！"

老伴却说："你呀，真是当校长当傻了，我倒是觉得这事有戏，你想呀，如果说这事不能更改，没有商量的余地，他们让你等个半天就会答复你，就会找

一个搪塞的理由。"

老伴儿的分析像一针镇定剂，让闫校长悬着的心平复下来，洗吧洗吧，睡了。

周三上午十点来钟，书记打电话让闫校长过去。

走进书记办公室，看见队长也在，便急切地问："二位领导，经你们的商量，这个事儿有没有调整的余地？能否少裁减一两个。"

书记反问道："你说呢？如果我说可以给少裁减一个，你打算把老余、鲁老师和小马这三个人中的哪一个留下来？或者把这几个人中的哪一个先裁减掉？"

"我不知道，手心手背都是肉，真的很难决定。"

"所以啊，给你减少一两个裁减人员的指标，你不是一样没办法吗？不是一样的难做人吗？"

闫校长说了句："好吧，那我知道了，再难做人，我也得把这件事做完，谁叫我是校长呢。"说完，站起来朝门外走。

却听到书记说："回来，谁让你走啦？老同志，老领导了，我们这话还没说完呢，你就跑，你打算干什么去？"

闫校长不解地望着书记和队长，但目光一亮。

果然。队长说："我们又商量过，也上会小范围讨论了，学校这八个指标，除了其中三个已经联系好调动，愿意离开，其余五个指标暂时不做要求。"

闫校长简直不敢相信自己的耳朵，愣在那。

书记接过话说："既然你们有这么好的方案，就给你们时间提升质量，提升办学声誉，扩充生源，争取在下个学年度尽快把规模提上去，这样省局下拨的教育经费就会多一些，我们按照生源数核定的教师岗位数也多些，就可以保住现有的教师，甚至还可以多出一两个空缺，补充新人或者帮助大队安排富裕人员上岗，当然，为了提高教学质量，我们再不会给你们随便安排人，一定是有文凭能教书的才给你。"

书记这番话让闫校长大吃一惊，他感激地对二位领导说："哎呀，还是大领导们有魄力，不像我这个小小校长，只知道关着门在办公室里算小账，这算来算去还不都是个半斤八两吗？感谢，真的十分感谢，我代表全校师生感谢你们！"

　　队长严肃又深情地说："你不用感谢我们，面对这样的时代变革，面对地勘单位的转型期，我们一定会遇到越来越多的困难，但并不是说在困难面前，我们就不讲人情味儿了，就不顾及职工家属的生存和生活了。再艰难，我们都要共同面对。在困难面前，我们能够最大限度的考虑和保护群众的利益，广大职工、家属才会和我们站在一起共同面对困难，克服困难。好啦，我就不多说了，回去歇着吧，看你那双眼睛熬成啥了。对啦，烟少抽点啊！还没进门，我就闻到你身上的烟油子味儿了。"

　　从大队办公楼出来，闫校长感觉到自己回学校的脚步很轻快。这时，魏科长追过来说："校长，老闫，学校暖气维修的费用已经定了，你要的是 5000 元，但是大队资金确实有些紧，只能给你 4000 元，有点少，你就掰着这几个子儿紧巴着用吧。"

　　闫校长握着魏科长的手激动地说："谢谢，谢谢，不少了，今年冬天还是个暖冬。"

　　魏科长愣了一下，也说，对，还是暖冬。

立

题记：很多事，不破则不立。破是艰难的抉择，甚至是被动的选择和改变，是痛苦的，但这种痛苦犹如新生命来临时的阵痛。

1

谢平安在青藏高原干了一辈子地质工作，五十五岁退休回到内地安度晚年，而大儿子志刚留在了西北，在抵进昆仑山脉的某地质勘探大队子弟学校任教。还好，小儿子志强自幼在内地读书，之后，考学、工作和创业都在原籍。现在，谢平安就在小儿子志强的汽配店帮忙看店经营。顾客少的时候，就把订阅的报纸看个遍。

1998 年 3 月 10 日，九届全国人大一次会议第三次全体会议表决通过关于国务院机构改革方案的决定。谢平安从报纸上看到，根据这个决定，由地质矿产部、国家土地管理局、国家海洋局和国家测绘局共同组建国土资源部。

看到地矿部改制的新闻后，谢平安打理汽配店得空时，有意识地看了很多关于地矿部改制的报道，得知改制的一个重点就是"剥离过多的社会职能，企业不再办社会"，说通俗点就是地矿系统承办的各种基础教育属于地方社会事业发展的范畴，今后不再办了，现有的要逐步关停。首当其冲的就是地矿系统下属各单位办的子弟学校。一句话，儿子谢志刚所在的学校被撤销是迟早的事。如果相关政策温和些，撤销时还可能有个两到三年的过渡期。但不管有没有过渡期，一旦撤销，那么多的教师和教职人员基本上就会沦为下岗、编余职工。

谢平安知道，在当下，让一部分职工下岗、编余本身就是地质单位精减队伍应对项目和地勘费不足的主要做法。退休前，大队老让他去省局或别的大队找项目、要资金，拿到更多的项目和资金为的就是多保几个职工的上岗岗位。但是，项目和资金并不好拿。哪个队都紧张，哪个队的下岗、编余职工都在增加。地矿系统的日子从那时候到现在都不好过，再这么一改制，这些只会教书的人大队肯定无法安排，只有下岗或者编余。老谢心想，儿子志刚这才刚刚跨入而立之年，女儿露露还不满周岁，不论是从事业还是家庭考虑，儿子都需要一份稳定的职业。但儿子也许就要下岗、编余了，这能不让谢平安担忧吗。

事实上，谢平安担忧的事正在发生。

此刻，谢志刚正站在办公室的窗前往外看。校园里，两个大队领导正陪着一个老板模样的人在学校四处转悠。

上周听老校长尚学斌说省局决定从今年九月起停止各个子弟学校的招生，用接下来的三年时间逐步消化现有生源，之后学校自然解散。谢志刚明白，省局说的这种自然解散，就好比一棵树或一株苗，在浇的水越来越少直至没水的情况下，自生自灭。当下，这场改制正把他们这些子弟学校教师推向愈加艰难的境地。

前天，谢志刚又听说有人要租下学校改办私立学校。原以为是谣传，没想到今天就有老板在学校指指画画。一切来得太快了，让谢志刚和老师们都猝不及防。很多没课的老师也来到教学楼外，站在远处观望、猜测，脸上带着惊慌和失望，甚至是绝望。当然，这种时候也有几个老师想起了谢志刚，认为这个在大队没有人脉和关系的主任此刻与他们的命运该是连在一起的。几个人推门走进谢志刚的办公室，和谢志刚一起站在窗前往外看，也不时扭头看谢志刚的反应。一个老师忍不住问谢志刚："那个人是不是要承包我们学校来办私立学校，让他把学校承包了，我们以后怎么办？"谢志刚说："不认识，也许是吧。"又一个老师说："大队真的那么绝情，就不能把学校留给我们，让我们有点谋生的家底吗？"谢志刚无奈地说："三年内自然解体，省局已经把这个基调确定了，就算暂时给你留下，但最终不可能把这么一大摊子固定资产留给我们这些下岗编余的人。"另一位老师也接着谢志刚的话说："对呀，不让继续招生，到时候学校没了，我们也当不成老师了，拿这些个家底能干啥。"谢志刚违心地安慰大家："也许大队会对我们做出妥善安排。"违心的话，说起来很没有底气，也就没了后话。其他人自然听得明白，默默地看着窗外，忧心忡忡。

转悠了一阵子，那几个人往校门口走去。

谢志刚打破僵局对一位老师说："你不是还有课吗，去准备准备。"那位老师气愤地说："学校都快变成别人的了，还上个什么课，有意义吗？"其他二人也气愤地随声附和，"对，还上个啥课，再认真也教不了几天。"

谢志刚却一本正经地说："这事你们还真得听我的，该上的课一定要上，而且要一如既往地往好里上。该改的作业还要改，而且一本都不能少。目前，学校和我们究竟何去何从尚无定论，我们不能自乱阵脚，授人以把柄。"看几个人还有些犹豫，谢志刚幽默地说："这所学校就算面临解散的命运，也不能是被我们自己扼杀的，我们怎么也要挺到被上面宣判或谋杀的那一天吧。而且，老实说，地矿部改制，企业剥离社会虽然势在必得，但如何剥离，这道选择题有诸多选项，估计大队也在思考最合适的选项，天不会塌下来的，至少不会突然塌下来。"

听着这样的冷幽默，几位老师反而觉得有几分道理。他们从谢志刚的办公室出来，去干各自该干的事。

但这时的校园已经无法平静，陆续又有老师走出教学楼，和之前出来的那些老师聚集在一起议论。

谢志刚也来到楼下，原本是想劝大家回到办公室，回到自己的岗位上。哪知道一下子就被大家黏住了，大家七嘴八舌问题不断，甚至怨声载道，情绪激动，根本没有他开口劝人的份儿。怕引起误会或者激化事端，他此时也不便开口。索性听听大家的看法，看看有没有人跟自己的想法合拍。

那天，从老校长处得知学校将在三年内自然解散，一个大胆的想法就从谢志刚的脑子里冒出，但考虑了好几天，也不知道可不可行，会不会得到大家的认可也不确定，最关键的是大队估计不会同意，所以他没有向任何人透露过。

直到每一节课的下课铃响，大家都在持续议论。先上课的老师是上完课闻讯而来，后上课的老师是先下来讨论，再去上课，上完课又赶紧过来，接力对他们自己和这所学校前途命运深深的忧虑。但是，绝大多数人都仅仅是在担忧、埋怨和骂人，没什么有建设性的想法，这让谢志刚感到孤立和失望。

人群里没有老校长的身影，听说被大队领导叫走了。

天色已晚，谢志刚好不容易才把大家劝回家。

2

接下来的几天，学校用各种方式安抚老师们的情绪，表面上看一切暂时正常，但人们的内心却波澜起伏、暗流涌动。毕竟事关自己的前途命运，事关一个家庭的稳定。在这种情形下，有几个人能沉得住气，又有几个人能把自己从这个旋涡中拔出来。

谢志刚更是心事重重，回到家也少言寡语。但他不想告诉爱人常杏颜，不想让她跟着自己担心受气，更不想让她在同事面前没面子。他早就觉察到社会上出现的职业歧视和拜金现象，而且有愈演愈烈的趋势。在这种世俗的眼光里，嫁给他这个人民教师就已经很委屈了。现在，就连这个被一些人看不起的工作都干不成了，让她在同事面前还怎么抬得起头。

细心的常杏颜察觉到谢志刚有心事，再三逼问，知道了详情，自然也忧心忡忡。倒不是担心自己没面子，而是为谢志刚的将来担心。有的人下岗或者编余后凭着自己的勤奋和特长当上了老板，当上了万元户。也有的人下岗编余后在各种求职和尝试中四处碰壁，从此一蹶不振，甚至拿家人发泄出气，那样的日子就没法过了。有她在，一家人的生活还是不成问题的。她也知道谢志刚不是那种遇到困难就怨天尤人、自暴自弃，甚至拿家人出气的人。但是，他除了教书还会啥呢，况且干啥都不容易，就算他能下大力气能吃苦，总会让人心疼吧。

常杏颜问谢志刚："到那时你打算干什么？"

谢志刚说："当然还是当老师了。"

"到时，学校都撤销了，还怎么当老师？"

"那不一定，你以为这么一所办学二十多年的完全学校，他们想撤就随意撤了。"

"我是说万一，三年内自然解散，从目前看，毕竟上面就是这样的想法。万一学校被撤销了，当不成老师你打算干什么？"常杏颜如此追问，完全是因为内心的担忧和焦虑。

谢志刚想了想说道："那就去种地，有文化的人种地也许能种出些新花样来，种出一番新天地，收入兴许还要高一些。"当然，这不是他被爱人追问的搪塞之话。这几天，他想了很多，除了那个大胆而又不确定的想法，他也想到过去种地，就是在万般无奈、毫无对策的情况下，邀上几个合得来、能吃苦的老师去种地。并幻想着，几个懂知识有文化的人用科学的思维、科学的方式去经营和管理土地，他甚至有些激动，有一种当现代农场主的感觉。正好看过《年轮》那部连续剧，很佩服那一帮有知识、有胆识，又能团结吃苦的知青。他甚至想如果真正经营起一家现代化的农场，他的员工必须先观看这一部连续剧，必须通过这一部连续剧把人心给凝聚起来。

但常杏颜马上反驳："种地，那就是胡思乱想，我怎么看你也不像种地的人。还不如想法留住这个学校继续当老师，我觉得这样还有点靠谱。"

目前，谢志刚承认常杏颜的说法，他那种地想法都是不着边际的幻想，是很不靠谱的事情。眼下，最靠谱的还是那个考虑了多日的大胆的想法。

晚上，谢志刚敲响了老校长家的门。上班时几次都想去找老校长，但是学校里人太多，谈话不方便。

老校长叫尚学斌，五十岁出头，身体魁梧，眼睛尖利明亮，额头上那条条皱纹写满了慈爱和沧桑，头发已经花白，却丝毫压不住他的精神头。

尚校长叫老伴儿给谢志刚沏杯咖啡，专门交代加方糖。谢志刚接过咖啡，无意识地搅动，眼睛盯着杯子，一时不知道怎么开口。还是老校长开门见山问道："是为学校的事儿找我吧？"

谢志刚点了点头，但依旧不知道从哪里说起。老校长又说："实不相瞒，我去找过队长和书记两次了，但三年内自然解散的调子是省局根据地矿单位改革、改制的有关安排定的，他们也没有办法。不过，这事儿我想听听你的想法，浪头打来，毕竟我们将成为最直接的被冲击者。"

到这时，谢志刚才鼓起勇气问："校长，你说有没有可能把这所学校留下来让我们继续办，自己办？"

"怎么留，往后不仅仅是不招生了，就连上级下拨的教育经费也会逐年减少，每年至少压减三分之一，最多两到三年经费就没了，我们怎么继续办学？"

"我的意思是上级能不能把这所学校留给我们，让我们继续招生，只不过呢，由全额拨款逐步转为部分拨款以维持学校最基本的运转，剩下的钱我们自主办学来挣。挣多了，除去工资全部上缴。挣少了，拿不回全工资，我们认了。哪怕暂时一分都挣不上，只要学校还在，我们也认了。俗话说，留得青山在不愁没柴烧嘛。"

"这一点我也试探着问过大队领导，从他们的语气来看，是行不通的。因为，既然要将社会职能剥离企业，三年后，甚至更短的时间内，上级就不会再安排这笔资金分配了，你说的部分拨款，就算再少，也没有人来出这笔钱。而且，仅从眼下的情形来看，已经有人盯上咱们学校这块宝地了，想借这个机会把学校租过去办私立学校。"

"我也是听说有人想租咱们学校来办私立学校，我才有个大胆的想法，想恳请大队把这所学校留给我们，每年给我们少数拨款解决老师们的基本生活就可以。到时候如果能挣钱，我们也可以把大队的拨款还回去，或者完全从大队剥离出来，自己养活自己。既然人家能够租我们的学校办学赚钱，那为什么大队不让我们自己来试试呢？"

见谢志刚不想放弃，同一个想法说了一遍又一遍，尚校长说："你这个想法很大胆，但是难度很大。其实自己办学是需要一大笔钱的，大队就算给我们解决百分之五六十的经费，我们每年也得再挣回个十多二十万才能维持学校的正

常运转,维持大家现有的工资水平。这十多二十万是不容易挣的。你有没有算过,这样一来每个学生要多收多少钱,每一学期又能招到多少学生呢。更何况有的大队领导觉得这么大一块土地和资产,用来出租收租金,既省事,又稳赚不赔,何乐而不为。"

谢志刚又低下头来搅动咖啡,陷入了沉默。老校长的爱人说:"小谢,早点为自己做个打算吧,别想着在一棵树上吊死。你们老校长年纪大了,也没有本事带着你们重新闯出一条路来。不过大队还算够意思,考虑到你们校长年纪大了,要不了几年就退休,想安排他到某个平级单位当几年指导员,混退休。但你还年轻,下一步怎么办还真得好好考虑。"

去某个平级单位当个指导员,这是尚校长去找大队领导时得到的承诺,也许就是先给他吃个定心丸,希望他在学校解散之前把人心和局面先稳住。尚校长回到家中也就随便这么一说,哪料到爱人竟然把这事告诉了谢志刚。他知道这种说法对谢志刚来说更残酷、更失望。而且,在大队领导说出这样的安排时,他心里就很不是滋味,甚至有些反感。尚校长赶忙对谢志刚说:"是,大队是这样为我打算的。但是我带了大家这么多年,最后学校解散了,大家下岗的下岗,编余的编余,唯独我一个老头子又换个地方继续当领导,这让我于心何安。那种我继续吃肉,而你们连汤都喝不着的事情,我老头子做不出来。所以,刚才我只是说你的设想很大胆,并且给你摆出了面临的困难和阻力,但我并没有完全反对。不瞒你说,我这几天只是试探性地跟领导谈了谈,结果很不理想,然后呢,我就打算考虑充分周全后,带着副校长和你们几个主任再去跟大队领导正式谈,全力说服他们。既然你现在就主动来找我,那你就牵个头,帮我把平时那几个有担当、有胆识、有想法的人拢在一起,好好地谋划谋划。但是,要保密,要暗中使劲。"

谢志刚激动地抬头看着老校长说:"这几天很多人都在议论学校的命运,都在担忧自己的出路,我也参与到他们之中留意观察,但是目前,几乎没人有这种想法。但也许人少力量还是一样大,关键在于我们几个尽不尽全力,能不能找到攻坚克难的那个关键点。如果我们真的能把学校留下来,或者真的能给大家找一条好的出路，会有更多的人支持我们。"

尚校长接着说："但是这件事情的难度很大，很大，估计需要上级的上级点头和支持。如果是这样，就不好办了。大队的工作，不管做得通做不通，好歹我还可以厚着脸皮、倚老卖老去磨，但上级的上级我就够不着了。"

谢志刚不假思索地说："这已经很感谢您了，老校长，我想冒昧地问一下，如果我们能够争取到差额拨款继续办学，我们要争取到多大的差额拨款比例才行？"

"现在我们这所学校正常运转，包括人员的工资，大概在五十多六十万。要保持基本运转，大队怎么也得给我们承担百分之六十的经费。也就是说，就算争取到三四十万，也还有十多二十万需要我们自己来挣。我打听过，那天到学校来转悠的老板在外地办的私立学校其实也不怎么赚钱，日子也过得紧巴巴的。所以，十多二十万其实很不好挣啊。"

谢志刚若有所思地点了点头接着说："老校长，我还想冒昧地问一下，有没有可能把我们和学校整体移交给地方政府？"

尚校长吧嗒吧嗒着香烟考虑了一会说："由地方政府接收，继续办学。这一点希望就更渺茫了，据我所知，目前全省好像都还没有这个先例。"

谢志刚端起咖啡一饮而尽，起身说："谢谢老校长能替我们着想，老校长有什么想法，有什么用得着我的地方，您尽管吩咐。"

3

自己前途未卜，让爱人陪着担心，这让谢志刚更加难过，为自己寻求一条好出路的愿望更加强烈。但是，从那天晚上与老校长交谈后，他反复分析、推敲着争取差额拨款继续办学，或者争取把学校连老师全盘移交到地方政府的可能性，越分析越失望，越推敲就越打退堂鼓。他索性离开学校，回到家躺在床上生闷气，越躺越觉得浑身乏力。闭上眼睛就感觉到一股无形的力量想把他拖入无尽的深渊，而他又没有办法挣脱。于是，他就睁着眼睛看着天花板，大脑既像一片空白，又像是堵满了败絮，昏昏沉沉。

　　眼见日头西沉，谢志刚强撑着身体爬起来做饭。他想，不能让爱人一边为他的前途担惊受怕，一边辛勤操持家务。还没到那一天，自己不能先废了。淘米下锅，正要打开火头，电话响了。谢志强在电话那头问："哥，你那边情况怎么样？"谢志刚被问得一头雾水："好着呀！"

　　"那我听爸说你们学校可能要解散，你可能会下岗或编余？"

　　"噢，是有这么个说法，但估计没那么快。"

　　"既然有这么回事，不管快与不快，你都要提前做好打算嘛。爸妈很担心你，他们就在跟前，你有啥打算说来给我们听听。"

　　"除了试着把学校保留下来，目前也没别的想法，要不成就去外地应聘教师继续教书，或者就去包点地来种。"

　　电话那头有稍微的停顿，显然他们听出了谢志刚的无奈与忧虑。志强回答说："去外地应聘教师继续教书，你和杏颜姐就两地分居了，而且应聘的岗位收入肯定不高，也不一定长久。至于种地，对你来说就更不靠谱了，你从来就没有种过地，更何况你那边到处都是盐碱地，没那么容易种。要不，你回来和我一起办厂做生意，赚多赚少我们弟兄两个一起分。"

　　谢志刚苦苦一笑，一时无话可说。他知道兄弟两口子现在还在摸爬滚打，办厂做生意还很艰难，他怎么好意思去分一碗饭吃。但他相信兄弟的话是真诚的，这一点毫无疑问。有一年冬天，大学放假回到家已经是半夜了，怕影响兄弟休息，他蹑手蹑脚地钻进被窝的另一头，并把一双冰冷的脚伸在一旁，尽量不要碰到兄弟。哪知道，兄弟却把他的双脚拉到胸前捂着，紧紧地，让他无法挣脱。这样的兄弟，说什么话他都信。

　　电话那头传来了母亲王红梅的声音，但似乎不是在和谢志刚说话："你个老东西，还不快点把你的想法告诉志刚，他这几天为工作的事肯定都急坏了。"

　　这时，父亲谢平安在电话里说道："志强说得对，去外地当老师，或者种地都不合适，不到万不得已不要走那一步。我想问你，有没有考虑过以更加主动积极的方式去解决这个问题？"

不等谢志刚回答，谢平安接着说："你们有没有想过争取把学校留住，继续办学，继续当你的老师？"

谢志刚语气沉重地说："考虑是考虑过，但是难度很大，几乎不可能。就连大队上的个别领导考虑的都是把我们解散后，用那些土地和资产来出租挣钱。"

"他们当然有他们的算盘，现在，各个地勘单位从计划经济逐步向市场经济过渡，每年的地勘任务和经费越来越少，入不敷出，让职工下岗或者编余虽是无奈之举，但也是常态。所以，你们如果保不住学校，让你们全部下岗，对他们几乎没有多大压力。但正因为这样，你们才要主动去争取自己的利益，不能把自己的前途命运交给别人随意主宰。"谢平安担心儿子的前途，又想引导儿子主动应对，所以说话难免有些偏激。

"是不想任人宰割，我想争取差额拨款继续办学当老师，或者直接争取把学校全盘移交到地方政府，但越想越不可能。而且，我连校领导都不是，连庙门都够不着，就更难办了。不过，我还在想办法，不管成不成，我还是想尽全力搏一把。"

"这就对了，这才是我谢平安的儿子。我可告诉你啊，当年在西北，有一年，先是你妈妈在野外分队因为寒冷和潮气，中风偏瘫，紧接着我在野外勘测时遇到野狼，从受惊的马上摔下来直至昏迷，但我们都挺过来了，特别是你妈妈，凭着坚强的毅力坚持配合医生的治疗，竟然连偏瘫都能恢复如初，没有留下任何后遗症。所以，你在这个时候也要挺住，要积极作为。刚才弟弟的话你也听到了，大胆去干，全力以赴去争取，即便失败了，这个家里有你们的饭吃，有你们的钱花。你和杏颜不要有什么后顾之忧。"

听到父亲在电话里专门强调他和常杏颜不要有后顾之忧，谢志刚眼含热泪说道："知道了，我会尽力的，你们也不要太为我们担心。"

这就是父母和亲情的伟大。放下电话，谢志刚忽然觉得自己浑身充满力量，像一名即将奔赴战场去赢得胜利的战士。

之后，谢志刚先后把副校长和几个干事有主见能坚持的老师拉在一起，小范围进行商讨，在商讨的基础上分别按照争取差额拨款继续办学，或者争取将学校

整体移交地方政府的思路作出两套大体方案。谢志刚带着方案又去找过老校长几次，老校长觉得，是时候带着他们再去找大队领导"谈判"了。

4

尚校长接到大队办的电话，让他带上学校的中层干部马上到大队会议室开会。尚校长放下电话去召集人员，同时心里也十分忐忑。他知道，在他的再三请求下，队长算是给他这个老人面子，召开个队领导扩大会议讨论学校下一步的去留，与其说是讨论学校下一步的去留，还不如说是领导们集体向他和学校说明一下政策，说明一下为什么差额拨款自主办学，或是整体移交到地方都行不通。

尚校长估计，今天这个会议的结果只能是那样的。因为，与志刚讨论过方案之后，他试着单独找各位大队领导谈过，除了书记，其余各位包括大队工会主席目前的想法都是按照上面的指示，学校每年压减经费、压减人员，三年内自然解散。空出来的土地、设施对外出租，为大队创收增资。他心想，每个领导都这么认为，今天集中开会的不利气场就凭他和几个老师是很难顶住的，更不要想着说服对方。

想到这，尚校长一路无话，大家都一路无话。

来到会议室坐定，常务副队长主持会议，开门见山说："今天，召开这个扩大会议，主要是一起讨论咱们子弟学校下一步的去留问题，照理说，这已是板上钉钉的事，就是按照上面的指示，学校每年压减经费、压减人员，三年内自然解散。但是尚校长却提出差额拨款自主办学，或是整体移交到地方。所以，大队决定召开这个扩大会、讨论会，大家有啥看法就说出来。"

大家你看我、我看你，简短沉默后，行政副队长首先开口说："我想说，啥叫剥离企业的社会职能，就一句话，企业再不承担基础教育这种社会职能了，既然上面是这样定的，就会这样做，最多三年过渡期满，就不会再下拨这部分教育经费，所以，争取差额拨款继续办学根本行不通。而且，按照上面的安排，学校若从今年开始停止小学、初中和高中新生招生，同时逐年压减经费、压减人员，估计要不了三年就会解散。在这个过程中，我们只要能保住学校的土地、资产和设施，届时用于出租，就能为大队创收。其实，我们现在就有这种机遇。"

被会议扩大进来的计划科长说："一是上面有政策，二是设定了三年的过渡期，我们其实现在讨论学校将来的去留未免为时过早，当然，我主要是说尚校长及老师们不要对此太焦虑，把问题看得过于严重，就按照上级政策顺其自然，也许就逐步平稳解决了。"

尚校长意识到自己必须马上开口说话，否则会出现一边倒的态势。你看嘛，这才两个人说话，但表达的意思与他在路上估计的一样，对学校一方极为不利。他开口说："听了两位领导发表的意见，我想解释一下，我们今天表面看是谈学校的去留，但实质上是在谈学校老师的去留甚至是生存问题。我们学校现在有教职工四十多人，按照三年平均计算，每年要压减十三四个，试问一下，这些人从学校压减下来，大队能安排多少，全部安排肯定不现实，能安排一半，好像也不可能，估计能安排两三个甚至一两个。三年下来，学校的土地、资产和设施的确还在，但先后有三四十个老师因大队无法安排工作，不得不下岗或者编余，且不说这些教育人才的流失和浪费让我们惋惜，光是这些人及其家庭的生计就让我们担忧。所以我想请各位领导想一想，第一，我们今天是谈论人的去留还是学校硬件的去留，也就是保这四十多个教职工重，要还是保学校土地、资产重要？我认为，人最重要。第二，鉴于我的观点，人才是最重要的，那现在讨论这个问题并不是为时过早，而是前瞻的、必要的。"

尚校长言外之意也有责怪领导只知道死板执行上级精神或者没有吃透上级精神的意思，也有责怪领导只想着留住学校资产去挣钱而置几十个教职工的生计于不顾的意思。让在座的各位领导特别是刚刚发言的领导有些不好意思，心里更是不满。

会场陷入沉默，常务副队长看看工会主席，工会主席只好说："那我就来说说争取差额拨款继续办学吧，你们的差额拨款其实还是在三年过渡期内，即便是把学校的资产设施留给你们，但三年后呢，上面的拨款就一分都没有了，大

队日子也过得紧巴巴的，那么多下岗、编余职工都照顾不过来，也不可能给你们钱，到那时，你们能坚持下去吗？所以，差额拨款继续办学只是一个权宜之计，摆脱不了三年过渡期的禁锢。"工会主席说完，得意地端起茶杯喝水，还喝出了一点声音，因为，他认为自己抓着了问题的关键，推导出了学校一方观点的悖论。

不料学校副校长还是站起来回答道："这个问题我们不是没有讨论过，我们的设想是利用这三年的过渡期站稳脚跟，提高办学影响力，争取在三年过渡后走上自主办学的路子，只要大队届时能把学校的全部家底留给我们，还把我们当作大队的职工。"副校长之所以这样回答，是因为他们确实讨论过这个问题，只是省略了他们预先测算的结果，他们要把生源保持在八百人以上，所收的各项费用扣除维持学校基本运转，只能保住三十几个教师现有工资的百分之六十。而现在学校只有三百多人，三年扩充到八百人以上，可以说是十分艰难的，十分不确定的，是闭门造车。但他们多次讨论到这个设想的时候，都一致认为，只要学校在、老师在，困难再大，收入再低，都有希望。

行政副队长并没有注意到副校长讲话时，面对几乎可以预见的巨大困难，眼中仍然在燃烧的希望的火光。他慢条斯理地说："三年后靠完全自收自支继续办学，我觉得扩充生源至一定的保有量是关键，开会前我专门关注了一下咱们学校近年来的大中专升学数据，因为这个数据最能说服家长和学生，但是很遗憾，我们这几年的升学数据在逐年下降，这样的数据和现实怎么能吸引生源呢？"他一说完就得到了其他几位领导的认可，因为这种客观的说法相当于再一次把尚校长一干人等设想的路子堵死了，只能认命，只能接受三年过渡、自然解散的原定路线。各位领导此时都以为学校一方应该无话可说了，喝茶的人更多了。

可就在这时，谢志刚站起来说："我认为各位领导的分析很透彻，鉴于我们现在的教育教学质量严重滑坡，三年后，我们不可能实现生源大规模扩充的目标。除非，除非……"他说到这，故意停顿下来，观察各位领导的反应。这除非二字果然引起了大家的关注，手上的杯子放下了，目光也都集中过来。他这才接着说："除非，大队同意把学校的所有家底连同我们这些教师整体移交到地方，改为地方政府办学，来个彻头彻尾的改变。"

到这时候，队长才开口说："整体移交到地方政府，更不可能。一是，我们这么大的一份资产转移给地方，上面是不会同意，我们也舍不得，按照这个城市的发展态势，土地将越来越值钱，划出去一块土地容易，但等需要时再想弄点地回来更费劲，更花钱。二是，子弟学校移交到地方政府，不要说我省就算是全国恐怕也没有几个先例，地方政府不知道怎么接收，也不可能接收。"

再不开口声援，路又被堵死了。尚校长又站起来说："这个事我看还是有可能，而且比争取差额拨款坚持办学要更科学。队长您说到的舍得舍不得的问题，还是我们之前讲的，不论是上面还是咱们大队，如果首先是从四十几个老师的生计甚至是将来的发展出发，那都舍得。队长您说的第二个问题，我们分析过，从我市这几年发展壮大的势头看，包括学校数量少、师资力量不足等办学薄弱问题将很快到来，全盘接受我们必将缓解地方政府的办学压力，还为本市的教育发展保住了设施资源和人才资源。只要好好谈，也许能谈成。事在人为嘛。"

工会主席马上反驳说："好一个事在人为，即使我们愿意移交，也只怕是剃头挑子……"

书记打断工会主席的话，征求队长的意见说："今天大家都谈了各自的看法，但总是在一些分歧上相互攻防、解释、绕圈子，不如今天的会就开到这，大家都再回去仔细分析分析，权衡一下利弊，之后我们再讨论。"

队长点头同意，常委副队长宣布散会。

5

下午上班前，尚校长的爱人对他说："下班回来时碰到队长了，他问我你最近还好吧，我说不好，吃不下睡不着，还狠劲抽烟。他让我转告你，学校的事要想开点，那样做是上面的决定，大队也没有能力改变，他还特别强调你不要担心自己的出路，这么多年的老干部，不会没地方去，到时给你换个不出野外的地方当个指导员是一定的。"

尚校长没有表情地说："哦，队长对我老尚还是够意思，可他对我那四十几

个老师就不够意思了。"

"你这是啥话，这是大势所趋，谁都没有能力更改，领导在这种情况下能首先想着照顾你，当然够意思了。这种时候，人人自保，顾的都是自己，你可不要为了这事老去麻烦领导甚至得罪领导，否则，你当了十几年的中层干部，结果和其他老师一样下岗、编余，家里的生活受影响不说，光是那灰溜溜的样子就够你受了。"

"我看你个妇人家真是目光短浅，只知道算那点小账，我不得罪领导，到时就能继续当领导，就不会就灰溜溜的，是吧，你咋不想想，我每天出门怎么面对那些下岗的老师，还有他们的孩子家人，我难道挺直腰杆心安理得地走过去，告诉他们，你们看，还是我老尚牛吧。我告诉你，我做不到，我那时还不得像个有罪之人那样灰溜溜地低着头走路,绕着弯躲着他们吗？"尚校长很激动，把门一甩，上班去。

下午，校长办公室里烟雾缭绕，尚校长近来会整日整日在这种空气里憋屈自己。开完那个没有结果的大队扩大会议已经快一个月了，没有一点转机，那个讨论会似乎变成洗脑会、说服会，目的就是让他们接受现实，知难而退，不要再有其他的想法。但他不肯服输，却又没有别的办法。

快下班时，尚校长又想起中午爱人劝他的话，以及他对爱人说的话。他犹豫再三，先给在家养病的小董老师打电话，让他晚上八点来家坐坐，再给志刚打电话让他晚八点陪着小董来家坐坐，最后又电话邀请书记晚上八点务必赏光来家里喝杯茶。完了，他自言自语道："你个老东西，只知道在家人面前发牢骚、发脾气，有本事朝别人发呗。"

小董老师是个三十刚出头的小伙子，一米八几的个头，浓眉大眼，坚毅热情的国字脸，说话做事直来直去，毕业于师大体育系，个人主攻足球，是大队乃至本市算得上足球高手，帮助大队两次斩获全市"热土杯"足球大赛冠军。但是，由于学校生源逐步减少，教师编制压缩，便主动于今年年初申请借调到大队一个野外分队，不懂专业技术，就当了一名钻工，但也属于钻工里不懂技术只能扛钻杆打杂的人。他的野外分队离大队很远，已经深入罗布泊无人区。

一个教书的人，一下子去了那么远那么荒凉的野外，光是极其艰苦的条件就够他受的，但更要命的是因为没干过钻井上那些高强度负重力的活，不会保护自己，干了没有多久，就把腰伤着了，腰椎扭伤，腰肌水肿，被辗转送回大队治疗，休养了一个多月，现在勉强可以自己站起来缓慢走动。

谢志刚扶着小董到尚校长家时，书记也刚落座端起茶杯。书记姓袁，某地质院校毕业，从一个地质员一步步干到现在这个大队书记，对地勘工作和地质职工生活再了解不过了。因为做政工工作，书记这个人比较务实，平易近人，待人诚恳。那天那个扩大会议，他是唯一没有给学校这伙人讲政策、摆困难、戳软肋的领导。

待志刚扶着小董缓慢坐下，尚校长开始他的"套路"。

尚校长不好意思地说："书记，我就直说了，今天请您来，虽然就一杯清茶，但也是鸿门宴，您多多包涵。"

书记镇定地说："放下电话，我就猜到是鸿门宴。你老尚为人耿直，不会套近乎，要不是为了学校当下这件大事，你会主动请我来家坐坐吗？但是，你摆个鸿门宴好歹也得有几个菜、一杯薄酒啊，你可好，就一杯清茶。"

本来，尚校长还担心今天的话不好说，气氛会尴尬。现在听到书记这么幽默，便打消顾虑接着说："书记见笑了，一来是君子之交淡如水，二来是我酒风不好，怕喝点酒忘了学校的大事。所以，友情后补，友情后补。"

"行了，不用耍贫嘴了，直入主题吧。"

"就是想听听书记对我们提出的两种设想持何高见。"

"让我直说嘛？"

"当然，你的高见影响到我们下一步的思路。"

"好吧，我就代表我个人谈谈看法。首先，争取差额拨款继续办学充其量是在这两年少编余几个老师，确实只是权宜之计，冲不破三年到期后一揽子解决、解散的框框。其次，整体移交地方政府更加困难，不说绝对不可能，但一定不会是说谈就谈，说交就交的事。"书记说完，停顿下来端起茶杯看大家的反应。

尚校长说："正如刚才书记您所言，第一种既然是权宜之计，那第二种虽然

很难办到，但应该也是唯一正确的办法。否则，就算学校的家底留下来。我们也没有钱来维持学校的运转，只能关门，这几十个老师还得另谋出路。但另谋出路这对一个老师来说其实并不容易，您看看这位小董老师，就能想象得到。"

小董老师这才明白校长叫他来的真正意图，他接下话来："由于学校压减人员的压力越来越大，我本想着主动跳出去换个活法，也好为学校减轻负担，哪知道凭着我这一米八几的个子和体质，竟然连个钻工都干不好，还差点把命搭上了。所以，书记，学校一旦解散，就算大队能尽可能安排我们，由于不懂技术，我们大多数男老师也只能当个扛钻杆、挖坑槽、下大力的普通工人。不瞒您说，这样的活，没有几个老师扛得下来。而女老师可能连这样的机会都没有，只能下岗在家，或是上街卖菜。那么多老师上街卖菜、卖小吃，并不是说教师就不该干这些，而是说，我们这个国家现在真的就这么富有吗？几十个教师流失了就一点都不可惜、不心疼吗？"他说话时很激动，甚至在颤抖，引起腰部疼痛，停下来揉两下，继续说："在野外受伤后，我被送回来，由于路途颠簸的痛苦，我想了很多，不说看破生死，至少我看明白一个问题，就是一个人应当在他最熟悉最适合的岗位上做事，才能最大限度地保护自己，最大程度地发挥作用。"

书记看着董老师说："这几天，我也切实考虑过这件事，我觉得，你们提出的方案，我们现在不是全盘否定，不是二选一，而是先一后二，争取做好一道很难办的多选题。"说完，又喝口茶看着大家。

谢志刚若有所悟地说："书记您的意思是，目前我们要争取全款或设法增收来补助全款，保持学校办学稳定，学校教师队伍稳定，赢得时间去设法争取学校全面移交到地方。"

不等书记回话，尚校长抢先说："不错，书记就是这个意思。但这个多选题更难啊。"

小董老师马上望着书记说："领导，谢谢你这么透彻的观点，为了我们这些老师和背后的家人、家庭，再难，您也得想办法，也得坚持啊！"

书记诚恳地点点头说："这个先一后二的办法估计是我们目前得出的最好办法，第一步，我可以找队长和其他领导解释、商讨，争取他们的理解，但第二步就不好办了，我们地勘单位属于上级垂直管理，和地方基本没有交集，只怕大队最终愿意移交也是剃头挑子一头热。而这第二步做不到，第一步也就失去意义了。"

听了书记的话，几个人的眼睛像夜里的一点烛光，刚刚被人挑燃，旋即被一股劲风吹灭。这时，书记坐直身子继续说："但是，没有第一步，就等不到第二步，我们先去争取第一步，同时想办法找机会实现第二步。来，我们以茶代酒，祝贺今天的鸿门宴达成的共识。"

众人举杯，一饮而散。

6

自从那天从尚校长家出来，谢志刚就不时提醒自己，为了自己，为了学校和几十个老师的将来，一定不要放弃。不但不允许自己放弃，还要把那几个人也紧紧拉在老校长身边，与老校长一起努力。

这天，有朋友邀请谢志刚参加一个调研座谈会。座谈会是朋友所在民主党派省委部组织的分领导深入基层活动。调研的主题与谢志刚关系不大，看来他去完全就是充充人数。但是，他还是找机会把机构改革对他们这类学校的冲击讲了出来。不料，他的发言引起了与会领导的重视，认为这将成为全省乃至全国的一个共性问题。于是，他在各位领导的耐心追问下，把一干人的努力和两种设想一一道来。领导们边听边记，最后还交代他最好把这次发言的内容写成材料，他们下一步要用，会找机会提交有关部门或领导阅示。

当晚，谢志刚再三犹豫，定下两个基调，一是不告状、不歪曲事实，客观反映学校面临的困难和绝境；二是提出中肯的、切实可行的设想，绝不把问题简单甩到领导手里。之后，伏案疾书，直到后半夜，终于把关系到学校和老师生存的材料一气呵成。俗话说："病重乱求医。"不管这份材料有没有用，既然有人愿意听他诉苦，他又何乐而不为呢？

第二天一早，谢志刚拜托朋友把材料交给他们领导。回到学校，他又想，

既然写了，而且写得那么真诚那么中肯，为什么不寄给更多更大的领导呢？于是他把文章改成书信格式，找学校懂计算机的小吴老师出去录入打印三份，底稿存盘好生保管，并要求小吴对此事保密，绝对保密。

但是，谢志刚揣着三封信犹豫了十多天。不敢寄出去，怕寄出去会对自己不利。一个周末，又一次仔细阅读和校对后，谢志刚确定信件内容丝毫没有恶意告状、诽谤、人身攻击的内容，甚至没有发牢骚的内容。这样的信件应该不会对自己不利。再想想父母家人对他说的那番很给力的话，更觉得没啥可怕的，即便落个处分或者开除职务，也比下岗编余惨不了多少。于是，他把三封信寄给了老校长说的"上面的上面"以及"上面的上面的上面"。

时间一天天过去了，转眼到了暑假。上面，以及上面的上面不见动静。但在书记的努力下，大队在学校差额拨款继续办学方面松了口，同意学校拿出多年办学的结余资金修建简易平房出租，准备拓展学校下一步的资金补偿渠道，尽可能少压减教师甚至不压减老师。大队还同意顶住压力，在上级下文一刀切之前，今年秋季还是继续招收小学、初中和高中三个级部的新生。

谢志刚稍微觉得踏实了一点，但也就是那么一点点。还是那个问题，差额拨款继续办学虽然能暂时保住大家的饭碗，但收入肯定会大受影响，而且现在还不能预见这样办学会遇到什么样的困难和阻力，就连九月开学，到底能招到多少学生都不好说。

不过，事在人为。整个假期，谢志刚和几个在校值守的人员，也就是他召集到尚校长身边一起为学校的未来努力的那些个人，起草印制招生信息，并把招生信息贴到大街小巷，发到各个市场、小卖部、理发店和诊所，还发到了郊区和农村。去农村时，在副校长提议下，几个人顺便打听了农村土地的承包、租赁情况，做最坏的准备。有人回答说，承包土地还是有可能。但听说是他们几个老师打算承包土地，而且要租的量还不少，当事人都觉得难以置信，个个都劝他们不要冲动，不要拿钱打水漂。

无形中连他们最坏打算的一条路也堵了半截。

转眼又到了开学，和谢志刚预想的差不多，招生确实不容乐观。学前班和小学一年级招到一部分学生，可以办个单班甚至双班。但初中和高中来的学生不多，都办不了一个正常班，而且生源质量差。但为了保住一所学校的基本框架，十几二十个人的班也得办。谢志刚难免担忧，这样下去，生源会越来越少，最终还是会自然解散。但转念一想，毕竟把学校的架子苦苦撑下来了，撑下来就还有希望。

在希望面前，似乎可以放松一下，但谢志刚却因手术住进了医院。

几天前他就觉得肚子有些隐痛，只不过因为忙于学校开学、招生、安排教师和保持教学正常运转，时间和注意力被分散，并没有太大的疼痛感。现在，学校基本保持正常运转，慢性阑尾炎也拖成了急性阑尾炎，医生说如果再拖下去就穿孔了，会引发多种并发症。

手术后的第二天，常杏颜本想请假陪着志刚，但是单位不近人情，不给请假。谢志刚独自躺在医院的病床上，手术的麻醉效果早就过了，创口越来越疼，再想到学校目前遭遇的艰难局面，他的心情沉重，情绪低落。

正当谢志刚愁容满面地蜷缩在病床上想着心事，副校长走进来看他，寒暄几句后转入正题："听说省上有领导打电话给这边的市政府了解我们学校的事情，看来咱们设想的学校整体移交地方政府一事终于有人关注了。"

"光是有人关注有啥用，也许是走走过场。"

"不一定，听说市政府也和咱们大队通过电话。校长让我来要你写的那份材料，也就是你发给上面的上面的信件底稿。其实，他早就知道你给上面的上面写信提建议，知道你有分寸，没有坏心，又对大家有利，所以没有戳穿你，更没有责怪你。"

副校长的话让谢志刚一下子来了精神，这正是几个月来他所期待的回音。如果真能引起各级领导的重视，促成学校整体移交地方政府，那才是学校和老师们最好的出路。他告诉副校长："底稿我叫小吴存了盘，去找他打印就是了。"

副校长起身说："校长要得急，那我就不陪你了。"

看着副校长离开，谢志刚赶忙补充说："如果有啥好消息，你可要及时通知我，必要的话，我可以随时出院回学校帮忙。大家努把力，实现整体移交的目标，

咱们哥几个也就不用去种地了。"

7

市教育局的老贵同志这几天有些辛苦，作为教育局党委书记兼局长，他受命于市政府，来到省城专程了解和调研企业学校移交地方政府的问题。说是调研，其实还是以学习移交经验、探讨移交时出现的问题为主，而不是该不该移交和接收。来之前，在省有关部门的指导下，接受本市地矿大队子弟学校移交已成定局。

其实，省城目前也只有两所学校可以供他参观、调研。一所子弟校已完成移交，一所正在按照程序实现移交。老贵同志在司机的陪同下，很认真地参观了两所学校，并多次与两所学校的校领导甚至普通老师交谈。调研得出结论，共性向好的方面是保住了包括学校、老师在内的全部教育资源和人才，缓解或者将会缓解本地办学力量不足的弱势，地方、学校、老师、学生家长皆大欢喜。值得注意的问题则各有不同，主要是人员接收、人事档案变迁、政府预算等。做了如此详细的调研，这些问题对他来说估计不是什么难事。

做事认真、严谨是老贵同志一贯的风格。他因此在全市教职工当中有着很高的威信和很好的口碑。

在返回的路上，司机调侃说："领导，你这一回去，麾下就要多一个战队了，就好比背着汉阳造的人加入正规军。您的负担包括市财政的负担就更重了。"

老贵笑眯着眼睛说："嗯，还真是你心疼我，帮我操着心呢。"

司机从后视镜看一眼说："领导，我怎么就觉得你这是在挖苦我，接收这所快办不下去的学校，你好像没有一点负担。"

"我不是在挖苦你呀，而是突然想到，这次移交或许对我市教育将会面临的难题打开了突破口，开了先河。"

"不至于吧，咱市的教育在你的治理下，各方面都形势大好，哪来那么大的困难、难题，指定不可能。"

"你要这样说，我真得挖苦一下，你就只能当个司机。我跟你讲，现在，企业不办社会是大势所趋，我们市大大小小有多少子弟校你知道吗，他们帮我们解决了多少学生上学问题你知道吗？我市现在发展势头强劲，每年有多少外来人口拥入你知道吗？我敢预测，要不了几年，我市现有的市属学校就无法满足迅速扩充的生源需求，到那时你加紧盖学校都来不及，更何况，政府财政很紧张，盖学校的钱不一定能拿得出来。"

司机似乎明白了，也顺口说了个"明白了"。

老贵同志却接着说："我看你还没全明白，现在，接收这所子弟学校移交，不但可以节省资金盘活我市成熟的教育资源，还可以增加我市教育附加费的总量。你看着，接下来的几年里，我们会接收更多的子弟学校，他们将在好长一段时期内撑起我市教育的半壁江山。"

这回，司机算是全明白了，但没再开口说明白了。

于此同时，队长把尚校长叫到办公室，书记也在。显然，两人先合计过，才叫他来。

队长说："老同志，学校接下来就是按照地方的要求一步步实现移交，你已经给老师们找到了个好出路，该想想你自己了吧。"

尚校长不解地看着队长。

书记补充说："我和队长商量过了，学校移交，你就不去地方了，留在大队盐湖所当指导员，级别和待遇都没变，也没有野外那么艰苦。据说，你如果跟着到地方学校，工资还会降个百十块钱，也不划算。"

不料，尚校长稍事考虑了一下就说："首先，谢谢两位领导对我的照顾，但是我想跟着过去，这么多老师一下子交到地方，我不带他们几年，我不放心啊。"

队长和书记听了都很感动，但队长还是问了一句："你是不是再回去好好考虑一下，和爱人也商量一下？"

尚校长说："不用，我已经考虑好了，再次谢谢二位领导这么多年来对我的照顾，特别谢谢二位领导为这次移交付出的艰辛努力。"

话已至此，书记和队长理解并接受尚校长的决定。

8

经过几次细致的洽谈，移交开始按照程序逐项展开。

移交工作启动，适逢寒假来临。但资产审核、人事商讨、生源调整等移交事项都在春节前逐一完成。

虽然移交仪式要等到三月份开学再举行，但是一所学校和几十名老师已归属地方政府管理。因为有档案、劳动人事及工资关系转移等后续事项需要完善，谢志刚和几个中层干部频繁往返于学校与政府各局之间。老师们也都取消了假期外出的计划，随时听候谢志刚他们召唤。春节前，一切办理完毕，终于可以安稳过年了。大家都排着队想请老校长吃饭，对他表达由衷的感谢之情。很多人都说，这个老人家，太仗义了。

这回，尚校长没有拒绝大家的邀请。他想，顺利移交是天大的喜事，值得和大家分享。

一天，尚校长让爱人准备了丰盛的酒菜，把书记、队长请到家里，把副校长、志刚和小董叫来陪着。酒过三巡，感谢的话一一表达之后，他开口对二位领导说："久闻二位领导的书法很了得，借着这个无比高兴的时刻，可否一睹风采。"

队长和书记也不推辞，相视一笑，一个写下"破"字，另一个写下"立"字。

尚校长心领神会，连连说，"好，写得太好了！"

规 矩

题记：发生在三十年前的事，现在道来，依然令人感动。

1

老张头拎着枪[1]在沟壑里转来转去,但一直没有举枪射击。三月的马莱山区，到处都还覆盖着冰雪，只有一些乱石堆砌的河谷有着冰雪消融的迹象。想必是渐渐回暖的阳光被石头吸收和反射，打破了严冬冷漠的禁锢。从山脚到山腰的阳坡上，有些地势凸起的草地也从消退的积雪中裸露出来，像一片片鱼鳞，被一些觅食儿的鸟兽、野物的足迹连惯着，显示着生命开始复苏，生灵渐渐活跃的迹象。

老张头的祖上是东北的猎户，他自小随父亲在大山和林海中讨生活，长大参了军。从部队转业安置到地质队工作后，一年有大半年要在野外度过，正好可以延续猎户家传的把式和一个老兵的本事。所以，他经过申请、报备，先后为自己合法添置了两支猎枪，一支单管一支双管，都顺利地办了持枪证，可以按国家的有关规定和祖上的规矩狩猎。外出打猎，他常常把两杆枪都背着，单管枪里压的是火药加量的独丸铅弹，专门对付那些不期而遇的狼豹或者棕熊等猛兽的突袭，为的是防身保命。双管枪则压一般的霰弹，对付野兔、野鸡、野鸽子和麻鸭等按规定可以打的一般猎物。

过去，在老家跟着父亲打猎，为的是一家人的生计。而工作后打猎，不是迫于生计，主要是爱好和消遣，同时也改善一下家人的生活。

家人的生活原本是不愁的，一家五口都是城镇户口，吃饭有定量供应的粮食，一般的开销有他的工资。大儿子又招了工，和他一样当上了地质工人。至于老二老三和老闺女，先等他们慢慢长着，再大一点儿，能当兵就当兵、能招工就招工、该嫁人的嫁人。至于考上个中专或者大学，读几年书，出来当个国家干部，这样的好事就不想了，早些年对孩子的学习不够重视，基础没打好，现在就算是用赶牛的鞭子抽也没用，好在孩子们个个都本分、勤快，再不成就回去打猎、务农，总会有个好去处。

想是这么想，但就在一周前，现实与老张头这种不发愁的想法出现了偏差，直接威胁到他一家人的生计，也让他措手不及。

一周前，老张头和老苏参加了大队的职工生产大会。队长说："这两年我们地质部门从计划经济向市场经济转轨，上级为我们下拨的计划性任务越来越少，特别是今年，计划性任务更少，到外面的市场去找项目要资金的事更不确定，所以很多从事钻探、坑槽等简单工种的职工今年估计会没有活干，大队就只能给你们发少量的基本生活费，也就是编余工资。去年已经有一些职工列入了编余职工行列，但是从今年的形式看，可能还会有一些同志会被列入编余，尤其是刚才说到的从事钻探、坑槽等简单工种的职工。当然，除了上级下拨的一点任务和经费外，大队也在想办法争取别的项目和资金。如果能额外找到一点项目和资金，不求挣钱，只要能多安排几个人上岗，让更多的职工拿到全年的工资就心满意足了。"

参加这么一个大会，老张头和老苏两兄弟心里十分难过。因为没多高的文化，他们从部队转业下来就一直从事钻探工作，按照队长的说法，今年就面临着编余的危险，而且可能性极大。编余只发工资的百分之四十作为基本生活费，手中的钱一下子少了一多半，这一家子怎么生活呢？

老张头对老苏头说："看情形，咱俩这回八成会编余。不行咱们去想想别的办法。"

老苏说："你以为我没想，但就这么个小县城，卖菜、磨豆腐、做小吃，甚至钉皮鞋都要不了几个人，实在没啥好办法。"

看着老苏一筹莫展的样子，老张头先是愁眉苦脸地跟着走，走不多远又试探着说："我听说因为咱们这要上一个大的农田水利工程，来了一些专家，他们很喜欢吃野味，有的人去打野味私下里卖给项目上的人，也有人开始私下收购贩卖野味，价钱还不低呢。可见，现在搞点野味买卖，很吃香。咱俩都是转业兵又都是猎户出身，还有猎枪在手，去打点野味贴补家用，估计也不会差到哪去。虽不是什么长久之计，至少可以度过一段时间的难关。"

老苏想了想说："你不要忘了祖上封枪的规矩，现在正当三月的天气，正是万物复苏动物们繁衍后代的时节，我们拿着枪去打猎，那一枪下去搞不好就断送了一家子生灵的活路啊。这两三个月，咱说啥都不能动枪。"

老张头当然知道"当春封枪"的规矩，不好再说。

但一家人的生计是个要紧的大事。老苏又对老张头说："要不，咱们去找找老金，看他能不能给咱们找哪个负责人说说情，出野外尽量把我们捎带上，只要不是技术活，安排咱干啥都行，吃苦下力咱又不怕。"

老张头叹口气说："只怕找个下力气的活都没机会，你想嘛，现在大队的活那么少，好多人都有可能编余，这种情况下，只要能保住岗位，谁还会在乎那一身力气。"

"但我们总得试试吧？"

"我只是说机会不大，老金还是要找。"

2

因为过硬的专业技术和耿直的为人，金遥当了十多二十年的分队长或技术负责，是大队很有威信的中坚力量。但目前他已经不在分队上干了。从前年开始，

大队的计划性任务越来越少，需要四处去讨要项目，争取资金。考虑到金遥这个"老地校"在业内的威望和人缘，大队便把他从分队抽调到总工办。没有什么头衔，却要专门负责跑一些额外的、八字没有一撇的项目。当然，出去跑这样的项目不如说是去抢项目或者讨饭，把本已经分配到其他大队的任务改过来，或者愣生生切一小块下来，为自己的大队争一杯羹。

前两年，金遥依仗着个人的威望和人缘，也确实为大队讨要回来一点额外的项目和资金，大队能多安排十多二十个人。但是今年就不同了。春节一过他就多方打听、四处奔走，无奈省局下达的国家计划性地勘任务越来越少，各个大队都吃不饱，都缺项目、缺资金。一个多月跑下来几乎没有从其他大队讨来什么项目。反倒是靠着他参与地方扶贫的机缘和人脉，从省局为大队和当地政府勉强要回两个不大的对口扶贫项目，其中一个项目能安排四五个人，另一个项目能安排八九个人上岗。

队领导既高兴又有些失望。

但高不高兴、满不满意是队领导的事。金遥已经厚着脸皮使出了吃奶的劲。此刻，他一样不高兴，甚至很生气。好不容易讨来两个项目，原本想着给队长好好说说，把其中一个稍微大点的项目留给自己去做，免得自己继续在总工办干这种没名堂的事。自己没有什么头衔，每次出去求人、谈项目还要把自己当个不大不小的领导，来个自我介绍都很尴尬。在大队，还要陪着队长、总工副总工去检查、考核各分队工作，而他打的分、划的勾又起不了多大作用。这样的工作，比起在野外带队或者当技术负责人，不就是没名堂吗。哪知道，等他把两个项目最后谈妥回到大队，这两个项目已经被大队预先安排给别人了，连相关的人员配备都敲定了，一个都没给他留。这个结果，对他个人来说倒也没啥，反正在总工办有岗位有工资可以拿。大队的日子就算是再紧张一点，也不可能把他给编余了。但眼下这个形势对他的几个老哥哥就麻烦大了，他们很有可能被编余，会影响到一家人的生计。

金遥在办公室里转来转去，忧心忡忡，特别为老张头和老苏担心。他和老张头、老苏的交情早在下分队的时候就结下了。

1958 年，金遥刚从地校出来，跑野外工作。那时候跑野外工作很危险，很有可能会与野兽遭遇，还有可能碰到零散的土匪。所以，大队为技术员或者技术小组配备了会使枪也有一定军事素养的助手。部队的转业兵就是最好的帮手。金遥和老张头、老苏在那个时候就结下了友谊。

金遥至今都还记得 1960 年的一天，他在野外跑勘测路线，行进到一处乱世嶙峋的山梁，由于自己观察和记录过于专注，没有发现附近一块大石头上的母豹，而母豹为了保护逃跑的小豹崽子，已经瞄准他并作出攻击的架势。在这千钧一发之际，老张头一边朝天鸣枪，一边抓紧上蹿两步挡在他前面，并迅速做好第二次击发的准备。老张头这几个动作一气呵成，显示出良好的军事素质。还好，第一声枪响吓退了母豹，把金遥救了下来。即便第一枪没有吓退母豹，它扑过来，也有老张头挡着。所以，他和老张头那可是过命的交情。

老苏与金遥虽没有过命的交情，但为人耿直，做事认真，待人诚恳，与金遥在野外分队也共事多年，二人性格脾气相投，加上与老张头是同一年的转业兵，三人交情越结越深。

前两年，任务不至于像今年这样少，老张头和老苏这种人，吃苦耐劳、朴实稳重，不至于编余。今年呢，形式严峻，工作是要及早主动争取的，但两位老哥哥都是老实人，一定想不到。出去跑项目之前，他本来想交代两位老哥早做打算，先去找找人。但他又转念一想，兴许自己今年还能要来几个项目，甚至还可以亲自带个项目，自己把两位老哥安排上不就行了。

想到这，金遥有些后悔和自责。

这时，老张头和老苏敲门进来，说明来意，一脸的愁容。

金遥一脸无奈地说："我今年还是不带分队，在总工办经手的事很多，可是没有一个是我能说了算的。我只能找其他的负责人尽量帮两位老哥哥说说。但据我所知，他们的人员都基本定下来了，更改的可能性不大。"

老张头说："还是要麻烦你想想办法，这一大家子人就靠我们的工资过活，

如果编余了，这日子可不好过呀，吃糠咽菜，清肠寡肚也就是勉强能过吧。"

金遥想想说："别的分队应该是人都满了，而且你们的工种也与他们的项目不相符。听说我去年为大队要的那个打井的项目，去年没有打出水，今年要接着干，等我看看那个负责人能不能尽量把你们两个带上。"

听金遥这么说，老张头他们带着一丁点儿希望走出办公室。但金遥说这话连他自己都没有底气。去年，他和打井队的负责人老徐为了确定钻井的机位发生过争执。现在，他甚至认为老徐如果不那么固执，或许去年就成功打出优质水源了。况且，现在上岗压力这么大，谁还不想先顾着自己的朋友、兄弟呢。当然，这不是拉帮结派，而是默契，常在一起搭班的人干起活来更容易、更有效。

送走老张头他们，金遥就打电话找老徐，被告知老徐去了车间，想必是为出队打井做准备。他赶忙往车间跑。

见了老徐，一番交涉，结果不出金遥的预料。晚了，来晚了。

当晚，金遥专门跑到老张头家。他对老张头说："老哥，我去找了打井队的负责人老徐，但是晚了，他早就把队伍建好了，基本都是去年的原班人马，他也不好把谁撤下来再把你们加进去。现在，我一时也找不到别的机会，你们只有先想想其它办法，看看能不能适当贴补点家用。"

3

万般无奈之下，老张头在今天早上拿起猎枪，跑进了这道山沟。

临走时他去找老苏，希望他和自己一起来。结果老苏倔强地说："这个季节，不要说出门打猎，就连动一动猎枪的念头都不应该有。"

现在，老张头拎着枪转了多半天，野兔、野鸡和野鸽子等活物确实见着了，如果翻过山梁子还很有可能见到山羊。他也一次一次隐蔽靠近猎物并举枪瞄准，却没开一枪。上苍有好生之德，祖上为保护生灵繁衍而执守的"当春封枪"的规矩，在心里是有烙印的。

眼见太阳快落山了，他拖着疲倦的双腿往回走。

刚一进家，就听等在门口的爱人对屋里喊："回来了，回来了。"

老苏随着声音从里屋走出来，看着老张头空手而归，爽朗地笑着说："你不是神枪手吗？不至于一整天打不着大象的屁股吧，我就知道你跑出去一趟也是白跑，这么多年，我还不知道你是什么人吗？你指定下不了开枪的决心。"

老张头对着爱人和老苏苦苦地摇头。老苏又说："看看你，那个脸像个瘪茄子似的，多大个事情，我都去打听过了，附近有一个矿山需要点炮手，不行咱们就去那干活吧。"

老张头说："那个活可是危险着呢，我不去，我劝你也不要去，咱们这个岁数，干别的不算老，可点炮炸石就有点过了。我们再想想别的办法吧。"

老苏说："咱们在部队干的啥，炮兵，六零迫击炮的炮手。还连个炸药捻子都不敢点了，还怕那响声了？"他一边抬腿往外走，一边接着说："你慢慢想吧，我也没别的办法，我得到那去干活，要不一家人吃什么花什么？"

"老苏，你冷静点，咱就算是编余，一家人基本的吃喝还是可以维持吧？"

"反正够紧张，再说，咱也得尽量让一家人过得稍微宽裕不是！"

老苏真的跑到那个矿上去当了炮手。

老张头则留在家里，说实在的，他感觉到自己年纪有些大了，虽然说体力不成问题，但他怕自己反应太慢，手脚没那么利索，真要出点啥事，这一家人可就彻底没指望了。

一连两个月没有什么事干。老张头把两杆猎枪擦了又擦，两条子弹带里几十管子弹也填得满满当当，但他没有拿着枪出去过。呆在家里，一家人就只能靠那一点微薄的编余工资，日子肯定是过得紧巴。在外工作的大儿子也帮补着打了些钱回来。但老张头心里明白，儿子也不小了，也要攒几个钱成个家。还得想点增收挣钱的办法，能少要儿子的钱就少要，能不要更好。

老张头的爱人在旁边说："三月份你提着枪出去，空手而归，既然是祖上的规矩，我也就不说你了。这都五月份了，祖上的规矩也可以破了吧？不行，你

出去转转。我听说，现在这个野味真的很值钱，你出去打点东西回来，一家人可以改善下生活，还可以卖点钱。我也不求发财，只要改善下生活，让孩子们多吃两次肉，再有点零用钱就可以了。"

老张头说："还差些日子。"

爱人生气地说："别给我说什么差些日子，祖上又没把日子定准了是哪几天，早两天晚两天你就不能灵活掌握吗？再差些日子，孩子们就爬不起来了。你知不知道咱家多久没吃肉了，你现在能在菜里看到多少油星星？"

这些就不用爱人说了，他老张头明白得很。

第二天，老张头一早就扛着枪出了门。

没有多久，老张头就有了收获。他还看到去年秋天老是在他附近窥视，甚至抢走他从天上打下来的野鸽子的那只狐狸。今天，他找机会瞄准了那只狐狸。心想，再来抢我的猎物，我可不会便宜了你，我的日子过得本就艰难，你还来剥削我。但就在他准备扣动板机的时候，发现那个狐狸尾巴后面摇摇晃晃冒出两只小狐狸，毛茸茸的脑袋露出来，两双稚嫩的眼睛好奇地看着前方，不懂得畏惧，也毫无警惕。老狐狸却十分警觉，紧张地望着老张头埋伏的方向，它感觉到将要大祸临头，低头去叼幼崽，但叼住这只叼不住那只，横竖会有一个孩子被落下。

老张头放下枪，拿出烟来抽了两口，然后从他的货囊里挑了一只不算太大的野兔丢在地上，用刀子挑破内脏，让血腥味道漫开去。然后起身离开。

太阳还在西边挂着，老张头扛着枪背着颇多的收获回到了大队。快到家属区的时候，他看见前面的大队礼堂门口有一堆人，似乎发生了什么事。

他走过去，打算看看是什么热闹，却听见有人在哭嚎。

这声音不就是老苏的爱人吗？老张头拨开众人挤进去，看见老苏躺在一张行军床上，浑身沾满了灰，脸色苍白，嘴角还挂着血丝，人早已经没了气息。

老张头吼道："这是咋地了，啊，这是咋地了？"

护送老苏回来的人说："有个尕娃点完炮捻子，吓傻了，跑不动，这个老哥跑过去把他推开了，自己却被接着崩过来的石头砸着了，背上、头上都被石头砸中了。"

看到此情此景，特别是看到老苏平时扣动扳机的那根手指，老张头心里涌出难以言表的悲痛和自责，他发疯似的冲出人群，把枪往地下使劲摔，直至双管枪从中间折成两截。他跪下来歇斯底里地喊着："封枪，封枪，你为什么要封枪，为什么要封枪啊。"

4

金遥生气地坐在副队长的办公室里，一脸拒绝的表情。副队长再一次对他说："老金，你就委屈委屈，把钻井队剩下的活接过来吧，再打不出水，我们就要往里赔钱了。"

金遥气哄哄地说："我怎么接过来，那是剩下的活吗？不是，那是剩下的烂摊子，是擦不干净的屁股。"

"老金，话不能这么说，是，我承认钻井队现在的事情很棘手，但你上去也许会有转机，去年，你不是就想干这个项目吗？"

"去年，你还好意思说去年，我告诉你，去年那叫项目，现在他就是一个烂摊子，这个脏屁股我现在上去也擦不干净。"

"你，你，你不去也得去，这是大队定……"

这时，电话响了，副队长拿起电话听着，脸色一下子变得凝重起来，并慌忙挂断电话对金遥说："出事了，快走，老苏出事了。"

金遥和副队长往大队礼堂赶，副队长把电话里得知的大体情况给他讲了。

队长和工会的人已经开始操持老苏的后事，安慰他的家人。金遥看到老哥惨烈的遗容，阴阳两隔的伤痛让他呼吸急促，两条腿有些绵软，像灌了铅，两行热泪也火辣辣地奔涌而出。

金遥也看到了老张头发疯的样子，他捡起折断的猎枪，好不容易把老张头

劝回了家。

老张头泪流满面地说："兄弟，我们的日子艰难啊。你说我们编余了，再不动枪，我们这一家人怎么过呢？可老苏比我有骨气，他宁愿去冒险炸石头开山也不动枪。但这骨气恰恰把他给害了。我的老战友就这么没了，没了呀。"

金遥说了一些安慰老张头的话，具体说了些什么，连他自己都不知道。之后，他擦擦眼泪离开。

副队长还在礼堂忙着，老苏的家人也在。金遥知道，现在对老苏的家人说什么安慰的话都没有用。他突然有个想法想找副队长谈，但又觉得这个时候谈不合适，只好有气无力地往办公室走，一边走一边合计。

金遥想，打井队看来是个大麻烦。上回，为了老张头他们上岗，他去找过打井队的项目负责人老徐，还发生了不愉快的对话。所以，今天他以没有干过打井的活来推辞。不过，队长既然能找他，就说明项目进展虽然很不乐观，但也不是完全没戏了。刚才看到老苏惨烈的遗容，看到老苏没有工作的孤儿寡母，再听着老张头的话，他才觉得应该把这个活接下来，当然，必须是有条件地接下来。

第二天，金遥早早跑到总工办把打井队的前期材料、进度和资金情况汇总了一下，又在纸上粗略地算了算，多少带着点信心朝队长办公室走去。

见到队长，金遥直接了当地说："副队长说让我去接打井队的工作，我可以接受，但是我有条件。"

金遥能够临危受命应下打井队的工作，队长当然是求之不得，这本来也是他们几个大队领导讨论决定的，就指望他呢。但是领导毕竟是领导，他故作矜持地说："打井队，你同意得去，不同意也得去，由不得你来提条件。不过，我可以听听你有什么条件。但我告诉你啊，不要过分。否则，你人马上去打井队，条件一个都不准。"

共事那么多年，金遥知道队长的办事风格，也不和他啰嗦，直接开口说："我大体核算了一下，如果运气好，再加两个人上去，上冻前也许可以打出水来，而且是优质水，还能让大队不赔钱。所以，我的条件是再加两个人，而且这两个人只能是老张头和老苏的二儿子，他们和大家一样，直到明年二月底重新组合、安排工作前，都给他们按照上岗发工资。"

队长怀疑地看着金遥说："开什么玩笑，打井队剩下的资金不足一半，技术上也出现了问题，年底前不能给人家打出水来，我们在这个项目上是要倒赔一大笔钱的。你还要加两个人，哪来的钱？再说了，老张头还算是队上的职工，而老苏的儿子就不是大队职工，年龄也还小那么点，怎么安排工作，怎么发工资，发多少工资？"

金遥看着队长说："我查看了相关的地质和水文资料，运气好的话，兴许可以调整机位从一个更浅的水层打出优质水，剩下的资金基本够用。"

"你确信？"

"不确信，我只是说如果运气好的话。"

"那还提那么多条件。"

"反正也是死马当作活马医，多个条件对你来说也惨不到哪去。"

"你，你，你……"队长有些气得说不出话来。他也知道金遥就是这么率性，能人嘛，说起话来就是桀骜不驯、无所顾忌。他打电话把副队长和总工叫过来，按照金遥的设想在地图上看来看去，算来算去，嘀咕了好一会儿。

队长又问金遥："你到底有多大把握？"

金遥说："往好里说，充其量也就是五六成吧，不过，完成了任务，大队就几乎没什么赚头了。"

"往好里说五六成吧。"几个领导的额头都皱成了死面蒸的馒头疙瘩，又低头嘀咕了一阵子。队长抬起头对金遥说："事已至此，就按你说的办吧。只要按期打出水来给人家交差，不赔钱我就等于是赚了，至少多为两个人赚回了今年的工资。这样，老张头从这个月起按照上岗发工资，老苏的二儿子除抚恤金外，按照特别雇佣的临时工开始发放工资，也算是对老苏家人的一点抚慰。"

第三天，金遥就带着老张头出发了。临走前，他去了老苏家，并交代老苏

的爱人，等老苏的后事办完就让儿子跟大队送给养的车来井上干临时工，等年底或来年年初看有没有机会按照有关优抚政策给孩子办招工。

老苏的爱人和孩子在悲痛中点了点头。

【1】1996 年 7 月 5 日第八届全国人大常委会第二十此会议通过了《中华人民共和国枪支管理办法》，该《办法》严格推行后，除了公安机关以外，收缴民间所有枪支。此前，处于保护家畜或打猎需要，一些农民、牧民、猎民等经过严格登记、备案、持枪证件申领，会合规持有民用枪支，并按照国家有关规定进行保护生产、狩猎等活动。

未来城市的逻辑计算

1

我正开车前往祖国西部的一个神秘地域，那里的暗夜星空，以及火星地貌像一种神秘的力量在召唤我。但我此行的具体目的不详，勉强说，有一个问题在我的脑际萦绕，那就是我们要到哪里去？对于我这个学习哲学的文科男来说，我读了多少哲学书籍已经记不清了。开始，我觉得哲学是一个非常繁杂深奥的逻辑，是一个虚无缥缈的想象。之后，我像很多哲人那样从中保留了仅存的三个问题：我是谁？我从哪里来？我要到哪里去？再之后，迫使我保留并思考的仅仅是最后一个问题，我要到哪里去？或者说我们人类将会到哪里去？

特别是表姐失踪以后，我所能够想到的问题就只有这一个。当然，这个问题在表姐的眼里是人类的未来。未来的城市在哪？未来的人类要到哪里去？

特别是在《三体》这部小说和《流浪地球》电影相继面世后，地球文明、"三体文明"，以及"第三种文明"，甚至第 n 种文明之间各种假想的博弈撞击着安逸的人类，以及人类的家园梦想。很多人都为此陷入了哲学史上更为现实的想象，而我，还是把人们的这种焦虑规结为那句古老而浪漫的哲学名言：怀着永远的乡愁寻找我们美好的精神家园。

表姐似乎是个另类，她也在思考人类的未来，但并没有像《三体》那么遥远的想象和冲击。她认为人类始终是不会离开地球的，但是人类的未来应该是在海洋里头，而不是陆地上。

她曾在某种场合表达过这种立场，顿时受到了人们的嘲笑。那些自认为资深的人类学、天文学、宇宙学和军事科学家，一大群人类的忧虑者，也是所谓的"最强大脑"们嘲笑她把自己禁锢在地球的想象里面，这也是把人类禁锢在死亡陷阱里，这其实是比尚未离开襁褓的婴儿还要弱智的想法。

而那些不具备"最强大脑"的人，或者说还没有把人类的未来想象得那么可怕的人，也包括我在内，都在嘲笑表姐的无知和狂想，都认为人类不可能生活在海洋里，未来城市不可能建在海洋里头，人类也不可能像鱼一样在海洋里游走。

于是，人们把表姐称作为鱼小姐。

这算是一种讽刺吧。显然，因为人们对表姐的论调怀着鄙视和敌意，所以很吝啬，仅仅戏称她为鱼小姐。为什么不称她为美人鱼或鱼美人呢？在我认为，这对表姐该是一个多么美好的称谓，毕竟，她是一个淑雅、漂亮的大姑娘。

一天深夜，我无意中发现表姐蜷缩在浴室里哭泣，浴室的门敞开着，花洒倾泻在她身上，少女的酮体布满了晶莹的水珠，极像一条传说中的美人鱼。

表姐并不在乎门外有没有我这双眼睛，两行伤心而忧虑的眼泪在她的脸上冲刷出异样的轨迹，就像浴室的那道门一样，都渴望着人们的关注和理解，对表姐所构想的一个未来水世界的理解。

我知道，即使不是有意偷窥，这样僵在门外也是不道德的，我迅速转身逃避。但忧郁的美人鱼形象深深地刻画在我脑海里。

在那之后没有多久，表姐，也是我在这个世上唯一的亲人失踪了。我和表姐的几个朋友设法寻找过她，但一年多过去了，寻找无果。我也隐约感觉到官方也在寻找她，不管她们是出于关心、人道，还是其它的什么目的，但也没有结果。

现在，我飞到西部某省的省城后，租了这部性能可靠的越野车，驱车前往这个神秘的地域。这不，中控台上还放着表姐设想人类未来，特别是未来城市的手稿。在出发前，我对表姐的这些手稿作了大致的梳理。表姐是工科出身，她的手稿有大量的计算公式，是一个复杂的矩阵。我权且把它归纳为表姐对未来城市的逻辑计算。

从国道上拐下来，朝着那个神秘的区域行驶。已经是傍晚时分，天色暗下来，起风了，一浪一浪的沙尘被卷起来，弥漫在天空中，灰蒙蒙的很像《流浪地球》那幅灾难场景。万籁寂静之下，汽车在颠簸中一路前行，仿佛一个不明星体正撞向神秘的火星一隅。

此情此景，使我不得不去想表姐对人类未来的忧虑，也让我更加怀疑表姐对未来城市的逻辑计算。

2

印象中，表姐的矩阵有以下两层逻辑：

第一：人类将面临生存危机，但人类是不会离开地球的。首先，在整个宇宙和星际之间是否存在别的生命或者具备别的生存条件是个未知数。其次，即便存在其他的生命，但尚不能证实这些其它生命来过地球，或者存在于地球。也就是说，其他的生命不会离开他们的星球，人类也不会离开人类的地球。再次，即便是人类要离开地球，即便是存在星际间所谓串门通道，但那只是少数人的旅游，不是整个人类的迁徙。更不要想象着像《流浪地球》那样建立一个几十万人、几百万人的人类基因库，带着这少量样本的基因库在星际间流浪，这不是人类的未来。人类未来的路线图必须是全人类完整的家园迁徙。这种迁徙无疑是在宇宙开疆拓土，是一种文明对另一种的侵略。

第二：在陆地上居住的人类，现在面临着诸多的问题，资源的消耗，环境的破坏，以及灾难频发。陆地上的人类被逼上了绝境，人类将追根溯源，像人类起源之前那样回到海洋。但人类不可能退化回到从前，回到海洋。所以，人类应该以现代地球文明的方式把城市建在海洋中，把生活搬进海洋里，实现人

类在海洋的生存与发展，这是探索壮大人类文明的必由之路。

我一边开车一边再次把表姐的这个总体设想梳理一遍，天色已完全暗了下来，四周黢黑一片，已经没有了路。这正是我需要的，我似乎陷入了思维的绝境，成为一个思维的强迫者，我不需要路。换句话说，如果有路，就有目标，如此一来，"我要到哪里去"就成为一个伪命题。

我无意识地摆动着方向盘，踩着油门，无须择路和避让，也无所谓快和慢。有石子被轮胎卷起来，打在车体上噼啪作响。底盘也不时被地面的凸起顶得当当响。此时，地处高原，天空中的群星压迫之下，我感觉自己就是在宇宙中穿梭的星体，一些更小的星体撞击着我，而我或许正撞向另一个星体。

我打开一侧车窗，在呼呼的风声中大声喊叫："那条美人鱼，我说你的脑洞究竟是大还是小呀？说你的脑洞大吧，放着偌大的宇宙，你却仅仅想把人类的未来禁锢在海洋里。说你的脑洞小吧！让人类在海洋里像鱼一样地生存和发展，就这，你也敢想？"

地面上一块更高的突起顶到了车的底盘，车子有明显的顿挫感，叮当一声响，算是暗夜对我的叫喊做出的唯一回应。我索性将车停下来，望着无边的暗夜和满天的星辰，眼泪流了出来。

表姐失踪后，我一直都想哭又没有哭过，直到今天。

无边的暗夜布满星辰，星光倾泻进前车窗，仿佛是美人鱼那双忧郁而深邃的眼睛凝视着中控台上的那叠手稿。手稿的前几页是我反复梳理过的总体设想，后面上百页则是表姐对未来城市的逻辑计算，密密麻麻的运算程序和符号代码我肯定是看不懂的，但她的逻辑结构我看了很多遍，最初觉得很是晦涩，半个月一个月都读不了一遍，之后一两个星期我就可以重复阅读一遍。

表姐的逻辑计算，我终于有所领悟。

首先是对水的表面张力的计算。其次是对水在某一限定区域的厚度可控性计算。第三是通过球面三角的拓扑对一定厚度、面积的"水皮"的曲率计算与控制。第四是对"水皮"边缘的表面张力之间的摩擦力对冲临界值计算与控制。第五是在受力分解作用下寻找球体闭环状态下的间歇性开口，也就是氧气与物质的交换供给。第六是预想在由水的表面张力构成的球体内的第二表面张力上搭建承重平台，也就是水下城市的地基或者叫载体。

显然，美人鱼对未来城市的逻辑计算，在一般人眼里简直就是匪夷所思的痴想，在有较高科学素养的科学家眼里更存在着诸多的悖论。但她却对此倾注了所有的心血，就像是提前把自己封闭进了一个幻想出来的水滴里。

我这个文科男把表姐的这几个逻辑要点重复串联，冥思苦想，终于有了一点模糊的认识。美人鱼是想在海洋里头抓取一块足够大的水皮，将其卷成一个受水的表面张力控制的囊状物，中空，内有沉重平台，有氧气和物资的间歇性补给。这样，人们就可以把未来城市建在这个水滴里。之后，正如道家所言，一生二、二生三、三生万物，人类生活在海洋里也就不足为奇了。

在美人鱼消失前，她曾经向我大体描述过她的这种逻辑计算。我虽然对此一窍不通，但还是按照常理提出了很多很多的质疑。她很生气，但耐着性子给我做了几个演示实验。其中一个就是抓取两个水滴，并在两个水滴中植入很小的昆虫。好几天的抓取实验都是失败了，两个水滴瘫在桌面上，没有空间感和动感，植入的昆虫也是死亡状态。后来有一天，美人鱼抓取了两个水滴，放在十分光滑的平面上，两个水滴居然形成了球状的立体支撑结构和动感。更关键的是，每个水滴中都有一两个很小的非水生生物，似乎是存活的，或者说在一个短暂的时间段里，他们曾经存活。

但我对美人鱼的试验不觉得惊奇，并说，这样的试验，幼儿园的小孩子都可以做到。言外之意就是，表姐的试验其实就如同儿戏。

我再一次让美人鱼感到失望。

3

现在，望着美人鱼的手稿，我有些后悔。

我记得，美人鱼给我看过一张照片，蚜虫在两个有动感的水滴中栩栩如生。她由此推测，有那么一天，人类可以在特制的水滴中存活。当时，我由此理解，

一个巨大的玛瑙状的水滴，有表面张力的外皮，有中空的内在维度，还有内在维度上的生命。那就是人类未来的水下城市模型。

美人鱼用兴奋的眼光看着我，希望得到我的肯定。但我又一次对美人鱼提出了质疑。

我对她说："水是最柔弱无形的东西，怎么能够建成这么巨大的球体，况且是在水中构建水球。即便是能够构建这样的巨大水滴，但是封闭的水滴与水滴之间的交互作用怎么实现，或者说，又该如何阻止建造出来的每个水滴之间应交互作用，比如，静止或者碰撞，否则，这些具有特殊功能和使命的水滴将融为一体，将化为大海，将成为人类的葬身之地。"

我还提出一个稍微简单、直观的问题："在我们的陆地城市之间，有空中航道、铁路、公路、光纤等连接在一起。你的水滴与水滴之间怎么连接呢？这些水滴就像一个个气球，连接通道就像一枚钢针扎向气球，它们会破灭的。而且，封闭在气球里的生物不会存活多久，因为没有空气和物资的补给嘛。"

听了我的话，美人鱼的笑脸僵住了。但在沉思片刻之后对我说："我正在思考两个逻辑公式，第一个就是在"水皮"的边缘寻找控制表面张力之间的摩擦力对冲零界值，我试想两个处于相同临界状态的水滴，相遇的那一时刻，会在极小的震动，甚至是无震动状态下融为一体，变作更大一点的水滴，这样，水滴是不会破灭的。"美人鱼还绕有兴趣地问我："你看过抽刀断水吗？我们现在反过来想被刀断开的水，它会融合在一起，这就是未来在水下，城市与城市之间的连接与交互原理。"

不等我反驳，美人鱼又接着说："我还有一个逻辑公式，就是在受力分解作用下寻找球体闭环状态下的间歇性开口。这就好比存在这样一种可能，可以在鼓起的气球上开一个间歇性的开口，为气球补充必要的气体和固态物质，而此时气球的性态和内在环境不发生变化，不发生爆裂。"

我把头摇的跟个拨浪鼓一样，一连说不，不可能，绝对不可能。

关于未来城市的逻辑计算首先被最亲近的人否定了，而且是全盘否定。美人鱼失望地离开了。

对，就是在那之后，我看到了她在浴室里的孤独与失望。

不久，她失踪了。

我不知道美人鱼的失踪会不会与我的否定有直接的关系，但我的内心不止一遍地乞求她原谅。美人鱼回来吧！原谅我吧！原谅我一个文科男的思维局限性或者说是社会冷漠感。

现在，我坐在车上再次翻开美人鱼的手稿，发现很多有两个水滴的照片，这些照片大体分为两组，一组照片上写着不等号，一组照片上写着约等于。我把两组照片分别进行排序，并把两组照片在脑海里放了一遍幻灯，发现写不等号的那一组照片表明，在缓慢相遇的时候，一个水滴致使另一个水滴瞬间破灭。而写着约等于的一组照片显示，两个水滴在缓慢碰撞的时候融为一体，并没有发生爆裂。

我想象不出不等号和约等于是指向两个水滴的密度、张力，还是别的什么东西？但似乎美人鱼在努力寻找未来水下城市的交互原理，也就是构建某种相关介质相等的临界状态。

在美人鱼失踪之前，我为什么就没有看到这些呢？

现在，似乎是西部这个神秘地域的火星地貌和暗夜星空给了我思维的冷静和灵动。霍金曾说那个巨大的射电望远镜泄露了人类的坐标。也有人监测到在这个神秘的地域出现过来自宇宙的神秘密码。如果美人鱼没有失踪，如果美人鱼也来到这个神秘的地域，会不会获得一种神秘的力量来支撑她的逻辑矩阵，甚至验证她的逻辑计算呢。

我不停地闪烁着远光灯，不停地按下汽车喇叭。当然，这种闪烁和声响，不会成为一个神秘的坐标或者密码，只是我对美人鱼的呼唤。

此刻，我才知道我是多么的想她，多么的爱她。

闪烁的远光灯和蜂鸣的喇叭并不能驱赶高原的严寒，冷空气从四周压过来，让我仿佛置身宇宙那阴森的黑洞。而前方积雪的大地，又仿佛是银河横亘。

我开口喊："我要到哪里去？我要到哪里去？"

我还对自己吼叫："你这个只知道一点哲学知识皮毛的疯子，你这个强迫症

的臆想者，你要干什么啊？"

一边喊一边冲入积雪的大地，仿佛一个星体撞进宇宙的云团。

突然，我听到咔哧咔哧的爆裂声。我驶入了一片冰冻的湖面，湖面破裂，汽车正在下沉。我使劲地踩着油门儿，但是汽车没有向前爬出冰面，而是继续下沉，旋转着下沉。电路失灵了，车窗也打不开。我感到被眩晕的光环包围着，失去了知觉。

4

当我醒来的时候，我的四周都是水。水做的墙，水做的地板，透过水照进来的光线，以及摆放在"水板"表面的所谓家具物品，我被一个中空的水滴包围着。

这一定是梦境，美人鱼的梦境。但此刻，美人鱼就坐在我的旁边看着我，疑惑又有些挑衅地看着我。我试图伸手去掐自己的大腿。

美人鱼开口说："不用掐了，这不是梦，这是真实的未来。"

我当然不认可这样的悖论。既然是真实的，又怎么是未来呢？这样的幻想只有在传说的时光隧道中才有可能实现。我还是伸手掐了一下大腿，我要确认自己现在是在用一个死人暂时存活的灵魂思考，还是在继续用一个活人的肉体思考。

但我感到了疼痛，越使劲越疼，说明我还活在现实中。

美人鱼把手伸过来说："这是真实的，这对我一点都不奇怪，这就是我对未来城市的逻辑计算。"

我站起来把手伸过去说："这不可能啊！你是一个失踪了的人，已经失踪很久了，怎么会突然出现在这儿？凭你一个人的力量怎么能够建成这种幻想的水下城市，而且人类毫无察觉。"

"所以说这是真实的未来。凭我的能力，凭我们人类现在的能力，确实不可能建造这样的城市。但我们两个现在就真实地处于这样的水下城市当中。当我无意中陷入这个地方，它就早已存在了，也不知道它已经存在了多久。"

表姐一边说一边带着我从一个无形的切口走出小水滴，来到一个更大的水滴中。这里有更多的水滴，有的很大，有的比我们要小。这些大大小小的水滴组合在一个看不到边的大水滴里，仿佛在一个城市的街道上，看到了很多的房子和很多像我们一样大小的人，以及身边的各种物体。

表姐指一指那些很小的水滴说："这个城市是除开人类的另一种神秘力量，或者说除开人类文明的另一种宇宙文明建造的。他们是这儿的主人。当时，我陷入这个湖泊，是他们救了我。他们也救了你，包括你那辆汽车。"

这时，我才发现，走到哪都会有一两个小水滴转向我们。不确定那是好奇还是友好地向我们打招呼。我的那辆越野车旁边也有一个小水滴，当我们看过去，小水滴也转向我们。我的越野车自己立在那里，就像是悬停在水的浮力中。但事实上，这个大水滴是完全中空的，我一直是在坚硬的平面上行走，而不是在水中游泳。

我注意到表姐的身材愈加秀美了，仿佛那一袭裙装包裹的躯体更加通透、有型。最特别是走在表姐身边，没有闻到原来她身体散发出来的少女气息，而是一股空气般湿润清新的感觉。

我疑惑地打量着表姐。表姐有些害羞，她对我说："饿了吧？咱们去吃点东西。"说着，表姐把我从一个无形的缺口带进了最初的水滴，仿佛神话故事里的穿墙术和水下龙宫。我在那个叫床的东西上坐下，并把手放在了那个叫桌子的东西上，好奇的看着表姐。我并没有看到那个叫炉子或者说烹饪工具的东西，也没有看到任何食品，我更好奇，表姐会拿什么招待我呢。

表姐也坐下来，神秘地笑着从桌子上抽出两个管状的东西，一根贴在她自己的肚脐上，另一根贴在我的肚脐上，顿时我感到什么东西在慢慢地进入我的体内，一会儿，胃有了满腹感，身体的各个部位也感觉到充盈，但并不膨胀。这时，那个管状的东西自动从我的肚脐上脱落，收进桌子。而表姐的管子早就脱落了，应该是她的饭量小，我的饭量大吧！

表姐说："饭吃完了，怎么样？智能吧！"

我从诧异中回过神说："不可思议，简直不可思议，我都不知道我吃了些什

么。智能是智能，但这样不好，一点滋味都没有。"

表姐说："但是，这样吃饭，不用担心营养不良，也不用担心营养过剩，更不会得病。我来这里这么久都没有生过病，身体感觉比从前轻松多了。"

听着表姐这么说，我有些忧虑。在这种无滋无味的进食状态下，人的七情六欲恐怕也不会存在了吧？她还会想到一起长大的儿童福利院吗，她还会一直把我当作亲人吗，她还会爱吗，还会恨吗。

一连窜的疑问暂时不会有答案。好在，刚才表姐被我看得有些羞涩，说明在这种环境中还是会有七情六欲的，至少不会消失殆尽，我的担忧或许是多余的。

表姐继续说："我们的所见所闻，是我们地球文明做不到的，但另一种文明却做到了。我现在只能把它定义作第 n 种文明，或者第 n 种文明的某一部分，更或者是第 n 种文明的一部分空间位移。也就是第 n 种文明的空间和我们人类的地球文明空间本来是平行的，但它们在某个时刻或者某个方位曾经发生过碰撞，并产生了空间重叠的切口，由于第 n 种文明的空间场能远比我们的地球文明的空间场能要大，造成了他们对我们的空间植入。之后，碰撞结束，切口闭合，第 n 种文明的一部分在我们的文明中神秘存在。还是由于场能大的原因，第 n 种文明还能够兼顾我们的地球文明。当然，我不确定这第 n 种文明是否有意隐藏了觊觎地球文明的野心，但从目前看，至少他们对我们这两个地球人还是友好的，不是吗？"

我疑惑地问表姐："这种未来城市的逻辑计算原本是你对人类文明的未来构想，怎么会与另外一种文明高度吻合呢？你究竟是不是跟我一样的地球人？你是怎么来到这个地方的？世界上怎么会有如此巧合的事情？"

对我的一大堆问题，表姐不置可否。她只是说："记得霍金说的坐标泄露吗，他的话说对了。但不确定是人类泄露了人类的坐标，还是另一种文明泄露了另一种文明的坐标。而我的未来城市逻辑计算一定超越了地球文明的三个主体维度，与地球之外的 n 个维度产生了叠加的坐标点，就比如这个地方吧。否则我的构想既然在水下，两年前我为什么没有奔向大海，而是无意识地走进这片神秘的地域。"

"这么说，两年前，你的失踪是因为你离家出走？"我迫不及待地提出疑问。

表姐说："不是我有意离家出走，是你们都不相信我的逻辑计算，不相信我设计的未来，我感到孤独，另类般的孤独。我向院长妈妈倾述了我的痛苦，妈妈说，人一生至少需要一次真正的远行，寻找非凡的力量审判自己的肉体和灵魂。"

我接着问："于是，你就踏上了行程。但为什么偏偏就来到了这个神奇、隐秘的第 n 种文明？"

表姐说："我也很纳闷。当时，我对院长妈妈说，一次真正的远行总该有个特定的方向，但我不知道该往哪走。院长妈妈说，放心走吧，灵魂深处自有一盏明灯。"

我更加疑惑地看着表姐说："这是啥意思呢，用灵魂深处的明灯指引自己去寻找非凡的力量来审判自己的肉体和灵魂，这完全就是又一个悖论。"

表姐揉了揉太阳穴说："我不知道，但当我背起行装走出来，在我的大脑深处似乎真的有一颗晶体存在。起初，我是想去海边，离大海越近，那个晶体在脑子里仿佛就越暗淡。我试着调整前行的方向，越往这边走就越明亮，直至进入到这个第 n 种文明。"

我连连开口说，太神奇了。

表姐却说："更神奇的是院长妈妈，因为我向她辞行时，她伸手抚摸我的额头，那之后，那个晶体好像就开始在我大脑深处闪现。"

听表姐所讲，更让我难以置信，犹如神话故事。莫非，有些神话故事在我们地球文明里是神话，但在另一种文明里却是现实。就是说，同样是因为两种平行空间在某个时刻或者某个方位曾经发生过碰撞，并产生了空间重叠的切口，造成另一种文明空间里的现实被植入到我们的地球文明空间，在我们人类的认知里如神话般存在。

5

久别重逢，接下来的十多天，我和表姐有着说不完的话。我之所以能够确定是十多天，除了数饭点，我还发现水滴在一定的时间段内先后重复呈现两种颜色，仿佛被太阳和月亮的光辉映照着。在这种光辉的映照下，我可以从水滴内看到水滴外的一切，360度的视角转向。而水滴外看不到水滴内的任何动静的。不知道是这第n种宇宙文明也有保护隐私的意识，还是他们知道兼顾地球文明的隐私。

总之，太神秘了，神秘到真实的面对却无法真实的接受。

表姐在这里似乎无所事事，每天就是带着我到处转转，陪着我说说话，满足我的好奇感。

而我，在问了若干个好奇的问题之后，我决定再问表姐三个问题，至关重要的问题。

第一个问题是这个城市，也就是这个水滴有多大。表姐说："水滴就在这一个小湖泊中，不会有多大，至于海洋里有没有这样的水滴城市，不得而知，或许有并且大得超乎我们对大城市的想象，或许没有。但就湖中这么个小水滴，我们人类都还建造不出来，更何况人类必须有能力把这种水滴遍植于茫茫大海之中，才有可能成为整个人类的城市，成为整个人类未来的新家园。"

第二个问题是这个水滴，也就是这个城市，到底是什么样子，那些无形的空气和食物又是从哪里来？表姐点开水滴的弧形墙面，指着一个水幕上的多维图形让我看。我看到了一个与表姐的城市逻辑计算大体相似的水滴，但是水滴仿佛又被网状的结构包裹着，形象地说，像一个拼接在一起的透明足球，或者透明网套包裹着的鸭梨。表姐说："与我的逻辑计算有很大的出入，在我的想象中，这种网状的切割会破坏水的表面张力，巨大的水皮就不能合成一个中空的囊状水滴。也就是说，按照我的逻辑计算，光从理论上讲也还造不出未来的水下城市。差距不是什么十万八千里，而是多少光年吧。"

表姐又指着水幕上的画面对我说："不过，我对'水皮'边缘的表面张力之间的摩擦力对冲临界值计算与控制似乎是对的。在受力分解作用下寻找球体闭环状态下的间歇性开口似乎也是对的。你看见水滴的上方螺旋状的漏斗和水滴下方树根状的飘带了吗，它们让水滴上连着空气，下载入地表。这就是水滴的交互补给，间歇式的无声摄取、微观分解与智能派送。"

表姐继续说："我和你都是被那个巨型漏斗吸进来的，我认为如果不是这种神秘宇宙文明对地球文明的顾忌，我们被吸入的同时也就被分解于无形了。这个'漏斗'和'树根'都是进出有序，会先把一些不需要的残留物还回去，向上流入天空、向下沉入大地。我观察，这种间歇性的交互补给大致在每月的月亏之时，也就是暗夜星空的夜色最黯淡，星光最明亮的时候。"

不错，的确如此。我正是月亏之时驱车来到这片神秘地域的。

还有太多的问题，但都离现实那么遥远，来不及理解，也不敢相信，更没有必要多问。就问最后一个问题吧。

我问表姐："那我们能重新回到人类文明吗？"

表姐的神情变得凝重，她说："应该可以。他们能让我们安全进入，就一定可以让我们安全出去。而且我感到这个神秘的宇宙文明对地球文明并没有恶意，至少现在是这样的。"

可以重返人类文明，我悬着的心终于落地。我对表姐说："那我们回去吧，我们不属于这个水中城市，也不属于这个文明。"

话音刚落，表姐就回答说："要回，你回吧！我觉得这就是我的城市，就是我的家。只有在这里，我的城市逻辑计算才是真实的，不会被人们质疑，更不会被人们嘲笑。"

我还想再劝劝表姐，但被她那坚定的目光阻止了。

时间一天一天的过着。在这第 n 种宇宙文明的进食状态下，我感觉到身体就像被透析了一遍，变得顺畅、干净、清晰，和表姐一样散发着那种清新湿润的空气的味道。

但我的大脑无法变得空泛。如果算得不错，还有几天就是又一个月亏之日。重返人类文明的通道将会打开，我要回去，我也希望表姐能陪着我回去，她是我唯一深爱的亲人，回到人类文明，我会继续深爱着她。但如果留在这，我真的担心她会没了七情六欲，会忘记我，即使我每天都陪在她身边。

我也确信，忘记一切，特别是忘记亲情和情爱，就没有人类文明存在的必要了。

又过了两天，我知道月亏之夜即将来临，我得再找表姐谈谈，要说服她，要带着她回去。否则，我将再等待一个月。身处这种难以置信的第 n 种宇宙文明之中，一个月会有什么改变，会不会还有机会回去，都是个未知数。

我迟疑地看着表姐，心里头一遍又一遍地说："跟我回去吧！"

我知道表姐并不是我的真表姐，我们两个都是在孤儿院长大的孩子，表姐比我大一岁。为了让我们这些在孤儿院长大的孩子不孤单，记住我们是相亲相爱的一家人，院长妈妈们从小就让我叫她表姐。

在表姐失踪的一年多，我每天都在想她，心中生出对她那种超乎寻常的爱，甚至已经把她当成了我的爱人。所以，我此刻在心中一遍遍地说："美人鱼，我的爱人，跟我回去吧！"

但不管心中怎么念叨，我还是不知道怎么开口。

反倒是表姐先开了口："你真的想回到那个世界吗？"

"嗯，必须的，而且我要和你一起回去。"

"但是，这里才有我要的水滴。"

"但这里不是我们的家，况且，你在这里得到的是一个人的水滴，而你的梦想是整个人类的水滴。"

"但是人类文明根本不愿看到这个水滴，他们嘲笑我，鄙视我。"

"不，相信人类会接受你的水滴，就像我一个文科男在暗夜星空下思考你的手稿，寻找我们的家园。"

"在那个家园里，我是得不到爱的另类。"

"不，在那个家园里有人深深地爱着你，那个人就是我。"

听我这样说，表姐眼角上挂着泪。这就对了，人类文明需要这些感情最丰富的水滴。沉默良久，表姐抬头说："月亏之夜马上就到了，我们一起重返那片暗夜星空吧！"

6

在暗夜星空之下，我改变称呼问："美人鱼，那个文明不怕我们泄露机密吗？"

"不怕，即便是告诉别人，即便有人相信，但那个文明仍旧是不会被人类找到的。"

顺着美人鱼的回答，我又嗅到她身体又散发出少女的芳香。在我们的身后，或许又有一种新的外来文明在恶意地窥探地球，或者对地球善意微笑。

长 嫂

1

为了激发冯若曦的大脑思维，防止或者说延缓她的大脑和神经组织衰老，石彧常常一边给她梳头一边给她讲话，梳头时先要在自己头上试着刮两下，把握好给她梳头的力量和分寸，既要起到按摩头部经络和穴位的作用，又不能弄疼爱人。他的语气也极轻柔，像是在哄自己的孩子，还时不时说点让人发笑的话，想逗冯若曦开心。

阳光从窗外照进来，用一缕缕的温柔安抚着两个曾经在青海风餐露宿、历经艰辛，并在平凡的工作生活中创造幸福和甜蜜的老人。儿子石阔峦知道，每到这时，就算是有再多的语言都是苍白的。他只有像一架想把时空一秒一秒、一帧一帧定格下来的机器，静静地坐在旁边看着，仿佛看到德玛草原上两棵枯黄的人苦苦花相互依偎着，它们脚下的土地已经干裂成尘土，它们周身笼罩着阵阵秋风袭来的寒意，但它们依旧高高举着太阳般的花柄，花柄上蒲公英一样的种子在一缕缕温暖的光辉照射下飞走。

太阳悄悄地照着这恬静恩爱的两人世界，凄凉，但更显美丽。

石彧和冯若曦原本就是重庆地校的同学，1958 年毕业后辗转来到偏远的青藏高原从事地质勘探工作，先后转战青海西部多个市县。夫妇二人有石阔穹、石阔峦和石阔海三个儿子。大儿子石阔穹长相英俊，学习甚好，很有希望在大学毕业后公费出国留学，是夫妇二人的骄傲。小儿子石阔海聪明伶俐又个性倔强，也深得夫妇二人的疼爱，并将其留在老家读书，希望将来能考个好大学。石阔峦却显得有些温和木讷，算是夫妇二人及周围邻居最不看好的一个。石阔穹很小就给人们说，我弟弟石阔峦走路都在睡觉。但1984年高考后，石阔峦这个在青海西部土生土长又不被看好的孩子总分上了大专线，离本科差不了几分。

填完志愿后，盼吧，盼着通知书送达的那个幸福时刻早日到来。石阔穹大学放假，也回来对弟弟表示祝贺，与家人一同分享这美妙的时光。之后，他又早早返回老家，他对石阔峦说："小弟寄宿在舅婆家读书，一定很想我们大家，所以要利用后半截假期回去陪陪小弟，要带小弟去重庆的大学校园看看，激发一下小弟的学习斗志。还要带小弟打打电子游戏，接触接触新鲜事物和高科技，要让他明白不好好读书将来会落后于时代。"听大哥这么说，石阔峦觉得他有时就像父亲一样有思想、有责任、有能力。他对大哥很是敬佩。

谁知道，石阔穹回去却意外溺水身亡了。

由于一直未能从丧子之痛中解脱出来，1985年，冯若曦提前退休回到四川老家。几年后石或也退休回到若曦身边。退休之后本该轻松自在地享受生活，但没有想到的是若曦成为"植物人"，在医院里一躺就是好几年。

冯若曦是由糖尿病引发的心脑血管和神经系统损伤。糖尿病本可以早发现早治疗，基本上不会对人的正常生活产生太大的影响。但由于石或一家人在医学方面的无知，以及对她的健康的疏忽，等病情被发现已经到了极其严重的地步，以至于现代医学方法和手段对此也无能为力，无法清除那些阻滞在她每一根血管和每一根神经中的尘埃。有些同冯若曦一样的患者，发病虽然晚一些，但却早已不在人世。这样的结局每每让石或一家人陪着那些不幸的人们落泪，这样的结局也一次又一次猛烈撞击着石或一家人的精神防线。但石或一家人依然在坚持着、努力着，悉心照料和百般呵护着她，可是她却迟迟没有对此做出回应。渐渐地，一家人，就连雇用的护嫂都习惯了冯若曦这种没有了质量的简单而无

奈的生活方式，或者说生存方式。

在病榻上无知无觉地缠绵了六年之后，若曦离开了这个世界。而此时的石彧也已经被这样的生活拖累，罹患癌症，在放化疗后，身体消瘦、颓废至极。

2

操办完母亲的葬礼，石阔峦匆匆返回单位，悲痛归悲痛，但他这个带着毕业班的老师，还是想着加班加点把耽误孩子的时间赶回来。回来的第三天早上，石阔峦正在上课，手机不停地响，他瞟了一眼是兄弟石阔海打的，怕是有什么急事。平时，他上课一直坚持着中途不接打电话不脱离课堂的原则，这点石阔海也是知道的，但石阔海并没有挂断电话的意思，电话一直响一直响。情况不妙，他对学生说："对不起，我有一个重要电话必须要接。"说完匆忙走出教室拿起手机。

石阔海在电话那头哭着说："爸爸也走了，爸爸没了，早上我去屋里看他，虽然很虚弱，但也还好好的，就在半个小时前，陈大姐发现爸爸已经走了。"陈大姐是石阔海雇佣的保姆，专门照顾父亲。

听到这个噩耗，石阔峦险些瘫倒在地上，他在走廊拐角处靠着墙慢慢蹲下来，泪流满面。旋即，他又站起来往校长办公室走，边走边打电话叫爱人许一岚给他订票，他要尽快赶回去。

许一岚也匆忙请好假陪石阔峦回家。短短的十天时间，失去了两位至亲至爱的人，丈夫心中极度悲痛，这个时候让他独自拿着一张站票回去，太不让人放心了。而且，在这个时候她应该陪着他，与他一起承受这份伤痛。

等许一岚陪着石阔峦赶到石彧的灵堂，亲朋好友们早已守候在那里。天渐渐暗下来，前来吊唁的亲朋好友被石阔海和爱人蒋丽雅带回县城休息。

三嬢和四表叔执意要留下来陪着石阔峦守灵。这些长辈比石阔峦来得早，已经和石阔海在这守了两天。石阔峦心里很过意不去，便找殡仪馆的工作人员要来两床被子，劝三嬢和四表叔在办公室的两组沙发上休息。

石阔峦回到空荡荡的灵堂，难以言表的悲痛从四面八方挤压下来。人们常说，父母在，人生尚有来处；父母去，人生只剩归途。现在，他和兄弟石阔海就真正成了这个世上的孤儿。这样的悲痛和孤独让石阔峦感到身体格外寒冷，他缩紧身体坐在冰冷的地上，一张一张往燃烧的香炉里给父亲添纸钱，灵堂里的冷空气被升腾的香烛压下来，孤独又悲凉的寒意笼罩着周身，他把手伸向那些燃烧的纸钱，那有父母在这世上留给他的最后的温暖。

第二天，石阔峦和石阔海在亲戚朋友的帮助下，按照风水师算定的时辰为父亲下葬，并把父亲和母亲葬在一起。诸礼和诸事完毕，石阔峦让石阔海先带各位亲戚朋友去山下的餐厅。这么多的亲朋好友，这么多的长辈后人都来送父母，让兄弟二人感到安慰和感动，要好好答谢他们。石阔峦独自来到父母的墓前跪下，抬头看着墓碑上二老的相片。母亲的眼睛依然是那样的聪慧，母亲的面容依然是那样的慈祥。父亲依然一脸严肃地注视着前方，似乎这个世上还有他的牵挂，似乎永远都在为他所爱的人担忧。石阔峦脸上堆满苦笑，眼光落到墓碑刻下的双亲的生卒年月上。早就知道父亲母亲同年同月生，日子相差十天。现在，父亲母亲同年同月离去，相差十天又在另一个世界携手。这不仅仅是一种时间上的巧合，更是一种永恒的爱。

每一段影像，每一段足迹，在时空中都有一个永恒的位置。

每一段声音，都在时光的留声机里反复播放。石阔峦常常想着父亲说的话："如果有一天，我和妈妈都不在了，你要照顾好这一大家子人，因为，你是长兄。"

3

石阔峦接到了石阔海的电话："二哥，我寄给你一份快件，这几天就会到，快件里有几份表单，列出父母去世后遗留的账目和财产的分割问题，需要你帮忙处理，说白了，就是要你先去办一份公证，声明自愿放弃有关继承权，这样便于我趁着爸妈的证件尚未注销，把房产、股权和存款过户，之后，我们两兄弟再平均分配。"石阔峦爽快地说："没问题，等我接到快件后抓紧逐项办理。"

　　隔两天，快件到达，石阔峦拆开来看，首先是一份清单，列出三项内容。第一项是父母去世留下的一处房产，兄弟另附文字说明需要哥哥先去做一份自愿放弃这份房产的公证书，这样做的目的是他们可以赶在父母的档案证件注销之前，把房产先过户到他们名下，等到楼市行情较好的时候再出卖房产，然后他们两兄弟平均分配。石阔峦知道兄弟之所以把房产列在第一项上，是因为父母留下这套近 200 平方米的住房，即便是按照当下的楼市行情，房屋只要出售，也是一笔较为可观的收入。如果说按照现在楼市的上涨趋势，隔几年再出售，获得的价值或许更为可观。当然，石阔峦考虑的则是目前不论楼市行情如何，房子都不能卖。兄弟一家还没有自己的住房。现在，先办理放弃房产分割继承权的公证书是必须的。

　　第二项是需要石阔峦去公证处同时办理公证，申明放弃父母在兄弟厂里 5%的股份。兄弟还是另附文字说明，当时为了申报股份有限公司，才把父母的名字列为股东之一，并声称缴纳伍万元股金，占公司 5% 的股份。实际上，爸妈也并未缴纳这五万元钱，5% 的股权实为虚设。所以，需要哥哥放弃这部分遗产的分割继承权。兄弟还在材料上如实告知，当时一股是一万，公司总资产一百万。但是现在，厂子估值应该在一千万左右，所以仅仅从 5% 的股份来说就应该是大约五十万。

　　当时的五万，现在值大约五十万，已经不是一个小数目，差不多已经顶得上一套房子了。所以，对一般人来说，爸妈在世时是否真的持有这部分股权一定要查个确切。但是石阔峦相信兄弟说的是事实，况且，兄弟如此坦诚，他更应该相信他，所以他决定照办。

　　第三项内容是父母去世后留下大约五万块钱的存款，兄弟阔海的意思是等哥哥阔峦下一次探亲回家，取出来兄弟两人平分。石阔海也另附文字注明，父母所在单位寄过来的各项费用和补助，与购买墓地和安葬父母的费用基本持平，两兄弟就不算那么仔细了。但这一点，石阔峦心里自有一本账，在这之前，父母亲治病，尤其是父亲治疗癌症，兄弟贴了好几万块钱。兄弟应该是不好意思跟哥哥把这账算得太清楚，所以这一笔钱被他有意忽略了。石阔峦知道，一忽略就要让兄弟多掏好几万，这绝对不行。不管兄弟现在是办厂开公司的老板，还是跟他一样拿死工资，大笔的开销还是要算清楚，不能让兄弟吃亏。否则，老是让一方吃亏，兄弟慢慢就不是兄弟了。所以，石阔峦决定，在往回寄公证书时，给兄弟说清楚，父亲看病的钱不跟他算了，这将近五万的存款自己也不要，兄弟虽然还是吃了点亏，但就算是扯平了。

三个问题，一一阅读并理清以后，石阔峦等爱人许一岚下班回来，一一做了汇报。

之所以说是汇报，并不是石阔峦不当家，而是石阔峦这个人在这方面呢比较大大咧咧的，同时，爱人又从事财经工作，持家理财的事做得比较细致、合理。所以，石阔峦已经对爱人形成了依赖，凡是涉及家庭资金、账目、财产的事情，他都会向爱人一一汇报，并听从爱人的安排。当然，爱人对他也是非常尊重，家里有什么大事两个人都是商量着来，最终一般都是以石阔峦的决定为主。

许一岚听后点点头说："嗯，你们两兄弟之间的关系都不错，我看兄弟和弟媳也比较诚实，值得信赖，他们这样说，咱就这样办。现在你父母都已经不在了，你们两兄弟更要守好这份亲情。"

石阔峦很快去办理了相关司法公证书。

在回家的路上，石阔峦对爱人充满了感激。要知道，仅这两项明面上的数字就好几十万，对一个普通家庭来说可不是小事。这些年他和爱人虽然过得比较安稳，还算充裕，但毕竟是一个普通的工薪家庭，几十万，早点拿到手里才踏实。但他的爱人并没有这样去想。

想到爱人的通情达理，石阔峦又想起爱人那天说的话，父母已经不在了，你们两兄弟要守住这份亲情。由此他又想到父亲在弥留之际给他说的话，父亲讲："很多人都说，父母在，兄弟姐妹都是一家人，父母不在了，兄弟姐妹之间其实就变成了亲戚。但我希望你们两兄弟永远就是一家人，永远都是亲兄弟，这一点你做哥哥的要带头。"

石阔峦想起父亲母亲，有些伤感，他面朝西南方轻声说："爸，妈，你们放心吧！我一定要维系好我们两兄弟之间的亲情，绝不让亲人变成一般的亲戚。"

4

石阔海和爱人蒋丽雅召集销售部门开会，又亲自打电话与客户沟通，终于明白产品出现滞销危机的原因。

石阔海对蒋丽雅说："现在问题已经很明了，要想扭转工厂的危机，那就是筹措资金上新设备，上新技术。你算一下，大约需要投入多少资金，除去我们现在可以拿出来的流动资金，至少还需要多少钱？"

蒋丽雅大致估算了一下说："除去我们拿得出来的流动资金，至少还需要五十多万。"

"那这五十多万，我们还能想办法解决多少？"

蒋丽雅想想说："如果咱们用爸妈留下的这套房子抵押贷款，大概可以解决二十多万。这笔款应该没问题，咱们不是已经把这个房产过户到我们的名头上了吗，我们随时可以去办理抵押贷款。"

"那还缺三十多万呢。"

"是的，但我们已经别无他法，如果等一等，等到年底，咱们销售的产品集中回款，就好解决了。"

石阔海马上否定说："等到年底回款，我看悬，如果不抓紧上新设备、新技术，估计等个半年，我们的厂就彻底落伍了，客户和市场也就没有了，到那个时候再上新设备、新技术还有啥意义？"

蒋丽雅想了想说："那我还有个办法，但是不好意思开口。"

石阔海说，有啥主意就直接说吧。

蒋丽雅说："前两年你哥不是在这买了一套房子吗，新房子，面积又大，拿去抵押贷款，二三十万没问题，房产证就在咱们手里，如果给哥说一下，他再去办一份房产抵押权委托书给我们，就好办了。"

石阔海想了想说："就像你说的，真的不好意思开口，刚让我哥办了公证书，把股权和房产继承权都放弃了，等于说父母不在了，他们到现在一分钱都没分到，现在又要把他们这辈子好不容易攒下来的一套房子抵押出去，那可是退休以后的依靠，叫我也很恐慌啊，弄不好，退休回来连个住的地方都没了。你想嘛，我们这个抵押贷款还是有风险的，一旦拿到贷款也没有改变厂子的危机，没有如期好转，那我们就无法及时还款，这套房子就会被银行收走，那二哥他们退休回来的生活怎么过呢？"

蒋丽雅点点头表示理解，她想了想说："那就只有找人借了，找咱们周边不做生意的人，一下给咱们二三十万肯定是办不到的，就连几万也不容易借到，至于平常往来的那些个老板，你也知道大家都是拿钱赚钱的人，轻易不可能把钱拿给别人去赚钱，要借给你，借款的利息就不是一般的高。"

蒋丽雅这个说法石阔海再了解不过了，他说："这一回，我是这样想的，咱们自己先尽量想办法借钱，哪怕多掏点利息。实在不行的话，我们再开口找二哥他们帮忙。"

蒋丽雅明白石阔海说的这一回是什么意思。实际在此之前，二哥二嫂已经帮助过他们两次了，第一次是在他们起步的时候，资金是一个大问题。那年冬天二哥和嫂子回来探亲，坐在一起喝茶聊起了厂子受起步资金紧缺制约的问题，探亲结束，二哥二嫂回去后就想方设法筹措了几万块钱给他们，当时几万块钱不算很多但也不算少，缓解了他们的资金压力，推动了厂子的发展。

第二次就更关键了，那是几年前的事情，厂子早已走上正轨，产品销售渠道正逐步建立，但是由于他们对销售市场把握不准，尤其对人心把握不准，在最大的一笔产品交易中被人连货带钱都骗走了，相当于倾家荡产。那天，他们两个坐在高高的天桥上，一坐就是几个钟头，差点就从那上头跳下去。但最后他们认为再大的困难都要挺住，因为他们身后还有始终支持他们的父母，也有始终关心支持他们的哥哥嫂子，这才抱着从头再来的一丝希望从天桥走下来。事实正如他们所想，父母给了他们很大的支持，哥哥嫂子也为他们筹措了好几万的资金，再加上他们自己的多方筹措和努力，终于挽救了工厂挽救了自己，直至现在的规模。

所以，石阔峦夫妇已经两次在兄弟最为关键的时候伸出援助之手，不论资金多少，都已经是一个工薪阶层所尽的最大努力了。这一回要化解危机就不是几万，也不是十几万，而是二三十万。而石阔峦又刚买了房子，没几年又买了汽车。蒋丽雅估计现在让他们帮忙的话，除了同意抵押房屋，再也无能为力。但正如石阔海所说，抵押哥嫂的退休养老房，确实有些冒险。

想到这，蒋丽雅对石阔海说："那你去找一下张老板吧，别看我们认识的老板多，但估计真正能够帮我们的也只有张老板。"

石阔海说："我分析，加上李老板，最多就是这两个人能帮我们想想办法，甚至帮我们筹措一点资金，但是利息高是肯定的，老板之间关系再好，钱还是要赚的。"

于是，夫妻二人分头行动，石阔海抓紧去找两位老板。蒋丽雅去银行了解情况，看看把父母留下的房屋抵押能贷多少钱来。

石阔海先找了李老板，但她找出各种理由搪塞、推诿。

石阔海又找了张老板。张老板毕竟跟他关系更近，没有推脱搪塞他。但也不失为一个精明的老板，一边说可以帮他向朋友借钱，一边拐着弯说要经多人之手筹集这笔钱，利息会很高。按照张老板的说法，石阔海脑子里快速盘算了一下，如果从张老板手里拿到三十多万块钱，一个月付给他的利息就超过八千元，差不多比民间借贷的最高利率还要冒个头。三十多万贷个半年的功夫就要还五六万。表面看是朋友帮朋友，实际上差不多算是高利贷了。

石阔海离开张老板办公室的时候，表面上十分感激张老板，内心却在想，实在不行还是把更新设备和技术的事往后推一推，看看接下来的几个月产品销售和回款情况再说。

石阔海见到蒋丽雅，爱人说："银行那边贷款倒是问题不大，一切都按程序走，但也就能贷个二十多万吧。而且你这边既然借不到，单单这二十多万也解决不了问题，干脆就按你的想法，稍微等等，看看会不会有别的好办法。"

半个月过去了，石阔海和蒋丽雅在办公室里一筹莫展。他们把筹款的希望寄托在近期的产品销售回款上，但是很不理想。一是近期的产品销售因为技术、设备落后的原因受阻，销量不大。其次就是销售出去的产品，对方都无法及时回款，都指望着像以往那样等到年底，买家给他们回款，他们再给卖家回款。所以，从现在的情形来看，工厂上新技术、新设备刻不容缓，越往后拖，销量越少，生意越差，付出的代价越高。

就在这时，销售部经理进来说："二位老板，咱们的几个客户，而且是跟我们合作比较愉快的老客户说，只给这两个月的订单，第三个月他们打算给别人下订单了，因为人家的产品比我们的质量更稳定，关键是价格更低。当然，他们也期待我们抓紧更新技术和产品，那样就可以继续合作，毕竟是那么多年的生意伙伴。"

蒋丽雅看着石阔海说："看来上新技术，新产品还是刻不容缓啊，如果资金到位，我们有望在一个半月内把设备采购、安装好，再用一个月左右的时间调试设备、培训员工，最多两到三个月，我们的新产品就能达到客户的要求，这些客户就会继续跟我们合作。"

石阔海想想说："也是，看来只能这样做。这样吧，我给二哥打个电话，看能不能让我们把他们的房屋抵押出去？"

5

周五下午，石阔峦接到了石阔海的电话，请求他同意并办一个房产抵押的授权公证书，要用他们在老家的房子抵押贷款。石阔峦也没多想就说："行吧，我给你嫂子说一下，然后尽快办。"

石阔峦的爱人许一岚下班回来，听到这个请求后，拒绝了。

许一岚说："为了你兄弟，别的事情我都照办，但退休住房和孩子上学是我为这个家留的两道底线，不能触碰，不能动摇。抵押我们的退休住房，我有顾虑，我们两个在这么艰苦的地方干了一辈子，也就在家里买了一套还算满意的房子，为的是有个安稳的退休生活。现在生意不好做，很多抵押贷款最终都不能按时还款，如果他们也一样，我们的房子就会被银行收走，奋斗了半辈子，结果回去连个窝都没有，你说我们还有什么安稳的退休生活可言，更不要说颐养天年。

我们在亲戚朋友面前还能抬得起头吗？到那时，他们不可能对着我们竖大拇指说，嗯，你们两个不错，为了兄弟现在连套房子都没有，连住的地方都没有。他们只能看我们的笑话。"

就接了兄弟一个电话，石阔峦并不知道石阔海工厂的危机有多严重，以为兄弟只是遇到一般的困难，需要他帮忙。现在，听爱人这样一说，觉得也很在理，甚至感慨，爱人确实里外都是一把好手，外防风险，内设底线，十分周到。于是就给兄弟打了电话，把爱人的想法说成是自己考虑再三，觉得房子抵押风险太大，威胁到他们以后的退休生活，所以希望兄弟想想别的办法。

石阔海在电话那边深深地叹息了一口气，然后说："好吧，我们尽量再想想别的办法。"

但就是这一声叹息，像一块大石头击中了石阔峦的心。他似乎感到了兄弟的失望，马上感觉到兄弟如果不是遇到非常困难的事情，如果不是有难关闯不过去，不会因为他的拒绝而如此深深地叹息。

石阔峦试探着对爱人说："我听着兄弟在叹息，那种很无奈很无助的叹息，觉得他们这回是很艰难，就让他们拿去抵押吧？也许没有那么危险，他们每次不都是很顺当的吗？我们每次为他们筹钱，不都安安稳稳如数归还了嘛。这回让他们抵押贷款周转一下，等年底资金回流，还贷应该没有问题。"

不料，许一岚还是坚决地说："不行，房子现在是我们唯一的指望，你也知道我的身体有多差，最近这几年能咬着牙坚持上班，就是想着过两年退休就有好日子过了。我也不图我们过得多好，至少我们住得要稳定，生活要稳定。但房子如果没了，就啥都不确定了。所以，这回你得给他们说清楚，尽量想别的办法，我们爱莫能助。"

"可是，听着兄弟的叹息，我难受啊，现在父母不在了，说实在的，我这个当二哥的其实就是长兄，长兄为父，我不帮他，还有谁会帮他！"

长兄如父。石阔峦说的话也在理，但许一岚听了很生气。

就在今天下午，一个闺蜜见到许一岚还跟她开玩笑说，让我看看你前一阵子回去分了多少遗产？应该是拿了一大笔钱吧！

　　她如实相告，一分钱都没拿着，只留下一套房子，现在还转到了老公兄弟的名下，要等以后卖了再平分。

　　当时闺蜜就说她傻，俗话说，亲兄弟明算账，哪有一分钱都没拿上，还给人家提供了一份放弃财产继承分割的公证书，一旦以后人家不认帐，那真是一分钱都拿不上。闺蜜还说，这不单是钱的问题，老人留下的财产也是老人最后留给儿女的福分，应该大家分享，否则，不吉利。

　　听闺蜜这样一说，许一岚也觉得跟别人比起来，自己确实有点傻。但她相信兄弟和弟媳的为人，没有过多担心。现在可好，该分的还没分到，又要把属于自己的拿出去，搞不好不就真正一无所有了。只要她同意抵押，那么从现在开始，她就会处于对今后退休生活的恐慌之中，日子过起来就更艰难了，甚至坚持不到正常退休。

　　许一岚生气地对石阔峦说："你光知道心疼你的兄弟，听不得他受委屈，听不得他叹息。难道你就不心疼我吗？你就不怕我受委屈吗？我们结婚这么多年，你凭良心说我跟周围的其他女人比，穿的、戴的、用的，是不是都不如她们，她们在自己身上大把大把花钱，我却在自己身上能省就省，能少花钱就少花钱，你就看不见吗？你就不觉得我委屈吗？之前，我不觉得委屈，我想着现在省一点，买个满意的房子，攒两个退休养老的钱，退休了一家人会比别人更幸福。结果，连这一点你都满足不了我，你不觉得我也委屈吗？哦，我委屈你就受得了，你兄弟委屈你就受不了？还有，一旦退休连个房子都没有，你的闺女跟着我们委屈不委屈，你的闺女委屈你也受得了吗？所以，这回我坚决不同意。"

　　就这样，石阔峦和爱人陷入冷战。爱人第一次觉得自己是那样的委屈，石阔峦的兄弟远比自己重要得多。而石阔峦则不知道开口说什么好，一边是自己的兄弟，自己的心还被兄弟那一声叹息压着，另一边是真正受了委屈的爱人，眼中满是对自己的埋怨，他真的不知道该怎么办。

　　第二天星期六，为了避免和爱人的冷战升级，石阔峦借口到单位加班。他坐在办公桌前，望着电脑只能发呆。兄弟失望的叹息，爱人委屈埋怨的眼神，在他面前一个劲的晃，他感觉四周就像一个冰窟窿，自己仿佛被压到冰窟窿最

狭小最寒冷的尽头，心跳几乎要停止了。于是，他猛地站起来拍两下胸脯，摇一摇头，想放松自己。但这也就是几秒钟的功夫，之后，他又萎靡下来。他确实不知道该怎么办。他决定出去走走，总不能让自己这么窒息地坐着。

石阔峦漫无目的的在街上走着，突然身后有人喊他，转过身，看到一个穿着时髦、得体的女子正在向自己打招呼，他有种似曾相识的感觉，却想不起面前的这个女人是谁。

好在这个女人大方地对他说："一看你就是把我给忘了，但我也不跟你计较，我是许盼月，你不记得了？"

石阔峦这才想起，对，这是高中的同学。他之前还曾含蓄地对她表达过好感，但被她拒绝了。之后，他就上大学去，而她则因为没有考上大学跟父母回了老家，做上了生意，生意做得还不错，但是婚姻却不太幸福，最后单身了。

这应该是近三十年没有见面的老同学了，再次邂逅，照理说应该很高兴、很热情。但因为石阔峦心中有事儿，所以话虽然说的客套，但是面部表情并不兴奋。

多年经商养成了许盼月敏锐的观察力和直率的个性，她开口问道："哎呀，见了老同学，而且还是你当年的梦中情人，你咋就高兴不起来呢，是不是有什么心事或者什么困难呀？"

石阔峦这才往脸上堆上一些表情说："别逗我，初恋情人就别提了，那时候懵懵懂懂，不懂得什么是爱。你这是打哪来，来这办啥事？"

"我是到这边来旅游，和我同行的还有三个人，我们明天打算去周边景点看看，你可是天上掉下来的向导，就这么定了，明天你给我们当导游，有车吧？"

"车倒是有，但我有事情要办，错不开时间陪你们。"

许盼月半真半假地说："老同学时隔三十多年才遇见一面，让你陪着转一天，你还推三阻四，别让我瞧不起你哦。你以为我们就缺你这么个导游吗，我只是想借这个机会叙叙旧，当然，我保证你只需陪我们玩一天，只叙旧事，不叙旧情，不会影响你的家庭感情。"

石阔峦被说得不好意思了，点头说："那行吧，你给我留个电话，明天一早联络你们，一切由我安排，也好尽下地主之谊。"

<h1 style="text-align:center">6</h1>

石阔峦和许盼月分开后直接回家，出来虽然是为了避免与爱人的冷战升级，但时间也不能太久。他不想让自己养成夫妻间一闹别扭就往外跑的坏毛病，尽管他和妻子很少闹别扭。

许一岚在收拾屋子，表面上看很平静，在认真地做事，但内心仍旧在生石阔峦的气，仍旧觉得自己很委屈。所以，没有和石阔峦说一句话。石阔峦很有眼色，帮爱人一起干活，但始终没有找到说话缓解气氛的时机，更不敢贸然开口。收拾完屋子，许一岚走进卧室并按下门锁，把石阔峦关在门外。看到这件事让爱人如此伤心，他进一步意识到爱人把这个家看得有多重，防护得有多用心，知道那两道防护底线再不能去触碰。兄弟这回再难，也只有横下心让他们自己扛了。

但这种横下心来的想法让他更难受，让他在大脑里把往事一幕一幕地翻腾出来。

母亲病重瘫痪在床，阔海两口子在父母的身上投入了大量的精力。安排父母一天的冷暖、伙食、出行等自不必提，要联系医生、保姆，要购买治疗药品和必备的保洁消耗品。下班回来还要了解父母亲这一天的情况，遇到父亲烦心的时候要想法开导，甚至还要无缘无故地挨骂。就连兄弟出差也带着母亲的病历复印件，抽空找专家咨询病情，寻访新的治疗方法和药物。回去探亲时，他问阔海："累不累？无辜挨老父亲的骂，委屈不委屈？"阔海平静地说："累肯定是累，但也正常，生意上不累就不忙，不忙就不挣钱。至于挨骂，根本不必计较。母亲病成这样，父亲看着心疼，着急了吼我们两声骂我们两句都没啥，兴许还可以缓解一下爸的压力，是好事。"弟媳蒋丽雅也说："爸骂我们几句还好，怕就怕他不吭声，憋出个什么病来就麻烦了。"

想到这，石阔峦深深地叹口气自言自语："多好的弟弟和弟媳，这回有了难处，却帮不了他们。"他在沙发上换了个依旧呆板的姿势和表情，想起前年夏天

阔海打的那个电话："二哥，我打听到某大城市一位教授和他的科研团队正在开展一项新研究，好像是打算用患者或亲属的神经干细胞移植来修复心脑血管和神经损伤，类似于在白血病的治疗中采用骨髓移植来恢复和增强患者的造血干细胞功能。"

"那好啊，妈妈的病就有希望了。"

"但具体有没有这回事，我还不确定，只有过几天专门去那里打探一下。一共就我们两兄弟，如果真有这么回事，肯定需要对我们进行细胞配型比对，到时你能及时回来不？"

"你尽管去打听，如果真有其事，哪怕是处于试验阶段，我觉得咱们也可以大胆一试，放心，到时我一定及时赶回来的。"

"那好，那好，隔几天你等我电话。"

石阔峦又自言自语道："兄弟，对不住了，平时，啥事都是我们兄弟一起商量一起面对，这回哥哥我当逃兵了。"这么说着，听见卧室有爱人翻身叹息的声音，知道还在生气或者受委屈，便起身去厨房做饭。做一顿一岚喜欢吃的饭菜，这是他现在唯一能做的事。

许一岚只吃了一点，等到石阔峦抢着把碗筷洗完。

许一岚坐在餐桌前，石阔峦立在餐桌旁，一个像犯错误的孩子，一个俨然像妈妈。

许一岚先是把结婚以来自己的委屈一一数落一遍，把自己受委屈的原因全都归结到石阔峦头上，还不时质问他，"我说得对不？"石阔峦知道，有些人狗眼看人低，而自己未能出人头地，又不怎么会疼人，爱人跟着他确实受很多委屈。出于愧疚，石阔峦只有点头承认，站得毕恭毕敬，更像个犯了错误的孩子，被骂的像个孙子。

许一岚又小肚鸡肠捕风捉影地指责石阔峦处理男女关系时或是拖泥带水，或是过于热情，莫非心里真有什么想法。面对这种事关自己人格和人品的原则性问题，石阔峦必须澄清。但无论如何解释，一岚还是用那种怀疑加鄙视的眼光瞪他。石阔峦只好发下毒誓说："我说了多少遍了，那些都是别人无中生有、恶意中伤，你却宁愿相信别人都不相信我，你等着看吧，我如果在感情上对你有什么不忠诚，出门让车给撞死。"

一个文化人说出这样话，也是给逼急了。

许一岚又开始指责石阔峦说："就算你对我、对这个家很忠实，但你不顾家，只顾友情和亲情。如果他们快饿死了，而你已经没有吃的给他们，我敢肯定，你连自己身上的肉都会割一块给他们，你身上没肉了，你是不是还要在我身上割一块下来？"

"我，我不可能……"石阔海想辩解，但只说了几个字就被爱人责怪加嘲讽的眼神给怼了回去。

整整两个多小时，一个坐着，一个站着。

石阔海感到自己腰椎开始疼起来，双腿已经麻木，但爱人似乎还没发泄完心中的怨气，他想坐不敢坐，想蹲下也不敢蹲下，想走开就更不敢走开了，甚至那一双手都不知道摆个什么姿势。这个男人虽没有干出什么大业绩，成就一番大事业，但在单位和周边人群当中也说得过去，在外面包括在那些领导面前也不会忍气吞声受这样的委屈。现在，能像一个犯错误的孩子老老实实站两个小时，完全是出于对一岚的爱和愧疚。只是，许一岚因为心中委屈，并没有注意到爱人的这份委屈和尴尬。

毕竟是因为帮不帮兄弟这么单一的事情，而且爱人说也说了，骂也骂了。到晚上睡觉，石阔峦以为事情已经过去，睡意渐渐袭来。哪知道，快要睡着时，恰好爱人开始借着某件事数落他，责怪他，他只好睁着眼睛听着。

听着听着，爱人没话了，睡意渐渐袭来，快要睡着时，爱人又开始借着某件事数落他，责怪他，他只好又睁着眼睛听着。

如此反复，似乎没完没了，这种快要睡着时的惊醒让石阔峦心脏一次一次悸动，心跳加快，心口开始难受。但他不敢让爱人知道，因为他没有心脏病，这个时候说心口难受，爱人会以为他矫情，接受不了批评。他一边悄悄揉着胸口一边等着爱人隔一段时间爆发一次的数落或指责，这样有准备，就不会让心脏忽快忽慢地跳动。

过了半夜，石阔海听到了爱人渐渐均匀的呼吸，知道，后半夜应该没事了。他也闭上眼睛准备睡觉，却眼睛越闭越清醒。大脑神经异常兴奋，杂七杂八、东想西想，一时难以入睡。

他也为这一次帮不上兄弟的忙而责怪自己没出息。毕业至今，对于工作和事业，对待妻女和家人，自己一直满怀激情，坚持努力，一刻都没有松懈。到头来，还不是囊中羞涩、无能为力吗。由此，他很想念故去的父亲母亲，他在心中委屈地喊："妈妈，妈妈，儿子没出息啊，就过这么个平淡的生活，我也很累，真的很累，儿子再也不想奋斗了，不想奋斗了……"

7

手机只震动了两下，石阔峦便从梦中醒来并迅速关闭闹钟，这是他多年来养成的习惯，爱人上班时间晚一些，不能吵醒她。

石阔峦起床，蹑手蹑脚洗漱，出门。出门前，他留了个纸条："一岚，诚心接受你数落我的那些个错误或缺点，对不起，让你受委屈了。兄弟的事我们也无能为力，你不要放在心上。我今天要陪一个三十多年没见的老同学转转，有时间还要进峡谷。不瞒你，这是女同学，但请放心，我们只叙旧事，没有旧情。如果你不信，就想想我发的誓言。对了，他们一行四人。峦。"

为什么不发短信呢，因为，如果是短信，提前发会影响妻子休息，推后发，又怕妻子在收到短信前会生气、猜忌。

石阔峦到宾馆接上蒋盼月一行人开始了一天的行程。前面几个景点没有多少玩头，逗留的时间都不长，约两个小时后，他们来到最近网红的尚未正式开发的景点，大峡谷。

不愧为网红打卡之地，高原上由黄土、岩石和风化物质叠加的厚实沉积层被时光和流水撕开一道谷口，蓝色的天空浸泡在河底，宛如仙女遗落的飘带。蜿蜒的峭壁几乎拒绝了所有植物的根植，独自以裸露、突兀、挺拔的身姿展现着高原独有的野性之美。站在谷底由近及远仰望头顶的一线天空，有一种灵魂超尘脱俗想要飞翔的感觉。而那一线天空外漂移的云朵仿佛远行的游子，让你想起很多往事，伤感的、美好的、孤独的或者喧嚣的。

蒋盼月还在峡谷峭壁一侧发现一处两人多宽的小裂隙，不是那么陡峭，曲折通向谷壁顶端。她一边往上攀登一边对大家喊："我们从这爬上去好不好，就像那朵云彩飞上天空，飞向未来。"随行三人也随声附和着往上爬。石阔峦闷不作声地跟在后面。

这处裂隙的开头还有人们曾经攀登过的足迹，但爬着爬着就没有了脚印，更没了路。但众人因为好奇，仍努力向上攀登。趁着蒋盼月回头，石阔峦说："别再往上爬了，有时候，越努力，脚下的路越窄。"

蒋盼月看看他说："我怎么觉得你这话怪怪的，不想陪我们吗？"

石阔峦这才意识到自己不应该因为那件揪心的事而带着情绪讲话，不该让大家扫兴，赶忙说："别误会，很荣幸为老同学和各位朋友当导游，但大家初来高原，不宜剧烈运动，应该适可而止。"

蒋盼月还是疑惑地看了石阔峦一眼，理解地说，好吧，就这样已经很开心了，咱们慢慢玩着回吧。

回到市区已经快到晚饭时间，石阔峦在宾馆附近找了一家环境不错的大众小炒，继续尽地主之谊。完了，送大家回宾馆，等三个人上楼回房间，蒋盼月在大厅坐下来问道："老同学，究竟遇到什么难事了，说来听听，有个人聆听，也可以缓解压力。"

"没啥呀。"

"还说没啥，你呀，还和小时候一样，有点啥事就挂在脸上，说说吧。"

"我兄弟的厂子一时资金周转不过来，而我买了房子和车子，手头也没剩下什么钱，除了抵押房子贷款别无办法，但那是我们的退休养老房，爱人不敢抵押。所以，一时没办法帮我兄弟。"

"原来是这样，需要的周转金很多吧，"

"不多，三十万出头。当然，眼下对我来说其实也很多。行了，不说这些了，你回去休息吧。明天我要上班，就不陪你们了。"石阔峦说着起身，打算离开。

蒋盼月却拽他坐下问："三十多年没见了，你还拿我当同学不？"

"隔再久，这同学都永远是同学啊！"

蒋盼月满意地拿出一张银行卡说："这样想还差不多。既然你还认我这个老同学，就从我这张卡上转 35 万借给你弟弟，给他说，不能白用，借给他一年，到时按银行三年定期利息还本付息。"她之所以说借一年却按三年定期的利息，是不想让石阔峦觉得太欠她的人情。

石阔峦后悔不该向老同学讲，现在自己就像是在对老同学玩套路，而且还有套路加感情牌的嫌疑。他急忙说："不，不，三十多年没见还这么相信我，真是十分感谢，但这笔钱我不能转。"

"都把你愁成啥了，跟我还客气。我也跟你直说吧，我现在除了抓住了一点点钱，其它的似乎都没抓住，你让我再抓住一点友情行不。"

"友情不用抓，一直都在。"

"就算是吧。但我也羡慕你有那么好的妻子，把家维系、保护得那么好。所以，我真心想帮你解除眼前的困难，让家庭恢复平静。"蒋盼月再次把银行卡递过去。

石阔峦再次拒绝说："正是我爱人把这个家维系保护得好，所以我更不能转这笔钱，否则，她会以为我对她失望了，会以为我再不依靠她了，会以为我们再不会一起分担困难了，那样，我就真的让她寒心了。所以，你的心意我心领了，谢谢，你早点休息。我也该回家了，再不回去，她会担心的。"

看着石阔峦走出宾馆，蒋盼月忽然有些想家，而且是想那个早已破裂的家。

8

早上，石阔峦出门个把小时，许一岚醒了，但她知道阔峦不在家，他就是再蹑手蹑脚也没用。只不过当时自己睡得还有些迷瞪，就没有管他。

她坐起来，伸伸腰，扩扩胸，感觉很好。

这就是女人和男人的区别，女人遇到什么烦心事、伤心事或者困难，就会找人特别是她最亲最爱最能依靠的人倾述、发泄，之后就会感觉好些。而男人则不一样，他们不想把这些不好的转嫁给自己的亲人甚至朋友，一般都选择憋在心里，自己承受。

许一岚起身下床，穿衣、洗漱，然后走进小屋。那里有她和丈夫用来给女儿留言的小吊篮，还给小吊篮取了个名字，宝贝信箱。孩子读大学后，她和阔峦有时也在这个信箱里给彼此留言，以朴素的方式留住被自媒体时代挤压殆尽的家书的温暖。信箱里果然有字条，看完，许一岚心里恨恨地想，真是江山易改秉性难移，昨天才不止一次数落他对人太热情，这不，又陪同学游玩去了，而且是个女同学。她一边生气一边收拾床铺，忽然，她摸到丈夫的枕头有一大片是湿润的，应该是泪水，而且是很多泪，还没完全干。不应该啊，丈夫从来没有掉过眼泪。她努力回想头天晚上的事，前半夜她在有一句没一句地诉苦、指责，应该是后半夜，自己倾述完发泄完睡着了，而丈夫却难以入睡，要不就是觉得很委屈，要不就是想起什么伤心事，以至于潸然泪下。

许一岚摸着湿润的枕头想，不让抵押就不让抵押呗，给丈夫好好说就是了，为啥非要把那些陈芝麻烂谷子的事，甚至是别人无中生有挑拨离间的事都翻出来数落一通，一个大男人站在那被自己骂得跟个孙子一样，这又是何苦呢。况且，不让抵押房子是怕不能及时还款，怕房子被银行收走，这是没错。但是把准备给女儿上学、找工作的二十万拿出来，再想想别的办法，凑个三十万借给兄弟，风险就没那么大了，大不了多等几年，总会还的，为什么要把爱人逼到毫无办法的境地，跟着兄弟一起唉声叹气呢。父母不在了，他这个长兄可不就得担当起父亲的角色嘛。对自家兄弟都这么负责，对我们母女两个一定更有担当。

想到这，许一岚也不委屈了，也不恨了，反而有点自责。她开始盘算，兄弟他们需要三十多万，零头自己去想办法，得帮他们筹措三十万。如果把孩子上学的二十万拿出来，加上平时预留急用的几万，还需向朋友借个五六万。对了，先找那几个向自己借过钱的人，有来有往，估计或多或少都能有点。之后，每月还他们一点，半年也就还清了。如果顺利，那时兄弟也可以还给我们了。

于是，许一岚开始逐个打电话，待他们逐一转账过来凑齐六万。这时，她才想到，阔峦一夜都没睡好，开车不会出事吧。赶忙打电话，但提示不在服务区，显然进了大峡谷，但愿平安无事。

好在下午三点多，许一岚收到短信："出峡谷了，有信号了，我们这就返回。"她稍微放心了些。五点多又收到短信："到了，但我要尽一点地主之谊，稍晚回去。"她这才放心地笑笑，心想，男人，就要骂着点，这不，学乖了，知道顺着时间点打报告了。

石阔峦当然不知道就这一天的时间，爱人一岚的态度发生了近乎一百八十度大转弯。他进门就陪着小心问："一岚，你吃饭没？"刚才，本打算给她带一份，但怕一岚误会他把同学吃剩的带回去给她，那不是火上浇油吗。

不料，一岚像往日他们很要好时那样回答："我吃了剩饭，昨天你做的，但味道还可以。你开了一天的车，要不要躺沙发上休息一会。"

石阔峦没回过神来，有些唯诺地看着爱人说："我不累。"

许一岚便说："你说，你弟的事，我不让抵押房子是不是对的？"

"是对的。"石阔峦一边回答一边想，今晚又要被数落，正要把刚刚放松一点的脸重新紧张起来，却听到爱人说："但是，你也不用叹气呀，其实你也知道，我们还有点钱，再想法凑点，也能帮他们解决三十万，至于剩下的零头，估计他们自己能解决。"

"可是，那是闺女上学、找工作的钱。"

"这不，光是上大学用不了多少钱，我们有工资，再说，给闺女买的成长保险，开始分批给我们支付本息了，上学不用愁。找工作就更不用着急了，还有几年呢。"

"办法是不错，但我……"

不等石阔峦把话说出来，许一岚打断道："我，我，我什么我。没有办法，你的心被兄弟的一声叹息揪着，有了办法，你又优柔寡断，瞻前顾后。明白告诉你吧，该借的我都已经借到了，加上我们的，一共三十万。不过，如此一来，我们就没有应急的周转金了，每月还要拿一个人的工资还账，要过紧日子，你没意见吧。"

石阔峦当然没意见，甚至感动得想把爱人搂着亲一下，又怕爱人说他太功利，有奶便叫娘。只好克制，矜持一点。

许一岚说："明天我抓紧把钱归拢到一块，给他们打过去。"

9

前几天，因为无法利用二哥的住房抵押贷款，石阔海两口子又狠下心回到张老板那谈借款，心想，只要能度过难关，多付些利息就多付些，反正也别无他法。结果张老板以最近资金紧张为由拒绝了，想必是因为暗中放高利贷，必须谨慎。回来的路上，他们接到一个自称张老板朋友的电话，介绍他们找启扬公司贷款，还说了公司的大概位置，并把公司的实力和声誉大吹了一番。

前天，石阔海找到该公司，进行了考察和咨询，其间，看到一个人前来还款，几十万，利息是有些高，但公司对那个讲信用能及时还款的客户给予了适当返利。还看到先后有两人签订贷款协议后，马上就从财务部门拿到了现金。而且，接待他咨询的业务员，只是详细介绍了公司贷款业务，还悄悄说为了避开繁琐的监管，并防止利润缩水，公司这项业务是暗地进行，但办理速度快、效率高，绝对能保证客户的利益。业务员虽然这样做了介绍，却没有鼓动他马上就在该公司办理贷款，只交给他一份贷款合同样本，让他回去认真研读，如果觉得合理，随时可以前来办理贷款。

回家后，石阔海与蒋丽雅大体阅读了材料，加上所见到的放款、回款情况，以及业务员不冷不热的态度，觉得公司应该不是什么诈骗公司，只是贷款利息很高。苦于火烧眉毛又没有别的办法，他们便决定在启扬公司办理一笔三十五万的贷款。

石阔海和爱人蒋丽雅把车停在一处规模不算小的标准停车场，上了停车场斜对角的一栋高层写字楼，径直走向顶层。整个顶层都是启扬公司的办公区。

他们并不知道，那天，当石阔海走进大楼来到顶层，公司就有人从监控里查看了他开的是什么车，之后就安排了那三笔业务，而当他走出大楼开车离开，

一辆车便悄悄跟他跟到了工厂旁边不远的路口。接着公司就接到电话,是块肥肉,抓住。

和那天一样,他们一进入大楼,公司就得到了消息。

接待他们的是先前那位业务员,确定要贷款后,一位自称是大客户经理的人接手,并递上一份贷款合同。石阔海大致瞄了一眼,觉得和那天带回去的样本相同,准备填表。蒋丽雅比较细心,发现眼前这份合同的格式似乎不太一样,而且增加了空格、空行。她先示意石阔海停下来,然后拿起合同认真阅读。

本来话不多的经理话多起来,蒋丽雅的注意力被分散,走马观花似地草草看了一遍,又觉得好像没什么不妥,递给石阔海接着填写。

这时,不知道楼层的哪一个房间传来争吵声,好像还有女人的哀求声、惊吓的叫声。二人停下来,不解地看着经理。经理赶忙走到门口喊,是哪个部门的在看电视,这个月的奖金还要不要了?然后,关上门对二人解释说:"跑业务的人,作息时间跟着客户走,有客户就没黑没夜的忙,一时没有客户,就把上班时间当下班时间,太随意。简直让你们见笑了。"

石阔海低头继续填表,蒋丽雅还是竖着耳朵仔细听,还有没有动静。因为她觉得刚才的声音不像是电视里的声音,否则,这档节目的音效制作也太差了吧。因听得太认真,一声短信铃音差点把她自己吓了一跳,翻开看,是嫂子一岚发来的:"平时给你打款的账号没变吧?"

蒋丽雅马上回了一个:"没变。"紧接着,她又收到一条短信:"那就好,一会就给你们打款,只筹措到三十万,剩下的你们再想办法吧。"

蒋丽雅喜出望外,激动得哆嗦着手给石阔海看短信。石阔海看完,顺手在尚未填完的合同上凡是自己写过字的地方打上叉,并把合同撕掉,起身对经理说:"不好意思,突然有点急事需回去处理,等忙完再继续。"说完,便和爱人走出大楼。

"二哥他们是从哪里筹措到这么多钱,这下好了,不用在这贷款,也就不用还那么高的利息了。"石阔海激动地说。

蒋丽雅说:"反正二哥他们这回是很不容易,估计所有家底都毫无保留,而且能求的人都求了个遍。"等石阔海点头，她又接着说："我觉得这一家公司是一家诈骗公司，二哥他们不仅仅是避免了我们还高额利息，而是拯救了我们。"

石阔海怀疑地说："这不会吧，你老是疑神……"

话还没说完，一个三十岁出头的妇女走过来，悄悄说："我看见你们从那栋楼出来，是办贷款吧，办好了没？"

石阔海二人警惕地看着眼前这个女人，没有开口。那个女人解释说："但愿你们还没有上当，这是一家诈骗公司，我老公因为欠了赌债，没办法还钱，经人介绍到这贷款八万，实际只拿到五万，半年里我们想尽一切办法还了四万多，结果按照贷款合同竟然还欠他们八万多。我们根本还不上，他们就上门逼债，说要剁我老公的胳膊。"女人说着说着竟然哭了出来。

蒋丽雅递给她一片湿巾问："后来呢？"

"后来，我老公躲了起来，他们就把我带到公司，说要拿我们的房子抵债，一套近百平米的房子只抵七万多的债。没了房子，我们一家人住哪，所以我不肯。他们就让我用身体抵债，直到他们认为还完贷款的全部本息为止，他们当时就动手动脚，我死活不肯。他们就让我回家好好想想，两条路，二选一。你们进楼时，我就在你们后面不远，所以，我在这里等你们，告诉你们千万不要上当。"女人说完，又蹲在地上伤心痛哭。

蒋丽雅走过去安慰这个善良人道："你先不要这么伤心，你应该去报警。"

女人无助地说："不行，他们说有合同在，报警也不怕，至于别的，我若多说一句，就卸我老公一条腿。他们还威胁我说，知道我儿子在哪个学校读书。"

蒋丽雅想了一下，继续开导说："邪不压正。他们这是在吓唬你，让你不敢不听他们的。现在，事情已经很严重了，你只有报警别无出路，而且，只要你报警，警方就会对你及家人采取必要的保护措施，那才是最安全的。"

女人迟疑地问："真的？"

石阔海说："听我们的，报警是唯一正确的办法，要不，我们陪你去。"

女人又迟疑片刻，站起来说："好，听你们的，我自己去。"

看着女人离开，石阔海向蒋丽雅竖着大拇指说："还是媳妇厉害，能看出这

是家诈骗公司，避免了重大财产损失，谢谢哦！"

蒋丽雅却说："应该谢谢的是二哥，不，应该叫长兄，也不全对，最应该感谢的是嫂子，我们的长嫂。"

石阔海点头，"对，真心感谢我们的长嫂！"

玉 化

1

三月中旬，某南方重镇一所全国重点大学到处鲜花盛开，温润的空气把芬芳送入每一个人的心扉，把艳丽打入每一个人的眼眸。很多人也因此神清气爽，对生活充满热情，势头仿佛比校园刚迎来春天的绿植还要郁郁葱葱。

但此刻，该校信息技术学院读大四的童尔成却心情不佳，他立在学院那棵最大的樱花树下，洁白中略带粉红色的樱花花瓣纷纷飘落，本该是一片浪漫的场景，在他的眼里却如一场严冬迟滞于此时仍在下着的雪，他的女朋友安醒就一直被这场雪笼罩着。他在等安醒，上午约了她在这见面，发的是微信，也没见回话，又先后发过去两个带问号的小人，还是没有回话，所以他不确定她会来。

安醒是这所大学工程与动力学院的学生，今年大四，与童尔成应该属于恋人关系。之所以说应该属于，是因为他们的交往超出一般的同学关系，常常出双入对，无话不谈，但谁都没有正式向对方表白，也没有拉过手，这在当下的大学生恋人中罕见。童尔成大安醒几个月，安醒把童尔成叫成哥，童尔成则把安醒更亲昵的叫作醒儿。

成哥和醒儿相识是因为申兰，也就是他们的兰姐。

童尔成大三的时候，参加学校各院系之间的辩论大赛，决定晋级的那场关键比赛上，他作为反方三辩手，被正方三辩手打败，导致反方整场辩论失利。比赛后，队友虽然在一片惋惜声中原谅了他的疏忽，但他自己却无法原谅自己。因为，对方是个女孩，一个很有气质的女孩。辩论时，他首先是被她的气质扰乱了思绪，又被她开口质问时那咄咄逼人的眼光所碾压。好几天，那种碾压感一直存在，并印在他的心上，渐渐成为一种朝思暮想的感觉。

童尔成打听到女孩是工程与动力学院大四的学长，名叫申兰。便找借口去她的宿舍拜访。

第一次去，是安醒开的门。

"你好，我找你们这的小兰同学。"

"你是谁，找她有事吗？"

"我叫童尔成，是信息技术学院的，其实，找她也没啥要紧事。"

"她好像是和男朋友去了图书馆，他们在备战考研，估计没有时间见什么陌生人。"

先听申兰的室友说她和男朋友在一起，又听人家把自己说成陌生人。童尔成又失落又有些生气，他解释道："我，不算陌生人吧，我和小兰同学见过的，不过，我是她的手下败将。"

"哦，我说怎么有点面熟，原来你就是那天的那个三辩手。"

"你怎么知道？"

"我是观众啊！"

"啊，你也在现场，这下丢人丢大了。"

女孩噗嗤一笑说："你之前的表现还是很优秀的，只不过，只不过后来你被兰姐的容貌和气质乱了分寸，我说的没错吧。不过，也能理解，没有几个人能过得了我们兰姐的美人关。对了，你是哪一年哪一月生的？"

"我，1997年6月，你这是查户口吗？"

女孩又笑着说："这就对了，告诉你吧，我们兰姐是95年初的，真正的大姐大，你别左一个小兰同学右一个小兰同学的叫了。而且，我要是没猜错，你是来追求我们兰姐的吧？像你这样冒失前来的我见过好几个了，我劝你趁早打住，她有男朋友。"

童尔成不但没有见着申兰还被眼前这个女孩看破心思，便很不友好地说："有没有男朋友是她的事，我想做什么是我的事，你又是谁啊，管那么多闲事？"

"本小姐叫安醒，嗯，你这个人倒是勇气可嘉，我也乐得看你到时怎么碰一鼻子的灰。今天，你还是回吧。"

童尔成又去过三次，前两次没有见着申兰，第三次见着了，但也见到了她的男朋友祝梦遥，一个身材魁梧，长相英俊，穿着阔绰的型男，让他很有受挫感。非但如此，他还直接被申兰拒绝："听我们安醒说，我的手下败将打算追我，现在你也看到了，我真的有男朋友，而且我们很相爱，知道该怎么做吧。"

"我，我……"当时，童尔成想解释，但不知道说什么。因为，他再次受到申兰目光的碾压，但不像是那天那种挑衅、咄咄逼人的目光，而是大姐姐那种成熟的、命令式的目光。

那天，申兰为了给他台阶下，还以命令的口气说："不过，你的勇气我还是很欣赏，我比你大几岁，你这个兄弟我认下了。我让安醒妹妹送送你，我这个妹妹也是很优秀的，佳人就在眼前，把你的勇气用在她身上吧。"

几个月后，童尔成和安醒果然成了关系非同一般的朋友，就像是在谈恋爱，但谁都没有把窗户纸捅破。

来年三月，满园春色就如今天这般美好，但成哥从醒儿那得知，兰姐考研失利，离国考线都还差着好几分，但她男朋友成绩却很不错。九月，兰姐的男朋友如愿去国外读研。成哥、醒儿陪兰姐去机场送行，兰姐问祝梦遥："学成后会回国吗？"

祝梦遥犹豫地说："如果有实力，想留在国外发展。"

"那我们呢，你想过我们的将来吗？"

"想过，我先去国外打前站，你好好复习，到时也去我所在城市读研，咱们一起创造幸福的未来。"

那之后，兰姐决定二战考研，成哥和醒儿也决定考研，三个人都有自己的

打算。

　　醒儿的父母在扬州经营一家主要面对中低档零售业主的宝玉石批发零售老店，收入可观，家底殷实，独栋别墅加豪车，拿独生女儿当大户人家的千金小姐，因而在学业上对她并没有太高要求，常常对醒儿说的就是，只要你过得快乐，大学毕业后不读书不工作都没问题，家里的钱够你花一辈子的。但正因为这样，醒儿觉得自己应该取得更高层次的学历，用知识创造的价值来提升自己的生活品质，而不是靠父母给的金钱。但是，毕竟是父母宠惯了的大小姐，虽有远见，却没有那份持之以恒的毅力和勤奋。

　　成哥的父母都是西北某市事业单位的高级知识分子，收入在自己的圈子里算是高的，但与那些真正有钱的、做官的没法比，因而也比较认死理，认为孩子要想在当今社会立足、发展、有所成就，至少应该读个硕士，读个博士更好，更有保障。特别是他父亲常说，培养一个贵族至少要三代，我的爸爸那一辈是大字不识一个的农民，供我读书几乎倾尽所有。到了我这一代，成了一个普通高级知识分子，只是有了相对稳定的收入和相对体面的生活，在经济上给你打了个底子，但也没啥大出息。所以，到了你这一代必须再向前跨一大步，成为真正的白领精英，向着贵族生活迈进。

　　成哥对此并不认同，认为成功的人生不一定非得高学历来支撑，至于贵族，如果从物质层面看，那只是被一些人羡慕，不一定被人尊重。如果从精神层面看，更高层次的学历和真正的贵族精神不能划等号，也不是唯一的递进关系。但是，他也必须考研。否则父亲会没完没了的给他上课洗脑，在手机上给他写信发信。父亲还是个家国情怀很重的人，在他看来，要对国家有贡献就要多读书，就要走进科研所或研发部门，抵近科学技术的前沿。同时，看着很多人落榜，童尔成这个来自西北的所谓"先天不足"的五百多分，很想挑战一下满屋学霸，众多的高考六百多分。

　　复习备考，起初一切正常。再后来，成哥和醒儿发现他们的兰姐心思越来越重，状态越来越差，话越来越少。

　　年底，三人在不同的考点同时参加考试。最后一场考完，成哥发微信约兰姐和醒儿见面吃饭，打算好好放松一下。等了好久，醒儿才回信："在宿舍，你快来。"

等成哥赶到宿舍，看到醒儿递过来的手机微信："我这次考得更差，路算是走到头了，再见，你们多保重。"联想到兰姐近期的状态，二人都为她担心。成哥给她拨电话，已经关机，一连几天都是一样。

加上此次考试自我感觉极差，醒儿也情绪低落，找种种借口推掉成哥的相约，直到放假不辞而别回了老家。临近开学的时候，考研的成绩公布，与往年对比，成哥超出大约四十分，虽然上不了报考的那所大学，但调剂一所还算可以的学校问题不大，心里还算满意。他把成绩发给醒儿，隔了很久才收到醒儿发来的一条短信："我刚好是去年的分数线，据说今年会高一点，估计是考不上了。"

2

樱花树下，成哥接到醒儿的微信，改去河边见面。

成哥心情更是沉重，醒儿说的河边是指她们学院试验大楼旁边的那条雅书河，河流恰好在那打了个不小的湾，形成半湖宽广的水面。在那里，常年游弋着一只灰天鹅，形单影只。他和醒儿曾猜测，它由于种种原因失去了伴侣，因而选择离开族群放弃迁徙，打算在这片水域终老一生。平时，只有他或者醒儿遇到什么烦心事，才会去那里。

醒儿正坐在长条椅上面朝湖面和那只灰天鹅发呆。成哥走过去坐在她身旁，也望着湖面和那只灰天鹅，过了片刻才问："心情还是不好，是担心兰姐还是因为考研的事？"

醒儿依旧望着前方说："都是，又都不是，莫名其妙的烦躁，什么都不想干。"

"其实，什么不好的事都没有发生啊。"

"那你怎么一见面就提出了两个让我烦心的问题？兰姐找不到了，我考研没戏了，这不就是不好的事情吗，而且，很真实地发生了。"

"我知道，这几个月让你心情不好的就是这两个问题，但我觉得这两个问题根本不是什么大问题。首先是兰姐，她是个很有主见的学长，虽然不知音讯，但她此刻一定在做着一件有意义的事，在为她的梦想奋斗。其次，你考研的成绩虽不理想，但通过调剂实现梦想也不是不可能。所以，你应该抓紧时间考虑调剂的学校。你看，这几个月你没必要如此不开心啊。"

"你说得轻巧，我最多就是刚刚够着国考分数线，调剂到三流学校读研都很危险。更何况，我即便调剂成功，也是从一所重点大学考进三流的大学读研，明眼人都知道，我这是越读越差。所以，我打算放弃调剂。"

"放弃调剂，你是打算二战吗？"

"不，我现在很讨厌考试，不想二战，连毕业设计都不想做。"

"那你是打算就业了。各用人单位的春招已陆续开始，想就业就要抓住机会，春招本身就没有多少好的职位。"

"我也不想急着就业，我现在什么都不想干。"

"那你毕业打算到哪去？"

"我想，我毕业后会留在这个城市呆上一阵子，将来有可能，会在这个城市定居，我喜欢这种有着现代气息但又不是规模超大节奏超快的样子。"

"这是你一时的想法吧？"

"不，是我深思熟虑。先不说我了，说说你，调剂本校也基本落空了，打算调剂到哪里去。"醒儿问这话时，眼睛又凝重地看着湖面和那只孤单的灰天鹅。

今天，成哥约醒儿见面是想和她商量一同去广州。这几天，他煞费周折才在那座城市找到两所大学，一所还算不错而且自己参加调剂很有希望，另一所很一般，但正因为一般，醒儿参加调剂才有希望。只要按照他的这个设想走，他们两个可以继续在一起读研，可以继续他们的感情，也不受相思之苦。

成哥试探着说："我查过了，我们一起调剂去广州读研的希望很大，要不要听听。"

醒儿却生气地对着他吼："我说了，不想读了，你管我的闲事干嘛。就说说你！"说完，又望向湖面和那只灰天鹅，眼睛里含着泪水。因为，兰姐的对象出国后渐渐和她疏远，甚至不再迫切要求她跟着去国外那个城市读书，其实就是面对现实，放弃了他与兰姐的感情。兰姐才变得抑郁寡欢，甚至有过考研失败就轻生来对感情做个了断的想法。醒儿为此抱着她哭过、劝过。现在，兰姐杳无音讯，自己也读研无望，而成哥则会去另一个城市读书。多么相似的一幕啊，在醒儿的眼里，那只灰天鹅就是兰姐，也将会是她自己。她甚至猜测成哥会自顾自去读研，之后因为疏远或者别的女孩介入而放弃他们之间的感情，你想嘛，当初他原本是去追求兰姐，结果，经兰姐三言两语就轻而易举移情到自己，多不可靠。这也是她这一年多都没有与成哥明确恋爱关系的潜在原因，尽管在这一年的交往中常常觉得他不会是那种对感情随意、不忠的人。现在，她望着湖面等待成哥用一句话切开他们情感的风向标，之后，一个在湖面孤独，一个在天空飞远。

不料，成哥伸出双手捧着醒儿的脸朝向自己，诚恳地问："醒儿，你确定要放弃读研吗？你确定会留在这个城市吗？请你回答我，我很是认真的？"

醒儿摆头挣脱，继续望着湖面说："相同的话，我不想强调第二遍。再说，劳燕分飞，各自飞，我的决定有那么重要吗！"

成哥又伸出双手捧着醒儿的脸朝向自己，诚恳地说："我也决定放弃读研，在这个城市找份工作，希望还有好工作，接下来我得攒钱买房子啊。"

醒儿摇着头说："别骗人了，远的不说，就你们宿舍，六个人，五个人入学成绩六百多，就你一个人五百多，现在，他们居然有两个人没有上线，你会不珍惜吗，你会放弃吗。还有，你父亲还指望你读硕、读博，向着贵族冲击，他会同意你放弃吗！"

"你不要怀疑，我说的是真的，这个决定也是我这段时间很认真考虑的第二个方案，选择题，二选一，选择权在你。既然你刚才做出了选择，我也就做出了选择。"

醒儿有些吃惊，也有些感动，但还是尽量克制着说："你这个傻子，做出这样的决定，不怕让父母失望吗？不怕毁了自己的前途吗？再说，你这是可怜我吗？我与你有什么关系？"

一连串好几个问号，个个都很现实。但成哥马上回答道："他们一定会失望，

但不意味着按照他们的想法去做是唯一正确的,只要我决定了,他们终究会接受,而且是他们所说的不论结果如何,都将欣然接受。至于前途,我更不相信放弃读研就会断送前途。最要紧的是,我作出这个决定,不是可怜你,而是尊重你的决定,珍惜我们的感情。"显然,这几个月,特别是考研成绩公布后,成哥对他们的将来做了很认真的规划,他想做醒儿心里那个冬季的一缕温暖阳光。

果然,这缕阳光已经让醒儿感到温暖,但她马上意识到不能这么自私,不能让成哥为了她放弃学业。她冷漠地说:"我没有给你过什么承诺,我们之间没有什么特殊的感情,即便是这普通的感情,我也决定放弃,和你分手。"说完,站起来打算离开。

成哥赶忙去拉她的手,想阻止。醒儿固执地甩开手说:"行了,话已至此,你回去吧,好好准备面试,继续挑战那些学霸。"说完,毅然转身离开,一转身,眼里的泪水就掉出来。她希望成哥没有看到,也希望这样绝情的话能让成哥感到气愤、离开,继而放弃,认真备战考研复试。她希望成哥真的是一个轻而易举就移情别恋的人,是个不可靠的人。但她越是这么想,心里越是不情愿,越是伤痛。

醒儿突然离开,她和那一袭长摆的白裙像一片巨大的雪花笼罩着成哥,让他无法举步追赶。但他很快就反应过来,这不是醒儿的本意,不过现在追上去也是徒劳,要给她时间考虑。他马上给醒儿发了一条微信:"我知道那并不是你的本意,我只有一个请求,不要把我这个普通朋友拉黑。"然后,独自坐在湖边看着那只孤独的灰天鹅,直到十多分钟后看见醒儿回信:"放心吧,又不是仇人,会把你留在圈子里。"

成哥回了一个笑脸,然后起身离开。身后几十米开外,醒儿躲在一丛山茶花后面深情地望着成哥的背影,矛盾、忐忑、揣测。

3

自从在雅书河分手,醒儿一连好多天再没有收到成哥的微信,也没有见他在朋友圈发任何消息。她处于极度的矛盾中，有时候会认为成哥这是在全力以赴准备面试，默默为他加油。有时候又觉得成哥果然是一个把感情看得很淡的人，就这么半推半就的与自己分手了，暗自骂他是个自私势利的小人。再想到兰姐的遭遇，她甚至学着电视剧里的怨妇那样暗自里骂，天下的男人都靠不住。

又过了几天，醒儿收到成哥的微信："还好吧，我有点忙顾不着你，但我希望你能在五一前完成你的毕业设计和其他毕业工作，到时，我有事找你。"

"毕业的事我会上心的，你不必操心。"

"好的！"

"你在忙些什么？"

"这你也不必操心，该忙些啥我自己知道。"

三月底，看着身边同学开始参加考研调剂和面试，醒儿更加担心成哥，不知道他会选择哪所学校，也不知道他复习备考的情况怎么样。这时，正好收到成哥发来的微信："我说话是认真的，已经放弃调剂。"

这或许是醒儿最希望看到又最不愿接受的消息，她赶忙给成哥打电话："你这个傻子，这么大的事情如此儿戏，等着，我马上过去。"

"不用了，我之前选择的学校已经关闭了调剂通道，招生结束了。"

"那还有别的学校，赶快抓紧。"

"没必要，我看得上的学校基本都结束了。去其他学校，和你一样不甘心。但你不必自责，我放弃调剂也有我的个人的原因，这些年和这些学霸比着学，太累，真的学不下去了。"

"这不是真实原因，也不管是什么原因，这样临阵逃脱，会气坏叔叔阿姨的。"

"已经和他们谈过了，他们信守诺言，欣然接受。而且，我咨询过好几位学长，他们说我们这种名牌大学的本科学历其实比一般院校的硕士还要被人看重，我们可以先就业，再根据将来的发展选择是否继续深造。"

"你这个目光短浅的傻子，大学毕业直接读研和工作后考研能一样吗，我真的不理你了，我们分手。"

"醒儿，不能这样，请你理解，喂，喂……"

　　醒儿生气地挂断电话，后悔自己任性放弃调剂迫使成哥也放弃了，又庆幸被她怀疑对待感情随意的他居然为了守住这段感情，真的放弃读研。她心里有种严冬退却，冰雪即将融化的感觉。她不知道，成哥真正作出这个决定有多难，别的不说，就他的父亲已经失望到了极点，再也没有理睬他，跟断绝了父子关系差不多。所以，她也不知道成哥在这个时候多么需要理解和安慰。她就这么生着气，不理成哥，不接他的电话，不回他的微信，也拒绝相约。

　　其实，醒儿这也是在逃避。

　　直到四月中旬，她都不知道如何面对成哥。虽然，她按照成哥的安排抓紧完成了所有毕业工作，只等拿到那一纸毕业证书，但她也不知道下一步该怎么办。别的同学都利用这段时间参加各种求职面试，而她则维持着宿舍、饭堂、图书馆的小三角，没有参加任何面试和洽谈。在她看来，找一个普通工作挣一份普通的工资，不是她想要的生活。如果过这样普通的生活，仅此而已，那她已经达到了，爸妈早就为她准备好了，而且，妈妈就在前两天还问过她的打算，并没有反对她留在这个城市的想法，原话就是，工作不工作都不重要，爸妈养得起，你只要开心就好。

　　成哥就不一样了，这段时间在努力地找工作。放弃读研已经让父母失望，如果再没有个稳定的工作，会让他们更加失望和担心，更不要讲什么未来规划和发展。而且，他还有醒儿需要照顾，男人，就得挣钱养家，虽然这个家八字还没一撇。他想，是，醒儿家里是很有钱，不必为生计担忧。但那样生活，他没有资格做醒儿的男友，更没有能力在将来做醒儿的丈夫。在这个关键问题上，他佩服和羡慕爸妈当年的作法，两个人在一个完全陌生的环境中，白手起家，共同创造幸福。

　　成哥求职的路也很难走，特别是春招，好单位不多，竞争激烈，好几次都是一路过关斩将顺利通过前面几轮面试，结果到最后一轮的竞争对手不是硕士博士，就是双学历双学位，自己惨遭淘汰，一度让他感到放弃读研或许真的是个错误。还好，就在一周前，他意外被替补进了一家在业内颇具影响的安全科技公司，原因是面试的第一名取得到出国读博的机会，不应聘了。合同签了，七月拿到毕业证后即刻上班，将从事电子产品的安全密码设计与管理。听人事部门的主管说，单身员工会安排宿舍，更让他对公司感到满意。

四月下旬，成哥隐瞒找到工作的事实，从母亲那要来一笔所谓的就业活动资金，加上父母为他买的教育保险返还第一笔本息，他去二手车市场花不多的钱买了一辆越野车，本地牌照，可以凑活着用个三五年。

成哥给醒儿发微信："去向辅导员请假，从五一开始，十天左右，理由是去外地联系工作。当然，不是真的要你去外地找工作，不逼你。"

这回，醒儿给她回了几个带问号的娃娃头。

成哥发出一条消息："想邀请你这个大小姐体验一下普通人无欲无为的生活。是苦是乐，咱们走着瞧。"

"不去，我不是什么大小姐，但对普通人的生活也不感兴趣。而且，我们分手了，我凭什么要听你的。"

"相识一年多，不是说分手就能分手，就听我这一次行不。咱们约定，回来以后，你若仍然提出分手，我一定在你面前消失。"成哥发完信息，也不再等醒儿回话，直接添置了一些必要的自驾户外用品，也包括充气卡在后排座位的休息床垫。

四月三十号傍晚，醒儿接到成哥的短信："准备好洗漱用品和换洗衣服，明早我们出发。"

醒儿回话："说了，不去，不感兴趣。"

"我那天跟你约定，你并没有拒绝。"

"我是嫌你啰嗦，不想理你，也不想打击你。"

"你打击不到我，我认死理。"

"不去，就是不去。"

"不说了，明天早上见，做好准备。"

"不去。"

"明早见。"

没见过这么死乞白咧的人。醒儿把手机扔在床上，一边生气却一边寻思，

该带点啥，十天时间，哎呀，麻烦，恰好那个快来了。

第二天一早，等醒儿接到微信走出宿舍合围的门，成哥戴着墨镜站在一辆越野车旁对她说："去把东西拿来放车上，我们出发。"

醒儿很吃惊："这哪来的车？你会开吗？"

成哥拿出驾照在醒儿眼前晃晃说："车是我买的二手货，本本拿了快三年了，至于开车，你不用担心，假期回到家，只要外出，我爹就逼着我开车，省道、国道外加高速路，全跑过来了。我这叫穷人的孩子早当家，拿行李走吧。"

其实，醒儿也老早就会开车，也没有太担心。出门时还在犹豫要不要拒绝，现在却禁不住有些激动，拿着行李上了车。她问道："我们去哪？还有谁去？"

"去青海西部，没有别人。"

"啥。开车去青海西部，得几千公里吧，而且就我们两个孤男寡女？"

"确切说是一千八百多公里，单趟至少要两天。但不能把我们称作孤男寡女，应该是一个窈窕淑女和一位谦谦君子。我保证，不会对你有非分之想，也不会……"

醒儿及时打断说："行了，别往下说了，早知道你这么疯狂，我真的不会跟你走。这一路，别忘了咱们的约定啊。"

成哥只是点了点头。两人暂时没话。

4

成哥和醒儿一路西行。第一天醒儿担心成哥的驾驶技术，战战兢兢，并严格控制他的速度，行驶大约七百公里就在城市郊区的农家小院住下。成哥很自觉地要了两间客房，一间条件好的给醒儿，一间自己凑活着住就可以，价格也就便宜得多。停车休息前，醒儿本来是要进城住好点的宾馆，成哥坚持说体验一下普通人的生活。到了农家，醒儿打算开两间比较好的客房，成哥又坚持说体验一下普通人的生活。一夜无事，除了接踵而至的客人，就是鸡鸣犬吠。醒儿心想，普通人的生活也太普通了，根本看不出什么苦与乐。

第二天，成哥和醒儿早早出发，一口气跑出八百多公里，入住青海海西的一处蒙古包，因为季节转暖又适逢节日，游客剧增，住宿费很高，成哥只开了一个标间，两张单人床被一个床头柜隔开，醒儿小声反对并说："不用担心，我的卡里有足够的钱。"

成哥说："我买完车也还结余一万多，加上平时在网上接点小活挣点设计费，这回出来也不缺钱。但普通人家，盘缠再多也不会铺张浪费。再说，草原上五月的夜晚依旧很冷，就算插上电褥子睡觉也要和衣而卧，就跟在火车上睡卧铺一样，不要不好意思。而且，让你一个人单独住一个帐篷，我也不放心。"

醒儿只好服从，但在心里嘀咕，成哥该不是在一步一步地给我设圈套吧。

入夜，成哥带着醒儿参加了店主为各位游客准备的锅庄晚会，但怕她高原反应，没让她跳几曲就回去休息。成哥也很识趣，先和衣钻到被窝里并背对着醒儿，几乎一夜都没有翻身。醒儿也和衣躺下，开始还是有些防范和忐忑，但架不住瞌睡袭来，不知道什么时候睡着了，直到天亮，仍然是一夜无事。醒儿想，就连人们心中向往的草原，也不过如此，普通得再普通不过了，哪能体验到什么苦与乐。

第三天，成哥带着醒儿用多半天时间跑完了最后四百多公里，来到青海西部的一座新兴城市。该市坐落在昆仑山脚下，是荒芜的戈壁滩上的一大片人工绿洲，也是进入青海西部见到的最大最现代的城市。这回，成哥在市区找了一家很像样的酒店，开了两个房间，仍然是价格上区别对待。一路奔波劳顿，食宿都有些对付，醒儿早就受不了，觉得浑身痒痒，就要发臭了，赶忙把自己关起来认真梳洗一番。站在宾馆宽敞明亮的浴室里，花洒温暖的水柱倾泻下来，让她有种享受高品质生活的感觉。这种感觉也让她有些惊愕，这不是我之前已经拥有的再普通不过的生活吗。

醒儿刚刚洗完梳妆完毕，成哥打电话把她叫到大厅，然后带她出门步行。

"成哥。我们这要到哪去，这么一路向西跑，就是你说的普通人的生活吗？"

"我们去见一个人。对了，你们家是开宝玉石店的，对宝玉石多少有些了解吧。"

迭代时光

"生意是爸妈在做，我什么都不懂。"

"我们今天去见的人是廖叔叔，玩石头的大咖。但他手里的石头和你们家的石头比，就是地道的普通货，甚至是不入眼的顽石，它们的出处也大多靠的是地道的普通人，而不是那些出手豪横的矿老板、玉老板。"

"你是怎么认识的，网上吗？"

"不瞒你说，廖叔叔是我父亲的朋友。一位普通的老石油勘探技术员。"

"对，对，你爸妈之前在敦煌。"

"廖叔叔先退休的，并随儿子在这安了家。"

醒儿跟着成哥来到一个老旧的住宅小区，敲开一户人家。

成哥先开口问候："廖叔叔好，您还那么精神。对了，我来这，您老人家没有告诉我爸妈吧。"

"尔成，不是叔叔我说你，能考上却要放弃，你可把你爹气坏了。我再告诉他你莫名其妙地跑这来了，还不真把他气趴下呀。对了，这是你女朋友吗？"

不等成哥回答，醒儿抢先开口说："叔叔您好，我是他的校友，是来做社会实践的。"

"哦，我说你们怎么会到这大西北来，而且指明要看我的那些个烂石头，原来是社会实践。来吧，我这石头有点多，也有点乱，每个房间都有，随便看，就跟自己家一样。"

成哥贫嘴道："您是看着我长大的，这可不就是我的家吗？但是，廖叔叔，咱家这些石头我也不认识啊，您老人家可得受累给我们解说解说。"

老人家求之不得，带着两个孩子把各个房间包括厕所都转了个遍，地板上、柜子里、床底下，石头到处都是。

这些石头在醒儿眼里再一般不过了，很多与马路边的乱石没啥区别。但老人家却爱不释手、如数家珍，你们可别小看我这些从戈壁滩捡来的石头，好些人想掏钱买，大价钱，我还不卖呢。看见没有，我这有陨石，托帕石，金丝玉，芙蓉玉，玛瑙，泥石和画面石等。

在卧室，廖叔叔指着众多外表相同、形态大小各异的石头说："这些大多都是陨石，尤其这块，通体灰黑又带着一点闪电花纹，是我这些石头里的精品，很多人都想高价收购，我就俩字，没门。因为，陨石来自外星球，其中有我们未知的化学元素，所以在科研上是有帮助的，我这块石头就在这静候有识之士吧。"醒儿很仔细地盯着这块石头，因为她对陨石的概念停留在书本和电视剧里，想象中蕴含着神奇的能量，怎么会如此其貌不扬、随处可见呢。

在书房，醒儿看到更多的石头，表色黯然，细看则色彩丰富。廖叔叔说："这里面大多都是托帕石和金丝玉。托帕石也被称为宝石光，它和金丝玉一般分布在戈壁沙漠中，没有矿脉，主要被加工成戒面，耳吊以及吊坠等装饰品。金丝玉因为色彩多样，有红、黄、绿、黑、白等，同一种颜色也会呈现不同的层次，外形非常漂亮，成为宝石界的新起之秀，好的金丝玉其身价甚至赶超和田玉。"估计是看到原石的缘故，这些石头根本不入醒儿这位玉老板千金的法眼，她心想，普通人，只有拿着这些普通石头自娱自乐。

廖叔叔还拿起一块石头用绒布擦干净，让两个孩子观察了一会才说："金丝玉在骤冷骤热的戈壁滩上接受千万年风沙的洗礼，最终成长为非常稳定和优秀的玉石品种。金丝玉因为油性非常好，常被人们做成吊坠，手把件等，有些收藏爱好者更喜欢收藏原石。这块石头打磨打磨是一块质地很好的金丝玉，但我保留了它的原貌，看看这花纹，像不像天地融为一体的夜晚，一个孤独的人顶着只有一颗星星的光芒行走。"

刚才观察石头，醒儿其实并未细看。现在经廖叔叔这么提示，果然看出酷似人影和星星的纹路，都只有一个，孤独的意境被凸显出来。

廖叔叔接着问："你们说说，这个人在干啥？"

对金丝玉作了那么多解说，又提出这样一个问题。成哥和醒儿的第一反应，这该是个深奥或者很有寓意的问题，不敢贸然回答。谁知廖叔叔却说："他在捡石头啊！"

"在捡石头，廖叔叔您这也太逗了。"成哥哈哈大笑，醒儿却感觉还有后话。

果然，廖叔叔接着说："君子配美玉。但是，玉从哪来？富人有富人的路数，普通人有普通人的经纬。你们看，这个普通人在寻找属于他的美玉，寻找经过戈壁滩上千万年风沙洗礼而成的美玉，寻找他的幸福。但其实，经过岁月的打磨，每个人都将成为一块表面粗糙内心澄清的美玉。所以，不论一块石头还是一个人，都有一个在艰难环境中玉化的过程。"

两个孩子若有所思地点头。廖叔叔来到厕所说："这里面和阳台上基本都是泥石和画面石，因为品质优良的泥石数量很少，而且肉质细腻，倍受人们喜爱，通常会被做成手把件，小摆件等。画面石，顾名思义是因为石头表面花纹独特、新奇，倍受奇石爱好者的喜爱，大多数画面石通过简单清洗，就可以直接当做手把件或者摆件，甚至盆景装饰品。"

看完石头，成哥佩服地说："廖叔，您玩石头都玩成大家了。"

醒儿对这些石头的价值存有疑问，老拿它们与爸妈店里的宝玉石成品进行对比，但她此刻也对法廖叔叔投去敬佩的目光，心想，一个普通人拿着普通的一块石头，对人生却作了深刻的理解和诠释，真的了不起。而自己的父母，做了几十年的宝玉石批发零售生意，面对柜台和库房里琳琅满目的成品，包括锁在保险柜里的所谓镇店之宝，除了直观的尊贵与否、价格高低，未必有过这样的理解或感悟。

成哥接着问："廖叔，我明天要带她去捡石头，体验普通人寻找幸福的那种惊喜，您老人家帮我联系好师傅了没？"

"联系了，一对年轻教师夫妇，我的石友，入行晚，但上手快，当你们的师傅没问题。明天一早去宾馆找你们，然后带你们去281。回去准备准备，早点休息吧。"

成哥和醒儿出门没走两步，廖叔叔手里提东西追上来说："差点忘了，老朋友的孩子，送几块石头我还是舍得，刚才给你们介绍的石头，一样选了一块小的，有标签，给你们明天当样本，照着捡。"说完，顺手递给了醒儿。成哥会意，心存感激。

回到宾馆，成哥说去附近的超市买点明天的必需品，让醒儿先回房间休息。醒儿却站在宾馆门前一边等他一边四处观望。宾馆门前的马路南北走向，朝南的远端矗立着连绵起伏的高山，应该是成哥说的昆仑山，已经是五月的天气，昆仑山的腰际还有一条明显的雪线,给人一种圣洁、肃穆的感觉。路两边的树木品种单一,差不多只有杨树和柳树,这些树木才刚刚吐露新芽,它们散发出的青涩味道似乎是空气中唯一的芬芳。这座城市的居民们在夜色和这样的芬芳中怡然漫步,满满的幸福感。醒儿忽然感到,与这样的青涩味道相比,大都市群芳争奇斗艳,或为多余,或为喧嚣。她进而认为,大都市的繁荣给了那里的人们太多的欲望,而人们在追求并满足欲望的同时,又给了大都市新的繁荣,催生了新的欲望,如此反复,成为漩涡。漩涡里的每一个人,在快速旋转的节奏里,很容易变得急功近利,很容易失去重心,失去目标。

醒儿自言自语道:"必须先跳出来,冷眼旁观,这或许就是成哥的良苦用心。"

5

一大早,成哥和醒儿紧随前面的白色越野车离开市区向西行驶,目的地是"281",一个代号,用国道上的一段公路里程标识了本地石友常去捡石头的地方,属于一望无际的戈壁荒滩。带路的是一对三十多岁的夫妇,两位儒雅的教师。路两边偶尔会出现一小片不足半人高的灌木林。醒儿疑惑地问:"一路过来,就属这西部最为荒凉,怎么能活人呢?"

成哥说:"所以,这里的人们,特别是这里的游牧民族非常值得敬佩,坚韧而富有智慧,朴实而又豪放。当然,这种对他们的赞美,你在影视作品里也见的多了。但在艺术渲染下,你未必能有这种真实感,也未必由衷的敬佩。"

醒儿未作辩解。

到达目的地,不到十点。

两位老师也从车上拿出各种石头对他们进行简单培训,并强调,在这样的地方寻宝,首先要确定自己最初的标记物,最好拍照备份,离开后一定要注意自己的方向,并随时回头寻找标志物,要确保它一直在你的视线范围内,能够随时导引你返回起点。然后,带领他们按照与公路垂直的方向走进这片戈壁的纵深。出于好奇,也受到廖叔叔的启发,醒儿也很认真,隔二三十分钟就会捧

着一些石头让两位老师鉴别，然后大多都会被扔掉。几经寻觅，醒儿收获了两块勉强可用的金丝玉原石和一块泥石，成哥收获还要多几块。

两个人兴致更浓，越走越开，几次被老师收拢回来。

两个多小时很快过去，大家回到车旁，一边午餐一边分享收获。完了，两位老师对成哥说："既然你们时间紧，今天还要赶路，咱们就此别过，前面还有一百多二百公里，路上一定小心。这地方隔三差五就有人来，不走远点见不到好石头了，我们也回去了。"说完，开车走了。

看着汽车变成一个小点，醒儿责怪说："我都同意而且跟着你跑这么远来，你为什么还把我当一般人，要到哪、要干什么都不事先告诉我呢？"

成哥假装认错："哦，忘了，忘了，下次不敢了。"

"还说不敢，你现在也没说往前走是哪里，我们去干什么？而且，你没发现吗，这条公路很繁忙，不时就有大车驶过，有时还是一连好几辆，往前走会很危险。"

"我们今天的目的地，就在前面十公里左右，我们要继续捡石头。"成哥说着拉开车门，并示意醒儿也上车。醒儿跺跺脚，坐在车上生气。

车辆启动，公路继续把黄土色的戈壁撕开一道黑亮的口子，汽车继续在这道口子里撕开呼呼的风声和洋洋洒洒的沙尘。车确实很多，成哥在醒儿责怪、担心的目光监督下，控制车速专心开车，大约半个钟头，过了一处交通监测摄像头，被闪拍了一下，路边右侧出现一处工地和两排彩钢房。再往前走了几分钟，左手边离开公路百八十米的地方出现一小片灌木林，被周边辽阔的戈壁围着，看到它的人可以理解成孤独，也可以理解成独受上苍眷顾。

减速，发现此时的道牙石与道路边缘衔接略微平缓，似乎有人曾开车下去过。成哥小心打着方向，下路，格外颠簸，但还是抵近灌木。灌木一丛一丛，有的高不过膝盖，枝丫稀疏，有的超过半人高，枝丫相对繁茂，整片灌木林大约一百多平米。如果全部返青，也算是戈壁上一片少有的绿洲。

成哥下车看看，又在灌木丛转转回到车上小心地看着醒儿说："还有事和你商量，我们今天就到这了，不走了，一会去捡石头，然后，做饭，吃饭，睡觉，看星星，不知大小姐是否……"

还没说完，醒儿的眼睛珠子就气得快鼓出来了："就到这，你再说一遍，你的意思是我们今晚就在这过夜，你想没想过安全，你想没想过我们怎么熬过这个晚上，你这也太疯狂了吧。"

"我想过，安全没有问题，这么荒凉的戈壁滩上不会有野兽，而且离公路很近，不时有大车呼啸而过，有野兽也会躲得远远的。"

听完，醒儿推开门跳下车继续吼："那人呢，就不怕有坏人吗？"

"这我也想过了，肯定安全。现在的治安还是很不错的，没有那么多穷凶极恶的歹徒。你刚才注意到没有，几公里外就有工区有施工人员，还有正常运转的交通监测设备，过往的车辆都被记录，他没那么傻。而且，你看看手机，在这里有信号，差不多满格，只要有人来，咱先偷偷拍一张发给朋友，这对歹徒有足够的震慑力。"成哥一边说一边摊开双手，故作潇洒。

醒儿不自觉地看看手机，确实信号可以。但她继续生气地说："但是，你别忘了，你还带着一位女士，在车上怎么过夜。"

"我可以在驾驶座窝一晚上，之前和爸爸这样熬过两次。至于你，我准备了铺在后排的充气床垫，还有户外用的加厚睡袋，虽然有点委屈，但比我就舒服多了。我，硬座，你，卧铺，待遇相当高，就欣然接受吧。"可能是看到醒儿没有真正大发脾气，也没有甩门离开，成哥说话有些贫嘴。

连着三个问题被一一作答，甚至逻辑严密，没有漏洞。醒儿气哼哼的喘着，好一会才冲到成哥这边，指着他问："你，你把事情一步步算计好了，是不是会对我有所企图？你这个人太阴险了！"

成哥得意的表情一下收敛了，严肃又尴尬地说："你怎么会这样看我呢，我是那样的人吗？我，我，我跟你讲，算了，不讲了，上车吧。咱们这就走，如果继续往前，是一个有历史也颇具神秘感的新兴城市，也可往回走，咋走，你说吧。"

醒儿上车，生气地说，随便。

成哥开车上路，继续向西，并和颜悦色对醒儿说："我们往西走，一路经过

哪些地方，手机都可以查到，你可以在你认为可以停留的地方提前预约宾馆。"虽然，醒儿那样质问他，但他喜欢醒儿，不会生她的气。况且，自己那么做，为的是让醒儿感受普通人的恬静和浪漫，别无企图，但她一个女儿家，质疑、担心、害怕都是正常的。

醒儿系上安全带，闭上眼睛。

成哥则专心开车，一个小时后，大车缓慢通行造成道路短暂拥堵。成哥两脚减速刹车，车辆晃动。醒儿张开眼睛看窗外，再次经过一处施工工区，稍大一点，多了一排彩钢房，一台挖掘机和一辆脏兮兮的工程指挥车。

几分钟过后，左手边又出现一片灌木林，和刚才停车的地方差不多。车辆驶过，成哥目视前方，如若不见，但醒儿故意扭头看了看。刚才，她其实并没有睡着，而是闭着眼睛想问题。那样质问成哥确实太过分，试想一下，成哥如果是那种人或者对自己有所企图，用不着精心设计这么遥远的路途并等到现在，他们交往一年多了，有足够的时间制造各种机会呀。况且，有些大学生恋人相识没有多久便在外租房住在一起。而成哥，甚至没有强行拉过自己的手，不是谦谦君子哪有如此定力。

这么一想，醒儿现在很想和成哥说话，或者说是道歉。她试探着把茶杯递给成哥，成哥表情自然地接过去喝了几口。她接回杯子说："成哥，我有两个问题，可以问吗？"

成哥笑着扫她一眼说："可以呀，再多问题都愿意为你解答。"

"那，我们晚饭吃什么？"

"一会到了乡镇或城市再看吧，一定有饭馆。"

"不，我是说，如果我们在户外或者在车上吃。"

"问题是没这个必要啊，我们会赶到城镇安顿下来，然后吃饭馆啊。"

醒儿知道成哥能听出她的意思，但可能有所顾忌，不敢顺杆爬，便说："好吧，第一个问题你听不明白，那我就问第二个问题吧，你说，晚上睡在车上能看见星星吗，我要的是满天的星星。大城市甚至一般城市的夜空看不到几颗星星，满天星星就更难得了。"

"如果天气好，没有云彩遮蔽，肯定可以看到满天的星星，感觉伸手就能摘下来，还能清晰地看见银河。"

"今天的天气就很好啊。听到了吗，成哥，我是说今天的天气，就，很，好！"

"今天天气确实不错。"成哥当然能猜到醒儿是啥意思，但他只说了这么一句。

醒儿没等到后半句，红着脸追问道："今天的天气很好，然后呢？"

"然后，然后，就没有然后呗。"

"成哥，你这是要故意气我还是在生我的气，我意思是按照你之前的安排在这地方呆一晚上，做饭，吃饭，看星星，你听不懂吗？"醒儿的脸色由害羞转为愠怒。

成哥坦诚地说："我当然听得出来，但我不想让你趋附于我，做不喜欢的事情。"

"刚才是有很多顾虑，但现在都消除了，所以，我不是趋附于你，而是很期待这个浪漫的夜晚。当然，你别想多了，我指的是野炊和在车里看星星。你如果真的没有生我的气，就掉头，咱们找个安全的地方驻车。"

成哥一边掉头一边高兴地说："真的没生气，我也一样期待那样的浪漫。"

6

成哥和醒儿选择在第二处灌木林旁驻车。成哥拎着户外锹在这片面积不大的灌木林转了一圈，在一处枝丫繁茂的灌木丛背面挖了一个深度三十四公分的小坑，叫醒儿过来说："我看了，确信这没有动物来过的痕迹，一定安全，这就是临时厕所，从汽车和公路看过来还算隐秘，明天走前填埋，也不会污染环境。"

没想到成哥这么细心、贴心，醒儿有些感动和佩服。特别是眼前这个厕所，太及时了，刚才肚子隐隐作痛，估计那个快来了。

回到车上，成哥开始忙活，醒儿才发现后备箱里有很多东西。

成哥把东西搬到车外，或者后排座，整个后备箱被腾空，然后把一张小电脑桌打开纵向放在中间,两边恰好可以坐人,一个空间略显局促的餐厅布置完成。

之后,成哥洗好黄瓜、水萝卜和芹菜,连同火腿肠切成细丁,仔姜切丝,加几种调料拌匀罩上保鲜膜放在车顶日晒发酵,又接好卡磁炉。

醒儿说:"普通人不是该烧柴火做饭吗,我们可以用这些干死的树枝点起火堆。"

成哥制止说:"千万不可,你知道这叫什么吗,叫红柳,又名桑树柳。是一种灌木,具有固水土作用。红柳树具有顽强的生命力,扎根于贫瘠的土壤,例如盐渍土壤和沙漠戈壁,不会贪婪追逐雨水或阳光,不需要人们施肥,也不需要灌溉,它根深蒂固,从土壤中吸收所需的微薄营养。这些红柳并没有死,生存环境恶劣,它们要养精蓄锐,等到春夏之交才返青,开花,衍枝拔节。在戈壁见到它们,更令人敬畏。"

切葱末,调鸡蛋,倒油,炝锅,下饭。不一会,凉拌什锦菜、葱花蛋炒饭、菠菜西红柿汤逐一上桌,车里香气四溢。

做饭前,成哥让醒儿去前排休息,但醒儿不听,她跟着成哥打转,像个跟屁虫。

成哥殷勤地用衣袖擦擦垫子,弯腰请醒儿入座:"尊敬的安女士,愿意和你的仆人共进晚餐吗?"

醒儿昂首挺胸,假装提了提裙摆,侧身入座,不作声,憋出一脸高贵的表情。

成哥侧身入座,也不作声,屏气看着醒儿,像个忠实的仆人。

画面静止几秒钟,醒儿严肃地问:"可以用餐了吗?"

成哥一撸袖子,嬉皮笑脸地喊:"开整,开整。"

醒儿开口大笑:"大煞风景,天哪,我的仆人是个粗人。"

"不是粗人,是普通人,粗茶淡饭,生活简单,说话更简单。"

"不是粗茶淡饭,是美味佳肴、山珍海味。不过,这凉拌菜是不是少了点香油?"

"平时是少不了,但香油是凉性的,这几天不行,而且,你最好多吃点姜丝,不用说为什么,你懂得。"

"不，我要说，天哪，我的仆人还是一个变态偷窥男。"

"尊敬的女士，你这样说会让我蒙受不白之冤，请您重新组织语言，把持公道。"

"真的吗，容本尊想想，现在，吃饭不许说话。"

太阳就要落下，天边仅有一丝明亮，在成哥的眼里是桃色的，像醒儿害羞时的腮红。他趁着醒儿去那丛灌木背后，剥了三分之一完整的橘子皮放在小瓷碗中，又在橘子皮中央立了半截红烛，点燃，再冲两杯速溶咖啡。

醒儿回来，惊喜地喊："天啊，太浪漫了。"

成哥说："两个有顺序的数字12、21，你选一个。"

"有区别吗，我选21。"

成哥说了句，好的，按下手机，音乐响起。

美丽的夜色多沉静，草原上只留下我的琴声，想给远方的姑娘写封信也……

Remember me to one who lives there, once was a true love of mine.

先是关牧村的《草原之夜》，后是《斯卡布罗集市》，两首歌曲循环播放，把夜幕渐渐扯下来，星星被一盏一盏点燃。此时，国道上仍然不时有汽车驶过，但他们或者因为行色匆匆，或者因为旅途劳顿，或是暗夜拉长了视觉距离，他们错过了一幅真实唯美的风景。萧条的灌木丛边，越野车的尾门上翻，烛光照着两个年轻人，两个年轻人在仰望星空。

两人无话，但心灵默契，直到银河划破夜空。成哥指着天空说，看到了吗，那是牛郎星座，排列像牛的犄角。那边是织女座，排列像织布机上的梭子，中间就是银河，唉，中间隔着银河。"

醒儿痴情地望着星空，稍许，轻轻拍着电脑桌说："我们之间也隔着一条银河。"

这话让成哥有些动情，想收起桌子把醒儿搂入怀中，但怕之后自己会把持不住，成为醒儿所猜忌的阴险之徒。他克制着自己说："让银河消失是轻而易举的事，但此刻，我们要遵守之前的约定，我们休息吧。"

醒儿迟疑地点头。

　　成哥先烧了热水,一部分冲热水袋,一部分让醒儿将就洗把脸。在醒儿洗脸、上厕所的工夫,成哥已经把气垫充好铺好。等成哥去上厕所,醒儿只脱掉外衣外裤抱着热水袋钻进睡袋。成哥回来,天窗和副驾窗户各留一条缝隙,放倒驾驶座椅,裹着睡袋,关闭车灯锁好车门开始休息。

　　刚开始,醒儿还是有些担心害怕,不是怕成哥,而是担心安全,但最后还是架不住瞌睡袭来,带着浪漫的好心情睡着了。听到醒儿呼吸均匀,成哥心里念叨一句:"尔成,你小子行啊,是个爷们。"开始闭目养神。

　　星星眨眼,月儿窥视,不远处的国道上仍然车来车往。

　　后半夜,气温骤降,热水袋也失去热度,醒儿感觉到冷,她翻转身子想问问前面的成哥冷不冷,成哥的睡袋要薄一些。还没开口,成哥打开阅读灯伸手摸了摸她的秀发说:"给你,脚底、后背和胸前各一个,就不冷了,接着睡,还早着呢。"

　　醒儿接过去一看,是三个暖宝宝,心里更加温暖。她问:"那你呢,不冷吗?"

　　"我,说起来丢人,我也用上暖宝宝了。睡吧。"

　　天边泛起鱼肚白,醒儿想叫醒成哥。她醒了有一会儿了,确切说,她急需去厕所更换护垫,但是听到成哥在熟睡,就等了一会,现在,不能再等了。

　　"成哥,我,我想上厕所。"

　　"哦,等等,等等。"

　　成哥摇摇迷瞪的头,钻出睡袋,披上衣服,看着窗外的灌木林猛打几声喇叭,又去后备箱拿着户外锹去林中看看,回来说,去吧,安全。醒儿已经穿上衣服,快步下车说:"不行,我还是害怕,你得帮我看着点,但不许看我,看四周。"

　　成哥把灌木林扫一遍,目光落在那一丛茂密的灌木丛前,笑笑,小声说:"尔成啊尔成,你小子也真会挑地方,想看也看不清啊。"其实,成哥前半夜基本没睡着,心里还是为安全担心,也担心冷着醒儿。后半夜,让醒儿用暖宝宝加温后,才保持着警觉入睡,没睡多一会。现在,他裹紧睡袋打个哈欠为醒儿警戒,隐约看着她从灌木后起身回到车上,把醒儿看得有些不好意思。

　　醒儿又脱去外衣钻进睡袋说:"从外面进来,睡袋还是暖和多了,我还想睡。"

　　成哥锁上车门说："睡吧，我也睡个回笼觉。"

　　成哥很快入睡，但醒儿睡不着，几个月来，她一直处于孤独和迷茫之中，包括他和成哥的感情。而这几天，有成哥的精心安排和陪伴，虽不孤独，但依旧迷茫。仔细想来，其实也只是考研不顺，就不知道自己想拥有什么样的生活。做一个高层次的人吧，由于自己的懒惰，没有拼得机会，还拖累了成哥。做一个普通人吧，由于家境优越，已经没有了普通人的恬淡和务实，更没有了他们的乐观豁达。

　　醒儿想，她可以在都市典雅或金碧辉煌的殿堂里拥有半盏红烛和一杯咖啡，也可以像昨晚那样在简陋局促的空间拥有半盏红烛和一杯咖啡，哪一个才是自己真正想要的呢？或者，二者都是自己想要的，但哪个在前哪个在后，孰轻孰重？她还想，假如此次考研顺利上线顺利录取，是不是就没有这些问题，没有这种迷茫了呢？

　　思来想去，不觉日头升起，照进车窗。醒儿感觉成哥的脸庞更加阳光，伸出手去抚摸，刚刚触及，就把他惊醒了。

7

　　太阳直晒头顶，成哥和醒儿提着二三十块小石头回到车上。成哥开始做饭，醒儿随意把玩着他们捡回来的宝贝，想起廖叔叔的话："君子配美玉。但是，玉从哪来？富人有富人的路数，普通人有普通人的经纬。这个普通人在寻找属于他的美玉，寻找经过戈壁滩上千万年风沙洗礼而成的美玉，寻找他的幸福。但其实，经过岁月的打磨，每个人都将成为一块表面粗糙内心澄清的美玉。"不由觉得，自己和成哥其实都是抛进岁月的一块石头，无论普通或者显赫，平庸或者高贵，都走在玉化的路上，都将不断接受爱与恨、苦与乐、成与败的洗礼，殊途同归。又何必纠结此次考研的结果，被一次挫折打败。又何必把长远的梦想当成现时功利的目标，患得患失，就此沉沦。

　　醒儿放下手中的石头，心里的石头也轻了许多，又成为成哥的跟屁虫。

吃完饭，成哥说："醒儿，既然来体验普通人的苦与乐，你就得像普通人那样劳作。这样吧，我来洗碗收拾餐具，因为我知道哪些东西该放在哪个地方，后备箱才够干净够整齐。你呢，去把那个坑填埋了，再换个隐秘的地方挖个坑，不用太深，今天下午要走，估计用不了几回。"

醒儿说："那就不挖了，凑合凑合，走之前再埋呗。"

"本来完全可以这样，但我说了，普通人每天都要劳动，得专门让你体验一下。要不，一会我们一起挖吧，但你也得动手。"

醒儿想到一会被成哥看到她丢弃的东西会很尴尬，赶忙捏着鼻子说："好吧，听你的。"

成哥还是习惯性地扫视一遍灌木林及四周，确保安全，低头继续收拾炉具餐具。眼看就要做完，突然听到醒儿大声喊叫："成哥，成哥，你快过来。"

成哥抓起菜刀冲过去，一边紧张地四处张望一边问："咋了，咋了，遇到什么东西了？"

醒儿并不惊恐，跪在地上指着刚挖去表层的土坑说："这，这，这好像是谁埋的东西。"

"我以为真的遇到野兽了，你可吓死我了。"

"别紧张，没有野兽，但这个也算是重大发现吧？"

"是不是重大发现，挖出来看呀。"说着，成哥开挖，不一会挖出半个书包大小的帆布包，像是野外勘探人员常用的那种斜挎包。估计至少埋了几个年头了，结实的帆布都有些衰了。

"成哥，快打开，我们是不是要发财了？"

"想得美，也许是什么不好的东西。"

"那还是埋回去吧，就当没看见。"

"但也许是一些好石头，在这静候有缘人。"

"人们常去的是281，离这几十公里呢。"

"那我们更有缘了，如果我们昨天在前面那片灌木林驻车，怎么会挖到它呀，不行，我得打开看看，你先躲躲，回车上去。"

"我不，如果是啥不好的东西，你要出个啥事，我躲车上也没用，我全靠你呢。"

"那好吧，我小心点，没有我同意，你不要动手。"成哥去车上戴了一双手套打开帆布包，里面是个不大的塑料袋，口子系得很紧。成哥再小心打开塑料袋，里面还有一层塑料袋，再打开，里面有一块石头，像是金丝玉，扁长，有成人手掌大小，还有个更小的塑料袋，里面好像封存着纸张。

成哥摸摸石头，又闻闻塑料袋说："估计没啥问题，走，回车上去慢慢研究。"

回到车上，成哥打开小塑料袋看看说："应该是书信或留言，写了不少，醒儿你念来听听，我先看看这块石头，我们是不是真的发了笔小财。"

展开书信，字迹娟秀，应该出自女人之手。醒儿读起来。

你好！我们能在茫茫戈壁这样一个微小的点上结缘，真的是个奇迹。先让我给你们讲个故事吧。

有一对夫妇，男的是路桥勘测设计人员，女的是一个小花店的老板。他们是重组家庭，结婚时，男的四十多，女的也已四十出头，他们很相爱。为了避免高龄生育危险，男的拒绝了女人想给他生个孩子的打算。他们很珍惜这份感情，男的早早就开始为两年后的结婚五周年纪念日做准备，他想在那一天送给女人一块有着天然梅花图案的美玉原石，玉的底色要白，梅要有枝，花色略带黄翠，取一剪寒梅傲立风雪之意，以此赞誉美丽的妻子和忠贞的爱情。但这样一块美玉在珠宝店的价值可想而知，他们难以承受。于是，男的在工作之余，跑了很多地方，在野外寻找，都未能如愿。

后来，他决定等手上的项目设计完成，去西部一个叫281的地方寻找。

可是，有一天，他在那个项目的现场勘测途中，突发心脏病不幸离世。

那个女人经受如此打击，极度悲痛，极度消沉，甚至有过轻生的念头。直到离那个结婚五周年纪念日不到半年，女人毅然从悲痛中走出来，背上丈夫的背包去了那个叫281的地方，寻找丈夫说的那块石头。

但是，去281寻宝的人太多，常人所及的地方不知被筛过多少遍了，女人当然找不到那样完美的石头。她沿着公路扩大搜寻范围，终于找到一块金丝玉，与爱人的想象相近。返回的路上，她还意外捡到一块只有她才看得懂的画面石，画面上，五六棵白桦树和白桦树皮上的"眼睛"隐约可见，女人想起了那首凄凉又深情的爱情歌曲，决定带回画面石作为丈夫留给自己的纪念，把金丝玉埋藏起来，静待有缘人在将来的某个时刻见证他们的爱情。

故事，讲完了，你也猜到了，那个女人就是我。谢谢你的聆听，谢谢你为我们流泪。

但也请你擦干眼泪，带上这块石头离开，让这石头上的一剪梅花含芳傲雪。因为，不论我们遇到什么苦难和不幸，生活都要继续，都要照着既定的美好目标迈进。

醒儿泣不成声，勉强读完。成哥擦干眼泪说："醒儿，我们把东西埋回去，让它静候这真挚爱情的第二个、第三个、第 N 个见证者，直至永恒！"

醒儿含泪点头。成哥在书信后加了一句：

你好，我们是成哥和醒儿，是这段凄美爱情的第一个见证者。请继续！

然后把书信和石头再加一层塑料袋密封好，放回帆布包，拉着醒儿把帆布包埋回原处。回到车上，两人沉默了很久，醒儿说："我想听歌。"

成哥在手机上搜索并打开播放器。

"……白桦林刻着那两个名字，他们发誓相爱用尽这一生……来吧，亲爱的，在那片白桦林……"

成哥沉默，醒儿落泪。一曲终了，醒儿说："阿姨说得对，不论遇到什么苦难和不幸，生活都要继续，都要照着既定的美好目标迈进。更何况，我们眼前遇到的都是小事。成哥，我们回学校吧，我想抓紧回去找工作，我们也不分手，可以吗？"

成哥使劲点头。汽车发动，一路向东。

第二天，醒儿指着绵延十几公里的太阳能设施说："成哥。这是我的专业，咱们拐进去看看吧。"成哥一边打方向一边说："你打算在这戈壁滩上发光发热吗？"

　　醒儿笑笑说："先做一枚普通的石子，在寻常生活的苦与乐中慢慢玉化，未尝不可。"

　　成哥一边打方向拐上通往厂区的水泥路，一边说："那我要与那家公司爽约了。"

　　快到厂区，成哥伸脖子仔细看着说："醒儿，你看，前面那个穿工装的人是不是似曾相识？"

　　但这时醒儿已经激动地喊起来："是兰姐，她是兰姐。"

深刻的假想

1

曲勒市地处西部高原，河流密布，多民族聚集，有着得天独厚的矿产资源、自然景观，也有着厚重的历史文化和浓郁的风土人情，近几十年的发展可谓是翻天覆地、日新月异，西部区域中心城市已见端倪。冷宕跃和祝樱袂大学毕业先后辗转来到这里工作，共同组建家庭，共同开创生活，三十多年也只是弹指一挥间。

六月初，就连高原也火热起来，忙碌火热的本地人，忙碌火热的异乡客，带来的是忙碌烦躁的服务行业。市中心一处银行网点柜台前的各位同事更显得忙碌烦躁，但是祝樱袂的心情比较平和。干完下周她就退休了，上班带来的苦与乐、得与失，等等，等等，届时都将清零，剩下的只是自由、恬淡的退休生活。此时的她甚至觉得应当感谢这份当初并不如愿的职业让她这几十年都衣食无忧。相比之下，那些苦与乐、得与失已经不重要。对于她这个没有任何背景可以依靠的人，虽然遭受过一些小人的算计、世俗的蔑视、个别领导的不公正对待，但最终都以自己很深的业务能力和人格魅力逐一拆招，还一度做得风生水起，之后又能急流勇退甘于平淡，已经很知足了。

　　现在，唯一重要的是退休前这一个星期让自己更有姿态和尊严。说起尊严，她有些隐忧或者说隐疼，来自于自己，也来自于爱人宕跃。于她自己，面对复杂的人际关系，从不惹是生非、两面三刀，也从不献媚从不讨好，脊梁骨就没有弯过。但职业和工作中接触的有钱人、有权有势的人实在太多了，其中不乏庸人、俗人、没有修养的人甚至势利小人。她的人格魅力只是让那些人在内心树起一根敬畏的拇指，但那双用钱或者权力撑着的眼睛，那张尖酸刻薄的嘴，少不了在她面前流露出傲慢、睥睨的社会色，举止自然高高在上、咄咄逼人。任何一个不肯低头的人在这个时候都会受到伤害，她祝樱袂也不例外。宕跃亦是如此，虽为一名普通教师，但学识丰富、爱好高雅、修养守正、行事低调，不仅在本行业里颇具知名度，还曾在体制外身兼数职，样样都作为不凡，口碑甚好。但是，说一千道一万，在世俗的眼光里，他归根到底就是一个老师。若没有直接的教育关系，有多少人会真正尊重一个老师呢。即便是这些年，教师的工资待遇提高了，那些人照样瞧不起教师，只是又增加了嫉妒和不甘心。

　　对此，宕跃对樱袂说，那有啥，我坚持做到品行兼优，腰杆自然挺得起来。樱袂却说，这还远远不够，很多时候你还要故意把自己端起，诸如坚持遵守交通规则、乐于帮助人、干活积极、待人和蔼等行为，在很多世俗的眼光里，大多都是低人一等才这样老实巴交。所以，有时候你守规、心好、勤快、主动、热情，自认为是修养高，而别人却觉得你是个低三下四的人，唯唯诺诺的人，卑微的人。

　　祝樱袂平时总这样教训宕跃，也是迫于一定的社会现实，常常让宕跃无言以对，但在心里难免不服，没有想着要去改变。自认，有那么多人还是很尊重他。只不过，因为圈子不同，你祝樱袂不知道罢了。

　　今天是周六，祝樱袂下班会稍微早一点。宕跃把车停在她们网点对面的路边停车场，去超市买了一些樱袂喜爱的小吃和点心回到车上，一边听音乐一边等她下班。之后，他要带樱袂去周边的小公园、小树林或小河边喝所谓的下午茶。双休日和节假日，那些地方早早就会有人去玩，拖家带口、亲朋好友、单位团建，好不热闹。

　　这种情形再普通不过，但对于这两个工作繁忙而且压力大，休息时间又很少重叠在一起的人来说是很可贵的，是见缝插针创造出来的，因而都很高兴、很享受。在这方面，宕跃更具有创造性和浪漫思维，把汽车称为他们二人的"移动话吧"，还根据7755的车牌尾号把在车里唱歌听音乐的过程称作"卿卿我我私人订制交通音乐电台"。

宕跃看看时间，估计再过几分钟网点就该拉下卷闸门下班，但他这时猛然觉得心里发慌，右手似乎在抖动。他伸手摸摸胸口暗自猜想，是不是那个令人担忧的地方真的有问题。那可就是个大问题，他强迫自己不要往那想。恐怕是饿了，吃点东西会好，东西就在后排座上。他伸手哆嗦着去够，还没够着又缩回来。就一个固执的想法，等接上樱袂，找个地方，一起分享。当然，宕跃这种举动并不是那种抠抠搜搜、吃不起、舍不得。一句话，不是钱的事，而是情感与深爱。具体怎么讲怎么理解，旁人当然是说不准的，应该是"旁观者迷、当局者明。"

几分钟后，宕跃看见网点的人都走出来，锁上玻璃门，往下拉卷闸门。但是，卷闸门斜卡在门框上搊不下来。关个卷闸门如此费劲，已经有段时间了。宕跃观察过，主要是因为生锈摩擦力过大，两边下滑不利索还总是不同步，蹩住了。他赶忙从后备箱提上机油桶过去帮忙。

看见宕跃把机油放在门口，还说需要一把椅子。祝樱袂生气地问："你来干啥。"

"帮你们把这门修一下。"

祝樱袂埋怨地看着他说："又没请你来，你跑那么快干啥。这门坏了，我们这么多人都不操心，你操什么心。"就在她这样责怪爱人的时候，网点的同事大多退到一边，门前只有宕跃，仿佛只是一个维修工。网点一个不算年青但资历尚浅的女同事，拍拍其实没有灰的手，退到老远看着，脸和眼睛挤出的笑怪怪的。樱袂看在眼里，内心很受伤。

宕跃不好意思地说："这有啥操心的，上点机油润滑就好了。"

祝樱袂更受伤，一脚把机油桶踢翻，吼道："我让你到车上去等着，能听懂吗？"

　　宓跃在众目睽睽下回到车上，先是尴尬，之后是害怕，像个做错事的孩子等着挨骂。他再没敢往路那边看，心更慌，手更抖，调整呼吸则有些憋气。

　　过了很久，祝樱袂走过来拉开后排车门，而她平时最喜欢坐副驾。宓跃迅速瞄了一眼后视镜，猜得没错，将会有一场风暴。每到这个时候，他都处于下风，只有挨训的份。倒不是真的怂包一个，也不是真的理亏，而是怕吵起来吓着樱袂，委屈了她。在他看来，跟着一个老师生活已经受了很多委屈，但那是被一些人歪曲的社会普世价值所致，一己之力很难改变。而控制自己的情绪，服软，不让爱人在自己这受更多委屈，这是个人所能左右的，完全可以做到。

　　看见放在后排的保温水壶和小吃零食，樱袂生气地说："直接回家。"

　　一路无话，宓跃更加紧张，心反而不太慌了，手也不太抖了，兴许是他已经顾及不到最初的这些反应。因为他此时整个身体都更加难受，呼吸浅顿，有点力不从心。

　　樱袂率先冲进房间，把包随手一丢，重重坐在沙发上翻眼睛问宓跃："我给你讲了多少次了，要把自己端起，端起，你怎么就学不会，你跑那么快干啥？"

　　"我只是想抓紧把门关上，然后我们就去……"

　　"去个屁，你那样的表现，我去哪都跟着丢人。"

　　"那么简单个问题，你们几个月都解决不了，但我能帮你们解决，有啥丢人的。"

　　樱袂听着宓跃的解释或者顶撞，更是气得声音都发颤："所以说，你就是个彻头彻尾的傻子。哦，那么简单的问题，你以为就只有你才看得明白。我们网点的人都是文盲都是白痴吗？不是，他们个个都知道，谁如果把问题说出来，谁就有可能亲自动手去维修解决，他就是小二、维修工，而其他人都成了甩手掌柜、白领。所以，这么长时间，大家情愿天天在那假装折腾。今天，你可好，拎着桶跑过来，你以为大家会把你当雷锋、当英雄吗。不，他们只会把你当维修工，看你的笑话，我丢死人了。"

　　"人际关系如此复杂狭隘，至于吗。"

　　再次被顶撞，而且冥顽不化。樱袂气得直掉眼泪，她恨恨地看着宓跃说："怎

么不至于，那你给我个合理解释，难道我们网点男男女女十几个人都没你聪明吗？不是。你冲过来帮忙，网点那个许璐，你没见她当时那种轻蔑嘲笑的表情，把我的尊严都抹杀殆尽。但事实上，她凭什么，包括她爱人也无非就是企业里工人出身的小头目，人家为啥就表现得那么高傲。而你，职称和收入也相当于那几个当着处级干部的朋友了吧，你本人也当过校领导，当过其他部门的小领导，虽然职位不高，但也不低人一等。为什么就不能在别人面前端起，特别是在那些没什么资本还妄自尊大的人面前。"

"我觉得没有必要。"

"是，你是觉得没有必要。因为，你是一名教师，那副倔强的迂腐和穷酸样永远改不了。"

老师的修养被一些世俗的眼光定义为"那副倔强的迂腐和穷酸样"，现在，连自己的爱人也这么说。宕跃心里极不服气，但此时不宜顶撞。

樱袂还不解气，开始翻旧账："记得我跟你讲过，在前一个网点上班时，因为一件小事，网点负责人开口闭口轻蔑地说'也就是一个老师，有什么资格跟我们叫板。'你知道不，我当时就在他跟前，谁不知道我爱人是老师。但人家就那么说了，就那么瞧不起老师。当然，我为此顶撞了他，但是显得苍白无力。还是我那个校友说'人家爱人就是一个老师，很优秀呀，身兼数职，有时还和市领导坐在同一个会议室开会，坐在同一个雅间聚餐，还在全市两会上作专题发言，还上过电视登过报纸。咱们这的人几乎没有这种经历吧。'这才给我挽回点面子，否则我当时都无法收场。"

"你们领导其实就是一个势利小人。"

"但是，在那些势利小人面前你为啥就不能把自己抬高一点呢。当然，你肯定会说已经把自己抬高了，修养比他们高，心胸比他们宽，能力实际也比他们强。但这些对于势利小人来说都是虚的，你只要像今天这样去修门，一弯腰，就矮他们一头，就毁形象。"

"我可不这样认为。"

"知道你不服气。但我还是要教教你，一定要记住，穿什么衣服干什么事，你千万不要穿着长衫却站着喝酒。"樱袂平时不善言辞，但做思想工作教训人看来还是很有水平。她眼中的人已经不是宕跃，是穿越至现代而穷酸样未改的孔乙己。

但樱袂还没把"孔乙己"的旧账翻完。她甚至也以讽刺挖苦的语气说："包括过马路，虽然是红灯，但是横向没什么车辆经过，其他人这时都闯红灯穿过去，就你老老实实站在那等绿灯。你觉得人家会说你修养高，还是把你当傻子？"

"我不仅仅是为了遵守交规，也是为了安全。"宕跃解释道。

樱袂不依不饶："但事实上，没有车，那些闯红灯的人评估过，很安全，那些才是聪明人，处事善于灵活变通。只有你那么迂腐死板。对了，前几年，你处处坚持原则，得罪了多少人？你加班熬夜写材料，一双眼睛红肿，让我和闺女有多担心？她上大学是不是还发微信让你不要熬夜，孩子都快有阴影了，你不心疼吗？还有，你老利用节假日无偿给学生补课，还在假期坚持给学生制作、推送微课，牺牲了大量休息时间不说，家长还不一定念你的好，兴许人家还觉得那是你应该做的，兴许还有家长觉得你打扰了他们。你值吗？"

"我，我……"

"行了，你不必解释，在学校或者在家里你要那么做，我也不制止你，否则你这个老师会觉得良心不安。就一句话，既然有那么好的修为和人品，在外面就把自己端起，让我在退休前保留一点尊严，好吗？"

樱袂着实生气，接下来的几天，在衣食起居方面虽一如既往地对宕跃好，但给心不给脸，事情都做在暗处。表面上却与宕跃冷战，还故意惩罚他多做家务，包括宕跃最不喜欢的洗碗。用她的话说："你不是喜欢干活喜欢帮助人吗，那你在家里就多干点，家里人也需要你的关心帮助，但家里没有人嘲笑你。"

一个修门事件会导致这样一个结果。宕跃是怎么想的，不好妄加揣测。但有一点可以肯定，让樱袂受了委屈，他很难过，甚至后悔。他思来想去，事情的根源似乎还是在于自己是一个老师，遮不住那么多世俗的眼睛，给不了所爱的人更体面更幸福的生活。

2

第二周的周五，也是祝樱袂职业生涯的最后一天，在网点交接完手续，她去分行大楼向领导逐一道谢，也算辞行。

走进一位领导办公室说明来意，领导十分热情也十分客气，这都是源于她的工作态度和人品，值得正直的领导和同事尊敬。先是例行公事，接着嘘寒问暖，畅聊未来。领导说："对了，你这应该是退在前头了，冷校长还有几年吧。"

"他还有半年，也不是啥校长，其实就一教师，一个普通人。"

"瞧你说的，他这个人可不普通，前几年在市上开大会，我坐在主席台下，他坐在台上。"

"不都是台上最后一排嘛。"

"可我连这最后一排也没坐上呢。对了，前几天和市上某局的领导一起吃饭，当然，属于朋友私人聚会。其间因为什么事情还真说到了冷校，局长借用政府副秘书长的话把你们家冷校的能力、眼界和笔杆子着实表扬了一番。副局长夫人又把他的人品和业务水平赞扬了一番，还说好几个认识的孩子都管他叫男神。人家局长夫人还照着手机朗诵了一首诗《亲爱的》，是她从朋友的文学圈子得来的，作者就是冷校。应该是他写给你的吧。"

祝樱袂解嘲道："给我读过，也没啥，文字游戏。而且，就他那形象都能成为男神，那男神还不到处都是。"

"不，诗歌我虽不会写，但喜欢读，有时也能从中品出点意味。这首诗可不是文字游戏，而是真情的艺术化流露，充满了爱慕、依恋，也对生活保持冷静的认识，还对未来庄重承诺。了解你们生活的人都觉得很贴近你们的感情。把我们羡慕得，快成你们的粉丝了。"

祝樱袂玩笑着说："但他归根结底还是个教师，再普通不过。"

"看你还是这么低调，还帮着他低调。不能过于低调，尤其是退休了。对了，我听说，前几天你在网点门口把机油桶踢翻了，弄得冷校很尴尬。在这里，我可得感谢冷校，不仅仅是他的热心肠，更在于他这个老师的修养。也要提醒你，为什么我们常常对周围的人十分宽容，而对身边最亲近的人过于苛刻呢！"

"那天可能是因为疲倦，有些不开心。"

"那就利用好退休时间，好好休息，开心过日子。"

"好的，谢谢，再见！"

"再见！"

从分行大楼出来，祝樱袂决定还回网点去，把最后一天干完，善始善终，给自己的职业生涯一个圆满的交代。同事们表示认同，甚至有人为此敬佩和感慨。但因为手续已经交接完成，没有具体的经办业务，索性做一个快乐的大堂。没有顾客的时候，她打开微信收藏夹看宕跃去年生日时写给她的诗，就是行领导说的那首《亲爱的》：

亲爱的，在一些洒满阳光的春天／请让我在你身边睡上一会／你只需坐在窗前随便看看老相片／整个房间溢满母爱／我则像儿时依恋母亲那样对你充满依恋／像儿时亲近母亲那样与你亲密无间。 亲爱的，在一个冬日如果风雪弥漫／请你在我的肩头躲避／我会伸开双臂挺起胸膛／单薄身躯一样是坚实的港湾／让你像儿时崇拜父亲那样对我充满崇拜／让你像儿时信任父亲那样对我信任连连。 亲爱的，不论是阳光还是风雪／让我们一同继续远走天边／不必在乎哪里的风景更好，生活中／从来不缺乏美，缺乏的是彼此欣赏／在我们剩余的旅途／一定还有无法预料的艰难／我会抓紧你的手，遇山修路，见水搭桥／热天一杯清茶，雨天一把阳伞／共闯难关。 亲爱的，我们还会走很久、很远／即使一把年纪，满头白发／也要把浪漫的情书走成一生相守的誓言。

樱袂多少了解宕跃的诗歌风格，这首诗可能是为了让她明白，才写得有些直白。生日那天听完确实有些感动，就当作他的誓言收藏了，之后似乎没有再读过。怎么会有别人知道呢？对了，他们那一期的同题诗会不会赶巧就这个题目，他倒省事，生日礼物也送了，诗社的作业也完成了，誓言也公布于众了。

樱袂暗自埋怨，既然公布于众，有那么多人监督你，看你宕跃敢不永远对我好。

"为什么我们常常对周围的人十分宽容，而对身边最亲近的人过于苛刻

呢！"

她又反复琢磨领导的话，竟意识到自己太好强太任性，对宕跃过于苛刻。这几天这么一闹，自己所谓的委屈是倾述甚至发泄出来，但宕跃这无端而生的委屈又找谁去倾述，去发泄呢。难怪统计数据表明，夫妻中，女人大多比男人长寿。

越想越过意不去，樱袂决定主动和好。她发出微信："你晚上想吃啥？"

樱袂知道宕跃如果有课是不会动手机的，这也是被她平时诟病的老实巴交、过于迂腐。当然，现在她已不这么认为。果然，半个多小时后才接到回话，似乎赔着小心反问："刚才在上课。你想吃啥，我这就请假去买了给你做，要不咱们在外面吃。"

"我想把这最后一天干满。你如果没课了，稍微早点下班，在老地方接我。"

"好的，理解。"

下班后，宕跃把樱袂带到常去的咖啡馆，猜想她是为了庆贺退休而不一定是原谅他了，所以过了好一阵才从这几天的紧张气氛中缓过来，脸上才如那一抹烛光那样敞亮，咖啡也才在苦涩中品出往日的浓郁淳香。

其实，他们结婚以来，除去偶尔因磕磕绊绊的小事发生短暂的不愉快，一直都彼此深爱，一直互相扶持，一直在为幸福不懈努力，生活的滋味正如手中的一杯咖啡，先苦后甜。追求幸福的路上一直都亮着一抹红烛，温暖照人。

回到家里，刚一进门，樱袂就转身搂住宕跃的脖子流眼泪。宕跃又紧张起来，小心地问，怎么了，这最后一天也受委屈了。

"没有。你是不是觉得我太任性了，是不是生我的气了？"

"没有啊，是我自己做的不好。"

"看你还这样说，肯定是在生我的气。是我太好强，太神经质，不该那样对你。"樱袂哭声不大，但眼泪更多。

宕跃心疼，搂紧她轻声说："傻瓜，我怎么会生气呢。不哭了。"

"我在心里哭了好久，我困了。"樱袂说。

"那就更不能再哭，困了，咱们这就洗洗休息。"

櫻袂还是紧紧搂着，撒娇说："不是困了，是累了，但不睡觉。"

宕跃明白，抱着櫻袂坐进沙发，为她抹去眼泪。

在宕跃怀里缠绵了好一会，櫻袂破涕为笑："说好了，不生我的气。我这就算正式退休了，干点啥呢。"

"想干啥就干啥，你现在最不缺的就是时间，最大的压力就是再没有了那些个压力。"宕跃又开始耍起嘴皮来，似乎好了伤疤忘了疼。但事实上，在深爱的人面前，哪里会有伤害，哪里会有伤疤，无非是最真实、最珍惜的情感碰撞与融合。

櫻袂打开手机视频说："那咱们看房车吧。"宕跃点头。他知道櫻袂关注房车自驾游好久了，包括那些个一边徒步或自驾游一边作自媒体的。为此，他总是经不起櫻袂的软拖硬磨或者"武力镇压"，跟着一起看，对房车和房车生活也有一些了解。理智的想法是，他和櫻袂还不太适合，而且国内的房车营地及配套体系还很不完善。櫻袂似乎懂得更多，观点反而飘忽不定。一段时间很迷房车，一段时间又说于他们太不切合实际，再过一段时间又说退休了还是想买房车自驾游，景在变而家不变，一起在房车上做饭，一起坐在卡座听雨，一起躺在车里看星星。特别是这几句话，颇具诱惑力。宕跃一时激动，附和着说，那你一定要把咱这个新家收拾得利利索索，整整齐齐，东西一样不多也一样不少。

估计是这句话让櫻袂更动心，也更上心房车。

现在，刚看了几个视频，櫻袂就认真地问："咱们买个房车吧？就最近。退休了，想过自己想要的生活。"

宕跃仍然觉得有些突然，但他想，跟别人家的媳妇比，櫻袂实在节俭，没有过什么奢侈的享受。而他这几十年给予她的也实在太少，太亏欠她。便顺从地说："可以呀，但你确定想好了？"

"想好了，而且要尽快行动起来。"

"再怎么也得等我退休吧，反正只有半年了。"

"不，近期就要回老家买车，然后我要利用等着你退休的这段时间练车。到时，不至于天天辛苦你一个人。"

"这也太冲动了吧，你行吗。"

"如果不冲动，有些想干的事就干不成。你了解我，不算聪明，但勤奋。"

"还是再认真考虑一下？"

"不用了，过咱们想要的退休生活。就买咱俩都看好的中轴中顶横床上下铺那一款。买车，添置物品，空间装饰等都交给我，你的主要任务就是先规划几条房车自驾游路线，我的爱好你懂的，必须让我满意。"

宕跃只好拿起手机翻阅资料。心里想，也许过几天又会一百八十度大转弯。

一周后，宕跃送樱袂回老家。樱袂像早几年当网点负责人那样雷厉风行，说一不二。她要抓紧回老家调养身体，买房车，练习开房车，为半年后二人的退休生活早做准备。

进入航站楼，樱袂又问宕跃："我那么任性，那么好强，常常不顾及你的感受，你真的不生我的气？"

"怎么又问这个问题。咱们两个哪有什么真正的气可生呀。"

"那把你的誓言复习背诵一下。"

宕跃看看四周，抵近樱袂的耳朵小声说："亲爱的，我们还会走很久、很远，即使一把年纪，满头白发，也要把浪漫的情书走成一生相守的誓言。"樱袂做了个 OK 的手势，办理登机手续。要安检进入候机室了，她又问："下辈子你还找我吗？"

宕跃虽然感到突然，但还是坦诚地说："下辈子，我怕我还是一个普通教师，给不了你太多的幸福，真的不想让你跟着我再受一辈子的委屈。"这就是倔强的宕跃，虽能解人意，但说话不回避内心的真实，不会哄人。

樱袂有些吃惊，但马上说："我其实不在乎那些，如果能像此生，我觉得很幸福。"

宕跃却倔强地说："但没能给你更好的生活和更多的幸福也是事实，你不在乎这种委屈，但我在乎。亏欠你那么多，我真的很愧疚，一直是我心中的隐疼。"

樱袂转身进入候机室，虽然隔着玻璃挥手再见，但看上去情绪低落。

不久，宕跃接到樱袂发来的微信："下辈子，你不要我了，让我怎么办。"他似乎一下子看到来世孤独无助的樱袂。他坐进车子抹眼泪。关于来世对樱袂那份放不下又没有能力去爱的感觉，像刀子戳在心上。

是啊，如果说真话，今生必当不负于侬，但来世可能予侬臻好？

3

回到老家修养半个月，樱袂觉得身体状况好多了，前所未有的轻松和快乐。

六月底，她邀兄弟和弟媳一同参观省城房车展，并果断购买了一辆崭新的B型房车。当然，也是不停与宕跃联系，发送现场视频，征求意见和要求，达成共识。

果然是中轴、中顶、横床上下铺，而且没有任何拉花装饰的白色房车。虽然不耐脏，但有着纯洁的本色，开出去停在蓝天白云间，停在碧绿的草原上，停在金灿灿的油菜花海里，停在星光下，停在暗夜里，都像一支优雅的、清香四溢的花朵。

樱袂两年前就考取了驾照，在兄弟和弟媳这两个十几年驾龄的司机陪同下突击操练几天，就开始自己练车。毕竟是房车，长宽高的尺寸都比小轿车大得多，练习起来更加紧张仔细，但要想准确操控甚至随心所欲，还需要更多时日。

之前说了，樱袂的优点之一就是勤奋。练习难度越大，她越是乐此不疲。而且，摒弃自己是个女性的心理，练习操控房车时，她觉得自己其实还算聪明。

七月初，宕跃在视频里再次叫樱袂练车悠着点，千万注意安全，注意休息，重点是把身体调养好，今后开车旅游的事还是交给他。樱袂却说，等你回来，只有向我学习的份儿。并让他放假抓紧回来。

早点回去，这是自然，无需交代。这段时间，宕跃一个人在曲勒市工作生活，给人的感觉是轻松自在，与人闲聊时也开玩笑说终于解放了，应该好好庆祝一下。但事实上，他已经很不适应这种单身生活，想孩子、想樱袂，常有思念之苦。学校、家和市场三角循环，徒增孤独寂寞。就连吃饭都是问题，稍微多做点，连着吃剩饭。少做点，似乎就一碗锅巴。老在外面吃又败胃口。更麻烦的是，平时，穿什么换什么，包括内衣袜子都是樱袂提前拿出来准备好。现在，什么东西该在什么

地方都不知道。宕跃觉得他一个本该让人依靠的大男人，竟然在不知不觉间被爱人宠溺得犹如一个巨婴。

仅从这点来说，樱袂付出的也实在太多。所以，樱袂回去后，宕跃不时会为两个问题纠结。一个问题在他的潜意识里或者说已经钻进牛角尖，就是教师给不了所爱的人更多尊严和幸福，这是世俗的事实，一己之力绝对无法扭转，所以，他亏欠樱袂太多，太多。另一个问题是樱袂摆在他面前的假想，是关于来世的一个承诺。

而这两个问题似乎是有关联的，尴尬的前者是因，悬着的后者是果。如果凭这一世之力要对来世讲真话，于他而言，还真是一个最深刻的话题。

那天，这个问题提出来，经宕跃那么回答，也成了樱袂的隐痛。她平时对宕跃的一些说教或者指责，其实就是想把他这个相对封闭的、单纯的、甚至纯粹的"教育人"拉回到现实，做一个生活更加丰富、眼界更加开阔、处事更加活泛的"社会人"。因为，就整个社会而言，正是因为很多人戴上了"社会人"的眼镜，才会在三观上或多或少对"教育人"产生误判、误评和行为落差。很多人表面和言行虽然如此，但看不起教师的想法在他们内心并不占主流，他们中的一些人甚至明白，从精神财富和道德操守来讲，自己也没有资格看不起教师。

樱袂也知道，一个人的能力是很有限的，加上受到各种因素的制约，是好是坏根本无需同别人比较，自己尽了全力就好。当下的行话就是，努力让自己的今天比自己的昨天好，就能得到幸福，就问心无愧。这几十年，宕跃爱她、呵护她，而且用了全力，所以她觉得很幸福。那天之所以问下辈子，是想把这幸福无限延长，乃至来世有约。谁知道，竟然触碰到宕跃最愧疚最脆弱的心底，而他对待这个问题又是那么真实耿直。

樱袂想消除这个问题对宕跃的不良影响，所以，退休后的她真是换了一个活法。阳光、洒脱，有目标，见行动，并用这样的快乐影响宕跃。

受到影响，宕跃把他和樱袂在一起的时间分成三截，并把那两个纠结的问题揉进去看。从结婚到临近退休，三十多年，属于他们的奋斗期，结局虽然越来越好，但很多时候也充满艰辛、苦不堪言，让樱袂受了很多委屈，少了许多快乐。退休后的这一截时光，不出意外也有个三十年左右吧，就应该属于补偿期，要把亏欠樱袂的快乐和幸福补上，让她过自己想要的生活。第三截就是来世，属于迭代期，以这一世为初始值，迭代来世。

宕跃决定，不必等到退休，提前开启补偿期，从现在开始让樱袂过自己想要的生活，宠着她，由着她，顺着她。喜欢旅游，陪着她天涯游荡，不让她不愉快，不让她忧虑，不让她劳累。

由此，宕跃释怀。

时间也来到七月上旬末端。按计划，宕跃这回放假是坐火车或者飞机回去，放假时间一确定，樱袂就会在网上给他订票。这么多年，诸如此类的事情都由她包办，他这个"巨婴"还真不会。但是，他等不到放假，提前请假开溜，而且是开车。原因很简单，还有一些物品要拉回去，再说，不把轿车开回老家，总不能干啥事都开着那辆房车吧。

宕跃走的是京藏高速的支线，经果洛州进入四川阿坝州，再由一段国道上高速回家。害怕樱袂不同意他一个人跑长途，为他担心，直到出发当天晚上，入住四川红原境内的一个小镇才告诉爱人和孩子，最迟明天下午到家。爱人和孩子果然把他指责一番，并一再强调，路上小心开车，千万注意安全，随时发信息报平安。

第二天，虽然只有三百多公里，但遇到暴雨天气，宕跃把速度控制住慢慢开。再说，回去早了，爱人和孩子肯定又会数落他，开快车，不要命，对家人不负责。这样，到家已是四点多钟。

樱袂在楼下等他，见面就问："你怎么瘦了，生病了吗？"

宕跃笑着说："没病呀，感觉好得很。"

"那就好。上去洗漱休息一下，等会咱们去接闺女。我回来这么久，她就回来过一次。但一听说你今天到，这不，早早开溜往回赶，还提前给同事打招呼，以后不要和她调假、借假，往后的时间要陪老爸，真是你的贴心小棉袄，而非我亲生。"

二人来到地铁口没多一会儿，看见女儿匆匆走出来。

"老爸，你怎么瘦了，是不是病了？"女儿见面也是这么问。

宕跃又笑着说："没病呀，感觉好得很。"

女儿将信将疑地说："没病就好。看来，没有我妈在，你还不如我会照顾自己。这样，咱们先去吃大餐，给你补补。我们，今天，很高兴。"边说边往前走，显然不是回家的路。

"这么着急，不回家休息会吗？"

"哎呀，我这不是有点小激动嘛。"这父女俩一见面，暂时没有了樱袂说话的份。

就餐时，宕跃似乎又成了"巨婴"。打蘸水、取小吃、点菜等都由母女二人完成，女儿也不时为他夹菜。宕跃只管吃，就跟女儿小时候一样。他开玩笑说："这次回来，我怎么觉得像个客人到你们家来做客呢？"

女儿又抢先说："你哪是什么客人，而是一家之主，自然要端起。当然，一家之主去结账吧，这是端起的高级表现，会更帅气，我的钱包也会好受些。"

回到家，简单收整，樱袂迫不及待地把父女二人带上房车。提车那天，女儿在外地出差，之后忙得没回过家，和她爸爸一样，只是在手机聊天中多少看过相关图片和视频。

又是女儿话多："前排副驾怎么是单座位，这个家，你们算我了吗？"

樱袂知道女儿在他们面前总是调皮，但她还是认真地说："这个家哪能没有你呢。你看这上下铺，看这双面对卡座，对你都是专门有考虑的。但是，副驾如果要双人座椅，驻车后就要先从驾驶室下车，再从侧门上车，很不方便，特别是遇到坏天气。再说，你有时间和我们房车出游吗，即便有时间，你会吗？"

女儿又调皮地说："会呀，偶尔还是要陪老爸，当然，还有你。但我尽量还是不打搅你们的两人生活，去找我那么些朋友玩吧。"一边说话一边挤眼睛。

宕跃在对卡座休息，悄悄伸手摸了一下胸口，脸上强装惬意和舒服。女儿跑过来坐在旁边搂住他的胳臂，在他肩膀靠了一会，抬头看看他说："爸爸，你是不是幸福得不会笑了？"

这时，樱袂已经端来杯子显摆。一杯是专门去"蜜雪冰城"门店给女儿买的奶茶，现在倒在精致的牛奶杯里，另外两个咖啡杯里是她自制的拿铁。她脸上充满幸福，并把一样的幸福送到家人面前，急切地想要看到家人更加幸福的样子。

宕跃端起咖啡，力求优雅地品尝一小口对爱人和闺女说："我在痛苦的时候，不知道怎么哭，倒是真的。但在幸福面前，怎么可能不会笑呢。"完了，他站起来深情哼唱："深深的海洋，你为何不平静，不平静就像我爱人……"

女儿一边把点心往父亲嘴里送一边喊："好了，好了，就唱到这，后面的词就不应景了。"

"哦，抱歉，抱歉，乐糊涂了。"宕跃耸耸肩膀，一家人都笑了，这些笑容像闪亮洁净的浪花荡漾在深深的幸福的海洋里。

第二天吃过午饭，女儿赶回单位上班。樱袂开着房车带宕跃去郊区的景点，显摆自己的车技，还让宕跃试着开。她有些吃惊，男人在这方面好像真比女人强，应该会比自己更快适应驾驶房车。但必须练，确保今后的自驾游万无一失。

一连好几天，宕跃和樱袂都要出去练会儿车，之后就在这新的移动话吧、新的家里聊天，畅想即将到来的退休生活。不过，樱袂发现，宕跃似乎真像女儿说的那样，幸福得有点不会笑了。她并不知道，宕跃正备受煎熬。

那天回来，一见面。樱袂和女儿都说宕跃瘦了，引起了他的注意。这些天，他每天都悄悄测量自己的体重，似乎还在缓慢下降。回到家里，气候好、物产丰富、饮食有规律，不应该呀。仔细对照自己的代谢状况，悄悄去测过血糖，虽然略高，但也在正常范围，不像是得了糖尿病引起消瘦。再想到胸口早已存在的那个突起，宕跃认为唯一的解释就是自己恐怕得了癌症。越这么想越觉得那个突起这段时间似乎也变大了。

但是，宕跃不想去检查确认，也不敢去。如前所说，在他和樱袂的时光中，创业期，爱人跟着吃苦受委屈。回来休假前刚想明白，并下决心在后半生的补偿期要宠着她、由着她、顺着她，尽力给她快乐和幸福。如果这时检查出自己得了癌症，那她想要的生活，向往的快乐和幸福岂不是还没降临就胎死腹中。非但如此，治疗期间，樱袂还要更加劳累、更加担忧，甚至还要在某个时刻接受离别的痛苦。因为前些年严重透支，她身体本就一直不好，再加上这种失望和打击下，如何能扛得住。

宕跃陷入恐慌和新的愧疚，但他决定不告诉樱袂，也不去检查，就当是胡思乱想，自己吓唬自己。在没有迫不得已住进医院之前，应该尽可能多地陪樱袂过她想要的生活。

只是，心里压着事，脸上会在不经意间显露出来。

而屋漏偏逢连夜雨。应该是回来的第八天，宕跃和樱袂晨练完，商量着在外面吃早点，然后继续练车。这时，宕跃接到一个电话。

"喂，请问找谁？"

"我找你呀，听不出来哇，我是付清雅。"

电话声音很大，似乎是因为激动。樱袂也能听到，是一个女人的声音。女人在这方面较为敏感，无需报上姓名，樱袂已听出这个女人是宕跃高中的同学，与宕跃有过一段模模糊糊的隔空恋情。樱袂认为那是宕跃的初恋，但宕跃不承认，说彼此刚有爱慕的苗头，他就理智终止了，因为，她在南方，而自己毕业后要回到西部。宕跃和樱袂恋爱结婚后，付清雅偶尔还会来电话，有一次还说过几年要来看他。宕跃怕樱袂多心，从来不主动联系付清雅，后来还直接把她的号码删了，微信也没有加为好友，只是同在初高中同学群里。

宕跃问："哦，是老同学呀，找我有事吗？"

"看你说的，没有事就不能找你？我到西部旅游，顺便来看你，到了你们曲勒市机场了，你快来接我。"

"哎呀，不好意思，我现在在老家休假。"

"什么，不是说好了去看你吗，你怎么在老家？"

"啥时候……"不等宕跃问完，樱袂一把夺过手机没好气地说："为什么在老家，他的老婆孩子都在老家，你说为什么？"

"哦，是嫂子吧，您别误会，我……"对方略为吃惊地解释。

但樱袂没有给她机会把话说完，她冷冷地抢着说了一句："谁是你嫂子，我们认识吗？"然后挂断电话。还对宕跃强调，她如果再打过来，不许接，听见没有。

宕跃愣愣地点头，电话果然又来了，他果然没有接。

樱袂生气地往前走了一阵子，恨恨地问："还什么，说好了去看你，你们啥时候说好的？如果不是我让你早点回来，你是不是就在那等着今天的约会？难怪你回来后高兴不起来。"

宕跃一脸无辜地解释："我没有和她约好，真的。她之前好像开玩笑这么说过，谁知她真的去了。但那是她的事，我真的不知道。"

"你回来以后，我总是觉得你有些闷闷不乐，话少多了，几乎都是我在找话题。这一点你怎么解释。"

"不瞒你说，我是因为遇到个事情有些棘手，但你一定要相信，跟她没有关系，绝对没有任何关系。"

"那是什么事，我倒要听听？"

"这个事我也拿不准，所以，还不能告诉你。"

"不告诉我就是心里有鬼，你还解释那么多干啥。"樱袂不再问，不再听，自顾自往家走。

至此，带着猜忌和怨恨，樱袂又与宕跃冷战。

4

宕跃起床，樱袂在熟睡，一反这段时间久久不能入睡的常态。

宕跃身着运动装出门，跑了没多远就停下来。干什么都打不起精神，说不上是精力不够还是心累，索性走进路边的茶摊。

看着老板把煤炉上烧得滚烫的开水往茶杯里冲，宕跃打趣说："老板这是煮茶法而非沏茶法，这种茶恐怕经不起这一烫。"

老板问："你还懂点咱中国茶的渊源？"

宕跃不置可否，独自发呆。想起前段时间看的书,茶发源于中国,应该是"发乎于神农，闻于鲁周公，兴于唐而盛于宋。"就是说，经历了秦汉的启蒙，魏晋南北朝的萌芽，唐代的确立，至宋代的兴盛和明清的普及，喝茶才是寻常老百

姓可以感受得到快乐和雅致的寻常事。现在自己作为一个百姓，坐在这并不快乐甚至如此沮丧，似乎辜负了眼前这杯茶，尽管它并非上品、极品。

老板忙完手头的活又过来闲聊："刚才说大哥也懂一点茶道，可知任何一种茶的第二道茗香？"

宕跃疑问，不知。

老板说："茶的第二道茗香，主要不在于茶的种类、品级，不在于茅庐还是雅舍，也不在于茶道、茶具，而在于品茶之人。"

宕跃觉得有点意思，说道："愿闻其详。"

老板便继续说："如果是与亲朋好友在一起而且相处融洽，自有另一股厚淳的味道，仿佛是被漩涡的合力揉出来，也仿佛是家族的血脉；如果是与父母一起，自有种甘洌之气，正所谓饮水思源、感恩图报；如果与爱人和孩子在一起，自有一股青涩回甘的本味，正所谓岁月钩沉、暗香弥新。"老板说到这，看着宕跃，似乎在揣测他为何一个人。

宕跃强笑道："老板开茶馆也很敬业啊，这个说法我还是第一次听到。不过，我现在就一个人坐在你这……"老板打断说："一个人也是一样，因为你会想到其他人，喝茶就自然会多一道茗香。"

宕跃暗自佩服茶老板的感悟。因为，他坐了近两个小时，想到的就是樱玦，感觉她在眼前晃动，好似隔着一层雾。樱玦在雾那边逼问自己，而自己在这边却不知道说什么好。宕跃面部表情尴尬地笑笑。

茶老板却不放过，又开口说："老哥今天这杯茶似乎只有青涩，没有回甘。"

宕跃又尴尬地笑笑问，老板何以见得？

老板说："简单，你平时都是和爱人从我这跑步经过，还会轻松地看看那些喝茶的人，又好奇又仿佛跟他们一样惬意，但你们没来喝过。只有今天，一个人要一杯素毛峰，可是快两个钟头了都没有动手冲第二开。显然是被茶香之外的琐事牵绊住了。"

宕跃再一次认为老板果然不是一般的茶老板。他稍微停顿便站起来说："不瞒老板，心中确实是有事情牵绊，但不是三言两语的琐事，颇为纠结，算了，以后重新来喝。"

宕跃离开茶铺，听见老板说："对嘛，心情不错，可以来喝茶。心情不好，可以来喝茶。但最终还是要把坏心情喝成好心情。"

"把坏心情喝成好心情。"老板的话让宕跃若有所思。

宕跃从菜市场买了菜回家，发现小区中庭露天停车场没有房车，自言自语道，技术已经可以了，有必要这么勤快练车吗，该在家多睡一会儿。回到家，他去厨房把整条鱼洗净，拌料去腥。到客厅打开电视一边看新闻一边思谋着中午给樱袂做点可口的饭菜，主动和她说话聊天，高高兴兴的。十一点多，他走进厨房淘米入锅煮上，鱼过完清水沥干，下油锅。这时，接到樱袂的微信。只有三行字：

我开车出去一段时间，有朋友同行，勿念。

此生亦是如此，若来世，情何以堪。

此后，我要过我想要的生活。

宕跃关火，电话联系樱袂，问为什么？

电话那头回答，不为啥。

宕跃还问：为什么没有我？

电话那头回答还是：不为啥。

宕跃试着问：找个地方停车，等我。

对方说：不了，上高速已有一个多钟头。有人陪，不必问不必找，该回时自然会回去。

宕跃在屋子里转了一圈，又回到厨房开火做鱼。不用说，自己就是一个傻子。这几日，樱袂已经把外出旅游的很多装备及物品放到车上。而他却以为她是想试一试那些东西在房车上的实用性，想提前找找房车自驾游的感觉。现在看，樱袂应该是早有预谋，包括勤奋练车，也包括学智夫妇。他们来也陪着练车，前天还来这看房车的布置。对了，一定是他们陪着樱袂出逃，除了他们，她目前还没有太要好的朋友。

宕跃在厨房里骂道："学智，你们就是些混蛋，难怪前天喝个茶都喝到很晚，

258

说话也犹犹豫豫，这不，你们终究还是没有告诉我。往后，我没有你们这样的朋友。"

学智夫妇是樱袂在房车展上认识的本地二手车经销商，精明能干，爽快利索，虽为商人，但待人诚恳，还有点讲哥们义气。

因为心中有气，手无轻重，一铲子炖鱼的汤泼在右脚大拇指上，但宕跃未作理会。

关火后，宕跃饭菜未动，瘫坐在沙发上，脚上起泡，钻心的疼，但仍然不去理睬。心才叫真的疼呢，主要还是来自深深的愧疚。他在想，樱袂温柔贤惠，对退休生活与他有太多的憧憬。若不是我让她感到极度的伤心和失望，她是不会把我留在家里，去依靠朋友的。

宕跃又给樱袂打电话，未接。发微信索要去向，未回。

宕跃给学智打电话：你们在哪呢？

对方匆忙回答：在外面，有点事，先挂了啊。

宕跃把手机一扔，骂道："他母亲的，你们串通了来孤立我，简直太过分。这一路可得把樱袂给我照顾好，否侧，你们就是我宕跃几世的仇人！"

这时，行驶在高速上的一辆白色新房车，其实只樱袂一人。虽然负气出走，但毕竟第一次自驾，如果连宕跃都没带却带着别人，实在不甘心。所以，她甘愿一个人冒险。

之前，宕跃曾为他们规划了三条自驾路线，应该都是樱袂想要的生活，当然，樱袂想要的生活自然也是他想要的生活。第一条是宕跃这些年外出学习和培训所见到的、路过的美之所在为主。宕跃说，因为它们的美，因为当时没有樱袂在身边，所以未曾深度畅游，就一个想法，他日带着樱袂一同分享。第二条是把油菜花的花期按照时间节点串联起来，宕跃说，和樱袂一样喜欢油菜花，那是一个不管阴晴圆缺都呈现在你面前的金色世界，可以荡涤心灵。而樱袂站在油菜花里，就是这金色世界在他心里升起的太阳，永远不会落下。第三条路线是以西部的几个城市和那周边的景致为主，宕跃和樱袂对此并不陌生，甚至有在那里生活的经历或交集，值得回忆，就算是几度故地重游，仍然值得回忆。

宕跃还说，人生就是不停地走，路过特定的场景和舞台，然后落幕。落幕之后，他实际上就不存在了。听不到观众的议论，即便是有人鼓掌，他也听不到，这是无法选择的事实。但是，此前，从什么样的舞台和场景路过，他至少有微调的可能。比如，我已经错过了机会，也没有勇气再次选择新的职业，并企图用新的职业改变我们的生活，得到更多的快乐和幸福。但现在来选择旅游线路，就是我们人生这场路过中某一次微调，我们是可以做主的，并以此增添快乐和幸福。

樱袂当时曾问过宕跃最想选择哪一条路线，记得他说，选择这第三条。首先，它的各个点似乎都有我们的乡愁，都是我们人生的重要驿站。其次，我们在戈壁高原生活奋斗了几十年，似乎从来不带任何杂念只带着感恩和祝福与它们交谈过。所以，让我们再去走一遭，我们在那里的工作和生活虽然有许多苦涩心酸，但正如那里的草长花开和麦田收割的味道，更好比是母亲的乳汁那本来的滋味，全都打入了心底。

所以，樱袂选择了第三条路线。

5

从来没有单独开车跑高速，加上这是一辆房车。樱袂一路上都比较小心，尽量控制速度走行车道，尽量不超车。但她还是感到一丝恐惧，紧绷着胳膊和腿部肌肉，因而感觉到格外疲劳。若不是那股子想要惩罚宕跃的气撑着，她恐怕会掉头回家。

第一天和第二天驻车休息，虽然是在高速休息站，但也有些害怕。至于车上的水和卫生间几乎没有用。抽拉式马桶和灰水箱，宕跃在练车的时候给她演示过怎么使用和清洁。当时就觉得那活又脏又费力气，应该由男人负责。这不，负责干脏活力气活的人被她甩家里了。至于吃饭，带的少量食材都在冰箱里放着，没心情做来吃。整个房车，除了微波炉用来热牛奶和面点，其它都是摆饰。

这哪有一点买房车过自己想要的生活的感觉呀。但那口气还没消，那个疑问还在心头压着，掉头回去是不可能。

好几次，心头烦起来，樱袂就自言自语："权当是提升练车难度吧，我告诉你个宕跃，过我自己想要的生活，不指望你，也指望不上。"

出发的第三天下午，樱袂在青海湖边一片有人工花海的景区找地方驻车。路边不能随意停靠，而另一些可以向草原深处的湖边延伸也可以长时间停留的场地，当地的牧民要收钱，价格还不算低。樱袂与他们讨价还价，引起旁边一个人的注意。

一个身着民族服装的男人上前说："你是祝樱袂吧，还认得出我吗？"

祝樱袂犹豫问道："你是，你是……"

"我呀，才让，更尕才让，上学时，你们都喊我尕才让。"

"哦，对，你是尕才让。"

上大学时，祝樱袂知道他来自西部的西部，但记不清是玉树还是果洛，更不知道是哪个县的。确切说，她从未关注过班上那些男生。不是清高，而是当时的她觉得自己就是一个不被人关注的傻女孩、土女孩、幼稚女孩。潜意识里封闭自己、保护自己，除了学习，永远是那么少言寡语、小心低调。她也知道他毕业去了云南，那也是因为当时班里没有几个去外省的。现在，在这见到他，也是大大的意外。

"你不是在云南什么地方当领导吗？"祝樱袂一连串疑问。

"我带队回家乡来考察旅游。"

说着话，才让招来几个人合影，顺便发到同学群里。然后操着流利的藏语掏出五十元钱轻松解决驻车问题，并邀请祝樱袂一同考察，权当是深度旅游。说是一同考察，但他安排好考察组的事情，租来两匹马，单独作起她的导游。

毕竟在高原生活几十年，骑马，祝樱袂还是会一点，但很慢很小心，还摔了一跤。才让便伸手邀请她同骑一匹马，她拒绝了。

才让借此说："当时，班上好几个男生都喜欢你。"

祝樱袂顿时脸红，很不好意思并疑惑地说："不可能，我那么土。"

"真的，至少有两个，一个是弈开。"

祝樱袂这才想起，弈开是给她父亲写过一封信。她向才让解释说："这个我知道,他给我父亲写过信。但是,之前,我们没有过开始,之后,我们也没有下文。"

"为什么？"

"为什么，我也不知道为什么，或许是我当时就没有往心里去。"

"那你猜猜，还有一个是谁？"

"这我哪猜得到。"

"说了，你可能不信，另一个当然是我了。不过，因为知道弈开喜欢你并被你拒绝，所以我这个真正土里吧唧的人就把这当作秘密藏了起来。再说，我和弈开是铁哥们，要讲义气，你懂的。"

祝樱袂吃惊地问："真的假的？"脸就更红了。

才让真诚地说："当然是真的。好了，不说这些，说说你的潜力股，那个，那个冷宕跃吧，在同学们眼里，你们可是比较幸福的一对。但我很好奇，他此次为什么没有一起来。"

"哦，他还没退休。"祝樱袂想搪塞过去。

才让却逼问："但他现在应该在休假呀？"

"他快退了，等着交报告，那边的家里也有一些收尾工作，没回来。"她说话不敢看才让。正好，两匹马相差半个身位，她落在后头调整呼吸。

"是吗，我觉得多少有点怪怪的。"才让转过头来调皮地看着她。

"这有啥怪的，时间不赶巧，只好先由我一个人出来试车。这不，正好转一圈去接他嘛。"

才让勒一下缰绳，等祝樱袂跟上来说："一个女人独自开房车去接老公，哎呀，果然是恩爱夫妻，要不，同学们为啥那么羡慕你们。对了，半个月前在省城见到弈开了，虽然是个大处长而且听说上升的势头很猛，但感觉他不快乐，那眼神里好像藏着一丝忧郁。你路过那里时应该去看看他。要不，返回时你还从省城过，顺便去看看他，兴许多少会让他高兴点。"

"这个，这个……"

"别这个那个的，我们都这个年纪了，偶尔回顾初恋或者探望一下异性同学，甚至梦中情人，也无非是怀念当年那种懵懂的美好，别无所求，别无所想，心中当然坦荡。"

"再说吧，你也别瞎操心了。公路边商业开发的痕迹越来越重，已经不是我和宕跃第一次开车经过时那般超凡脱俗。倒是这里面的景色与我们的向往有几分相似，你就带我在这里多看看吧，"祝樱袂转移话题。

才让便指着草原深处快要接近湖边的白色毡房说，那就让马儿跑起来。

祝樱袂害怕地说："不，骑着都害怕。"

"别怕，有我呢。"才让说着把祝樱袂的马轻轻抽了一下，马儿小跑起来。而才让开始骑马狂奔，一会儿径直向前，一会又折返回来绕着祝樱袂转圈打口哨。

祝樱袂那点骑马的技术都是在旅游景点学的，相当一般，几次差点从马背上摔下来。才让也几度伸出援手想要搀扶她，却被她用一个难以置信的姿势避开并化险为夷。才让耸耸肩膀，爽朗地笑笑，开口唱歌。

"洁白的毡房炊烟升起，我出生在牧人家里……"

"在那遥远的地方，有位好姑娘……"

时间过得很快，日头偏西。祝樱袂对才让说，我该回驻车地了，你也该回考察组了，亏你还是个带队领导。

回到驻车地，才让说："本来是想陪你一起看夕阳的，但我感觉你会说，不可以。"

祝樱袂点头说，对的，不可以。

才让又耸耸肩膀，伸开双臂说："现在该告别了，拥抱一下可以么。"

祝樱袂摇摇头说，不可以，再见吧。

才让依旧大方地说"你还是那么清纯，我三十年的回眸，换得再一次的擦肩而过。"

祝樱袂坦然一笑，上车，关门，坐在卡座前目送才让离开。

此时，太阳继续西沉，眼看夕阳就要在天际线铺开。樱袂把前挡风和隐私帘都拉上，开始发呆。其实，这边要等到快九点天才会黑，此时正是欣赏湖边夕阳的一个人流小高峰，完全没有必要这么早把自己关进昏暗中。但是，樱袂此刻心情复杂，第一次和宕跃开着轿车从湖边公路驶过时，夕阳像一团诱人的火苗在后视镜里燃烧。但急于赶路，急于回家探望年迈多病的母亲，他们未作停留。当时，宕跃说，等以后有时间了，咱们专门到这来看夕阳。之后，在平凡琐碎的日子里，夕阳和下班匆匆的脚步总是重叠，无暇顾及，心里不知多少次想着宕跃的话，等以后有时间了，专门看夕阳。

现在，应该是有时间了，却把宕跃丢在家里，自己孤单地坐在车上。她不知道是自己还是宕跃抛弃了对方，甚至抛弃了诺言。想到这，樱袂自嘲地苦笑着说，切，一起看夕阳也算一个很认真的诺言吗？

仿佛有亮丽的光线从窗帘外面挤进来，樱袂却觉得这些光线把自己挤进了一个黑洞。偌大的黑洞，怎么会只有自己，究竟是谁造成的。她接着认为，这是宕跃造成的，不知他近来为什么会沉默寡言，甚至对自己冷淡，他说的棘手事情到底是啥，莫非是感情纠葛。结婚以来，他们俩在那个人生地不熟的城市打拼，虽没有经历生死离别或者惊天动地的大事，却也经历了不少沟沟坎坎、诸多的不顺，但最终都一起扛过来了，没有什么值得炫耀的成就，但幸福原本是找到了、抓住了。

樱袂从车载冰箱里拿出牛奶倒入杯中加热。她原来不喜欢喝牛奶也不喜欢吃鸡蛋，甚至对这两样东西有较低的耐受性。但因为体质差，医生建议每天坚持喝牛奶吃鸡蛋。宕跃就想法锻炼她，从零开始，一勺一勺地慢慢让她适应牛奶，还鼓励她从半块蛋黄到一个蛋黄，再到多加一点蛋清，直到勉强能吃下整个鸡蛋。

樱袂坐在卡座上，望着牛奶继续发呆，对宕跃有很深的埋怨。普通人的几十年也很是不易，好不容易扛过来了，有时间且收入基本宽裕的目标眼看就要达到，怎么就我一个人坐在这夕阳的窥探和嘲笑中。也真是，"可以共患难却难以共富贵"这话竟在宕跃身上应验。

外面似乎又有人在讨价还价，等安静下来，樱袂抠开一条缝看见又一辆房车停在旁边，一家人迫不及待要去离湖近点的地方看夕阳。一个小女孩蹦蹦跳跳先跑了，女主人站在中门的驻车踏板上撒娇不肯下来。先生过去抱她并将拥抱的姿势停留几秒，才一起追赶孩子。

樱袂像是被闪电击中，猛然松开手指，向后靠着，开始落泪。这眼泪是什么滋味，除了樱袂，谁也说不清楚。下午临别时，她拒绝了才让的拥抱，但当时的她似乎感到一丝丝的甜蜜。是的，被一个人爱并被他尊重是幸福的，尽管你从来都不爱他，甚至也不知道他曾爱过你。那么，从这一点来说，那个女同学坐飞机去看宕跃是她的权力，宕跃并没有错。而且，他为了不让自己打翻醋坛子，在很早以前就主动断了与她的联系，哪怕是一般的同学之间的联系。而自己还那么猜忌他，责怪他，未免太过分了。更过分的是，还把他丢在家里，自己坐在属于他们二人的新家，看别人拥抱。

樱袂拿起手机，犹豫片刻又放下。家里兄妹六人里排行老幺，大小姐的脾气还是有的。她放弃了给宕跃通话和发消息。甚至有些解气地说："不管怎么说，对我的冷漠就是天大的错误，你必须在家反省。"

四周渐渐安静下来，公路上有往来车辆轰鸣，原野有生灵的咩叫、犬吠，湖水有拍岸的涛声，交织在一起就像是天籁快要收回的尾音，依然摄人魂魄。这个时候，祝樱袂的身边怎么能少了她那位浪漫的诗人呢！

手机倒是响了好几回，都是宕跃发消息问她到哪了，还好吗？但她仍然倔强，不回复，还调整为免打扰模式。她又呆坐了一会，才强行让自己躺在床上休息，毕竟还要独自开车，必须保持充足的睡眠和精力。

6

樱袂离开的第三天上午约莫十点多，宕跃接到学智的电话。

"跃哥，你的车子因为是异地出让，买家出的价格不高，你干脆来店里面谈吧。"

宕跃没好气地吼道："我去店里干啥，我去找谁啊，你们两口子不是和樱袂一起出去旅游了吗？开着我的新房车，还瞒着我，别叫我哥，没你这样的兄弟。"

对面反问："跃哥，你到底说啥呢，我们两口子就在店里呀。噢，对了，那天挂断电话是飞机马上就要起飞，我去参加一个汽车展销会。"

"在店里？那，那，那好吧，这车我马上出门要用，你那里先帮我拖着，再见，再见。"宕跃本来想问，既然你们没有和樱袂在一起，那她到底和谁去旅游了。但这样问显然不合适，有损他和樱袂的形象。同时，他预感到樱袂很可能是一个人，那岂不是太冒险。

宕跃先给樱袂拨电话，见振铃响了几下没接，就赶快挂掉。估计是在开车，不能让她分心。他改为微信询问去处，又给闺女发微信："我和你妈妈出去玩几天，顺便找找房车自驾游的感觉，就先不带你了，照顾好自己。"然后，检查门窗，关闭水电气阀门开关，凉鞋换旅游鞋。但那天右脚拇指烫伤后没有及时处理，以至于到现在水泡还没有消退，疼得鞋都穿不进去。他咬牙把水泡挑破，挤出血水，又顺手抓起鞋柜上的消毒酒精乱喷一阵。咧着嘴等疼过一阵子，穿袜子穿鞋，瘸着下楼开车出小区。

这时学智发来微信："跃哥，车是嫂子让卖的，她说先不告诉你，怕你不同意。嫂子还说，虽然买了房车，但也要给你换辆新轿车，生活不能凑合，该享受就得享受。"

"好的，现在要出去几天，卖车的事先帮我拖着。"宕跃在路边停车，一句话敷衍学智，再看看手机没有樱袂的回复，就打开导航径直搜索第三条自驾路线的终点，西部一个叫巴仁的小县城。因为，他觉得樱袂虽然是负气出走，也一定是那三条线路之一，最有可能的就是这一条。他要赌一把。但是，樱袂已经出发三天了，他不能按照由广元抵达天水再经兰州一路向西的既定路线，必须由汶川抵达甘南再进入青海，抄近道赶往青海湖。希望樱袂一个人谨慎一些开慢一些，在那能与她会和，否则只有沿途追寻。

宕跃决定今天连轴转，一口气赶到青海湖。他能猜到，如果樱袂到那，会在那里驻车。而这次追寻暂时也不能告诉她，否则又让她分心，更危险。真希望能快点见到她，好好谈谈。

四个小时后，宕跃已下高速在红原境内的山路上焦急小心爬行。太不凑巧，这边下暴雨，多处路段出现险情，抢修后也是单边通行，不时有交警或路政人员提示前方道路有滚石、泥石流，请谨慎观察小心通过。

路上也因此少了许多往来车辆。刚伸头在窗外仔细观察着路况绕过几道弯，就看见路边有人披着雨披推着自行车招手打车。他未作理会，继续前行，但开出一百多米又停下，伸出去向那人招手，并缓慢倒车迎接。平时，他和樱袂是不接受别人打车的，怕好心不得好报，更怕遇到歹徒。但这次不同，下着雨，还有可能遇到滚石或者泥石流，一个人骑行太危险。而且，他也知道骑行的驴友都有倔脾气，或者叫毅力和决心，不是遇到极端情况，不会搭车求助于人。

等那人来到，宕跃下去帮忙才发现是个女孩，看上去不到三十岁。心想，完了，单独搭载一个年轻女人，叫樱袂知道可是麻烦大了，不说需要解释半天，至少时不时会被挖苦。

宕跃试了几回都没办法把自行车放进后排座。倒是那个女孩很有经验，快速卸掉前轮，把整个车子放进轿车。

关门的时候，几颗从高处滚落的小石子打得车顶噼啪响，其中一颗打在宕跃左边额角。很疼，他哎呦一声钻进车里。女孩也急忙坐进副驾，大方地表示感谢："谢谢师傅，我只搭一段路，如果雨没这么大，路况没这么危险了，我就下去。顺便问一下，搭您的车要多少钱？"

"顺道帮个忙，收啥钱呢。对了，你这是去哪？"

"我去黄河第一湾，咱们顺路吗？"

"你说的是九曲黄河第一湾吧，它坐落在这阿坝藏族羌族自治州旗下的若尔盖县唐克镇，是四川、青海、甘肃三省交界处。我经甘南进入青海，当然顺路。"宕跃说着话，顺便扭头瞥一眼女孩。戴个眼镜，粗糙的皮肤和好看的模样成鲜明对比，显然是风吹日晒所致。

女孩惊讶地喊道："你流血了。是刚才被石子砸到了，我，我很抱歉。"

宕跃这才感觉到额角像针扎，似乎还有热流向下的感觉。他拽张餐巾纸擦了一下，在反光镜里看看，又拿出酒精喷两下，边开车边笑着说："划破一个小口子，没啥"。

女孩一边在包里翻出创可贴，一边生气地说："酒精直接喷在创口上，不科学，还很疼。你们男人都这么粗糙吗？"显然是地道的驴友，会说敢说，遇到事还不太慌张。

"为何有如此一说，莫非你很了解我们？"

"别人我不了解，但我认识一个人跟大叔您差不多，粗糙，随意。"

"哦，如果有机会，我倒是很想见识一下。"

女孩突然变得忧郁，沉闷了一会说："可惜，你见不到了，我也见不到了。"

声音有些忧伤。冷宕跃沉默了一会才说："如果愿意，给我说说他吧。说出来，你也许会好受些。"

女孩想了一下，从胸口掏出一个项坠，打开，里面是一个男人的照片。她说："这是我男朋友，我读硕时认识的，是在一次环保志愿服务活动中，那时他刚读完博。他主攻软件材料，我学习环境科学。本来打算等我硕士毕业就结婚，但我前年毕业后又继续读博，就把婚期推后了。我们虽然学习很忙，但都是驴友，只要有空就会往外跑，公益活动、社会实践和课题调研一起做。所以，他说，到时把结婚典礼放在九曲黄河第一湾，高山代表父亲，河流代表母亲，第一湾代表不平凡的人生，而高山、河流，河湾和阳光下的草原完美组合，代表我们的未来，是和谐的、浪漫的、奔涌的，直到永远。"

语气虽然平和中略带忧伤，宕跃还是被打动，想到到的是诗情画意，是浪漫。

但女孩长叹一声说："可是，去年，他却因为一次腹泻导致血液感染，没有抢救过来。"女孩把项链放进胸口，双手捂着，无声地落泪。

宕跃没有开口安慰她。这时候，很多语言都是多余。

沉默了一段时间，宕跃见女孩眼角还有泪水，又开口说："还是大声地哭一场吧。"

不料女孩却擦干眼泪继续说："撕心裂肺地哭过几回，不哭了。这段时间，又有一个人追求我，拒绝过多次，但他很执着，人也不错。所以，我想以一个驴友的方式去那个地方待几天，和过去做个告别，面向未来。"女孩又擦擦眼泪，强装笑脸说："大叔，你说我是不是用情不专，是不是太实际。"

宕跃想了想才坦诚回答说："相反，我觉得你很理智，做出了正确的选择，那么多书真是没有白读。大叔我有点自愧不如啊。"

女孩稍微放松，试着问："大叔莫非也在纠结一些问题，这个年纪还有想不通的事情？"

宕跃又想了想，换个方式回答："越老越糊涂，莫名其妙为今生和来世纠结。姑娘你别见怪，大叔就以你打个比方。现在又有人深爱着你，你们也将组建家庭，白头偕老。那么，我是说那么，来世岂不是有两个男人爱着你，姑娘你届时又作何取舍呢？"

"哇，是够纠结的，稍微老一点人就会纠结这些问题吗？"女孩很认真地想想，回答说："照理说，来世是看不见摸不着的，即便对来世有各种预测，或者说是承诺，但这一世不可能对其逐一验证。但按照大叔的假定，我想，来世我面临三种境地，一是，两个爱我的人都在等我；二是，其中一个会爱上别人；三是两个人可能都不再等我，或者我不再等待他们。所以，第二、第三种境地最好取舍。但如果是第一种，那就抱守这一世的初心，给他们讲个先来后到吧。"

女孩笑笑，反问："嘿嘿，是不是有些肤浅，或者搪塞。"

宕跃则减慢速度，看看女孩说："可以呀，多读书真的有用。抱守这一世的初心对来世做一个承诺，太有道理了。"

"大叔既然认可我的解答，那还纠结吗？"

宕跃摇头不语。

女孩微笑着问："大叔，您是一位老师吧？"

"何以见得？"

"因为，因为……"女孩在思考措辞。

"因为，我同意让你搭车？"宕跃想到樱抉对他的诟病。

不料女孩说"不，是一见到你我就觉得很安稳。之后，不管是随便聊聊，还是我们把谈话主题拔高，谈话都没有障碍。您说话不草率、不回避、不武断、不说教。嗯，像阳光，但不是大片的阳光那么晒人，让人无处躲避。应该是一缕阳光，直达它要照亮的那一点阴暗面，恰到好处。"

宕跃停顿片刻，指向窗外。不远处的山脚下，有一片开花的油菜地夹在大片的青稞和麦田当中。而此时，雨更大了。

　　冒雨前行一段，又遇到堵车，据说是上午暴雨把路基冲毁，正在抢修。等道路放行，到达若尔盖县经唐克镇去黄河第一湾的道口时，天色已晚。宕跃放下女孩，看她骑车离开，才动手处理伤口。女孩下车前曾想帮他处理额头上的伤口，但他不想麻烦女孩，也不想让女孩担心，便随口说，早都好了，不疼也不痒。至于脚上的伤，更是只字未提。

　　其实他早就感觉到脚指又麻又疼，额头上的伤口也有烧灼感，想必是喷洒酒精惹的祸。但是没有别的办法消炎，只好咬着牙继续往两处伤口喷酒精，喷完，趁着让酒精挥发，伤口稍微干燥的工夫，眯一会眼睛算是休息，然后继续赶路。

　　看看手机，樱袂还是没有回话。宕跃还是那个想法，先别让她分心。但今天赶到青海湖边那个默契的地方，已经不可能，太晚就不能开了，毕竟安全才是最重要的，尤其是这种被动着急的时候，更不能出差错。

　　他决定赶到甘南碌曲就住下。

7

　　第二天，从甘南进入青海，真是不巧，又因道路被雨水冲毁遇到两次堵车。等宕跃紧赶慢赶到达青海湖边那一片花海，已近黄昏。他拿着手机里的房车照片在路边打听，要不就是懒得理你，要不就说往来的房车多得记不清。但他不想放弃，隐约感觉到应该去路边的岔道，向花海纵深处打探。

　　就这么，终于有人告知，好像是有这么一辆车和一个女人在他家停车场过夜，但一早就走了。

　　宕跃追问："你确定她是一个人？"

　　牧民回答："我太确定了，别的房车都好几个人，只有她是一个人，不会错。"

　　宕跃一边回车上一边给樱袂打电话，但她不接电话，显然，气还未消。

　　宕跃发出微信："你到哪了，就你一个人吧？"

　　过一会儿，收到微信："我们有好几个人，不用担心。"还收到一张照片，照片上男男女女好几个。宕跃虽然不知道这是樱袂遇到大学同学后临时拍的，

但可以确定，这张照片只是巧合，是骗他的。

宕跃赶忙跑回那个停车场，拍照，连同语音发过去："我猜你就是一个人，太让人担心了，我开车抄近道赶过来，现在已经到了你昨天停车的地方，老板也确定你就是一个人。听我说，全都是我的错，不该那样对你，见面我会向你解释，向你道歉。求你一定找个安全的地方驻车，然后把位置发给我。真的，千错万错都在我，你不能再这样赌气、冒险了。"

难熬的等待，足有十多分钟，宕跃先是看到一条微信："神经病，谁要你赶过来的，一个人还开那么快。"几秒后又收到一个定位图和一则语音："现在我到了哈布镇，在当年父亲工作的单位大院驻车，虽然有些破旧，但还是有好几个租户，应该安全。"

"那你在那等我，我这就赶过去。"

"刚说了你，不要命，没听见呀。你就在那个停车场的帐篷宾馆休息。明天再走。"

宕跃又给樱袂拨电话，未拨通，继续接到微信："信号断断续续，有什么话见面再说。我想了，你明天不用到这来，我们在巴仁见吧，具体碰头地点，你好好想想我们在那一起度过的两个星期。"

宕跃瘸着腿回信："好吧。"应该是刚才跑来拍照，用力过猛，摩擦伤口所致。他去把车开到停车场，要间帐篷宾馆住下，感觉有些乏力，还有些口干舌燥，在泡面里多加开水多加火腿肠泡上。额头有些红肿，脚指可能是因为一直被捂着不透气，有些化脓。他去问老板要了个新脸盆，又要了一瓶开水，还要了点食盐，回到帐篷用少半盆开水把少量食盐化解，稍微晾一下，拿个干净口罩蘸着清洗伤口。年轻时，踢足球擦破皮，都是自己这么处理，还要用针挑出跐进皮下的小石子，可比现在麻烦多了，但感觉没有现在疼。他自言自语："唉，还真是老了，稍微有点疼就扛不住。"

跑这两天，不知道樱袂的情况，没有心情好好吃东西。现在，宕跃稍微可以放心，可以慢慢吃泡面，慢慢享受。吃完，想闭目养神，再晾会儿伤口，干燥才有利于伤口愈合。但直打瞌睡，只好起身上床，却发现额头上的伤口多少还是有点出血水，而脚指则更严重，用餐巾纸蘸干，不一会又会流出脓水。便再次往伤口喷酒精，一阵疼痛过后，瞌睡依然固执，为了不弄脏床铺，他把额头伤口贴上女孩给的创可贴，脚拇指创伤面太大，只好换双干净袜子，躺下睡觉。

宕跃把宾馆提供的被子和毛毯都盖上。他想不通，青海湖边夏天的晚上这么冷吗？

而樱袂，与宕跃联系完后，心情有些矛盾。宕跃猜出自己是一个人负气开车出来，还猜对了她出走的方向路线，并这么快就赶了过来，让她有些幸福的感觉。但是，之前为什么那样冷淡地对她呢，这一点仍然让她猜忌和埋怨。趁着天还没黑，樱袂带着这种矛盾的心情在大院里寻找当年和父亲一起住过的平房，还有从那考出去的子弟学校。

三十多年过去，还能找到这个大院，并且还有几户人家居住，已经是万幸。但确实跟废墟差不多，大脑里清晰的记忆在此已踪迹难寻。樱袂来回转了几圈，才在一段残垣上找到镶嵌于墙壁的小块水泥黑板，上面的粉笔字似乎还依稀可见。看着这些模糊的字迹，仿佛又听到教室里的朗朗书声。她一边拿出手机拍照一边对自己说："要是父亲还健在，带着他来这看看该多好。我只在这里暂住了三个月，而他调到这里都干了十几年，直到退休。这里是不是当年的学校，我们当年的宿舍在哪里，等等，他一定都知道。"说完，触景生情，因想念父亲伤感落泪。

这时，又有人来，男人坐在轮椅里，女人推着。到处都是破转碎瓦，无法太靠近，只能在不远处指点张望。

樱袂擦干眼泪，迎上去说："你们是这里的人吧，请问那边是当年的子弟学校吗？"

"是，是，就是子弟学校的位置。"女人一边回答一边盯着樱袂看，稍事犹豫，又问："你也是这个子弟学校毕业的吧，叫，叫，我想想叫什么来着，对，你是祝樱袂，对吧？。"

樱袂这才仔细打量二人，有些面熟，但一时想不起叫啥。

女人急着说："看你那记性，我是许梦，他是李海龙，咱们是同一个班的。"

樱袂惊叫："哎呀，还真是你们，我不是听说你们毕业分回来十多年后就调走了吗？"

那个女人，也就是许梦接着说："不是我们，是他调到东部去了，但我是老师，不好调动，三年后，他又要求调回来陪我。"女人顿了顿，叹气说："如果他当时不要求调回来，估计也不会得这风湿病，这不，行走已经很困难了，差不多超过百米就要靠轮椅。"

李海龙打断说："不说那些。意外重逢，简直太高兴了，还不快请老同学去家里坐坐，略尽地主之谊。"

女人这才笑着说："看我这激动的，走，去家里聊。对了，你这是打哪来？"

樱袂指着不远处停的房车说："我退休了，回来看看。你们也别见怪，家里就不去了，陪我在这里转转，告诉我这些都哪是哪，还有我爸爸当年住的宿舍在哪，我很想找到。"

李海龙洒脱地说："那也行，我来带路。"

许梦和樱袂都关心地说："你行吗！"

李海龙说："我又不是纯粹不能走，慢一点，小心点，问题不大。再说了，这几十年，能见着几个回来的老同学，能在这个旧院子给几个老同学当导游？"

于是，李海龙在许梦的搀扶下，带着樱袂故地重游。大院破败的景象里不时有欢声笑语。

个把钟头才转完，拍照完，天色也暗下来。许梦这才再次邀请樱袂去家里住。出于礼貌，更是因为激动，樱袂跟着去品尝了许梦的厨艺，聊了很久。闲聊中听到许梦说："我们也快退休了，不知不觉就在这个小镇干了几十年，我特别感谢我家老李，真的，有他陪着，在这个小镇上生活也很幸福，下辈子还跟他。"李海龙也回应说："下辈子当然还在一起，但我们要努力换个更精彩的活法。"

哈布镇的城市规模、发展势头、繁华程度、环境气候以及生活条件都远比曲勒市要差。他们于此坚守了几十年，幸福的感觉从他们口里说出来，仍然是如此简单明了，如此情深意笃。樱袂很有感触。

得知小镇的治安非常好。樱袂谢绝两位老同学的挽留，选择回到房车，在大院里过夜，希望大院最初的纯朴基因能为她指点迷津。

回到车里，远处有零星的犬吠，大院还有几棵苍老但依旧枝繁叶茂的杨树，在微风中发出沙沙的响声。樱袂久久不能入睡，仿佛又触摸到大院当年的心跳。

8

前半夜，宕跃感觉到被窝怎么都睡不热。后半夜，迷迷糊糊睡着，也似乎处于浅睡状态。天刚亮的时候，他觉得呼吸有点发烫，身体仍然乏力，爬不起来，只好躺着休息。九点过，他不得不起来赶路，这离巴仁县还三百多公里，而樱袂离巴仁只有二百多公里，本打算早点走，赶在前头去等她，偏偏这身体不争气。

宕跃额头上的创可贴晚上睡觉跐掉了，似乎反而有结痂的迹象。晚上，他虽时不时把右脚伸到被子外面晾着，但仍有脓水。上车前，他咬牙把粘连着的袜子脱下来，再次喷酒精给拇指消毒，并把袜子的大拇指处扯开个大洞，索性右脚只穿袜子开车。

头脑有些昏沉，宕跃购买了老板独家秘制的香辣牛肉，还有一提红牛。

一路寂寞，一路也充满期待。但宕跃把速度控制在限制速度内，甚至还稍微低点。一来是因为他感觉越来越不舒服，不时要拿辛辣的牛肉或者功能饮料醒脑提神。二来是因为，他不时警告自己，越是在急切的时候越是要保持冷静。

下午三点刚过，宕跃开车进入巴仁县城。三十多年前，在巴仁县，宕跃本来要调走却又不问原因地留下来，而樱袂哭着要去曲勒市却硬被分配到这，之后，他们相识，相恋，但仅仅两周后，樱袂又被迫调往曲勒市，宕跃便想方设法跟着调到一起。

可以说，巴仁县就是他们人生中最最重要的驿站。所以，有车后，已经回来过几次。但第一次回来，大院就已经改成牧民安置小区，平房全变成了楼房，他们人生重要驿站里的驿舍只有一个粗糙的印象。

每次回到这里，宕跃都要带樱袂在已经是牧民安置小区的大院寻找，之后就把车停在大院门旁的柳树下，回忆在这里一起度过的两周。那时，每天下午下班，樱袂就步行来找宕跃，一起做饭吃，一起说话听歌。之后，宕跃骑自行车带樱袂回单位。那两个星期，最初的夜晚，月光明亮，照着石子路上颠簸的他们，他们幸福地依偎着。到樱袂临走的头一天晚上，月亮已弯细如刀，樱袂坐在颠簸的车上右手前伸，用手电筒那一束不舍的灯光撕开黑夜。

宕跃朝樱袂没有具体说明的地方行驶。不用想，就是西南角的那个当年的地质大院。

樱袂两个小时前已在大院门旁的柳树下驻车。一个人在车上闲等，便把退休前到退休后这段时间梳理一下，再想到和宕跃走过来的几十年，想到他们的爱情，想到小镇上幸福的两位老同学，忽地觉得自己生在福中不知福，想法太多，要求太多，咄咄逼人，还太任性，实在过分。

她把音乐打开，播放《白桦林》。那年，送闺女读大学返回途中，宕跃在他们的"卿卿我我私人订制交通广播电台"为他献唱一组歌曲，有《踏浪》《橄榄树》《妈妈的吻》《妈妈的羊皮袄》《花儿和少年》《康定情歌》《一剪梅》等等，总之，都以乡愁和爱情为主题。正当她为这一切的美好和深情陶醉的时候，宕跃却说，下面我们来听一首凄凉的情歌，这就是《白桦林》，听之前，我简要复述一下歌曲中的两位主人翁，以及他们彼此忠贞不渝的爱情，好让我心爱的人由此反观我们的爱情、我们现在的生活多么来之不易，多么甜蜜。

那回，听了宕跃的复述，樱袂几乎是屏住呼吸听完整首歌曲，并为之动情落泪。

现在，樱袂把音量放低。本来是设置成单曲循环播放，却只听了一遍就关闭播放，看着窗外的路那头，落泪。

不知过了多久，樱袂看见自家的轿车开过来，急刹，停下，宕跃却没有跟着钻出车子。她疑惑地走过去，拉开车门，嘴上开着玩笑说："不是要向我道歉吗，咋还这么大的架子？"说完，就觉得情况不对。

果然，宕跃斜靠在座位上，表情呆滞地说："出了点小状况，送我去医院，我坚持不住了。"见把樱袂吓住了，宕跃一边下车换到副驾一边补充一句："可能是脚上烫伤感染，放心，不要命。"

　　樱袂赶忙开车往医院跑，右手在档杆上不住地哆嗦。

　　宕跃按住她的手说了一句，不要慌张，就趴着不吭声了。之后，樱袂做些啥，他都不很清楚，迷迷糊糊中，好像在平板车上，好像进进出出，好像有很多机器。

　　宕跃真正清醒过来，发现是个早上，是在医院病房的床上，樱袂就趴在旁边，睡着了。似乎想起点啥，知道该是把樱袂忙坏了、吓坏了、累坏了。便闭着眼睛，不动不做声，等着。直到樱袂站起来摸他的额头，才睁开眼愧疚地笑笑，问道："我这是怎么了？"同时准备挨骂。

　　樱袂却温柔地说："你这是伤口发炎引起的发热症，高烧，脱水，还是很危险。那些伤都是怎么搞的？"

　　"脚上是你走那天不小心烫的，额头是在红原的山路上被滚落下来的小石头砸的。不过，我一路都在用酒精消毒。"

　　"怎么这么不小心啊！而且，医生说了，你那是瞎弄，容易造成破伤风杆菌进入伤口，从而引发感染。你也太不爱惜自己了，对了，给你打了针预防破伤风。"

　　"别吓我呀，在帐篷宾馆，我用盐水洗过，年轻时踢足球受伤不都那么做嘛。"

　　"还在那犟嘴，总之你就是不爱惜自己。这回，算是给你好好检查了一下，CT、B超、胸透、核磁、血样生化全套等，好在，结果没有问题。"

　　听到这，宕跃摸摸胸口试探着说："检查这么全面，那我这里有个突起，医生发现没有？"

　　樱袂说："我发现了，问过医生，人家说那是剑突，有点大。可能是外力撞击、挤压等，导致剑突处发生软组织损伤甚至骨折，或由于剧烈运动牵拉腹肌，引起剑突软骨组织增生。你感觉到疼了吗，如果不疼，结合检查结果看应该没啥问题。"

　　听爱人说完，宕跃苦着脸说："太好了，不瞒你说，就是这个突起，加上体重下降，我以为得了癌症，但不敢去检查确认。"

　　樱袂再次埋怨说："你看，骂你不爱惜自己没错吧，有这么大的疑问，还不去抓紧检查，你一天到底在想些啥，我算是服了你。"

　　宕跃解释说："这就是我说的棘手事情，也是我这段时间不高兴、对你冷漠

的原因。这几十年，我们一起置家创业，你跟着我吃苦受委屈，真的亏欠你太多。本想着，后半生要宠着你、由着你、顺着你，尽力给你快乐和幸福。但如果这时检查出自己得了癌症，岂不是又给不了你想要的生活，给不了你向往的快乐和幸福。不仅如此，治疗期间，你还要更加劳累、更加担忧，甚至还要在某一天接受离别的痛苦。你身体这么差，再加上这种失望和打击下，肯定扛不住。所以，这些天，我心怀愧疚，也不甘心，根本高兴不起来。"

樱袂心疼地说："天哪，原来你心里压着这么重的一个问题。"

压抑已久，现在一吐为快。宕跃接着说："你也知道，癌症患者从发现到离世，大多也就半年左右的时间，而且是在医院度过。所以，我当时需要给自己一个自我调整期，调整好心情，抓紧时间陪你到处旅游，给你想要的生活，给你快乐和幸福。能多一天是一天。"

樱袂又心疼又责怪地说："还好，只是剑突损伤或增生，不是得了癌症。否则，你光想着之前多陪我几天，那之后呢？"

宕跃回答："之后反正是抓不住的，我那样做，至少还多抓住一些快乐和幸福，不至于让你连轴转，没有一点缓冲的时间。而且，可以给你多留下点好的念想。"

夫妻此时的对话完全源于一个假想，但在平凡人的狭隘和愚思中饱含真诚和深情。

9

三天后的一个晚上，上弦月，天空干净，大院门旁的柳树下，白色房车如远处马兰滩上盛开的一朵马兰花。

宕跃和樱袂对坐在房车卡座，桌子上有两杯无糖咖啡，一束火红的玫瑰。

二人默默凝视着窗外，仿佛坐在岁月长廊的一个光点上，与大院交谈，与过往交谈，也与未来交谈。直到樱袂起身坐到宕跃身边靠在他的肩膀上。宕跃才问："袂，你知道我们的前世是什么样吗？"

　　"不知道！"

　　"但我知道，其实就跟这辈子一样，很不容易，但我们不离不弃，我们是快乐和幸福的。"

　　"真的吗？"

　　"当然是真的。所以，我们要抓住更多的快乐和幸福。这辈子有多少快乐和幸福，下辈子就一定有多少快乐和幸福。"

　　樱袂点头，又仰视宕跃问："那我们这辈子感情有多深，下辈子就有多相爱，对吗？"

　　宕跃搂紧樱袂说："对的，本教师对这一点确信无疑！"